GLI INSUPERABILI

214

Dello stesso autore:

L'abbazia dei cento delitti
L'abbazia dei cento inganni (di prossima pubblicazione)
La cattedrale dei morti
L'isola dei monaci senza nome
La trilogia del mercante di libri (Il mercante di libri maledetti - La biblioteca perduta dell'alchimista - Il labirinto ai confini del mondo)

Prima edizione in questa collana: maggio 2016

Roma, Casella postale 6214

ISBN 978-88-541-9055-9

www.newtoncompton.com

Immagine di pagina 5: Placido Federici, *Rerum pomposiarum historia monumentis*, Roma 1781, tom. I (tav. II: *Prospectus internus totius Templi Pomposiani*)

Immagini di pagina 13 e 22: © Marcello Simoni

Stampato su carta prodotta con cellulose senza cloro gas provenienti da foreste controllate, nel rispetto delle normative ambientali vigenti.

Marcello Simoni

L'abbazia dei cento peccati

Codice Millenarius Saga

Newton Compton editori

La superbia allontana da Dio;
l'invidia dal prossimo;
l'ira da noi stessi.

UGO DI SAN VITTORE, *De quinque septenis*, II

Nell'anno del Signore 1345, sul finire del mese di marzo, i pianeti Saturno, Giove e Marte entrarono in congiunzione tra il 15° e il 17° grado del segno dell'Acquario, dando forma a un evento astronomico che infiammò i cuori e le menti dei sapienti dell'epoca. Non è facile stabilire in quale misura i movimenti dei corpi celesti abbiano influito sulle vicende umane, ma di fatto, negli anni a venire, l'Europa fu colpita dalla guerra, dalla carestia e dalla peste. L'intero Occidente cristiano divenne teatro di una danza macabra che risvegliò il timore per l'Apocalisse.

Nemmeno simili flagelli placarono la sete di verità, di bellezza e di grandi ideali. Fu proprio in quel terribile momento, infatti, che un'abbazia sorta non lontano dal mare vide nascere dentro di sé uno dei cicli pittorici più affascinanti e misteriosi del Medioevo. Questa è la storia degli uomini e delle donne che presero parte alla sua realizzazione.

Prologo

Selve di Ferrara, ai confini del Borgo di San Giorgio
12 aprile 1333

I tre uomini si incontrarono dopo il tramonto, in gran segreto. Due di loro giunsero insieme a cavallo, seguendo il corso del fiume Padus fin quasi a perdersi in un labirinto di valli e acquitrini. Attesero tra gli alberi, attenti a ogni rumore proveniente dalle tenebre. La somiglianza dei loro volti, dell'incarnato chiaro e dei capelli fulvi rivelava uno stretto legame di parentela. Il più anziano, tuttavia, possedeva uno sguardo così profondo che sarebbe spiccato persino nel fuoco della battaglia. Erano entrambi ricoperti da armature a piastre finemente cesellate, segno di alto lignaggio, al pari delle bardature dei corsieri.

Il terzo uomo si presentò per ultimo, anch'egli a cavallo. Indossava una cappa purpurea e un galero da cardinale, ma i guanti ferrati stretti sulle redini lasciavano intuire la presenza di un usbergo sotto le vesti. «Vostra maestà, vostra altezza», disse, fermandosi sotto la chioma di un grande olmo, «quale onore».

«Vi siete degnato, infine», sbottò il giovane, esprimendosi come lui in perfetto francese. Non aveva ancora compiuto diciassette anni, l'ardore e l'irruenza dipinti sul volto. «Un vostro maggior indugio, monsignore, e non ci avreste più trovati».

L'uomo al suo fianco lo zittì con un cenno. «Perdonate mio figlio, eminenza. Tra le sue molte doti, manca quella di saper tenere a freno la lingua».

«Be', il principe dovrà imparare», ribatté il cardinale, allusivo. «Da stanotte, per lo meno».

«L'avete dunque trovato?», chiese l'uomo in arme, abbassando il tono della voce.

Il porporato annuì. «Era diretto a Ferrara. I miei soldati l'hanno catturato nei pressi delle mura, mentre predisponevano l'assedio. Un colpo di fortuna».

«Dunque non ci avete convocati fin qui invano», esultò il giovane. «E dite, eminenza, ha già... parlato?»

«Ne dubitate?».

Senza aggiungere altro, il cardinale fece cenno di seguirlo e si avviò al trotto fra gli alberi. Attraversò un groviglio di ombre, fra versi di civette e di altri animali notturni, finché non giunse in una radura occupata da armigeri e macchine d'assedio. Al centro dello spiazzo, illuminato dalle torce, c'era un uomo completamente nudo, disteso sull'erba. I tre gli si avvicinarono per osservarlo meglio. Era un monaco, a giudicare dall'ampia tonsura. Giaceva in un'innaturale posizione a X, a causa delle funi che collegavano le sue braccia e le sue gambe a quattro cavalli. Le bestie erano ferme, le corde allentate, ma il volto dello sciagurato era ancora stravolto da una indicibile sofferenza. I gomiti e le ginocchia, così come le spalle e i polsi, erano gonfi e tumefatti per aver subìto l'azione dei tiranti ben oltre il limite dell'umana sopportazione.

Il cardinale scese da sella e si chinò sul monaco. «Padre Facio di Malaspina, in fuga da tre anni». Non si stava rivolgendo a lui, bensì ai due uomini in arme al suo seguito. Tolse il galero, scoprendo una folta chioma grigia, e si passò una mano sul volto. Stava sorridendo. «In fuga per nascondere una cosa tanto rara quanto preziosa. Ma quando è stato catturato, non l'aveva con sé».

A quelle parole, il monaco fu pervaso da un violento tremore e lanciò un grido carico d'odio. «Siate maledetto!». Tentò di rialzarsi, ma tendini e muscoli non erano più in grado di sorreggerlo. «Maledetto voi... e tutti i cani di Avignone!», sibilò. Poi richiuse le palpebre, spossato.

«Non capisco», intervenne l'uomo d'arme, scambiando un'occhiata con il figlio. «Se non aveva nulla con sé...».

«L'ha nascosta», spiegò il cardinale, «in una pieve qui vicino». Si rialzò in piedi, pulendo la veste da qualche filo d'erba. «Ho inviato degli uomini fidati a recuperarla, ecco la ragione del mio ritardo. Dovrebbero essere ormai di ritorno».

Infatti, non molto tempo dopo, cinque ombre incappucciate

sbucarono dal fitto della macchia, rivelandosi al chiarore della luna. Indossavano brigantine borchiate e ampi mantelli neri. Il più alto camminava nel mezzo con un piccolo scrigno stretto al petto. Si inginocchiò di fronte al prelato e glielo porse, senza proferire verbo.

Il cardinale osservò per un istante il contenitore, quasi timoroso, infine, sopraffatto dall'impazienza, lo aprì. All'interno vi erano tre oggetti.

«*Dominus meus et Deus meus*», mormorò con voce tremante, poi si fece il segno della croce e, con grande riverenza, mostrò il contenuto ai due nobiluomini. Scrutò le loro espressioni sbalordite in attesa che si pronunciassero, ma poiché non riceveva commenti, decise di mettere da parte le emozioni e prese l'iniziativa. «Io terrò la coppa e il principe riceverà in custodia la punta di lancia», annunciò, soppesando le parole. «Quanto a voi, maestà...», e raccolse il terzo oggetto contenuto nello scrigno, per esaminarlo alla luce di una fiaccola. Era un piccolo rotolo di pergamena.

A quella vista, l'uomo in arme vinse la meraviglia e glielo strappò di mano. «Questo spetta a me», ribatté con diffidenza, «e con esso il suo segreto».

Il porporato parve sul punto di protestare, poi strinse le labbra, rassegnato. «Così sia, maestà», disse mellifluo. «Sarà vostro, finché non stabiliremo di rivelarne l'esistenza».

«Tuttavia, eminenza...», obiettò l'uomo, sempre guardingo. «Perdonate l'ardire, ma se nel frattempo vi dovesse succedere qualcosa di spiacevole, o non fossi più in grado di rintracciarvi, come potrei dimostrare l'autenticità di questo documento?».

Il cardinale emise un sospiro. «Avete ragione, senza la mia testimonianza rischierebbe di passare per un falso. Lasciatemi riflettere un momento». Osservò il piccolo rotolo, restando in silenzio, poi annuì tra sé. Allora liberò la mano destra dal guanto ferrato e sfilò l'anello d'oro che portava all'anulare. «Accompagnatelo a questo, come garanzia della mia parola», e glielo porse. «Ma badate bene, non fatene mostra a nessuno fin quando non sarà giunto il momento».

«Il momento in cui ci riuniremo di nuovo», disse l'uomo, prendendo l'anello, «di fronte al papa».

Il prelato gli rivolse un sorriso complice. «Il momento in cui vostro figlio diventerà imperatore».

Quando i tre uomini se ne andarono, lasciarono un corpo nudo e tremante al centro della radura.

Padre Facio di Malaspina era ancora vivo.

PARTE PRIMA

La pietra dell'esilio

1

Altopiano di Crécy
26 agosto 1346

Maynard fece di nuovo quel sogno. Tre cavalieri in armatura, lanciati al galoppo in una carica furiosa. Non avevano l'aspetto di comuni mortali. Le loro teste erano completamente avvolte da aureole fiammeggianti, ognuna di un diverso colore. La prima bianca, la seconda rossa, la terza dorata. Attraversavano le tenebre stringendo in pugno dei misteriosi trofei, mentre le loro chiome danzavano nel vento come scie di comete.

Prima di riaprire gli occhi, vide quell'immagine sovrapporsi ai ricordi recenti e per un attimo seguì la carica dei tre cavalieri tra schiere di uomini in combattimento, in un trionfo di morte e violenza. Poi udì il sibilo delle frecce inglesi, il nitrito spaventato del suo destriero, lo schianto... E si svegliò con un sussulto.

Stava faccia a terra con la bocca piena di fango, nel buio totale. La pioggia batteva sulla sua corazza con un tintinnio cupo, tedioso, che lo spinse a sollevarsi. Allora si rese conto di avere le gambe bloccate e fu pervaso dal terrore. Qualcosa di pesante gli premeva sulla schiena. In uno slancio di disperazione, distese il braccio sinistro – l'unico che poteva muovere – in cerca di un appiglio. Anche se non riusciva a vedere nulla, sentì che la sua mano avvolta nel guanto ferrato si aggrappava a dei cordami. Strinse la presa e iniziò a trascinarsi in avanti, a fatica. L'armatura gli era d'intralcio, lo limitava nei movimenti, ma non gli impedì di strisciare nella melma fino ad avere anche il braccio destro libero.

Pensò quindi di togliersi l'elmo. Portò le dita alla nuca e armeggiò fino ad allentare la correggia che lo fissava alla sopravveste, poi lo rimosse, graffiandosi il viso. Nella luce grigia del vespro, scorse l'oggetto a cui si era aggrappato: le briglie di un cavallo morto.

Sopra di lui c'era una pila di corpi avvolti in gusci di metallo, vestigia di coloro che fino a poco prima aveva chiamato fratelli d'arme. Quel macabro spettacolo si estendeva a perdita d'occhio per tutto il campo, fino ai piedi della collina. Cavalieri, fanti e balestrieri annientati da un devastante colpo di falce, giacevano nel silenzio, sul terreno solcato da rivoli scarlatti.

Maynard vinse l'orrore, ma non l'onta di vedere i resti di tanti valorosi compagni alla mercé dei corvi. Con un moto di rabbia si spinse in avanti, liberandosi dalla mole dei cadaveri che lo bloccavano, poi si girò sul fianco per respirare a pieni polmoni. La pioggia sul volto gli diede una sensazione di purezza, risvegliando in lui il ricordo di sua sorella Eudeline, rinchiusa in un convento per sfuggire alle perversioni del padre. Eudeline, un nome di luce. Desiderò rivederla, stringerla a sé, come se da ciò dipendesse la sua salvezza e quella del mondo intero.

Un improvviso dolore alla gamba sinistra portò la sua attenzione al ginocchio, dov'era conficcata una freccia. Ricordò allora di essere stato colpito durante la carica, sbalzato a terra e sommerso dalla mischia. Si piegò in avanti per esaminare la ferita, ma l'incombere di un'ombra lo indusse a sollevare d'istinto la mano destra. Afferrò il polso di un uomo, appena in tempo per bloccare un affondo di misericordia[1]. Sopra di lui c'era un fante inglese. Con una rapida torsione del busto, Maynard strappò una punta di lancia da terra e gliela piantò sotto la mascella.

Lo lasciò cadere agonizzante e riprese fiato.

Doveva andarsene, pensò, facendo leva sulla gamba destra per rimettersi in piedi. Scivolò nel fango. Benché troppo debole per camminare, giurò a se stesso che non sarebbe rimasto lì, a costo di strisciare come un verme. Sapeva già quale direzione prendere. Se l'esercito francese era stato sconfitto, le truppe di Edoardo III e del Principe Nero avevano occupato di certo i villaggi settentrionali e la strada occidentale che costeggiava il fiume Mave. L'unica alternativa era spostarsi verso est, fino all'antica via romana che portava ad

[1] La "misericordia" era uno stiletto utilizzato per dare il colpo di grazia a chi era già caduto sul campo di battaglia. La sua lama lunga e sottile riusciva a penetrare nelle fessure delle armature.

Amiens, e proseguire verso sud. Impresa non facile per un uomo incapace di reggersi in piedi. Sempre meglio, comunque, che attendere la morte in quel luogo.

Iniziò a trascinarsi, aggrappandosi a qualsiasi cosa trovasse di fronte a sé. Corpi straziati, armi piantate a terra, cespugli rinsecchiti… Tutto andava bene purché lo aiutasse ad avanzare. L'immane fatica, però, lo costrinse d'un tratto a fermarsi. Appoggiò la schiena alla ruota di un carro semidistrutto e sganciò gli spallacci e le cubitiere, in modo da poter muovere liberamente le braccia, infine portò la mano sopra il ginocchio per controllare la ferita. La freccia era conficcata in profondità, il solo toccarla gli procurava spasimi lancinanti. Non sarebbe riuscito a estrarla da solo.

Quando si sentì sufficientemente in forze, riprese a muoversi. Pensava di essersi riposato abbastanza da poter zoppicare, ma evitò di alzarsi in piedi. Il fante inglese che l'aveva aggredito non era certo l'unico ad aggirarsi nei dintorni. Dovevano esserci molti altri sciacalli a rovistare tra i morti. Meglio strisciare nel fango, sotto la coltre di nebbia che si levava da terra.

Era già a metà del percorso quando fu costretto a fermarsi ancora. Aveva le braccia gonfie e dolenti. Valutò se liberarsi di altre parti dell'armatura per alleggerire il carico, ma quasi tutte le fibbie che fissavano le piastre d'acciaio al suo corpo erano disposte lungo la schiena. Non fu con molta fiducia, quindi, che allungò la mano destra dietro una spalla. Come previsto, riuscì appena a sfiorare le scapole. Allora si distese, stremato, e pregò il Signore di fargli riacquistare le forze.

Non fu il Signore, tuttavia, a rispondergli. Fu un lamento agonizzante.

Maynard si rese conto di essersi appoggiato al corpo di un uomo ancora vivo. Si scostò di scatto e lo vide accasciato a terra in una posa grottesca, circondato da cadaveri. I lineamenti del volto erano nordici, ornati da una barba fiammante e una splendida corazza a piastre cesellate. Si ostinava a tenere la mano destra posata sul pomo della spada; con la sinistra, invece, stringeva la criniera di un destriero crivellato dalle frecce, quasi volesse spronarlo alla carica. Ma quel miserabile guerriero era già stato vinto dal più spietato dei nemici. Sotto le piastre che gli ricoprivano il petto, uno squarcio nella carne rivelava il bianco delle ossa e un groviglio di viscere simile a un vessillo logoro. La sua ora era giunta, eppure Maynard non se la sentì di passare oltre.

Quasi avesse intuito i suoi pensieri, l'uomo lasciò la spada e gli afferrò un braccio. «Jang...», mormorò.

Maynard lo fissò e si accorse che le sue iridi azzurre si muovevano smarrite, senza soffermarsi su nulla. «È il vostro nome?», chiese.

L'uomo annuì. «Jang de Blannen», ripeté con voce più ferma. «E maledetto colui che mi ha tradito...». Tossì sangue, agitandosi in preda agli spasimi.

Per un attimo Maynard pensò di averlo perduto, poi lo vide asciugarsi il mento con un gesto tremante ed emettere un sospiro. Non poteva credere alle proprie orecchie. Aveva già udito quel nome, come la maggior parte dei guerrieri giunti a Crécy. Jang de Blannen, noto a chiunque come re Giovanni I di Boemia, era uno degli alleati più preziosi del sovrano di Francia. Aveva insistito a lanciarsi alla carica anche quando le sorti dello scontro erano già segnate, sfidando le terribili quadrella degli arcieri inglesi. «Dunque voi siete...».

«Invece voi, cavaliere?», lo interruppe Jang, aggrappandosi con accanimento alla vita. «Rivelate il vostro nome...».

«Maynard de Rocheblanche», gli rispose. «Per servirvi».

«Ed è un servigio, infatti... quello che intendo chiedervi».

Maynard gli rivolse una smorfia avvilita. «Dio mi è testimone, se potessi vi porterei con me». Indicò la ferita al costato. «Temo tuttavia non siate in condizione di muovervi, mio nobile signore...».

«Non è la salvezza che bramo, ma mantenere il segreto...».

«Quale segreto?».

Jang de Blannen posò il suo sguardo su di lui, dandogli quasi l'impressione di aver ritrovato la vista. Poi, con estrema lentezza, estrasse un oggetto dall'interno del guanto ferrato e glielo consegnò.

Rocheblanche lo prese senza fare domande. Era un piccolo rotolo di pergamena infilato in un anello.

«Portatelo via... Nascondetelo...», sussurrò il re di Boemia. «E non mostratelo a nessuno... A nessuno, mai... Neppure a mio figlio».

«Mio signore, abbiate la grazia di spiegarvi...».

Jang de Blannen inarcò il busto, scosso da una fitta di dolore. Combatté gli spasimi a denti stretti, la folta barba intrisa di sangue. «Rammentatelo bene, poiché io sono stato tradito da chi lo voleva…». Tossì con violenza, poi fece cenno di attendere, come se si rivolgesse alla morte. «Mi ha accecato con il veleno, quel maledetto… Poco prima che mi lanciassi in battaglia…».

«Ditemi, maestà! Rivelatemi il suo nome».

Lo sventurato sovrano era ormai allo stremo. Posò la nuca sul letto di cadaveri, rivolgendo gli occhi verso il cielo plumbeo. «Giurate, cavaliere…». La sua voce era diventata quasi impercettibile. «Giurate di obbedirmi, ve ne prego… Prima che l'anima abbandoni il mio corpo…».

Maynard titubò, avrebbe voluto sottrarsi all'obbligo e gettare via quel rotolo di pergamena. Non riusciva a carpirne il motivo, ma presentiva di essere sul punto di commettere un terribile sbaglio, una decisione che avrebbe rimpianto per sempre. Però non riuscì a ignorare il senso del dovere. Era al cospetto di un re morente, un uomo che faceva appello al suo onore. E nulla quanto l'onore, in momenti tanto oscuri, rendeva gli esseri umani simili agli angeli.

Fu così che, mentre Jang de Blannen esalava l'ultimo respiro, Maynard de Rocheblanche giurò di custodire il suo segreto.

2

La pioggia si trasformò in uno scroscio nero e fittissimo. Maynard fu costretto ad allontanarsi in fretta dal cadavere di Jang de Blannen e cercare riparo su una piccola altura, per non affogare nel fango. Le tenebre avevano divorato il campo con una tale velocità da lasciarlo privo di riferimenti, ma il timore di perdere conoscenza e risvegliarsi in una terra occupata dai nemici lo spinse a non fermarsi. Nascose il rotolo con l'anello sotto il piastrone di metallo che gli proteggeva il torace e proseguì scivolando verso quella che sperava fosse la sua via di salvezza. Si impose di muoversi in linea retta, quasi certo di avere l'est di fronte a sé. La gamba sinistra lo rallentava, pulsando dolore selvaggio. Gli fu d'intralcio soprattutto quando dovette scavalcare l'argine di un fosso, dopodiché avanzò su un tappeto di erba fradicia, infine sotto gli alberi. Ormai lontano dal teatro dello scontro, continuò finché non pose le mani su un basolo di pietra tagliato dal solco dei carri. Allora capì di aver raggiunto l'antica strada romana e, vinto dalla spossatezza, svenne.

Un tedioso oscillare lo risvegliò per un attimo. Si trovava su un carro coperto, una sagoma intabarrata gli stava seduta accanto. La vista gli si annebbiò, facendolo scivolare di nuovo nel buio.

Quando riprese conoscenza, udì la voce di Jang de Blannen echeggiare dentro le orecchie. Era giorno, il carro non si muoveva più. Tentò di alzarsi, ma una fitta al ginocchio lo costrinse a restare supino. Decise allora di trascinarsi con cautela ai bordi del pianale, per sedersi e poter guardare all'esterno. Aveva smesso di piovere. Due persone avvolte nei mantelli lo stavano fissando. Un ragazzo e una donna. Erano accovacciati sul ciglio della strada, accanto a un fuoco. La donna rimestava qualcosa in un paiolo.

Prima che Maynard potesse dire qualcosa, vide un uomo comparire alla sua destra e porgergli una borraccia. Lo ringraziò con un cenno del capo e bevve. Si sentiva debole, stordito. Il dolore della gamba sinistra, pervasa dal torpore, era più sopportabile.

«Siete benedetto, messere», disse l'uomo. «Se non fosse stato per l'occhio fino di mio figlio, sareste rimasto sotto lo scroscio».

«Vi devo la vita». Il cavaliere gli restituì la borraccia, approfittandone per osservarlo meglio. Era calvo e tarchiato, con indosso una schiavina verde. Gli parve troppo curato per essere un contadino o un semplice artigiano. «Mi chiamo Maynard de Rocheblanche, e saprò ricompensare la vostra bontà d'animo».

«Io sono Jérôme Bataille, e questi», indicò la donna e il ragazzo, «mia moglie Marie e mio figlio Nicolas. Siamo partiti da Bruges per raggiungere Parigi. Strada facendo, abbiamo saputo di uno scontro tra eserciti e la notizia ci ha spinti a proseguire anche di notte, pur di non restare coinvolti».

«Fareste bene a portarvi ancora più a meridione, e in fretta», consigliò Maynard, accigliandosi. «Sono reduce dallo scontro di cui parlate e, credetemi, presto gli inglesi infesteranno questi feudi».

Il giovane Nicolas lo fissò con ammirazione. «Dite, messere, siete un cavaliere del re di Francia?»

«Lo sono, e mi trovo nella condizione di dover chiedere il vostro aiuto». Batté il pugno sull'armatura che indossava. «Ho bisogno che mi aiutiate a togliere tutto questo metallo», poi mostrò la freccia conficcata sopra il ginocchio, «e anche questa».

Dopo una breve titubanza, Jérôme annuì e salì sul pianale insieme al figlio. Seguendo le indicazioni di Maynard, iniziò a slacciargli la spada da stocco appesa al budriere e la cintura con il pugnale, quindi sganciò a una a una le piastre della corazza. Liberò prima le braccia, poi il busto. Quando fu la volta di rimuovere il piastrone del torace, fece cadere una pioggia di incrostazioni di fango insieme al piccolo rotolo appartenuto al re di Boemia.

A quel punto il cavaliere fece segno di attendere, raccolse la pergamena e la ripulì. Era sporca, ma ancora in buono stato. Lo stesso poteva dirsi per l'anello in cui era infilata. Un anello d'oro massiccio. Lo rigirò tra le dita e, osservando il castone, riconobbe uno stemma religioso.

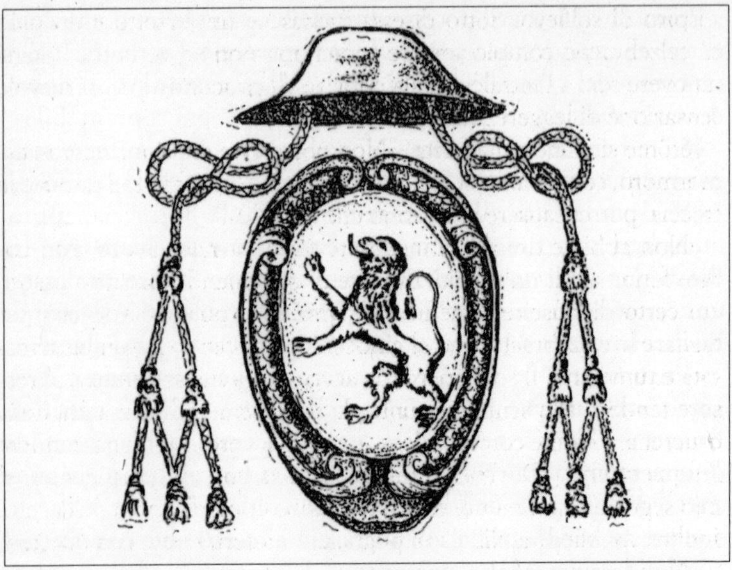

Al centro dell'insegna, su un campo smaltato di rosso, campeggiava un leone d'argento. Difficile stabilire il casato. Ma la presenza del galero, in alto, e delle nappe laterali testimoniavano l'appartenenza a un cardinale.

Rocheblanche lo mise da parte e pregò i suoi soccorritori di liberarlo anche della parte inferiore dell'armatura. Aveva premura di scoprire la gamba sinistra, per controllare la ferita. «Dite, mastro Jérôme», chiese nel frattempo, «cosa fate per vivere?»

«Fabbrico arazzi, messere», rispose l'uomo, esaminando le fibbie che gli restavano da sganciare, «e vorrei che mio figlio proseguisse quest'arte in una città più opulenta rispetto a quella in cui sono cresciuto». D'un tratto troncò il discorso e indicò il punto in cui era conficcata la freccia. «Perbacco!», esclamò. «Siete stato colpito proprio nella fessura tra il cosciale e lo schiniere, che sfortuna».

«Molti miei compagni sono andati incontro a una sorte ben peggiore», ribatté Maynard, con amarezza. «Usate cautela nel rimuovere quei pezzi», si raccomandò poi, «la gamba mi duole assai».

«Finora non vi siete lamentato, mi pare», motteggiò l'arazziere.

Non appena fu libero dall'armatura, il cavaliere si concesse un sospiro di sollievo. Sotto di essa indossava un farsetto e un paio di calzebrache completamente sudici, ma non se ne curò. Potersi muovere senza l'intralcio della corazza gli procurava una piacevole sensazione di leggerezza.

Jérôme si chinò sulla ferita. «Non posso fare altro, mi rincresce», mormorò, consultandosi con il figlio. «Se mi arrischiassi a estrarre la freccia, potrei causare più danno che altro…».

«Non abbiate timore, vi insegnerò io». Maynard aveva visto curare ferite simili un'infinità di volte e, disponendo di due aiutanti, era certo di riuscire a medicarla. Sguainò il pugnale e lo usò per tagliare le calzebrache fino al ginocchio, scoprendo la gamba arrossata e tumefatta. Il solo guardarla accentuò la sua sofferenza. Il rossore tendeva allo scuro, al punto da fargli temere la minaccia della cancrena. «Farete come vi dico», continuò, cercando di nascondere l'inquietudine. «Dovrete estrarre la freccia con un gesto deciso, al mio segnale, e poi mondare la lacerazione con del vino o dell'aceto. Inoltre…», diede a Nicolas il pugnale, «cauterizzerete con questo».

«Non sarebbe meglio cercare aiuto?», chiese l'arazziere, esitante. «I soldati scampati a Edoardo III non saranno molto lontani. Tra di loro, dovrà pur esserci un cerusico in grado di medicarvi».

A quelle parole, il cavaliere fu pervaso dall'improvvisa speranza di ricongiungersi ai propri compagni. Era probabile che re Filippo VI avesse ripiegato verso meridione, a Fontaine o Amiens, per mettere al sicuro ciò che restava dell'esercito e organizzare la controffensiva. Doveva tentare di raggiungerlo. Ma la ferita non poteva aspettare.

«Se attendessi un altro giorno, rischierei di perdere la gamba… D'altro canto sono troppo debole per riuscire a curarmi da solo». Aggrottò la fronte, facendosi quasi minaccioso. «Perciò dovrete aiutarmi voi. Adesso».

In breve fu tutto pronto. La moglie di Jérôme preparò una ciotola di aceto e delle strisce di tessuto da usare per gli impacchi, mentre Nicolas mise il pugnale sulle braci.

Il cavaliere chiamò a sé padre e figlio. «Se fossi stato colpito alla coscia o al polpaccio», spiegò, «vi avrei chiesto di spingere la freccia fino a farla uscire dalla parte opposta al punto di entrata, quindi sarebbe bastato tagliarla e sfilarla… Purtroppo non possiamo agire in questo modo. La punta tocca l'osso, non c'è altra soluzione che strapparla».

Nicolas fece per intervenire, ma si zittì.

«...strapparla a viva forza, senza esitare», continuò Maynard. «Soffrirò molto, la carne si squarcerà, ma non dovrete distrarvi dal vostro compito. E in seguito, monderete la ferita».

Con un'espressione poco convinta, Jérôme strinse le dita intorno alla freccia. «Ebbene, non perdiamo tempo». Era madido di sudore e tremava, quasi dovesse estrarla dalla propria gamba.

«Un attimo», lo fermò il cavaliere. «Sono prima costretto a chiedervi un altro servigio. Lo faccio ora, nel caso perda i sensi in seguito al dolore».

«Vi ascolto, messere».

«Se strada facendo scorgerete tracce del passaggio dell'esercito francese, vi prego di accompagnarmi dai miei fratelli d'arme».

L'arazziere lo scrutò perplesso. «Non vi sarà rischio per la mia famiglia?»

«Al contrario, come vi ho detto verrete ricompensato».

«Sta bene».

«Dunque coraggio», lo esortò Maynard. «Fatelo!».

Jérôme si assicurò che Nicolas tenesse ben salda la gamba, quindi strinse la presa e, con un gesto secco, strappò la freccia.

Maynard scattò in avanti con gli occhi sbarrati e lanciò un grido terribile dando sfogo al dolore, insieme alla rabbia, alla paura e all'umiliazione. Un grido che si portava dentro dalla notte passata. Poi cadde di schiena, la fronte imperlata di sudore, lottando contro la sofferenza mentre le bende intrise d'aceto iniziavano a bruciargli sulla ferita.

Sentì la voce del ragazzo: «La freccia è intatta...».

Poi quella di Jérôme: «Pulisci il sangue...».

«Ecco il coltello...».

«Tienilo fermo!».

«Ora! Ora!».

Infine lo sfrigolare della brace, il ferro arroventato sulla carne.

Maynard gridò di nuovo.

La risata brutale di un uomo gli fendette la memoria come una daga. Ancora dolore, infine l'immagine di suo padre riverso su Eudeline.

La rabbia lo strappò all'incoscienza.

Riemergendo dal torpore, Maynard contemplò i pezzi dell'armatura riposti al suo fianco e fu sopraffatto da un ricordo. Cavalieri bardati di ferro che caricavano dei fanti vestiti con semplici cotte di maglia. Si sentì un vigliacco.

Poi si accorse che il carro aveva ripreso a muoversi. Nicolas gli sedeva di fronte.

«Come state, messere?», chiese il ragazzo, porgendogli una ciotola.

Rocheblanche prese il cibo, ma lo ripose senza neppure annusarlo. La gamba sembrava più gonfia di quanto ricordasse. Anche il dolore era aumentato. «Sopravviverò», disse, rivolgendogli un cenno di gratitudine.

Nicolas seguì il suo sguardo, rivolto di nuovo verso l'armatura. «L'ho ripulita», gli disse.

«Siete un bravo giovane». Il cavaliere si massaggiò le braccia ammaccate. «Sono incosciente da molto?»

«Mezza giornata. Dopo avervi medicato, ci siamo rimessi subito in viaggio».

Maynard annuì, senza sapere cos'altro aggiungere. Il disagio che stava provando non derivava soltanto dalla ferita, né dalle recenti vicissitudini. Nasceva dall'anima. Allora ricordò di aver sognato suo padre.

Nicolas indicò la ciotola. «È zuppa di segale, l'ha preparata mia madre», spiegò. «Vi aiuterà a rimettervi in forze».

Il cavaliere fece per ribattere, ma d'un tratto udì Jérôme gridare dal lato anteriore del carro: «Accampamenti militari! Messere, svegliatevi! Li abbiamo trovati!».

3

L'accampamento dei reduci di Crécy si raccoglieva intorno a una vecchia chiesa ben visibile dalla strada. Non era delimitato da palizzate né da fossati, l'unica difesa consisteva in un esiguo numero di sentinelle.

Maynard attese che il carro si fermasse, poi chiese l'aiuto di Nicolas per scendere a terra. Dovette restare aggrappato al suo braccio e mantenersi in equilibrio sulla gamba destra, ciò nondimeno si sentiva rinvigorire nello spirito. Era finalmente in piedi e poteva scrutare chiunque dall'alto della propria statura. Seguendo i suoi movimenti con la coda dell'occhio, Jérôme si alzò dalla serpa, raccomandò alla moglie di aspettare con le redini in mano e si affrettò per raggiungerlo. Venne fermato da due soldati.

«Anziché molestare quel buon uomo», intervenne subito il cavaliere, «venite qui ad aiutarmi».

Uno dei due armigeri gli corse incontro, afferrandolo per il bavero. «Chi siete, voi, per esprimervi con tanta sfrontatezza?».

Maynard si liberò della presa con un gesto incurante della mano. «Il sangue e il fango sui miei abiti dovrebbero parlare da soli», ribatté, alzando il mento. «Sono cavaliere di sua maestà e signore di Rocheblanche, esigo di essere accolto in questo accampamento per riunirmi ai *milites* miei pari».

«Perdonate l'indugio», insistette la sentinella, «ma così malconcio potreste passare per un villano».

«Nicolas», vociò il cavaliere, spazientito, «mostrate a questo pezzo d'asino la mia spada, affinché possa ammirare lo stemma del casato sull'elsa».

Il giovane obbedì. Un attimo dopo il soldato dovette arrendersi all'evidenza e piegarsi in un inchino. «Chiedo venia, vossignoria», farfugliò, «non potevo sapere…».

Maynard non lo degnò della minima attenzione. Si rivolse invece all'arazziere, finalmente libero dall'impaccio: «Mastro Jérôme, le nostre strade si dividono qui. Prima di congedarvi, tuttavia, vi pregherei di darmi qualcosa su cui scrivere».

«Ho calamo e inchiostro», disse l'uomo, incapace di interpretare quell'insolita richiesta, «ma l'unica pergamena di cui dispongo è la vacchetta che uso per annotare i miei conti...».

«Non pretendo tanto, mi basterà un canovaccio».

Sempre più confuso, l'arazziere frugò tra i suoi averi sul carro e ne uscì con una pezza di canapa dall'ordito abbastanza fitto, perché ci si potesse scrivere sopra. Rocheblanche la prese, intinse il calamo nell'inchiostro e vergò poche righe, dopodiché appose la propria firma. «In questo modo saldo il mio debito». Restituì il tessuto. «Spero sia sufficiente».

L'uomo controllò il testo. «Non capisco...».

Maynard lo fissò divertito. «Non dicevate di essere diretto a Parigi?»

«Sì, è la verità».

«Ebbene, trovare alloggio presso la Cité vi costerà molta fatica e altrettanti denari. Mi sono quindi permesso di raccomandarvi al mio reverendo zio Antoine Tempier, priore della chiesa di Saint-Denis. Giunto a Parigi, andate da lui e mostrategli quel canovaccio. State certo che vi troverà una degna sistemazione ove poter vivere e dedicarvi al vostro mestiere».

«Messere, troppa generosità...», lo ringraziò Jérôme, commosso.

«Nulla al confronto della vostra», ribatté il cavaliere. «Chiunque altro mi avrebbe lasciato perire lungo la strada, sotto la pioggia. Voi invece vi siete preso cura di me, salvandomi da morte certa. Avete i miei rispetti e la mia amicizia», e gli batté una mano sulla spalla. «Se un giorno, per malaugurato caso, voi e la vostra famiglia doveste incorrere in qualche disagio, potrete sempre contare su di me».

Dopo un cenno di commiato, Maynard si rivolse alla più giovane delle due sentinelle. «Porgetemi il vostro braccio, affinché possa camminare ritto», gli ordinò con voce severa. Posò quindi lo sguardo sull'impertinente che l'aveva preso per il bavero. «Voi, invece, raccogliete dal carro i pezzi della mia armatura e portateli in un alloggio. Badate che sia confortevole, altrimenti vi farò prendere a scudisciate!».

Il carro di Jérôme Bataille era già lontano quando Maynard poté finalmente distendersi su un giaciglio. Aveva trovato alloggio sotto una tenda vicino alla chiesa, una sistemazione dignitosa, protetta da sguardi indiscreti. Ordinò a un garzone di portargli una tinozza d'acqua e si fece aiutare per darsi una ripulita, poi prese una moneta dalla scarsella che gli era rimasta legata alla cintura e gliela lanciò. «Trovami da mangiare e delle vesti in buono stato», chiese.

Il ragazzo prese al volo la moneta e annuì, uscendo con un inchino dalla tenda. Tornò poco dopo, reggendo degli abiti ben piegati e una scodella di terracotta.

Nell'attesa, Rocheblanche si era dedicato alla ferita. L'aveva detersa con un panno umido, passandolo intorno alla cauterizzazione per concedersi un po' di sollievo. Il gonfiore era diminuito, ma non il dolore. Tuttavia non si lamentava, poteva dirsi contento di essere uscito quasi illeso dall'inferno di Crécy. Considerata la spaventosa moria di valorosi a cui aveva assistito, c'era da chiedersi se fosse sopravvissuto per semplice fortuna o per un preciso scopo. D'altronde, era stato soltanto grazie a lui che il segreto del re di Boemia non era andato perduto. La faccenda lo rendeva inquieto. Jang de Blannen non si era limitato ad affidargli un oggetto da custodire. Gli aveva anche confessato un tradimento, forse nato in seno ai ranghi dell'esercito regio. Maynard si chiese se fosse lecito tacerlo al sovrano, nonostante il giuramento del silenzio.

In quel momento vide il garzone porgergli un farsetto a maniche svasate e un paio di calzebrache di ottima fattura. Aspettandosi qualcosa di più modesto, lo scrutò con disappunto. «Dove li hai trovati?».

Il ragazzo si strinse nelle spalle. «Li ho rubati», ammise con un risolino, riponendo la scodella piena di brodaglia accanto al giaciglio.

Il cavaliere si vestì senza commentare. Nonostante avesse riposato, si sentiva ancora debole. Scottava per la febbre e non aveva alcun appetito, ma si sforzò di sorbire il rancio nella speranza di rimettersi in fretta. Infine prese una seconda moneta e la mostrò al giovane. «Se saprai rispondere alle mie domande, avrai anche questa», promise, facendola girare tra le dita. «Sua maestà si trova in questo accampamento, non è vero?»

«Sì, messere. Sta dentro la chiesa diroccata».

«Sai se ha già convocato un consiglio di guerra?»

«Non ne ho idea».

«Allora dovrai scoprirlo», disse il cavaliere, «e informarti anche se sua maestà può concedere udienza. Vai!».

Congedato il garzone, attese di restare solo per dedicarsi a un'altra importante questione. Prese il piccolo rotolo affidatogli da Jang de Blannen e lo sfilò dall'anello cardinalizio. *Non mostratelo a nessuno... Neppure a mio figlio...* E così avrebbe fatto, pensò il cavaliere, ma voleva anche scoprire quale fosse il mistero per cui Giovanni I di Boemia era stato tradito.

Il foglio di pergamena era di piccolo taglio, al punto da poter essere facilmente nascosto dietro una mano. Conteneva un testo succinto, vergato in latino.

Missam ut molam ab angelo in mare
est Lapis exilii situs in Monte floris
nostra salute clausus in uetusta crypta
sub caelo historiis mire depicto
a meridie Sancti Sauini in uilla Cerisii.

Maynard aggrottò la fronte, incapace di comprendere. Non era il significato delle parole a sfuggirgli, ma i concetti cui facevano allusione. Sembrava un enigma, come quelli lasciati a volte dai monaci amanuensi a margine dei testi da loro copiati. Si sforzò di trovare un senso, traducendo a bassa voce.

Come la mola gettata dall'angelo in mare
è la pietra dell'esilio sita nel monte del fiore
per la nostra salvezza chiusa in una vetusta cripta
sotto un cielo di storie mirevolmente dipinto
a meridione di santo Savino in villa Cerisio.

L'unico indizio comprensibile era affidato all'ultima riga, in cui si faceva riferimento alla celebre chiesa di Saint-Savin di Vienne, sorta non lontano da Poitiers, presso un luogo anticamente noto come villa Cerisio. A parte ciò, il testo accennava a un misterioso *Lapis exilii*, "pietra dell'esilio", nascosto in una cripta "per la nostra salvezza", ovvero del genere umano. L'allusione alla mola e all'angelo, come pure al cielo dipinto, rappresentavano un autentico dilemma. L'enigma maggiore, quello che secondo Maynard avrebbe permesso di interpretare correttamente il testo, consisteva tuttavia nelle parole *in monte floris*. "Nel monte del fiore". Si trattava senz'altro di un'altura, una montagna o una collina. Era là che si doveva trovare la *vetusta crypta* dov'era rinchiusa la pietra dell'esilio. Il cavaliere non riusciva a immaginare quale arcano tesoro potesse nascondersi in quel luogo. Qualunque cosa fosse, Jang de Blannen gli aveva fatto giurare di tenerla nascosta. Non avrebbe potuto farne parola neppure a re Filippo VI.

Scorgendo la sagoma di un uomo davanti all'ingresso, arrotolò in fretta la pergamena e la nascose dietro la schiena insieme all'anello.

Il garzone lo salutò con un sorrisetto compiaciuto. «Il re concede udienze», disse, non appena gli fu data licenza di parlare, «ma non ha convocato consigli di guerra».

«E quando intende farlo?», chiese il cavaliere.

«Non si sa, messere».

«Sei sicuro di aver capito bene?».

Il ragazzo annuì. «Me l'ha confidato uno dei valletti al suo seguito».

Maynard meditò su quelle parole, poi annuì. «Aiutami ad alzarmi, svelto», tese la mano verso il garzone.

«Messere, fossi in voi riposerei. Non avete una bella cera».

«Riposerò dopo. Ora devo conferire con sua maestà su una questione assai delicata».

4

Due uomini stavano parlando nella sacrestia della chiesa abbandonata, sotto la luce che filtrava da una bifora. Re Filippo VI di Valois era il più alto. Indossava ancora l'armatura e la sopravveste azzurra con i gigli dorati di Francia, gesticolava come in procinto di un accesso d'ira. L'aristocratico al suo cospetto, dai modi più pacati, era invece avviluppato in un'elegante guarnacca scura che ne metteva in risalto la carnagione chiara e i capelli rossi. Maynard cercò di rammentare dove l'avesse già visto, sebbene la sua principale preoccupazione, in quel momento, consistesse nel mantenere un portamento dignitoso in presenza del sovrano. Per questo aveva rifiutato di farsi sorreggere dal garzone e si era procurato un bastone, in modo da poter camminare ritto senza sforzare la gamba sinistra. Impresa non semplice, soprattutto quando aveva dovuto affrontare le scale all'interno della chiesa.

Nel vedere il monarca impegnato in una conversazione, pensò di indietreggiare per incontrarlo più tardi. Poi si accorse di essere stato notato. «Vostra maestà», disse con un inchino impacciato, «chiedo udienza».

«Rocheblanche», il Valois gli fece cenno di avanzare, «pensavamo foste caduto in battaglia».

«Sono vivo per miracolo, bel sire».

Il monarca lo scrutò da capo a piedi. «Cosa vi spinge al nostro cospetto, con quella gamba offesa?»

«Una notizia funesta. Noto però che siete impegnato, non vorrei essere importuno».

«Non fatevi scrupoli». Filippo VI indicò l'uomo al suo fianco. «Costui è il nobile Karel, conte di Lussemburgo. Il figlio del re di Boemia. Potete parlare liberamente al suo cospetto».

Maynard fissò con attenzione il volto dell'uomo dai capelli fulvi e fece un passo indietro. "Neppure a mio figlio", aveva intimato Jang de Blannen. Karel di Lussemburgo conservava nell'aspetto i lineamenti del padre, benché meno fieri e certo non altrettanto armoniosi. Aveva un naso troppo grande, la fronte scoperta dalla calvizie e gli zigomi eccessivamente pronunciati. Furono i suoi occhi azzurri, sbarrati e sporgenti, a metterlo in guardia.

«Ebbene, Rocheblanche?», lo spronò il Valois, contrariato dal suo indugiare. «Quale notizia ci portate?».

Il cavaliere mantenne lo sguardo sul principe Karel, colto da un'improvvisa sensazione di disagio. «Giovanni I di Boemia è morto», e abbassò il capo in segno di lutto.

Filippo VI intrecciò le braccia al petto. «Ne siete certo, messere? A noi risulta che sia caduto nelle mani degli inglesi».

«Più che certo, purtroppo», confermò Maynard. «Mi sono imbattuto nel suo corpo martoriato mentre strisciavo via dal campo di battaglia».

Karel intervenne senza tradire alcuna emozione. «Era già cadavere?».

Prima di rispondere, il cavaliere ebbe l'impressione che il principe stesse lentamente uscendo dal fascio di luce, quasi per nascondersi. «Non ancora, altezza».

«Vi ha parlato?».

«Poche parole», mentì Maynard, «giusto per raccomandare la propria anima a Dio». Qualcosa, nell'inflessione di quella domanda, l'aveva messo all'erta.

«Davvero?». Il volto di Karel stava eclissando nell'ombra. «Il mio nobile padre era un uomo dai molti segreti, strano non abbia confidato nulla in punto di morte».

Rocheblanche si strinse nelle spalle. Benché bruciasse dalla voglia di riferire le parole di Jang de Blannen, un presentimento gli impose di tacere. E se si fosse trovato proprio di fronte all'artefice della cospirazione?

Il principe premette un pugno sul mento, aggrottando la fronte. «Invece, voi dite, è spirato pregando», continuò pensieroso. «Come un uomo comune».

«Come un valoroso guerriero», precisò Maynard, rivolgendosi al re di Francia per troncare un discorso potenzialmente insidioso. «Un valoroso da cui dovremmo tutti prendere esempio».

«Un riferimento alla nostra ritirata?», ribatté il Valois, piccato.

«Accennavo soltanto alla lezione di coraggio, maestà».

«Il coraggio non è sinonimo di intelligenza strategica», commentò il monarca. «E credo che lo stesso Karel di Lussemburgo sia pronto ad ammettere che il suo nobile genitore si sia sacrificato per compiere una stupida prodezza».

«Non per una prodezza», avvampò Maynard, sentendo sminuire i valori con cui era stato cresciuto. «Ma per spronare gli uomini alla carica».

Filippo VI scosse il capo. «Li ha condotti al massacro quando ormai il dado era tratto. Ha esposto la cavalleria agli arcieri di Edoardo III».

«Lo so bene, però…».

«E sapete anche in quanti sono caduti, Rocheblanche?», gridò il Valois, in preda allo sdegno. «Più di quattromila! Quattromila cavalieri vostri pari! Gli inglesi hanno decimato la nostra nobiltà».

Maynard abbassò lo sguardo, più per rispetto verso i compagni morti che per timore del monarca. «Abbiamo sottovalutato gli arcieri, è vero», ammise a denti stretti. «Ma la prossima volta…».

«Non ci sarà una prossima volta», lo zittì Filippo VI. «Non nell'immediato futuro, per lo meno».

Il cavaliere fu pervaso dallo stupore. «Non vorrete aspettare che Edoardo III e il Principe Nero marcino su Parigi!».

«Non è Parigi la loro meta, ma Calais».

«E lascerete che la cingano d'assedio?»

«Non abbiamo scelta».

Maynard sospirò, profondamente deluso. Non era una critica alla strategia da adottare, la sua, ma alla leggerezza con cui era stato zittito. «Se è come dite, bel sire, significa che a Crécy abbiamo perso qualcosa di più importante di una battaglia».

«Rocheblanche!», lo apostrofò il Valois. «Il vostro signor padre non si era mai permesso di rivolgersi a noi con tanta insolenza».

Mio padre era una bestia, pensò il cavaliere. Prima di ribattere, colse una rapida occhiata del principe Karel diretta verso un candelabro coperto di ruggine, dietro il quale intravide una sagoma nera che strisciava nell'ombra. Il tempo di un attimo, e la figura scivolò nel buio. Maynard pensò di renderlo noto al monarca, poi si morse la lingua. Aveva già visto e parlato abbastanza. «Chiedo venia», disse perciò, fingendosi costernato. «Non intendevo mancare di rispetto, soltanto esprimere il mio personale parere».

«Parere non richiesto». Filippo VI era ben lungi dal volersi calmare. «Non crediate di cavarvela a buon mercato, messere».

Fu allora che Karel di Lussemburgo si intromise nella conversazione. «Bel sire», disse con tono conciliante, «forse il vostro cavaliere abbisogna soltanto di riposo». Gli si parò di fronte con fare mellifluo. «Avete notato il suo pallore? Oltre alla tempra, la ferita alla gamba deve aver incrinato il suo intendimento».

«L'insolenza va comunque punita», rimbrottò il monarca.

«Fate un'eccezione, per me», insistette il principe. «Quest'uomo ha recato notizie di mio padre. Notizie grame, ahimè, ma che comunque mi rendono suo debitore».

Dopo un attimo in silenzio, il Valois annuì. «Rocheblanche, ringraziate il nobile Karel per la sua magnanimità». E, spazientito, aggiunse: «Vi congediamo con l'ordine di tornare alle vostre terre appena vi sarete rimesso. Non osate mai più mancare di rispetto al vostro sovrano».

Maynard si puntellò con il bastone e disegnò un inchino. Alzando gli occhi, scorse il ghigno di Karel di Lussemburgo e si rese conto che lo stava scrutando con il bramoso sospetto di un inquisitore.

Capì allora di non essere riuscito a ingannarlo.

E di essersi fatto un potente nemico.

5

Guadagnare l'uscita della chiesa non fu impresa da poco. Non per la difficoltà a camminare, ma per il peso che Maynard iniziava a sentire dentro di sé. Era certo che Karel di Lussemburgo avesse preso le sue difese per vincolarlo a un legame di complicità. Una complicità tra nemici. E benché ignorasse in quale misura fosse coinvolto nella morte di Jang de Blannen, sentiva di doversi guardare da quell'uomo. Sospettava che avesse fiutato la sua menzogna e che, in un modo o nell'altro, si sarebbe adoperato per scoprire cosa gli stesse nascondendo.

Si fermò al centro della navata maggiore, quasi per chiedere consiglio al crocifisso che campeggiava sull'altare. Lo guardò rilucere sotto una finestra priva di vetrata, interamente scolpito nel legno. Il Cristo appeso ai chiodi era magro e nodoso, con due grandi occhi intagliati a forma di goccia. Il cavaliere schiuse le labbra per rivolgergli una preghiera, ma ne fu tanto attratto da non riuscire più a formulare un pensiero. Dolore nel corpo e nello spirito. Quegli occhi non parlavano d'altro. Era come se volessero proteggerlo, avvolgerlo in un'aurea di pace. Lui li fissò senza cedere alla commozione, pervaso dal rimorso per tutte le vite che aveva spezzato. Poi un passo indietro, verso l'arco del portale, e l'incanto svanì. Era di nuovo solo, di fronte a un enorme mistero.

Aveva già percorso metà della gradinata esterna quando vide un uomo in arme accorrere al suo fianco per offrirgli aiuto. Maynard rifiutò con modi bruschi, poi si dispiacque e fece per scusarsi. Riconobbe allora un volto amico. «Robert de Vermandois», disse, «lieto di rivedervi sano e salvo».

«Altrettanto io, Rocheblanche». Bruno e di stazza erculea, Robert de Vermandois era un barone piccardo caduto in disgrazia ma animato da un marziale attaccamento all'onore. «Ieri, nella mischia, ho temuto per voi».

«Ho rischiato molto, l'ammetto».

«Almeno non vi siete macchiato dell'onta», ribatté il nobiluomo con aria grama. «Combattevo sul fianco occidentale, fra orde di fanti, quando mi è stato ordinato di fare strage dei nostri stessi mercenari per evitare che battessero in ritirata».

«Intendete i balestrieri?», volle sapere Maynard, iniziando a zoppicare verso la propria tenda.

Robert lo seguì, sbraitando con le grandi mani. «Sì, i reparti genovesi».

Il cavaliere fece cenno di comprendere, astenendosi dal replicare. Filippo VI aveva reclutato quindicimila balestrieri genovesi da supporto alla cavalleria, ma non c'era da stupirsi che quei poveri diavoli avessero mostrato indecisione nel combattimento. Giunti a Crécy dopo una marcia di oltre sei leghe, erano stati costretti ad attaccare senza potersi riposare. La voce di Vermandois lo riportò all'attenzione: «Siete scuro in volto, Rocheblanche. Avete ricevuto brutte notizie?».

Maynard glissò sull'argomento con un sorriso vago. «Desideravo conferire da solo con sua maestà», si limitò a dire, «ma non me ne è stata concessa l'occasione».

Il barone piccardo si strinse nelle spalle. «Da quando siamo stati sconfitti, il Valois non fa che parlare con quel Karel di Lussemburgo».

Cogliendo una punta di sprezzo, il cavaliere si incuriosì. «Lo conoscete?»

«Non quanto il padre», rispose Robert. «Karel è un uomo ambiguo, sempre circondato da preti e religioso al limite del fanatismo. Non so altro, a parte che è un vigliacco».

«Cosa intendete?»

«È notizia certa che ieri si sia ritirato dalla battaglia prima dello scontro decisivo».

Maynard annuì con interesse, quell'informazione rafforzava i suoi sospetti. Anche se non valeva come prova di tradimento, abbandonare il padre sul campo non deponeva a favore del nobile Karel. D'un tratto fu costretto a fermarsi per via di una fitta al ginocchio e, pregando il barone di attenderlo, capì di essersi spinto oltre il proprio alloggio. Era giunto ai margini dell'accampamento, dove si trovavano i soldati di basso rango e i cavalli.

«Vi ho fatto camminare più del dovuto», si scusò Robert, indicando gli stallaggi, «ma mi serve un nuovo destriero. E dato che a Crécy sono sopravvissuti più cavalli che uomini, vorrei approfittare del vostro consiglio».

«Non giustificatevi, amico mio». Ignorando il dolore, Rocheblanche si puntellò con il bastone e avanzò ritto. «Sarò ben lieto di approfittare dell'occasione, dal momento che anch'io sono rimasto appiedato». In verità si sentiva sempre più debole e avrebbe preferito mettersi a riposo, ma non tollerava di essere trattato come un infermo.

Trovarono il custode degli stallaggi, gli elargirono qualche moneta per poter scegliere tra gli esemplari migliori rimasti senza padrone e iniziarono la cernita. Non si trattava soltanto di stabilire se fossero sani e robusti, ma anche del temperamento adeguato. A seguito di un feroce scontro, un destriero poteva perdere il coraggio e imbizzarrirsi al minimo accenno di pericolo. Consapevole del rischio, Maynard valutò con attenzione le bestie, i movimenti delle loro pupille, del capo e degli zoccoli, finché non scelse un morello dal portamento fiero e una giumenta abbastanza robusta da poter trasportare il carico dell'armatura. Vermandois, invece, pose gli occhi su un elegante cavallo bianco.

Dopo aver recuperato le selle e i paramenti necessari, i due si allontanarono tenendo le bestie per le redini.

«Venite nella mia tenda», lo invitò il piccardo, soddisfatto della scelta. «Quel furfante del mio valletto è riuscito a procurarsi dell'acquavite, e Dio sa quanto detesti bere da solo... Rocheblanche, mi ascoltate?».

Maynard riuscì soltanto a emettere un verso inarticolato. La sua vista si stava appannando, dandogli l'impressione di vagare in un biancore accecante. D'un tratto non fu più in grado di distinguere il terreno su cui calcava i piedi e allora, colto dal panico, si aggrappò alle briglie del morello per mantenersi in equilibrio. Ma la progressiva perdita di forze lo fece stramazzare a terra.

La pezza bagnata scivolò giù dalla fronte. Una mano, veloce, la raccolse per rimetterla al proprio posto.

«Ve lo dissi, messere, che avevate una brutta cera».

Maynard si destò con un sospiro di sollievo, ritrovandosi nel proprio alloggio. Sentiva la testa in fiamme e la gamba incredibilmente gonfia. Fece per alzarsi ma il garzone lo costrinse a restare sdraiato, premendogli un palmo sul torace. Incapace di opporsi a quel semplice gesto, il cavaliere si rese conto della propria debolezza. Avvertì inoltre una grande angoscia, che in principio non seppe motivare. Poi rammentò di aver sognato il Cristo crocifisso della vecchia chiesa, le fessure degli occhi spalancate in orbite nere da cui uscivano grossi vermi. Fu pervaso da un tale disgusto da sentire l'impulso di fuggire. La mano, ancora una volta, lo trattenne.

«Il signor de Vermandois vi ha portato qui privo di sensi», spiegò il ragazzo. «Vi teneva in braccio come una femmina».

Il cavaliere tentò di parlare, ma si accorse di avere la gola riarsa. Abbozzò un sorriso. «Immagino...», sussurrò, «il tuo spasso...».

La risata del garzone lo distrasse dal raccapriccio, permettendogli di scivolare di nuovo nel sonno. In pace.

Impiegò una settimana per rimettersi. Fu costretto a restare coricato sul giaciglio, in attesa di recuperare le forze, mentre udiva voci sulla partenza di un numero sempre maggiore di soldati. La volontà di Filippo VI di sospendere le operazioni militari si era diffusa, spingendo i guerrieri di alto rango a lasciare l'accampamento per fare ritorno ai propri feudi. Sua maestà, tuttavia, indugiava nella chiesa diroccata insieme a una ristretta cerchia di fedeli. Maynard aveva chiesto al garzone di informarsi sui loro nomi, scoprendo che nel gruppo c'era anche Karel di Lussemburgo. Non era riuscito a ottenere altre notizie su di lui, tranne la voce che fosse atteso con urgenza a Colonia. Eppure il principe esitava a partire.

Nel frattempo, le visite di Vermandois si fecero assidue. Prima di levare le tende, il barone piccardo insisteva nel voler vedere Maynard ristabilito. A tale scopo, lo sottopose al parere di un cerusico, procurandogli unguenti curativi e persino una modesta quantità di oppio, per lenire il dolore alla gamba. Ciò nondimeno, cercò la sua compagnia soprattutto per intrattenersi in lunghe partite a scacchi, durante le quali i due sorseggiavano acquavite e conversavano del più e del meno. Ben presto, il cavaliere si persuase che i suoi miglioramenti non erano dovuti solo ai medicamenti, ma anche alla presenza di quell'uomo rude e orgoglioso. Che lo aiutò a guarire soprattutto nello spirito.

Da quando era uscito dalla sacrestia, portava dentro di sé una grande amarezza. L'indifferenza del Valois per la sorte di Calais l'aveva messo di fronte a qualcosa di più sgradevole di una semplice reazione umana. Le parole del re, infatti, celavano una triste verità, da molti inespressa. Il tempo della cavalleria era finito. Era stato soppiantato da un tipo di guerra più evoluto, dove il valore degli uomini non contava nulla rispetto allo sterminio dei nemici. Tra una mossa degli scacchi e l'altra, il cavaliere ne faceva parola con Robert, lamentandosi di vivere in un'epoca priva di coraggio e di dignità. D'altro canto, non era un ingenuo. Sapeva bene che le nobili gesta vivevano soltanto nelle *chanson* recitate ai tornei e nelle *legendae* dei santi guerrieri. Non era neppure un ipocrita. A suo parere, le strategie di Edoardo III erano ignobili quanto le prepotenze perpetrate da molti milites francesi. Però dentro di lui c'era ancora fede. La fede in quegli ideali che aveva nutrito fin da bambino. La fede che aveva visto calpestare prima dal padre, e ora dal suo sovrano.

Un altro cruccio, tuttavia, non gli dava requie: il testo contenuto nella piccola pergamena. Approfittava di ogni momento di solitudine per esaminarlo, nella speranza di afferrarne il significato profondo, soprattutto dopo il tramonto, al lume di una candela, quando i cattivi presagi non gli consentivano di prendere sonno.

Fu così che una notte, in seguito all'ennesimo tentativo, si accorse che il primo verso dell'enigma gli infondeva una remota sensazione di familiarità. L'angelo, la mola, il mare... Doveva avere già udito quelle parole, ne era convinto, anche se non riusciva a ricordare dove e quando. Pervaso dalla frustrazione, mise allora da parte la pergamena per osservare lo stemma dell'anello d'oro. Possibile, si disse, che Karel di Lussemburgo fosse davvero coinvolto in quella fosca vicenda? *È sempre circondato da preti*, aveva detto Robert de Vermandois.

Preti... e porporati.

«Cosa fate, messere?».

Maynard sollevò la candela e vide il garzone emergere dall'ombra. «Non ti riguarda», esclamò, adirato con se stesso per essersi lasciato cogliere di sorpresa.

«E quello splendido anello?», disse il giovane, indicando l'oggetto che scintillava nel buio. «È vostro? Non ne ho mai visti di eguali».

«Impicciati degli affari tuoi», lo rimproverò il cavaliere, sempre più burbero.

Il garzone si voltò verso l'uscita, fingendosi offeso. «Significa che non vi dirò dell'uomo in nero».

«Quale uomo?», chiese Maynard, richiamandolo indietro.

«Quello che poco fa si aggirava intorno alla vostra tenda. Appena mi ha visto, si è dileguato».

Rocheblanche si accigliò. «Sapresti descriverlo?»

«Era troppo buio per vederlo in faccia», rispose il giovane. «Indossava un mantello nero con un cappuccio calato fin sopra il mento. Ho notato soltanto che era basso di statura e che doveva essere assai giovane, poiché non aveva barba».

6

«Dobbiamo andare», disse Vermandois, rifilando un calcio a un gatto spelacchiato che si era avvicinato per fargli le fusa.

Maynard annuì. Si era alzato all'alba per caricare i pezzi dell'armatura sulla giumenta. Quella notte aveva dormito poco, stava approfittando dell'aria mattutina per svegliarsi e fugare l'inquietudine. Da quando il garzone gli aveva parlato dell'individuo con il mantello nero, i suoi pensieri andavano di continuo alla figura nascosta nella penombra della sacrestia, fomentando in lui il timore di un agguato. C'era un'altra ragione, tuttavia, per cui non riusciva a stare con le mani in mano. Benché continuasse a ignorare il significato dell'enigma del *Lapis exilii*, si era finalmente ricordato del luogo in cui aveva udito le parole contenute nel primo verso della pergamena. Era avvenuto sotto un'arcata di pietra, davanti a un libro aperto su un leggio… A Reims, nel convento dov'era rinchiusa sua sorella Eudeline. «Sono quasi pronto», disse al compagno, battendogli una mano sulla spalla.

«Vi siete ripreso in fretta». Il piccardo osservò compiaciuto il suo portamento. «È un bene, amico mio, poiché potremo metterci in viaggio con il seguito di sua maestà».

«Quale onore», motteggiò il cavaliere, passando a controllare la sellatura del morello. Zoppicava ancora, ma riusciva a mantenersi in equilibrio senza il bastone.

Vermandois emise un grugnito. «L'onore di chi fugge con la coda tra le gambe», e si avvicinò al cavallo nero, scompigliandogli la criniera. «Siete diretto anche voi a Parigi?».

Prima di rispondere, Maynard strinse le corregge che fissavano le staffe. «Proseguirò con il seguito fino alla contea di Beauvais, poi volgerò a levante».

«Verso Reims, immagino. I vostri feudi vi attendono».

«Non i feudi, ma una persona assai cara».

Gli occhi del piccardo si strinsero. «Un lungo viaggio, e vi siete appena rimesso».

«Non vorrete farmi da balia», aggiunse Rocheblanche, cogliendo l'allusione. «Vi sono già abbastanza grato».

Robert de Vermandois cercò di nascondere l'imbarazzo. «In verità, amico mio, approfitterei della vostra compagnia per godere un po' di ospitalità. Come ben saprete, non possiedo terre, né famiglia a cui far ritorno».

Maynard spiò la sua espressione senza darlo a vedere, immaginando quanto gli fosse costata una simile ammissione. Il barone discendeva da una stirpe tanto antica da vantare origini quasi leggendarie, tuttavia, rimasto vedovo, aveva visto dissipare le proprie sostanze dai parenti della sposa. Privo di feudi e di denaro, si diceva vivesse rintanato in un castello nell'attesa di avventure guerresche. «Non ho intenzione di fermarmi nella mia magione», sorrise conciliante. «Ciò nondimeno, avervi al fianco sarà un privilegio».

Così dicendo, completò i preparativi fissando all'arcione una lunga spada da taglio, recuperata all'accampamento per sostituire quella perduta in battaglia, e assicurò la spada da stocco, dalla lama più corta e pesante, alla cintura. Prese quindi congedo per andare in cerca del garzone. Lo conosceva appena, ne ignorava persino il nome, però nutriva verso di lui un senso di riconoscenza che intendeva ripagare salvandolo dalla miseria. Avrebbe voluto prenderlo con sé per farne un palafreniere, o forse un valletto. Ma dopo averlo cercato per tutto l'accampamento, dovette rinunciare al proposito. Sembrava svanito nel nulla.

Rassegnato a partire senza il ragazzo, Maynard sbrigò gli ultimi preparativi. Nel frattempo pensò alla propria dimora, ai pochi feudi ereditati dal padre e alla sorella, l'unica superstite della propria famiglia. Non la vedeva da oltre un anno e al pensiero di poterla riabbracciare sentiva i suoi crucci alleviarsi.

Come stabilito, si mise in marcia con Vermandois al seguito del re, insieme ai nobili di alto rango e ai religiosi: un privilegio cui avrebbe volentieri rinunciato, se non per il fatto che una compagnia ben guarnita godeva del vantaggio di scoraggiare gli agguati degli esploratori più audaci di Edoardo III.

Per la maggior parte, gli uomini della comitiva si spostarono a cavallo, affidando a muli e ad altre bestie da soma il carico delle armi e delle armature. Non mancavano i carri, impiegati soprattutto per trasportare le personalità di maggior riguardo.

Si inoltrarono per una strada diretta a sud, sfiorando villaggi che andavano svuotandosi per timore dell'avanzata degli inglesi. In sella al proprio morello, Maynard badava all'incedere pigro della giumenta e al carattere bizzoso di Robert, che approfittava di ogni occasione per dar prova di spacconeria. Sotto quell'apparente rudezza, il piccardo lasciava trapelare la frustrazione di un aristocratico che assisteva alla fine del mondo per cui aveva sempre vissuto – o creduto di vivere. Il cavaliere condivideva appieno quei sentimenti, benché fosse consapevole di non versare nelle stesse condizioni. Differentemente dal compagno, lui almeno aveva ancora qualcosa per cui battersi. L'amore per Eudeline e il patto di onore stretto con Jang de Blannen.

La marcia verso sud proseguì senza particolari intoppi fino alla mattina del secondo giorno, quando Maynard si vide affiancare da un grande carro coperto da tettoia. Prima che potesse avvedersene, una tenda dell'abitacolo si scostò lasciando comparire il volto di Karel di Lussemburgo. Il principe non proferì verbo. Si limitò a fissarlo, rivolgendogli un cenno di saluto seguito da un sorriso ostile. Il cavaliere ricambiò l'uno e l'altro, senza manifestare timore, ma rimase in guardia finché la tenda non si abbassò e il carro passò oltre con uno schiocco di redini.

«Ne ignoro il motivo», commentò Vermandois, quasi geloso di non aver beneficiato della medesima attenzione, «ma sarei pronto a giurare che tra voi e il principe non corra buon sangue».

Maynard fece un cenno noncurante. «Una vostra impressione, messere», e continuò a procedere al trotto come se nulla fosse.

«Sarà pure come dite, Rocheblanche», insistette il piccardo, «ma spero che nel momento in cui questa impressione diverrà minaccia, abbiate al vostro fianco qualche valido compagno a darvi manforte».

Il cavaliere evitò di ribattere e restò in silenzio finché non capì che era giunto il momento di volgere a est. Allora si separò con Robert dalla compagnia del Valois, per imboccare la strada che l'avrebbe portato a casa. E come sempre accadeva quando cavalcava lungo quel percorso, si sentì pervadere da una profonda fascinazione.

Quella era la via dei re. La via diretta a Reims, dove i sovrani di Francia venivano consacrati reggenti con l'olio sacro di san Remigio, nella mistica cattedrale.

Si svegliò all'improvviso, ma non si mosse. Aveva udito un rumore.

Aprì gli occhi, ritrovandosi sdraiato accanto al focolare spento. Sentì il freddo della terra a contatto con le membra, gli abiti intrisi dell'umidità della notte. Dopo due giorni di viaggio, lui e Vermandois si erano accampati all'aperto per recuperare le forze ed erano scivolati nel sonno. Reims era ormai prossima.

Di nuovo quel rumore, stavolta più vicino. Maynard mosse con cautela lo sguardo, ricordando di essersi addormentato con il pugnale stretto in pugno. Non era ancora l'alba, ma la volta stellata rischiarava la radura e la macchia intorno a essa di un lucore argentato. Fu con estrema chiarezza, quindi, che scorse una sagoma nera china su di lui.

In preda allo sgomento, balzò in piedi sforzando la gamba sinistra, con il risultato di stramazzare sull'erba. La sagoma nera reagì comprimendosi, poi avanzò di scatto assumendo una forma slanciata. Maynard intravide il balenio di una lama corta e ruzzolò di lato appena in tempo per evitare un fendente, quindi rispose all'attacco sollevando il pugnale. Lo sentì stridere contro la lama nemica.

Un improvviso grido di battaglia gli ricordò Vermandois. Sbirciò alle proprie spalle e lo vide mulinare un'azza contro un uomo armato di spada, poi tornò a difendersi. Ruppe la distanza dall'aggressore e si mise in guardia, puntando il pugnale e mantenendo il peso sulla gamba destra. Ignorava l'identità di quei due visitatori notturni, tuttavia era sicuro non fossero semplici predoni. Ma non era quello il momento di farsi domande. E quando dalla tenebra giunse un nuovo affondo, non si lasciò cogliere impreparato. Ruotò il busto per schivare ed entrò nelle difese dell'avversario per colpirlo con una potente gomitata. La figura avvolta nel mantello accusò il colpo, si accartocciò, finendo a sbattere contro il tronco di un albero.

Rocheblanche stava già sferrando il colpo decisivo quando le grida di Robert richiamarono la sua attenzione. Si volse appena in tempo per vederlo tremare sotto un colpo inferto di piatto alla testa. Vermandois vacillò ma non cadde, e con una mossa inaspettata vibrò una fianconata alle ginocchia dell'avversario, rovesciandolo a terra.

Il cavaliere lo credette fuori pericolo e tornò di slancio al proprio rivale, ancora stordito dall'impatto. Ruotò il polso per trafiggerlo alla gola, ma un attimo prima si arrestò. La luce della luna si era finalmente insinuata tra i lembi del cappuccio nero, rivelando qualcosa che lo fece indietreggiare.

Un volto di donna.

Maynard si dimenticò della foga del duello, combattuto tra il fascino di quella femmina e la curiosità di sapere cosa l'avesse spinta a muovergli contro. «Perché mi attaccate?», le chiese con tono minaccioso.

Le labbra della donna si schiusero in un ringhio spietato. «Il vostro garzone ha parlato». La sua voce era roca, arida come un vento invernale. «Sappiamo tutto... Sappiamo che l'avete voi!».

Lui la fissò basito, cercando di comprendere il senso di quelle parole.

«La pergamena con l'anello!», spiegò la donna, quasi delusa dalla sua ingenuità. «La pergamena che custodite tanto gelosamente».

Un ricordo balenò nella mente di Maynard: il garzone che lo sorprendeva nella tenda con l'anello in mano. Quell'episodio, forse, non era stato casuale. O forse il ragazzo si era confidato con qualcuno e l'informazione era giunta alle orecchie della persona sbagliata... Una persona legata a Karel di Lussemburgo! Benché ignorasse cosa fosse davvero successo, l'atto del principe di affacciarsi dal carro acquisiva ora un significato ben preciso. "Attento a voi", aveva insinuato con il suo sorriso serpentino, "ho scoperto l'inganno".

«Il ragazzo», esclamò d'un tratto il cavaliere. «Cosa gli avete fatto?»

«Vi si era affezionato». La sconosciuta sorrise, angelica e crudele. «Piuttosto che continuare a spiarvi, ha scelto di morire», e approfittando dell'esitazione del rivale, lo colpì con un calcio al ginocchio sinistro.

Rocheblanche crollò, ma prima di toccare terra si aggrappò al mantello della donna per trascinarla con sé. «Dunque eravate voi nella sacrestia della chiesa!». Le afferrò il polso per evitare che gli infilzasse un occhio. «Confessate! Siete agli ordini del principe Karel?»

«E anche se fosse?», sibilò lei, sovrastandolo con il suo esile corpo. «Datemi la pergamena o vi uccido!».

«Mai!». Maynard riuscì a sferrarle un pugno al ventre, trovando la resistenza di una brigantina borchiata.

La donna arretrò. Per un attimo manifestò l'intenzione di voler continuare a battersi, poi scrutò l'uomo atterrato da Vermandois e si fermò, in bilico tra la rabbia e l'indecisione. Il barone piccardo stava avanzando verso di lei con passo malfermo, l'azza pronta a colpire.

La sconosciuta dal nero mantello diresse un'ultima occhiata a Maynard, quasi volesse sfidarlo, o sedurlo. Infine fuggì via, dileguandosi nell'oscurità della macchia.

Il cavaliere fu tentato di inseguirla, ma non appena ebbe di fronte Robert capì che il barone versava in condizioni disperate. «Amico mio...», mormorò, vedendolo accasciare sull'erba. Si chinò su di lui, credendolo spacciato, poi si accorse che respirava ancora e prese il suo capo in grembo. Durante il combattimento, la testa del piccardo aveva subìto un colpo assai violento. Era lorda di sangue, con una brutta ferita sopra la tempia destra.

Maynard strappò un lembo di tessuto per bendarlo, in modo da bloccare l'emorragia, benché sapesse che un simile rimedio non sarebbe bastato. «Non vi abbandonerò», gli sussurrò all'orecchio, quasi più per rassicurare se stesso. Come risposta, ottenne un grugnito sonnolento.

L'alba iniziava a illuminare la macchia al limitare della radura. Ancora scosso dall'agguato e bisognoso di riflettere, il cavaliere si impose di non perdere tempo. Sellò i cavalli e caricò il compagno in fin di vita sul destriero bianco, legandolo all'arcione e alle staffe per assicurarsi di non perderlo durante il tragitto. Sapeva già dove portarlo, nell'arco di mezza giornata contava di affidarlo alle cure di mani esperte. Tuttavia, prima di salire in groppa al morello, volle controllare il sicario perito durante lo scontro.

L'uomo giaceva supino, il torace sfondato da un colpo d'azza. Indossava un mantello nero e una brigantina borchiata, proprio come la donna giunta insieme a lui. Maynard notò subito la fibbia della sua cintura. Con grande stupore, si accorse che riproduceva uno scudo d'arme con un leone argentato su campo rosso.

Fissò con attenzione lo stemma, per accertarsi di non essersi ingannato, ma con angoscia dovette arrendersi all'evidenza. Era lo stesso riportato sul castone dell'anello cardinalizio.

Fu allora che Maynard de Rocheblanche comprese. L'intrigo in cui era rimasto coinvolto era ben più esteso e complesso di quanto avesse potuto immaginare. Karel di Lussemburgo non doveva essere il solo uomo di potere coinvolto nella morte di Jang de Blannen, e forse nemmeno il più pericoloso. Il cavaliere intuì di non potersi più permettere di agire con ingenuità. Aveva la sensazione di trovarsi sotto un grande occhio che lo osservava dall'alto. L'occhio di un individuo spietato che l'avrebbe cercato in ogni dove.

Scrutò per l'ultima volta il bosco in cui si era dileguata la donna. Poi, cercando di vincere l'ansia, spronò il cavallo verso est, lungo il cammino che serpeggiava sotto la luce di un nuovo giorno.

7

Reims, convento di Sainte-Balsamie
8 settembre

Le dita della monaca scivolarono sul capo dell'uomo incosciente, esercitando una lieve pressione ai bordi dell'ematoma poco sopra la tempia. Suor Eudeline le osservava in silenzio, ansiosa di un responso, e nel frattempo pensava all'altro uomo rimasto ad attendere fuori dal *valetudinarium*[2]. "Occupati del mio compagno d'arme", le aveva detto, "parleremo dopo". Eudeline aveva acconsentito, benché indispettita dal suo atteggiamento. Suo fratello si presentava dopo quasi due anni di assenza e non si curava nemmeno di stringerle le mani, né di rivolgerle una parola gentile. E Dio sapeva quanto lei ne avesse bisogno. La clausura le aveva donato pace e saggezza, ma l'aveva strappata ai momenti gioiosi trascorsi in compagnia di Maynard e della loro madre. Quei ricordi non la abbandonavano mai, nemmeno dopo ore di preghiera, quando tutto il resto svaniva intorno alle luci fumose dei ceri. Eppure Eudeline non sarebbe uscita dal claustro per nessuna ragione al mondo, poiché fra le sue mura aveva trovato la salvezza. Non solo della propria anima, ma anche della ragione.

La monaca *infirmaria* sollevò i polpastrelli dall'ematoma. «Reverenda madre, credo che il gonfiore sia dovuto a una frattura».

«Una ferita grave?», chiese Eudeline, tornando alla realtà. Si avvicinò a Robert de Vermandois, sdraiato su un lungo asse di legno in preda a un tormentoso delirio.

Per tutta risposta, la consorella la invitò a osservare il gonfiore violaceo sul capo. «Temo che un frammento d'osso si sia spezzato

[2] Ambiente del monastero in cui venivano ospitati e curati i malati.

e prema sul cervello». Esitò un istante, quindi posò la mano su due libri risposti sul tavolo accanto, quasi per avvalorare la sua tesi.

Eudeline conosceva bene quei codici, i testi di *pratica chirurgiae* di Rogerio Frugardi e di Henri de Mondeville. Anni addietro li aveva consultati lei stessa, per apprendere qualche nozione sull'arte medica, ma ne era rimasta disgustata. Accorgendosi che erano aperti su delle illustrazioni del cranio umano, fu colta da un fremito. «Pensate sia necessario...».

«Se ho ragione, dovrò incidere la pelle e l'osso», disse la monaca, risoluta. «Avrò bisogno di aiuto, forse suor Marie...».

Eudeline scosse il capo. «Suor Marie è vecchia, non ha la mano ferma».

«Allora chi...».

La reverenda madre si sforzò di pensare a qualcuno all'altezza del compito, ma non le sovvenne nessuno. Per la maggior parte, la comunità di Sainte-Balsamie ospitava monache giovani, troppo insicure e impressionabili per poter assistere a un intervento che si prospettava truculento. L'alternativa erano le più anziane, invidiose dell'infirmaria, se non apertamente ostili ai suoi metodi curativi.

Dopo una breve esitazione, capì di non avere scelta. «Vi aiuterò io», disse. «Spiegatemi cosa fare».

Maynard era in preda al rimorso.

L'aveva delusa, lo sapeva bene, non era riuscito a rivolgerle nemmeno un saluto cortese. Ma per quanto si sforzasse, vedere la sorella in abiti monastici gli infondeva il gelo nel cuore. Dopo tanto viaggiare aveva quasi scordato quella sensazione, eppure gli era bastato un attimo per riviverla. L'entrata in convento era stata per lei una scelta necessaria, l'unica possibile. Ora però non c'era ragione che continuasse a nascondersi. Eudeline aveva superato l'inferno, guadagnandosi il diritto di vivere con serenità, senza timore. E lui avrebbe fatto di tutto pur di vederla tornare libera. Pur di vederla sorridere ancora.

"La farò rinsavire", si disse, passeggiando dinanzi all'ingresso del valetudinarium. Prima, tuttavia, era necessario salvare la vita di Vermandois. La decisione di affidarlo alle cure delle monache di Sainte-Balsamie non era stata dettata dal semplice desiderio di rivedere la sorella. Aveva sentito dire che in quel luogo risiedesse la migliore guaritrice di Reims, e ora auspicava che tali voci corrispondessero al vero. La ferita del compagno andava medicata con attenzione, perciò Maynard aveva deciso di mantenersi in disparte per non opprimere Eudeline con il suo stato d'animo, mentre si prendeva cura di Robert. Nell'attesa, prese ad aggirarsi sotto le arcate di un ambulacro e ripensò all'agguato della notte precedente.

Aveva commesso un errore di valutazione. I sicari sopraggiunti per ucciderlo non erano agli ordini di Karel di Lussemburgo, ma di un alto prelato: il cardinale legato all'anello che gli era stato affidato da Jang de Blannen. Incapace a stabilire ulteriori nessi tra le persone coinvolte nell'intrigo, Rocheblanche si spinse a ipotizzare un'alleanza tra il principe e il misterioso porporato. Un'alleanza di cui era impossibile cogliere i rapporti di forza, benché certo finalizzata a sciogliere l'enigma del *Lapis exilii*. Un enigma ancora misterioso per lui, a parte il nome di una tappa per una prossima destinazione.

Fu a quel punto che ripensò al primo verso scritto sulla pergamena. *Come la mola gettata dall'angelo in mare*… Parole già udite proprio in quel convento, ne era sicuro. Ricordò di nuovo un leggio sul quale era posto un grande codice miniato. Poi la voce di sua sorella, che pronunciava tremante.

L'ansia di parlare con lei crebbe a dismisura.

La monaca infirmaria incise i contorni dell'ematoma, poi depose il bisturi in un piatto di ceramica e attese che Eudeline raccogliesse la fuoriuscita di sangue in un catino. Il liquido era nerastro, grumoso. Non appena l'emorragia si ridusse, la donna sollevò il lembo di pelle che aveva tagliato e pulì la zona scoperta del cranio con una garza imbevuta d'aceto. La reverenda madre seguì i suoi movimenti in un misto di raccapriccio e ammirazione, poi scrutò l'espressione dell'incosciente Vermandois. Le pieghe della fronte, deformate dalle cinghie, gli conferivano una smorfia grottesca.

«Prestate attenzione a ciò che faccio», le disse la monaca, continuando a tergere la ferita, «poiché dopo sarà compito vostro».

Mentre Eudeline osservava, si accorse che la porzione scoperta di cranio era ben visibile, così come la frattura dell'osso. Un minuscolo frammento di forma triangolare si era staccato, conficcandosi nella materia grigia. La consorella cercò di agganciarlo con una pinza metallica, ma dopo vari tentativi dovette desistere. «Vedete?», spiegò, asciugandosi la fronte con il dorso delle mani. «Nonostante questo frammento minacci di perforare il cervello, non posso rimuoverlo con il semplice ausilio di una pinza. È scivolato troppo in basso».

«Ebbene, come intendete estrarlo?».

Prima di rispondere, la consorella esaminò ancora la frattura, poi annuì tra sé. «Dovrò incidere e asportare una parte d'osso che gli sta accanto, in modo da creare spazio sufficiente».

Era proprio ciò che Eudeline temeva. «Per questo pover'uomo sarà un tormento...», obiettò.

La monaca scosse il capo, accarezzando la fronte del paziente. «Gli ho somministrato una mistura di oppio e mandragora abbastanza potente da tenerlo incosciente fino a stanotte. Tuttavia non escludo che possa agitarsi. Dovrete tenerlo fermo e, nel frattempo, curarvi di asciugare le eventuali fuoriuscite di flegma dal cervello». La fissò dritta negli occhi. «Pensate di riuscirci?».

Pur consapevole che quella piccola provocazione servisse a infonderle coraggio, la reverenda madre si sentì punta nell'orgoglio. Rivolse il pensiero alla Madonna e a santa Balsamia, pregandole di darle sufficiente prontezza di spirito, infine alzò lo sguardo quasi per lanciare una sfida. «E voi, sorella?»

«Non vi mentirò», ribatté la donna, «è la prima volta che mi accingo a svolgere un intervento del genere. Ciò nondimeno, ho assistito per anni un *medicus* molto abile in materia».

«Siete certa di aver appreso bene?»

«Era mio padre», rispose la monaca con un sorriso malinconico, poi si allontanò dall'infermo e frugò su uno scaffale per ritornare con un piccolo trapano a volano. Somigliava a quelli utilizzati per accendere il fuoco, ma meglio rifinito e dotato di una sottile punta di metallo. Prima di utilizzarlo, esaminò ancora la frattura, quindi posizionò la punta sull'osso, stringendo saldamente il pomello con la mano sinistra e l'archetto con la destra. «Ricordate», disse un'ultima volta, «tenetelo immobile, e badate alle fuoriuscite di flegma».

Il primo foro fu il più brigoso. Eudeline dovette trattenere la testa di Vermandois, che tremava sotto l'azione del trapano. Nel frattempo teneva pronta la garza, per mondare eventuali fuoriuscite di sostanze umorali.

La monaca continuò imperterrita, praticando sette fori ai margini della frattura in modo da delimitare una zona a forma di mezzaluna.

Depose quindi lo strumento, prese un piccolo scalpello e, con l'ausilio di un martelletto, iniziò a tagliare con estrema cautela i ponticelli ossei che separavano i fori adiacenti. A quel punto Vermandois si agitò, minacciando di svegliarsi. Eudeline lo tenne fermo, sussurrandogli delle dolci parole per calmarlo.

Non appena l'uomo si fu tranquillizzato, l'infirmaria riprese a battere sullo scalpello finché l'intero semicerchio d'osso fu separato dalla calotta cranica. Si asciugò allora la fronte, controllando il proprio operato. «Lasciate la testa del paziente», disse, tradendo una nota di nervosismo, «e passatemi le pinze».

Eudeline obbedì, guardandola sollevare l'osso inciso con la punta dello scalpello e agganciarlo con le pinze per rimuoverlo. I suoi movimenti erano cauti e meticolosi, non tradivano la minima incertezza. Ancora una volta non poté astenersi dall'ammirarla, quasi scordandosi di essere la sua madre superiora.

La parte incisa finì in un piccolo recipiente, dopodiché l'attenzione della monaca ricadde sul frammento osseo rimasto conficcato nei tessuti molli di materia grigia. Eudeline seguì con trepidazione i movimenti della pinza, pensando a quel freddo strumento metallico che si insinuava in un corpo ancora pulsante, quasi profanando un'opera di Dio. Infine lo vide uscire, con estrema lentezza, stringendo tra le branche una minuscola scheggia biancastra intrisa di sangue e muco.

L'infirmaria sospirò soddisfatta. «Ora non resta che medicarlo», e benché spossata, le rivolse un sorriso di gratitudine.

8

La vita riserva prove per cui un uomo, benché ansioso di affrontarle, non saprà mai dimostrarsi all'altezza. Maynard ne maturò la consapevolezza non appena si ritrovò di fronte alla sorella. La vide uscire dal valetudinarium all'imbrunire, al rintocco dei vespri, e non seppe dar voce a nessuno dei pensieri che l'avevano assillato fino ad allora. Poi si ricordò di Vermandois.

La preoccupazione dovette trapelargli dal volto, poiché Eudeline lo anticipò. «È scampato al pericolo», gli disse, andandogli incontro.

A dispetto di quelle parole, il cavaliere non riuscì a provare sollievo. Teneva lo sguardo fisso sull'algida figura che si era fermata al suo cospetto. Aveva ancora un volto di fanciulla, eppure lasciava trapelare una fermezza inconsueta per una donna di vent'anni. Per un attimo fu pervaso da un senso di riverenza, quasi fosse lui il minore dei fratelli, poi si aggrappò ai sentimenti che l'avevano spinto a cercarla. «Ti sono grato».

«Non ringraziare me, ma la scienza della nostra infirmaria».

Maynard colse una velata ritrosia, tuttavia annuì. «Quando potrà rimettersi?».

Una smorfia pietosa adombrò il volto di Eudeline. «Al momento, ignoro persino se potrà tornare cosciente».

«Ma hai appena detto…».

Lei scosse il capo. «Il tuo compagno d'arme è sopravvissuto, però non sono in grado di stabilire a quale prezzo. Ti consiglio pertanto di preparati al peggio. L'uomo che hai conosciuto, forse, non tornerà più».

Il cavaliere distolse lo sguardo. «Quanta durezza, sorella mia».

«Non era mia intenzione», ribatté la badessa.

«Stento a riconoscere la persona che portai in salvo dietro questi battenti».

«Della fanciulla che conoscevi è rimasto ben poco».

Maynard fece per stringerle una mano. «Eppure scorgo ancora una giovane donna dietro il velo che indossi».

La sorella si ritrasse. «Una donna che ha scelto la morte della carne».

«Eudeline…».

«*Suor* Eudeline», lo corresse lei, alzando il mento con fierezza. «Ora sono una monaca, una madre badessa. E la mia vocazione…».

«Quale vocazione?», la interruppe lui, incapace di trattenere il risentimento. «Perdio, sorella, tu ti stai nascondendo dal mondo!».

«Non bestemmiare!».

«È morto, Eudeline», continuò Maynard. «Morto! Non potrà più tormentarti. Mai più!». Aveva pronunciato quelle parole mille volte, eppure gli procuravano sempre un incontenibile senso di liberazione. Benché ignorasse il luogo preciso, le ossa del padre riposavano lungo le coste andaluse appena occupate dai cristiani della *Reconquista*. Quasi una burla, dato che su Gaspar de Rocheblanche si sarebbe potuto dire di tutto tranne che fosse un paladino votato alla guerra santa. Ciò nondimeno, l'incombere della vecchiaia e la paura per l'inferno dovevano averlo spinto a riscattare una vita di peccatore. E dopo aver atteso invano che il papa bandisse una nuova crociata in Oriente, era accorso nell'autunno del 1342 all'assedio di Algeciras, per cadere sotto lo scudo dorato di un cavaliere saraceno. Quando Maynard si era messo in viaggio alla sua ricerca, era giunto in una città devastata dalla guerra. Aveva chiesto del padre finché non si era imbattuto in quel che restava di lui…

Le lacrime che aveva versato quel giorno gli bruciavano ancora sul viso, segno di un odio destinato a durare in eterno.

Ma negli occhi di Eudeline non c'era odio. C'era paura.

«Pensi davvero che sia finita?». La donna si portò le mani al petto, serrandole a pugno con una smorfia di disgusto. «Eppure tu sai cosa mi ha fatto! Sai fino a che punto…». Si interruppe, sforzandosi di non piangere. Una luce fredda illuminò il suo sguardo. «O forse no, forse non capisci».

Il cavaliere la fissò con sdegno. «Così mi offendi».

«Ti pare il momento di pensare all'orgoglio?», lo rimproverò lei, asciugandosi le gote. «Questo convento rappresenta l'unica isola di pace in cui possa fingere che non sia accaduto nulla. L'unico rifugio in cui mi senta protetta e rispettata».

Maynard si rese conto di averla ferita, benché non fosse il responsabile di tanto risentimento. Coglieva nella reazione della sorella un disagio profondo, radicato nell'anima. Aprì le braccia per manifestare il proprio dispiacere, poi si inginocchiò goffamente. «Ti prego di non fraintendermi. So di averti trascurata, ma credimi, l'unica cosa che desidero è la tua felicità e dubito che qui potrai mai trovarla».

«Ti sbagli ancora», disse Eudeline, gelida. «Qui sono felice. Non come sognavo un tempo, te ne do atto, tuttavia apprezzo i doni della vita contemplativa». Rivolse un'occhiata a una bifora, quasi volesse spiccare il volo. «E poi come potrei tornare là, nel mondo, quando in ogni uomo continuo a rivedere *lui*?».

Fermo in ginocchio, il fratello riuscì a prenderle una mano. «Dimenticalo, è morto».

Per la prima volta, la reverenda madre gli sorrise. Un sorriso triste, una finestra affacciata su un mare battuto da venti oscuri. «Non è morto, continua a vivere in me», rispose quasi con dolcezza. «Mi rincresce di averti offeso, ma davvero tu non puoi comprendere fino in fondo il mio cordoglio. All'epoca ti trovavi a Parigi per essere addobbato cavaliere, non immagini la disperazione che albergava nella nostra magione. Quando facesti ritorno, ti trovasti di fronte al fatto compiuto. Nostra madre uccisa, e io violata…».

Come una fiamma che divampa dalle braci, Maynard si sentì pervadere da uno sdegno feroce. «E io… Ti portai qui, per proteggerti dal suo male…».

Eudeline gli accarezzò i capelli. «Quel male è rimasto, mio adorato».

Lui fece per ribattere, ma lei lo zittì, indugiando con le dita fra le sue ciocche incolte, per ammansire l'ira. «La tua gamba», gli disse infine, ritrovando d'un tratto l'antica dolcezza. «Ho notato che zoppichi».

«Nulla di grave», minimizzò il cavaliere. Per un attimo, gli parve di trovarsi di fronte all'Eudeline che aveva tanto amato. Poi si rammentò del secondo motivo per cui era giunto in quel luogo, e scostandole la mano si rialzò. «Ora ascolta, devo parlarti di altre cose. Cose importanti».

«Non adesso». La reverenda madre guardò verso l'alto, accennando con un gesto ai rintocchi che chiamavano le monache a raccolta. «I vespri».

Quando poterono riprendere il discorso era già calato il buio.

Nell'attesa che la funzione vespertina terminasse, Maynard aveva portato visita a Robert, e nel vedere quel guerriero audace steso con la testa bendata, in preda all'incoscienza, era stato sul punto di commuoversi. Poi aveva pensato che se Vermandois se ne fosse accorto l'avrebbe deriso, dandogli della donnicciola.

Fu Eudeline ad andarlo a cercare. La preghiera doveva averla ritemprata, poiché il suo volto appariva sgombro da ogni segno di dolore e rassegnazione. Prima di esprimersi, rivolse un'occhiata compassionevole all'infermo e invitò il fratello a seguirla fuori dal valetudinarium. «Mi accennavi a una questione assai importante», gli disse una volta che si ritrovarono a percorrere un ambulacro ombroso diretto al convento.

Lui annuì. Aveva riflettuto a lungo su come parlarle di Jang de Blannen e dell'enigma del *Lapis exilii*, ma per non influenzarla con le proprie congetture era giunto alla conclusione di presentarle il problema nel modo più semplice possibile. Perciò, si limitò a porgerle la pergamena infilata nell'anello.

La reverenda madre lo interrogò con lo sguardo, poi, incuriosita, soffermò l'attenzione sui due oggetti avvicinandosi a una torcia infissa alla parete. Esaminò per primo l'anello e, dopo averlo rigirato tra le dita, lo restituì. «Non so a chi appartenga». Passò dunque alla pergamena. Lesse con attenzione il testo latino, bisbigliando tra sé finché non si rivolse di nuovo a Maynard. «Ebbene, dove l'hai trovata?»

«Prima di rivelartelo», rispose lui, «vorrei sapere cosa ne pensi».

Eudeline lo scrutò in silenzio. Più che una sorella accondiscendente, appariva una madre superiora contrariata per non essere stata obbedita. «Il testo è oscuro», esordì, rileggendo l'indovinello. «Se ho ben compreso, accenna a un oggetto di cui non ho mai sentito parlare: una pietra dell'esilio. Suppongo si tratti di una reliquia o di un cimelio di grande importanza. In ogni caso, sembrerebbe nascosto in una cripta, presso un monte detto "del fiore"». Quando tornò a fissare il fratello, i suoi occhi lasciarono trapelare una pungente curiosità. «Dopo una semplice scorsa, non posso spingermi oltre nella comprensione. Forse, chiedendo consiglio a…».

«Non puoi parlarne con nessuno», la interruppe il cavaliere. «Si tratta di un segreto. Un segreto assai pericoloso».

La sorella restò zitta per un attimo, forse in attesa di ulteriori chiarimenti, poi si strinse nelle spalle. «In tal caso, l'unico passo a me comprensibile è il riferimento alla chiesa di Saint-Savin di Vienne».

«Sono giunto alla tua stessa conclusione», rivelò Maynard. «Tuttavia, sono dell'opinione che tu possa aiutarmi a sciogliere almeno un'altra parte di questo enigma». E avvicinandosi, indicò il primo verso scritto sulla pergamena. «Contiene delle parole familiari», spiegò. «A meno che non mi inganni, credo di averle sentite pronunciare proprio da te, almeno una volta, in questo convento».

Eudeline acuì lo sguardo, come se avesse notato qualcosa che inizialmente le era sfuggito. «La mola gettata dall'angelo in mare…».

«Sì, sorella».

«Non ti inganni». Sotto il crepitio della fiamma, la voce della badessa si trasformò in un sussurro. «È un riferimento all'*Apocalisse* dell'apostolo Giovanni».

9

Mentre seguiva Eudeline per i corridoi del convento, Maynard cercava di tenere a freno l'immaginazione. Sentir menzionare l'Apocalisse aveva evocato nella sua mente scenari inquietanti, al punto da fargli temere che il sogno dei tre cavalieri non fosse stato altro che un funesto presagio. Tuttavia aveva deciso di non farne parola con la sorella. Non ancora, per lo meno. Prima di raccontarle di Jang de Blannen, delle ipotesi di complotto e dell'agguato della notte precedente, intendeva porre chiarezza sul mistero che aveva giurato di custodire. Le camminò quindi accanto senza proferire verbo, attraversando il chiostro e gli ambienti interni di una struttura che pareva non finire mai.

La chiesa di Sainte-Balsamie era immensa. Benché eretta da meno di un secolo aveva prosperato rapidamente, annettendo nuovi edifici tra cui la foresteria e il valetudinarium. Buona parte dei fondi impiegati per la sua fabbrica proveniva proprio dal casato di Rocheblanche, e ciò aveva consentito a Eudeline di elevarsi al ruolo di badessa dopo la morte dell'anziana superiora. Ma non era stato soltanto grazie ai suoi nobili natali che la giovane donna era riuscita a conquistare il seggio abbaziale. A dispetto delle regole che esigevano almeno i trent'anni di età, aveva dimostrato di possedere un'intelligenza e una fermezza adeguate al comando, che le erano valse un'elezione all'unanime consenso. Il fratello ne era stato informato soltanto in seguito, restandone sconcertato. La notte piovosa in cui l'aveva portata in quel convento, non si era aspettato certo che Eudeline covasse il desiderio di consacrare la propria vita al Signore, tantomeno l'ambizione di guidare una comunità di religiose. Sainte-Balsamie avrebbe dovuto rappresentare per lei soltanto un rifugio provvisorio, finché Maynard non fosse riuscito a regolare i conti con il padre. Invece ogni cosa gli era sfuggita di mano e il disonore aveva spinto la sorella a nascondersi in una prigione estesa ben oltre le mura del claustro. Una prigione capace di intrappolare per sempre un'anima ferita.

Percorsero nella semioscurità un tratto di loggiato fino a raggiungere un portone di legno. La reverenda madre estrasse un anello di chiavi e fece scattare la serratura. «Il libro che cerchi è qui», disse, «insieme a molti altri».

Maynard la seguì e non appena fu all'interno rammentò di essere già stato in quel luogo. Era un ambiente angusto, circondato da pareti che terminavano in un soffitto a volta. Conteneva soltanto un *armarium*, un candelabro a tre bracci e un leggio posizionato al centro.

Eudeline accese le candele e, senza farsi notare, scivolò nella penombra per ricomparire con un pesante volume. «È un evangelario», spiegò, riponendolo sul leggio. «Raccoglie i testi dei quattro Vangeli, inclusa l'Apocalisse dell'apostolo Giovanni. Ora ricordi? Proviene dallo *scriptorium* dell'abbazia di Fulda, te lo mostrai l'ultima volta che mi venisti a trovare».

Lui confermò con un gesto vago. Quel libro gli era familiare, anche se non ne serbava precisa memoria. Osservò le dita affusolate della sorella muoversi sulle pagine di pergamena, finché non si accorse che aveva sollevato lo sguardo.

«Finora ho taciuto», disse la reverenda madre con tono preoccupato, «ma non sono un'ingenua. Ti presenti al convento con un compagno ferito, chiedi aiuto e pretendi il mio silenzio. Fratello, da quali insidie stai fuggendo?».

Maynard dissimulò con un'alzata di spalle. «Se qualcuno dovesse porre domande, limitati a rispondere che io e Robert siamo reduci da una feroce battaglia».

La badessa aggrottò la fronte. «Già sapevo che avresti preso parte a un importante conflitto al seguito del re, me ne accennasti nelle tue lettere. Le voci giunte al convento mi hanno fatto temere per te…».

«È stato l'inferno, mia cara sorella. Abbiamo tentato di contrastare l'avanzata degli inglesi, con la conseguenza di capitolare a Crécy».

Eudeline annuì con amarezza. «Dunque Edoardo III avanza».

«Avanza, ma non verso i nostri feudi. Vuole la Bretagna e le Fiandre».

«E sua maestà?».

Maynard abbassò lo sguardo. «Ripiega verso Parigi, con disonore».

Ci fu una breve pausa, il tempo sufficiente a lasciar svanire quelle parole. Poi la voce della badessa risuonò più alta di un'ottava, carica di dubbio: «Eppure il tuo compagno non è stato ferito a Crécy, dico bene? Non sarebbe sopravvissuto a un viaggio tanto lungo, in simili condizioni».

Il fratello fu costretto ad annuire. «È accaduto la notte scorsa, in seguito a un agguato».

«Gli inglesi vi hanno braccati?»

«No, non loro. Si è trattato di due sicari».

Sempre più irrequieta, Eudeline strinse le mani ai bordi del leggio.

Maynard le mostrò il piccolo rotolo di pergamena. «Volevano questo, ma io ho giurato di custodirlo».

«È in nome di quel giuramento che mi tieni all'oscuro? Ebbene, sappi che se pretendi il mio aiuto dovrai dirmi di più».

«Lo farò, ti do la mia parola. Prima, però, cerchiamo di comprendere il legame tra il verso iniziale dell'enigma e il passo dell'Apocalisse che affermi di ricordare. Me lo concedi?»

«Sta bene».

La sorella riprese a sfogliare l'evangelario, soffermandosi di tanto in tanto per cercare riferimenti che la aiutassero a orientarsi nella lettura. Il testo era fitto, distribuito su due colonne adorne di capilettera dorati.

La ricerca si protrasse a lungo. Quando finalmente manifestò di aver trovato qualcosa, la badessa ruminò un *miserere* e si fece il segno della croce. «Ricordavo bene, fratello», sospirò. «Le parole che udisti dalle mie labbra provengono da uno dei passi più terribili dell'Apocalisse: la caduta di Babilonia, città del peccato e della corruzione. Secondo questa profezia, tutti i re e i mercanti della terra gemeranno davanti alla sua rovina, mentre i naviganti in fuga scorgeranno dal mare il suo incendio».

«Sei certa delle tue parole?», chiese Maynard. «Non mi pare di cogliere alcun riferimento all'enigma della pergamena...».

A quel punto Eudeline voltò pagina, mostrandogli la superba miniatura di un angelo raffigurato nell'atto di sollevare una grande pietra circolare. «Le parole che tu cerchi», rivelò, «vengono subito dopo».

Infatti lesse:

Et sustulit unus angelus fortis lapidem quasi molarem magnum et misit in mare dicens: Impetu sic mittetur Babylon magna illa civitas et ultra iam non invenietur.[3]

Il cavaliere, che a Parigi aveva appreso non solo l'arte della guerra ma anche la lingua latina, tradusse: «Allora un angelo possente sollevò una pietra grande come una mola e la gettò in mare, dicendo: "Con la stessa violenza sarà precipitata Babilonia, la grande città, e mai più riapparirà"». Ripeté mentalmente la frase, cercando di capire il suo legame con il *Lapis exilii*. Invano. «Sono proprio queste le frasi che ti udii pronunciare, te ne do atto. Ma dopo averle riascoltate, dubito possano riguardare l'enigma di cui ti ho messo al corrente».

«Io invece sono persuasa del contrario», affermò Eudeline. «Il riferimento all'angelo che getta la mola in mare è talmente insolito da non poter provenire da altre fonti».

«E dunque?».

Prima di spiegarsi, la reverenda madre diede un'ultima scorsa al testo dell'evangelario. «Non ne sono del tutto sicura, però credo che la citazione dell'Apocalisse serva a far comprendere la vera natura del *Lapis exilii*. Non in modo esplicito ma *per significazione*, con un gioco di parole».

«Intendi un enigma dentro l'enigma?»

«Sì. Una chiave di lettura, forse un indizio».

Maynard osservò la miniatura dell'angelo nell'atto di sollevare la pietra rotonda, ma anziché intuire qualcosa sprofondò nella frustrazione. «Un indizio troppo vago, purtroppo».

«Se potessimo rivolgerci a un sapiente...», suggerì la badessa.

«Ti ho già avvertita», esclamò lui con voce grave. «Nessun altro deve sapere».

Eudeline ribatté indispettita: «Mi credi tanto sprovveduta da non saper scegliere persone fidate?»

«Non fraintendermi, sorella», la placò Maynard. «So bene quanto tu possa essere accorta. Però so ancora troppo poco su questa

[3] Apocalisse 18, 21.

vicenda, e già una volta commisi l'errore di fidarmi della persona sbagliata».

«Quindi spetterà soltanto a noi sciogliere l'enigma...».

«Soltanto a me», la corresse. «Dovrai promettermi di rimanerne estranea, non voglio esporti ad alcun rischio».

La monaca lo fissò in tralice, mantenendosi aggrappata al leggio. «Parli come se avessi già preso una decisione».

Maynard le diede conferma con un cenno risoluto. «Partirò per Vienne il prima possibile, raggiungerò la chiesa di Saint-Savin e mi metterò alla ricerca del monte del fiore, qualsiasi cosa esso sia. E stanne certa, non mi darò pace finché non avrò trovato la cripta del *Lapis exilii*».

«Potrebbe essere rischioso, te ne rendi conto?»

«Ho giurato, sorella».

«Hai giurato di proteggere un segreto, non di violarlo».

Il cavaliere si sentì punto nel vivo. Eudeline aveva ragione, ne era consapevole, ma non poteva rivelarle le proprie motivazioni. Non riusciva a comprenderle appieno neppure lui. L'unica certezza era che sentiva il bisogno di intraprendere quel viaggio. «Come posso proteggere qualcosa che non conosco?», tentò di giustificarsi.

Nel ribattere, la badessa mostrò un'accondiscendenza quasi materna: «Sospetto che le tue esigenze siano ben più impellenti, fratello mio».

«Ebbene sì», sbottò lui, iniziando a camminare per la stanza. «Ma ora non posso rivelartele».

Eudeline si morse le labbra, frenando parole che forse sarebbero risuonate troppo avventate. «Non sarò io a trattenerti. Tuttavia pretendo la verità su quella pergamena. Me l'hai promesso».

«Lo farò, non dubitare». Il cavaliere le si fermò di fronte, scrutandola con un tenue sorriso. «A patto che tu ti prenda cura di Robert e dei nostri feudi».

«Ebbene ti ascolto, fratello».

10

Avignone, Livrée du Lion
1° ottobre

Il cardinale appoggiò la nuca ai bordi dell'ampio bacile, rilassandosi nell'acqua calda, mentre osservava gli affreschi del soffitto che sbiadivano dietro un velo di vapore. Le campane di Saint-Agricol avevano appena cessato di battere, fomentando in lui una sottile inquietudine. Giunto al sessantaseiesimo anno di età, detestava ogni segno dello scorrere del tempo, fossero anche i rintocchi della messa mattutina. Non era certo il vigore delle membra a mancargli. Possedeva ancora la tempra di un giovane, che gli consentiva di affrontare lunghe cavalcate e di soddisfare gli appetiti della carne. Neppure la lucidità d'intelletto gli era venuta meno. L'esperienza, al contrario, l'aveva reso più acuto e spietato. Nulla tuttavia poteva lenire la sua angoscia più segreta.

Invecchiare nell'ombra, dimenticato da tutti.

Un uomo comune non avrebbe mai compreso un simile rovello. D'altronde in lui, di comune, c'era ben poco. Essere figlio del Santo Padre gli aveva assicurato una rapida ascesa, il privilegio della porpora, la missione legatizia e la crociata contro i ghibellini d'Italia. C'era stato un tempo glorioso in cui una sua parola avrebbe potuto sbilanciare gli equilibri tra signorie e potentati. Un tempo di battaglie e anatemi. Ma una bruciante sconfitta l'aveva costretto a ripiegare verso Avignone. Proprio mentre Giovanni XXII spirava, amareggiato dal suo fallimento.

Da allora il cardinale era stato riassegnato agli uffici della curia, e pur sopportando continue umiliazioni non aveva mai smesso di attizzare il fuoco sotto la cenere. Finché gli eventi avevano ripreso finalmente a giocare a suo vantaggio.

Erano trascorsi tredici anni da quella notte nella selva di Ferrara, e ancora non smetteva di maledirla. Non avrebbe mai dovuto prendere accordi con Jang de Blannen, né spartire con lui e con suo figlio il tesoro più prezioso della cristianità, benché all'epoca non potesse certo immaginare di andare incontro a una sorte tanto ostile. Ora che Giovanni di Boemia era caduto in battaglia, nulla l'avrebbe fermato. Sarebbe rientrato in possesso della punta di lancia e del rotolo di pergamena che rivelava il nascondiglio del *Lapis exilii*. E una volta ritrovata quell'inestimabile reliquia, il mondo sarebbe caduto ai suoi piedi.

L'impresa, d'altronde, si presentava più complicata del previsto. Il messaggio dell'informatore parlava chiaro. Un imprevedibile succedersi di eventi aveva fatto sì che il rotolo fosse caduto nelle mani dell'uomo sbagliato: un cavaliere forse ignaro del fardello di cui si era fatto carico, anche se abbastanza audace da sopravvivere a un agguato notturno. Al momento, il cardinale sapeva soltanto di avere a che fare con un discendente del casato di Rocheblanche, erede di un pugno di feudi presso Reims.

Un rumore di passi lo distolse da quei pensieri mentre una sagoma si profilava tra le volute di vapore. Il prelato emerse fino a mezzo busto dall'acqua calda e distese le gambe per la lunghezza del bacile, incuriosito. Era una giovane donna. Indossava un abito dimesso e teneva il capo scoperto, i lunghi ricci castani sciolti sulle spalle. La scortava il camerario, fermo all'ingresso in attesa di ordini.

«Ebbene?», chiese il cardinale.

La donna si fece avanti. «Non rammentate, eminenza?», cinguettò, anticipando il domestico. «Mi avevate concesso udienza».

Il cardinale strinse gli occhi, indugiando con la sua vista ormai debole sull'espressione licenziosa della donna. «Ah, ora mi ricordo di voi», e le rivolse un sorriso d'intesa. «Chiedevate l'ammissione all'abbazia di Castelnau, per diventare clarissa».

Lei confermò con un inchino, mettendo in evidenza la generosa scollatura. Appariva sicura della propria bellezza, ma allo stesso tempo tradiva una certa ingenuità. Fu proprio quella a solleticare gli appetiti del prelato.

«Ciò che non rammento», continuò lui, «è il vostro nome».

«Aleydis, per servirvi».

Le fece segno di avvicinarsi. «L'accesso al noviziato richiede il versamento di una dote consistente. Ne siete consapevole?»

«Provengo da una famiglia modesta», ribatté la donna, in sua difesa. «Non ho nulla da offrire, eccetto la mia devozione».

Il cardinale non ne dubitava. Per molte giovani, il claustro rappresentava l'unica via di salvezza dalla miseria. D'altro canto, se l'Ecclesia avesse aperto i propri battenti a ogni bisognoso, monasteri e conventi sarebbero stati assediati da orde di straccioni. Non era per disquisire di simili sottigliezze, tuttavia, che aveva concesso udienza a quella femmina. «Devozione, dite...», indagò con tono confidenziale. «È sincera?».

Un altro inchino, accompagnato da una smorfia maliziosa. «Mi rimetto al vostro giudizio, eminenza».

«Consentitemi dunque di accertarmene», affermò il cardinale, congedando il camerario con un cenno. «Adesso».

Non appena gli fu accanto, si rese conto di quanto fosse giovane. Quattordici anni, sedici al massimo. Sollevò la mano per farsi baciare l'anello con lo stemma leonino, poi le accarezzò il viso e iniziò a far scivolare le dita dentro la scollatura, allargandola. Aleydis ebbe un fremito, ma non si oppose.

Nel percepire la sua titubanza, lui si sentì pervadere dal desiderio. «Entrate nell'acqua».

La donna indugiò, quasi soppesando i pro e i contro della situazione. Infine fece spallucce, slacciò l'abito e si immerse con impaccio nel bacile.

"Una vera novizia", pensò sua eminenza. «Abbandonatevi a me», e le afferrò i fianchi perché si sedesse a cavalcioni su di lui. Ancora una volta percepì una lieve ritrosia. Allora, sedotto da una voglia improvvisa, la fece voltare di scatto contro il bordo del bacile, dando sfogo al suo desiderio. Aleydis emise un gridolino sorpreso, poi uno più intenso.

Il cardinale le premette una mano sulla nuca, costringendola a star ferma. "Sono ancora nel pieno delle forze", pensò, con slanci sempre più violenti. "Ho ancora tempo per fare tutto ciò che voglio. Ancora tempo per adempiere alla mia missione".

D'un tratto avvertì una presenza e, fermandosi per riprendere fiato, scrutò prima il volto paonazzo della futura clarissa, poi l'uscio semiaperto. Una figura in penombra indugiava sulla soglia. Intuendo di chi si trattasse, il cardinale tralasciò di darsi un contegno. «Fatevi avanti, Marcus», disse trafelato.

L'uomo era alto e massiccio, interamente vestito di scuro. «Vostra grazia», fece un inchino marziale, «reco notizie sul conto di Rocheblanche».

Il prelato si sentì avvampare. «L'avete catturato?»

«Non ancora».

«Spero si tratti di informazioni utili, allora».

«Forse sì, vostra grazia. Non è l'ultimo della sua stirpe, come si credeva».

«Ha familiari ancora in vita?».

Prima di rispondere, l'uomo chiamato Marcus gli rivolse un sorrisetto crudele. «Una sorella».

Il cardinale gli sorrise.

E Aleydis sentì la sua mano premere sulla nuca con maggior bramosia.

11

Francia occidentale
Inizio ottobre

Sapeva di averla alle calcagna.

Maynard si era battuto con lei una volta soltanto, ma era certo che quella donna non avrebbe mai rinunciato a sottrargli il rotolo di pergamena. La immaginava nascosta nel fitto della boscaglia, intenta a spiarlo in attesa del prossimo agguato. Era per quel motivo che si era premurato di lasciare il convento di Sainte-Balsamie il prima possibile. Voleva tenerla lontana da Eudeline. Ora però era alla sua mercé. Se intendeva recarsi alla chiesa di Saint-Savin e sciogliere il mistero del *Lapis exilii*, doveva stare all'erta.

Giunto a Parigi, evitò di proseguire per la via più veloce che portava a ovest, verso Tours. Intendeva dirigersi a Vienne per un itinerario maggiormente trafficato, in modo da confondersi fra carovane di viandanti, foresterie o bivacchi di fortuna. A costo di impiegare qualche giorno in più, deviò quindi verso sud, in direzione di Vézelay, imboccando la strada dei pellegrini e dei mercanti che correva fino a Lyon. Non appena si trovò ai piedi dei monti borgognoni, spronò il morello verso ponente, per una terra verdeggiante dai profili sinuosi. Si spostava leggero, senza armatura e con un solo destriero. Per passare inosservato, aveva preso l'abitudine di avvilupparsi in un mantello nero con cappuccio, in modo da celare il volto e le armi che portava.

Non si illudeva di far perdere le proprie tracce, ma sperava almeno di confondere l'inseguitrice o di spingerla a commettere qualche errore. Eppure, benché non riuscisse a farsene una ragione, ne era rimasto ammaliato. Una parte di sé desiderava rivederla, misurarsi con lei e affrontare di nuovo il suo impeto. Allo stesso tempo temeva il prossimo incontro, specie se si immaginava nell'atto di uccidere una femmina.

Per circa due settimane di peregrinazione non ne scorse mai la presenza. Si aggirò tra selve e villaggi, sempre guardingo, senza fiutare alcun pericolo. Strano, si era detto. O la donna aveva rinunciato a seguirlo, oppure era assai paziente e altrettanto scaltra nel nascondersi.

Maynard propendeva per la seconda ipotesi e viveva nell'attesa di trovarsela di fronte, augurandosi che ciò avvenisse al più presto. Non voleva condurla al *Lapis exilii*, anche se iniziava a sospettare che fosse proprio quello l'intento della sua nemica. Perciò, quando fu nei pressi di Vienne, si convinse a tenderle una trappola.

Invece di recarsi alla chiesa di Saint-Savin, come voleva l'enigma, proseguì fino a un'antica via che collegava i centri di Poitiers e Bouges. La imboccò, cavalcando verso sud-est in cerca di un luogo idoneo ai propri piani. Superò una locanda e un piccolo agglomerato di casupole per fermarsi davanti a una pieve che sorgeva sul ciglio della strada. Dopo aver ispezionato i dintorni, gli parve adatta per attirare il nemico allo scoperto.

Lasciò il morello nello stabbio e chiese ospitalità ai monaci, presentandosi come un pellegrino bisognoso di raccoglimento e preghiera. Elargì una discreta somma, sufficiente a garantirgli la permanenza per un mese, infine si sistemò in una cella collegata a un piccolo chiostro. Il cenobio comprendeva soltanto quattro *fratres*, tutti in età avanzata e dal carattere introverso. Se ciò gli assicurava un'assoluta tranquillità, rendeva pure l'attesa snervante.

Dopo una settimana di inattività, Rocheblanche giunse quasi al limite della sopportazione e iniziò a frequentare le funzioni delle laudi, del mezzogiorno e dei vespri pur di ingannare il tempo. Non era la pazienza a mancargli, ma la forza di convivere con i propri pensieri. Rimuginava di continuo sul suo ultimo incontro con Eudeline. *Non sarò io a trattenerti*. L'aveva ferito, pur permettendogli di tacerle la verità. Una verità legata a un grave peccato.

Maynard portava quel fardello da ormai quattro anni, da quando era tornato da Algeciras, e fino ad allora non aveva confessato a nessuno la colpa di cui si era macchiato. In principio aveva creduto di poterla espiare partecipando alla guerra contro gli inglesi, ma dopo la sconfitta di Crécy si era sentito uno stolto. Sofferenze e delusioni gli avevano fatto comprendere che gli atti di eroismo non bastavano a lenire il rimorso. Doveva votarsi a uno scopo più alto, ora lo sapeva. E quell'occasione gli si era presentata nel momento più tragico della propria esistenza, mentre giaceva nel fango, dinanzi al corpo di Jang de Blannen. La ricerca del *Lapis exilii* l'avrebbe forse condotto all'illuminazione e alla pace interiore.

Nell'attesa che ciò avvenisse, camminava fra le ombre del chiostro per sfuggire alle angosce della veglia. Le notti nella pieve romita parevano così lunghe e silenziose da togliergli il sonno, costringendolo a cercare conforto nell'aria tiepida dell'autunno. In quel momento, tuttavia, non riusciva a darsi requie. Ancora una volta era perseguitato da un incubo, la carica indomita dei tre cavalieri, e ora si aggirava sotto le stelle in quel quadrato cinto da colonne, pungolato da una strana inquietudine.

Quasi non si stupì di vederla.

La donna stava in piedi sotto un'arcata del chiostro, dietro un monaco tenuto fermo dalla minaccia di un pugnale. Indossava gli stessi abiti del loro precedente incontro, ma teneva il viso scoperto, rivelando una lunga chioma corvina.

Maynard represse un fremito di eccitazione, sguainò la spada da stocco e gliela puntò contro. «Mi avete trovato, infine».

Sul volto di lei affiorò un sorriso spietato. «Credevate forse di potermi sfuggire?»

«Al contrario, vi stavo aspettando».

La donna indietreggiò, quasi intimorita dalla risposta. «Consegnatemi ciò che voglio, altrimenti...», premette la lama contro la gola dell'ostaggio.

«Osate minacciare un ministro di Dio?».

Così dicendo, il cavaliere raggiunse una torcia infissa a una colonna, la afferrò con la mano libera e, rapidissimo, la scagliò contro l'arco di mattoni sopra la nemica.

Vi fu una vampata di braci, seguita da un improvviso stormire d'ali. Guidata dall'istinto, la donna si acquattò sotto decine di colombi che spiccavano il volo nella notte. Quando si rese conto di essere stata giocata, il monaco si era già defilato e Rocheblanche, a un passo da lei, stava per colpire. Allora si spostò di lato e sguainò una daga.

Il cavaliere cercò di eludere le sue difese con una combinazione di stoccate e fendenti, ma fu costretto a rompere la distanza per ripiegare verso il centro del chiostro. Slacciò il mantello e lo avvolse intorno al braccio sinistro, agitandone un lembo per confondere l'avversaria. Nel frattempo la colpì d'affondo, dandole modo di indietreggiare.

«Messere», lo canzonò lei, «intendete attaccarmi o farmi danzare?».

Il cavaliere grugnì piccato. Se il suo rivale fosse stato un uomo non avrebbe usato tanti riguardi, rifletté, senza smettere di fissare quel viso grazioso.

La donna dovette intuire i suoi pensieri, poiché continuò a sbeffeggiarlo: «Se mi cederete la pergamena vi concederò un bacio», rise sguaiata, «prima di infilzarvi».

«Tacete!». Maynard sferrò un fendente. «E ditemi piuttosto chi vi manda».

«Una bella pretesa», ribatté lei in uno stridere di lame, «per chi esita a colpire un nemico».

Un nemico sì, ma femmina!, si disse lui, parando un affondo e una pericolosa falcionata. «Rispondete!». Si avvicinò di slancio, costringendola a incrociare le spade. «Chi si nasconde sotto lo stemma del leone?».

Incapace di respingerlo, la rivale fletté la schiena all'indietro. «L'unico uomo che temo!».

Il cavaliere la spinse contro una colonna mentre sosteneva il suo sguardo. «Rinunciate a servirlo e vi difenderò da lui».

La donna gli rispose con una risata fredda come il bagliore della luna. «Povero ingenuo!». Con uno scatto felino, riuscì a divincolarsi. Abbassò la guardia, si piegò sulle ginocchia e cercò di sorprenderlo con un affondo di pugnale.

Maynard lo schivò con una contromossa e, incapace di fermarsi, le conficcò una spanna di ferro nel costato.

Lei sputò sangue e scivolò a terra, finendo a sedere ai piedi della colonna. Con un ultimo gesto di fierezza, si scostò i capelli dal viso e lo fissò ammirata, quasi volesse complimentarsi. «Lui vi sovrasta», mormorò, con un sorriso deformato dal dolore. «È entrato nella nostra vita, e finché non gli restituirete l'oggetto delle sue brame…».

Il cavaliere attese la conclusione di una frase che non giunse mai. Restò a fissarla fino all'alba, la mano sul cuore, mentre la campana della pieve batteva a lutto.

Mai aveva visto donna più bella.

12

Reims, Porte de Mars
21 ottobre

Il grande carro munito di copertura si muoveva senza sosta da due giorni. Dopo una puntata alla Cité, il cardinale aveva ordinato di procedere di gran carriera fino a Reims. Voleva raggiungerla al più presto, per scoprire quante più informazioni sul casato di Rocheblanche. Lo incuriosivano in particolar modo le voci riguardanti suor Eudeline, la sua rapida ascesa al titolo di badessa e la prematura scomparsa del nobile quanto dissoluto padre. Il prelato si domandava se esistesse un legame con le dicerie che gli erano giunte all'orecchio, sebbene non fosse certo nuovo a simili scandali. Anche se detestava trovarsi d'accordo col Petrarca, non poteva negare di provenire da un luogo in cui dissolutezze e turpitudini la facevano da padrone. Avignone, in tal senso, si era dimostrata all'altezza di Roma e già vantava la nomea di nuova Babilonia.

Il porporato non aveva certo lasciato la sua amata *Livrée du Lion* per dar credito a una storiella incestuosa. Voleva impadronirsi del *Lapis exilii*, e per farlo occorreva la pergamena che rivelava il suo nascondiglio. Doveva assolutamente rintracciare Maynard de Rocheblanche. Mettersi in viaggio per Reims era stata forse una misura eccessiva, avendo già sguinzagliato i suoi migliori segugi dietro quell'uomo. D'altro canto, l'importanza della missione era tale da convincerlo a non lasciare nulla di intentato.

Inoltre c'era da chiedersi se Maynard fosse ancora in possesso della pergamena. Forse l'aveva nascosta in un qualche luogo sicuro, o forse ne aveva rivelato il contenuto a una persona fidata… Non si poteva mai sapere, ma la sua sosta presso il convento di Sainte-

Balsamie era a dir poco sospetta e lasciava supporre che Eudeline fosse a conoscenza di qualche dettaglio su quell'intricata vicenda.

«Dovrete conquistare la sua fiducia», disse d'un tratto, dando voce ai propri pensieri. «Diventare sua confidente».

La giovane donna seduta accanto a lui ebbe un sobbalzo, sollevando il capo dalla sua spalla. «Perdonate, eminenza», scostò una ciocca riccia dal viso, «mi ero assopita...».

«La badessa di Sainte-Balsamie», rimarcò il porporato. «È necessario che entriate nelle sue grazie».

Aleydis soffocò uno sbadiglio. «Lo farò, non temete».

«Siete voi che dovrete temere, in caso di fallimento».

Allertata dal cambiamento di tono, la donna accennò una scusa. «Non getterò al vento l'opportunità che mi offrite». Benché servisse il cardinale da meno di un mese, aveva imparato a conoscerlo a fondo, nell'intimità dell'alcova. Da acuta osservatrice qual era, aveva colto gli aspetti salienti del suo temperamento – la vanità, l'ambizione e una lussuria quasi brutale – per poterlo assecondare e compiacere al meglio. «Grazie a voi, diventerò monaca e mi salverò dalla miseria».

«Non sarete clarissa, tuttavia», precisò lui. «Il convento di Sainte-Balsamie ospita una comunità di benedettine. Conoscete la differenza?»

«Certamente. Le prime osservano la *Regola* di santa Chiara, ispirata a quella di san Francesco. Le seconde, invece, la Regola di san Benedetto».

«In sostanza», spiegò il prelato, «differiscono le une per una maggior vocazione alla povertà, le altre per la sapienza». Attese di vederla annuire, infine aggiunse: «Quel che mi preoccupa, tuttavia, è la vostra indole superba».

«Saprò contenermi, vostra grazia».

«Dovrete essere umile e obbediente. E dovrete imparare ad ascoltare senza ribattere. Soltanto così vi guadagnerete la fiducia della badessa».

«Ascoltare senza ribattere», ripeté la giovane, sbirciando dalla finestrella dell'abitacolo. «Non vi deluderò, vedrete».

Irritato da tanta sufficienza, il cardinale si accigliò. Non aveva ancora consegnato Aleydis alla comunità di Sainte-Balsamie e già iniziava a pentirsi della sua scelta. Eppure, quando aveva maturato l'idea di infiltrare una novizia in quel convento, gli era parso naturale scegliere lei. Giovane e scaltra, serbava un'aria ingenua che le avrebbe permesso di spiare Eudeline senza destare sospetti. Ora però temeva che il suo carattere eccessivamente sicuro potesse tradirla. Le pose la mani sulle ginocchia, fissandola negli occhi. «Mi auguro comprendiate fino in fondo l'importanza del compito che vi affido». Strinse la presa, avvicinandola a sé. «Avrei tentato io stesso di introdurmi in quel convento, se non fosse stato per il rischio di essere riconosciuto e per il divieto ai maschi di accedere in certi ambienti». L'alternativa, pensò, sarebbe stata rapire la badessa e interrogarla sotto tortura, ma al momento preferiva non ricorrere alla violenza. «Capite perché siete tanto preziosa? Dovrete essere i miei occhi e le mie orecchie, per poi riferirmi ogni cosa. Io soggiornerò a Reims, presso l'abbazia di Saint-Remi, in attesa dei vostri resoconti».

«Vi siete spiegato fin troppo, eminenza», lo rassicurò la donna.

Le mani del cardinale scivolarono sulle sue cosce, divaricandole. «Allora non scordate mai la regola più importante».

Aleydis assecondò i suoi movimenti. «Quale?»

«State attenta a non rivelare mai a nessuno, per nessuna ragione, il mio nome». Il prelato si fece strada fra i lembi del suo abito. «O, giuro su Dio, vi prometto l'inferno».

13

Reims, convento di Sainte-Balsamie

Suor Eudeline era solita destarsi prima dell'alba e approfittare dell'arco di tempo tra il mattutino e le laudi per curare la gestione del patrimonio di famiglia. Annotava ogni cosa su un grosso libro mastro di pergamena, prestando particolare attenzione alle rendite dei feudi e alle spese per mantenerli produttivi. Si dedicava a quell'attività dalla morte del padre, dopo che il reverendo zio Antoine Tempier aveva dichiarato di essere pressato da troppe incombenze per farsi carico di un simile compito. Eudeline, d'altro canto, era appena entrata in convento e, per sfuggire all'incubo dei suoi ricordi, aveva cercato rifugio nel lavoro diligente e assiduo. Di buon grado, quindi, si era assunta anche quell'onere.

In principio non aveva saputo come orientarsi tra pile di diplomi che definivano proprietà, concessioni, latifondi, *corvées* e giurisdizioni di vario tipo. Le era parsa un'impresa superiore al proprio intelletto. Poi, con l'aiuto dell'anziana superiora, aveva imparato a organizzare ogni bene in termini di valore, periodi di scadenza ed estensione territoriale. In pochi mesi si era impratichita, diventando signora di una quantità di feudi che per buona parte non aveva mai visto. E aveva scoperto il piacere di esercitare il potere.

Ma, per quanto abile, era pur sempre una monaca. Non poteva assentarsi dal convento per occuparsi di persona dei propri affari, quindi doveva affidarsi a dei *missi* che controllaressero in sua vece i possedimenti, le condizioni dei servi, del raccolto e del bestiame. Li consultava mensilmente, ascoltando i loro resoconti, incaricandoli di curarsi di ogni cosa. Contabilità e pagamenti, però, li gestiva da sola. Non permetteva a nessuno di accedere al denaro, custodito in una stanza segreta in cui soltanto lei poteva entrare.

Quel giorno non aveva compiti particolari da svolgere. Seduta davanti a una lucerna, si curò soltanto di annotare le rendite di una vigna sita lungo il fiume Vesle, accorgendosi che si erano ridotte quasi della metà rispetto all'anno precedente. Non c'era da stupirsi, pensò. Si trattava di una situazione diffusa in tutto il regno. Gli inverni si facevano sempre più rigidi, danneggiando i raccolti e diffondendo il timore di una carestia simile a quelle scoppiate nel 1338 e nel 1343. Certe voci ne attribuivano le cause alla congiunzione di tre pianeti, avvenuta l'anno precedente.

La reverenda madre era scettica al riguardo. Sapeva che i corpi celesti rispecchiavano la volontà di Dio, anche se dubitava che gli uomini fossero in grado di interpretarne i segni. Perciò, a suo avviso, non restava che pregare.

Chiuse il libro mastro e si alzò dallo scrittoio con un sospiro. La attendeva una giornata impegnativa, ma prima di dedicarsi alle mansioni quotidiane voleva far visita al compagno di Maynard. Le era stato riferito che manifestava segni di miglioramento, benché versasse ancora in uno stato confusionale. Un vero miracolo, considerato l'intervento a cui era stato sottoposto.

Uscì dalla sua *domus particularis* con la lucerna in mano e attraversò un breve tratto all'aperto, proteggendosi con una coperta di lana dall'aria fredda. Il cielo era oscurato da un arazzo di nembi talmente fitto da nascondere persino la luna.

Eudeline costeggiò l'orto e l'abside della chiesa, infine raggiunse l'ambulacro che portava al valetudinarium. Per prima cosa cercò l'infirmaria, ma non trovandola si avviò da sola verso il capezzale di Robert de Vermandois e approfittò del fatto che stesse dormendo per osservarlo.

Scorse un uomo profondamente cambiato dall'ultima volta che l'aveva visto. Era ancora pallido, la testa fasciata, eppure qualcosa nella sua espressione sembrava mutata. Le sopracciglia, ora distese, gli conferivano una nota di dolcezza accentuata dalle labbra socchiuse, non più distorte in una smorfia di sofferenza.

Eudeline non si sarebbe mai aspettata di cogliere una simile armonia in un individuo che a prima vista le era parso rozzo e brutale. Al contrario, ora scorgeva lineamenti nobili, forse capaci di sorridere con gentilezza e di rassicurare una donna. Il suo non era soltanto stupore, ma anche compiacimento. D'un tratto, quello stato d'animo svanì alla vista di qualcosa di inatteso.

Robert aveva aperto gli occhi.

Per un attimo la reverenda madre si perse nelle sue iridi verdi e pacifiche, senza comprendere da dove nascesse il fremito che le faceva tremare i polsi. Una strana euforia sembrava essersi impadronita di lei, facendola quasi arrossire. Stai attenta, si disse. E quando intuì quel che le stava accadendo si oppose con tutta se stessa, irrigidendosi.

Dei passi alle sue spalle la fecero sobbalzare.

«Cosa succede?», chiese la badessa, voltandosi.

Una consorella affiorò dall'ombra. Anziché rispondere, la osservò con sconcerto.

"A tal punto sono stravolta?", pensò suor Eudeline. «Ebbene, parlate», insistette, dandosi un contegno.

«È appena giunto un messaggio», rispose la monaca. «La vostra venerabile presenza è richiesta all'abbazia di Saint-Remi».

«Per quale motivo?»

«L'arrivo di una novizia».

La reverenda madre fece una smorfia d'irritazione. Non era stata informata di nulla al riguardo. Invitò la consorella a seguirla all'esterno e, prima di allontanarsi, si voltò un'ultima volta verso l'infermo.

Vermandois aveva richiuso gli occhi, sprofondando nel sonno. Ma il suo sguardo si era già insinuato dentro di lei.

Suor Eudeline si recava sempre di malavoglia fuori dal convento, *nel mondo*. Non sopportava il movimento della folla, così caotico da darle le vertigini. Detestava le voci, soprattutto se volgari e altisonanti. Inoltre odiava gli uomini, tutti gli uomini, poiché nel volto di ciascuno scorgeva sempre qualcosa del padre. L'unico a fare eccezione era suo fratello, finché non era stata la volta di Vermandois. La fugace emozione provata al suo cospetto l'aveva quasi sconvolta.

Si diresse a passo svelto verso l'abbazia di Saint-Remi, attenta a non insozzare l'abito con il lerciume che ricopriva le strade. Non comprendeva come la gente potesse vivere a contatto con tanta sporcizia, benché sapesse che buona parte di Reims versava in quello stato. L'unica zona fiorente si raccoglieva intorno alla cattedrale. Per il resto, regnava il degrado.

Non faceva eccezione il borgo di Saint-Remi. Un tempo era famoso per ospitare un centinaio di famiglie – tra cui cuochi, fornai e artigiani – al servizio dell'abbazia, ma attraversandone la piazza orientale, la badessa si accorse che sopravviveva ben poco persino della celebre fiera che si teneva proprio nel mese di ottobre. Restavano poche botteghe e qualche misera bancarella addossata alle rovine di un'antica cinta muraria, al di là della quale sopravviveva una delle più fiorenti abbazie della Francia.

Un muggito la riportò improvvisamente alla realtà: un carro trainato da buoi procedeva di gran carriera nella sua direzione. Allertata dalle urla del conducente, si scostò in fretta per non restarne travolta, ma urtando un passante perse l'equilibrio e cadde. Ammutolita per il panico, vide il fango e gli zoccoli delle bestie sempre più vicini. Si immaginava già schiacciata, riversa nel lordume, quando d'un tratto si sentì sorreggere.

Pervasa da un repentino sollievo, la monaca osservò il carro allontanarsi e, incredula per esserne uscita indenne, si voltò per ringraziare il buon samaritano che l'aveva aiutata. Fu con sommo stupore che si trovò di fronte a un uomo dai tratti esotici. Vestito con un lungo abito scarlatto, aveva la pelle scura e gli occhi dipinti con il *kajal*. Si limitò ad accennare un inchino, poi scivolò come un gatto nel viavai.

Eudeline rimase immobile, turbata da quell'insolito incontro, finché non decise di riprendere il cammino.

Giunta all'abbazia di Saint-Remi, si diresse verso la gradinata del portale e proseguì fino al nartece, indugiando di fronte alla navata centrale. Centoventi passi di lunghezza per oltre venti braccia di altezza. Ogni volta che la guardava veniva pervasa dall'incanto, ricordandosi di quando vi era entrata per la prima volta, da bambina, insieme alla madre. Come allora, si avvicinò a una statua di san Remigio per recitare una preghiera. «Dammi la forza», sussurrò prima dell'amen, «dammi il coraggio».

Poi si guardò intorno e notò che due persone si stavano avvicinando. Un uomo massiccio, avviluppato in uno di quei larghi mantelli indossati da certi masnadieri per nascondere le armi, e una giovane donna abbigliata con sobria eleganza.

L'uomo accennò un inchino con il capo. «La reverenda superiora di Sainte-Balsamie, suppongo».

Eudeline annuì, ricambiando il saluto. «Posso sapere al cospetto di chi mi trovo?», chiese con tono distaccato.

«Il mio nome è Marcus e tanto vi dovrà bastare, dacché il mio padrone chiede la cortesia di restare in anonimato».

La badessa lo osservò con attenzione, ricavandone una sensazione sgradevole. «Messere, vi prendete gioco di me? Non potete convocarmi alla stregua di una sguattera e impormi la volontà altrui».

«Non era mia intenzione offendervi, reverendissima», rispose Marcus, mellifluo. «Se l'ho fatto, è stato per passare in fretta al vero motivo di questo incontro».

Eudeline intrecciò le braccia. «Vi ascolto», sospirò.

«Come spiega il messaggio che vi è stato recapitato, sono qui per affidarvi una fanciulla di mirabile devozione». Indicò la giovane donna al suo fianco. «Una povera orfana, che il mio signore si pregia di consegnare alla vostra custodia».

A tali parole, la reverenda madre si rivolse alla ragazza. Era molto graziosa e apparentemente a disagio. Addolcì lo sguardo. «Come vi chiamate, madonna?»

«Aleydis», le rispose con un inchino.

«Parlatemi della vostra vocazione», la invitò. «Cosa vi spinge a questo passo?».

Aleydis si strinse nelle spalle. «Da quando sono rimasta sola al mondo, non desidero altro che prendere il velo». Indugiò un attimo, sfiorandosi il labbro inferiore. «La preghiera, in questi anni, è stata la mia unica consolazione. Voglio continuare per questa strada, per sentirmi più vicina a Dio».

«Mi rincresce abbiate perduto la vostra famiglia», continuò Eudeline, «ma anche se volessi accogliervi nel mio convento, sappiate che ho l'obbligo di chiedervi una dote».

«Non dubitate», intervenne Marcus. «Il mio padrone è disposto a versare una somma cospicua, pari a mille fiorini d'oro».

La badessa lo guardò basita. Mille fiorini d'oro corrispondevano alle entrate annue di un monastero di media grandezza. Avesse potuto disporne, sapeva già come impiegarli. Occorreva un ampliamento del dormitorio e una riparazione del tetto del convento. Tuttavia accettava mal volentieri l'idea di ricevere pecunia da estranei. «Cifra ragguardevole», disse. «Ciò nondimeno, avrei piacere di conoscerne la provenienza».

L'uomo fece un gesto vago. «Se intendete fare della morale...».

«Sì, intenderei farlo», insistette Eudeline. «L'etica cristiana mi impone di non accettare denaro ricavato da strozzini, ricatti e ruberie».

«Nulla di tutto questo, ve l'assicuro. La somma di cui vi parlo deriva dai proventi di un'enfiteusi concessa dalla Chiesa. Comprenderete dunque la natura di una simile ricchezza e della persona che ne dispone. Il mio padrone non vuole pavoneggiarsi della propria carità, quindi ha scelto di restare nell'ombra a costo di apparire scortese».

«Scortese e alquanto insolito», aggiunse la badessa, lanciando un'occhiata verso Aleydis. Forse da lei avrebbe saputo di più, ma quello non era il momento opportuno per farle domande. Sospirò. «Dovrò mettere da parte la curiosità, a quanto pare».

Marcus annuì. «Un'ultima condizione soltanto», precisò poi. «Madonna Aleydis dovrà recarsi presso questa abbazia una volta alla settimana, per incontrare il suo confessore».

«Non ne vedo la ragione, messere», obiettò Eudeline. «Disponiamo di un confessore anche presso il nostro convento».

L'uomo alzò le braccia in segno di impotenza. «Mi limito a esternare le richieste del mio padrone, reverenda madre. Non posso modificarne i termini».

La badessa lo fissò con circospezione, soppesando i pro e i contro di un simile accordo. Una novizia e mille fiorini avrebbero giovato a Sainte-Balsamie, anche se tutto quel mistero non le piaceva affatto. «Ebbene, accetto», sospirò rassegnata. «Ma soltanto per la durata del noviziato. Se la vostra protetta supererà quel periodo, non potrà più uscire dal convento. Neppure per confessarsi».

«Sta bene», concluse Marcus.

E nell'affidarle Aleydis le sorrise con condiscendenza. Come si addiceva a un ruffiano.

14

«Sappiate che non sarete accettata con troppa facilità». Suor Eudeline schivò un'occhiata perplessa di Aleydis, prestando attenzione alle pozzanghere di fango che tappezzavano la via. Il suo abito era macchiato e, scrutando il cielo nuvoloso, temeva di giungere al convento bagnata fradicia. Ciò nondimeno, l'irritazione aveva lasciato spazio a un senso di protezione. Ignorava cosa legasse quella giovane donna al suo misterioso protettore e al subdolo Marcus, però scorgeva del buono in lei. Era rimasta orfana molto presto e sembrava aver patito la miseria. Soltanto per quello meritava conforto. Ma nonostante la badessa desiderasse rivolgerle parole gentili, aveva l'obbligo di non incoraggiarla.

«Non comprendo, reverendissima», ribatté Aleydis.

«"Mettete alla prova gli spiriti per capire se provengono da Dio"», disse Eudeline, citando la prima epistola dell'apostolo Giovanni. «E non chiamatemi "reverendissima", ve ne prego. "Madre" sarà più che sufficiente».

«Intendete dunque mettermi alla prova?».

La badessa annuì. Non era lei a imporlo, ma la Regola di san Benedetto. «Dovete sapere che sono ben pochi gli eletti alla vita monastica, anche se in molti vi aspirano».

«Pensavo fosse sufficiente versare una dote», ribatté la giovane, delusa.

«Non siate sciocca», la rimproverò Eudeline. «I beni patrimoniali sono necessari a mantenere un convento e la sua comunità, dacché le monache non possono mendicare. Ma quant'è vero Iddio, la ricchezza non determina la vocazione e io non disporrò dei vostri fiorini d'oro finché non sarete professa».

«Se affermate il vero, come siete riuscita a diventare superiora così giovane?».

La reverenda madre si voltò di scatto, avvampando per la rabbia e per l'imbarazzo. «Ora siete impertinente», esclamò. «Parlate proprio voi, di cui non si sa praticamente nulla?».

Aleydis si fermò in mezzo alla strada. «Perdonate, madre», e chinò il capo. «Spero di non essere stata tanto irriverente da farvi ricredere sul mio noviziato».

«Voi non siete ancora novizia», ribatté Eudeline.

Un'ombra di sconcerto attraversò il volto della ragazza. «Significa che non mi ammettete in convento?».

La reverenda madre la fissò in silenzio, cercando di vincere la rabbia. Non era da lei reagire in modo brusco, anche se punta nel vivo. Gli eventi degli ultimi giorni dovevano aver intaccato la sua tempra ben più di quanto si fosse aspettata. Emise un lungo sospiro. «Per ora verrete accolta nella foresteria», spiegò, ritrovando i suoi modi impassibili, «ma vi prometto che non resterete inoperosa».

Percorsero l'ultimo tratto quasi di corsa, per salvarsi da un improvviso scroscio di pioggia.

Aleydis giunse con la badessa davanti al portale del convento, dove attese finché la monaca portinaia, una donna molto anziana, le andò incontro per accompagnarla in un edificio in legno che sorgeva ai margini del complesso. L'interno ospitava un ambiente unico, occupato da una decina di giacigli di paglia e da un tavolo collocato al centro. Di fronte all'ingresso, contro una parete annerita dal fumo, c'era un camino spento.

Dopo poco, un famiglio bussò all'uscio e sistemò sul tavolo dei panni di tela grezza, qualche candela di sego e un orcio pieno d'acqua, poi si avvicinò al focolare per deporre dei ciocchi di legna.

Nell'attesa di accendere il fuoco, la vecchia monaca parlò alla ragazza: «Riceverete due pasti al giorno, ma non avrete il permesso di recarvi in refettorio. Dovrete consumarli qui, da sola. Avete altresì l'obbligo di prendere parte a tutte le funzioni sacre. Sederete nelle ultime panche del convento, senza rivolgere parola a nessuno». La bocca arida si distese in un tenue sorriso. «Siate paziente, obbedite e verrete ricompensata. Non posso dirvi altro, a parte che la reverenda madre vi farà visita per affidarvi dei compiti».

Aleydis aveva un'infinità di domande da rivolgerle, ma si limitò ad annuire.

La portinaia le sorrise di nuovo, poi ordinò al famiglio di uscire e si allontanò con lui sotto la pioggia.

Non appena rimase sola, la giovane si mise davanti al fuoco e asciugò i capelli con un panno. Era spossata dal viaggio e delusa dall'accoglienza, e non immaginava come avrebbe potuto svolgere la propria missione. Il cardinale non le aveva mai detto che sarebbe stata rinchiusa in un ambiente tanto lugubre, in attesa di essere giudicata idonea. Non le aveva detto neppure quanto sarebbe stato difficile accedere al noviziato. Si era limitato a fornirle dei consigli sul comportamento da tenere, minacciando di punirla in caso di fallimento. Nulla di utile, in sostanza.

Si rannicchiò su un giaciglio vicino al camino e chiuse gli occhi, cercando di farsi forza. "Al diavolo", pensò. Non le importava quanto tempo sarebbe rimasta in quel luogo, né quali prove avrebbe dovuto sostenere. Non poteva certo essere peggio della vita da cui proveniva. Era nata e cresciuta in una bettola assai più squallida di dove si trovava ora, costretta a sfuggire di continuo alle attenzioni del padre e alle percosse della madre. Aveva patito la fame, la sporcizia e il rigore di certi inverni al cui solo pensiero si sentiva pervadere da conati di vomito. Altro che le stupide Regole di san Benedetto!

Del resto, cosa poteva saperne la badessa? Aleydis si era morsa la lingua, ma non era riuscita a resistere. *Come avete fatto a diventare superiora così giovane?* Bastava guardarla, per capire che suor Eudeline proveniva da ambienti altolocati. Con quelle manine candide e il viso angelico, si faceva bella parlando di umiltà quando probabilmente non aveva mai dovuto rammendarsi un abito. No, si disse la giovane, non mi spezzeranno.

Strinse i pugni e restò immobile, avvolta nel tepore della paglia, pensando alla ricompensa promessa dal cardinale. "Eseguite i miei ordini e vi farò badessa". Non sarebbe più tornata nella miseria, a ogni costo. Mai più. E mentre la stanchezza iniziava a intorpidirle le membra, scivolò lentamente nel sonno.

Quando si svegliò, la reverenda madre era accanto a lei. Teneva in mano una ciotola di zuppa fumante. «Il vostro pranzo», disse, appoggiandola sul tavolo. «Consumatelo finché è caldo».

La giovane si alzò dal giaciglio, togliendosi di dosso i fili di paglia impigliati nel vestito. «Perdonatemi, madre. Temo di essermi addormentata mentre pregavo».

Suor Eudeline annuì. «Ho pensato a una lista di compiti da affidarvi».

«Sarò felice di obbedirvi».

«Li svolgerete tra una funzione e l'altra, adeguandovi alla vita del convento, ma non sotto la mia vece. D'ora in avanti, è mia volontà che seguiate gli ordini della monaca infirmaria».

«Non per contraddirvi...», si permise Aleydis, immaginando di doversi prendere cura di qualche infermo. «Temo di non essere all'altezza...».

Eudeline la zittì con un gesto. «Impegno, carità, costanza. Non vi sarà richiesto altro. Dovrete abituarvi a svegliarvi prima del sorgere del sole e a mettere in secondo piano le vostre necessità. Per adeguarvi allo scorrere del tempo, fate riferimento alla scansione delle messe giornaliere e ai rintocchi della nostra campana».

Nei giorni a venire, Aleydis si adeguò alle regole del claustro ed eseguì ogni compito affidatole dalla monaca infirmaria. Contrariamente a quanto si era aspettata, non le fu chiesto di accudire alcun malato. Dovette invece occuparsi delle mansioni più umili e faticose, di solito svolte dai famigli. Trascorse la maggior parte del tempo china nell'*hortus* e nell'*herbaria*[4], a strappare erbacce, potare piante e rivoltare il terreno con un falcetto. Dovette poi mantenere pulito il valetudinarium, ordinare i libri, gli strumenti medici e persino le erbe officinali essiccate, che venivano conservate in vasi di vetro e riposte in una specie di cantina chiamata *annarium pigmentariorum*. Si sforzò di accorrere sempre puntuale alle messe, e dopo i vespri si ritirava nella foresteria, per cenare in solitudine e crollare esausta sul pagliericcio, in attesa della funzione di compieta. Senza mai ricevere un grazie o un segno di approvazione.

Prima di allora aveva sempre ignorato che l'obbedienza e il silenzio richiedessero tanto sacrificio. Non poter scambiare una parola con nessuno le era di peso, così come il fatto di sentirsi sempre osservata e giudicata. Inoltre, ogni volta che si trovava in presenza delle consorelle temeva di assumere comportamenti inadeguati, di apparire una sciocca e persino di camminare in modo sconveniente.

[4] In un monastero, l'*hortus* era destinato alla coltura delle verdure, l'*herbaria* invece alle erbe medicinali.

Nonostante ciò si impose di resistere, finché la sua pazienza non fu premiata.

Accadde il quarto giorno, mentre stava pulendo il pavimento del valetudinarium con uno straccio imbevuto d'aceto. La monaca infirmaria l'aveva lasciata sola per svolgere qualche compito all'aperto. Fu allora che, d'un tratto, entrò la reverenda madre.

Aleydis continuò a pulire, restando inginocchiata in un angolo, senza farsi notare. E mentre si chiedeva cosa fosse venuta a fare la badessa in quel luogo, la spiò con la coda dell'occhio. La vide attraversare l'ambiente e sedersi accanto all'unico infermo presente nel valetudinarium, un uomo con il capo fasciato, sprofondato nel sonno.

La giovane ignorava il nome di quell'individuo, ma le era bastato notare la sua corporatura robusta e gli abiti militari riposti ai piedi del letto per fare delle supposizioni. C'era da chiedersi il motivo della presenza di un soldato ferito all'interno di un convento. Probabilmente si trattava di quel genere di informazione che poteva interessare al cardinale.

Ciò che accadde in seguito, tuttavia, solleticò ancor più la sua curiosità.

Suor Eudeline non fece nulla di particolare. Si limitò a fissare l'infermo con intensità. Ma non era carità quella che le trapelava dal volto, tantomeno la pietà di una religiosa per un sofferente. Benché Aleydis non potesse esserne certa, ebbe il presentimento di assistere a qualcosa di più intimo.

Quella sensazione durò un istante. Poi la badessa si alzò in piedi e, voltandosi all'improvviso, si accorse della sua presenza. Camminò verso di lei.

La giovane abbozzò un cenno di scuse e si preparò a subire un rimprovero. Invece, nel trovarsi di fronte alla superiora, scorse nei suoi occhi soltanto inquietudine. Un'inquietudine che non aveva ragione di nascere dalla vita mansueta e ritirata di una monaca.

Sovrastata da quello sguardo, Aleydis restò inginocchiata sul pavimento con lo straccio in mano, senza sapere cosa aspettarsi.

«Fatemi vedere le mani», le ordinò Eudeline.

La ragazza esitò, chiedendosi se per caso avesse udito male. Poi, esortata da un cenno impaziente, obbedì con un pizzico di vergogna. Aveva le dita gonfie e coperte di graffi, per via dei lavori svolti in quei giorni.

La reverenda madre le sfiorò, esaminandole. Osservò quindi il suo operato, facendo scorrere lo sguardo per il pavimento. Infine, inaspettatamente, sorrise con soddisfazione. «Il vostro soggiorno nella foresteria è concluso», disse. «Vi accetto come novizia».

15

Feudi di Vienne
Fine ottobre

Sopravvissuto all'agguato, Maynard aveva ripreso il viaggio per la chiesa di Saint-Savin. Era diviso tra il rimorso per aver ucciso la sua inseguitrice e un grande senso di liberazione, all'idea di non avere più nessuno alle calcagna. Su ogni emozione, però, dominava l'euforia per l'ormai prossima risoluzione del mistero.

Giunto a Vienne, si fece strada all'interno di un piccolo borgo cinto da mura e spronò il morello verso l'alto campanile che dominava una distesa di casupole. Non sapeva ancora come iniziare le ricerche, dato che la pergamena di Jang de Blannen citava Saint-Savin soltanto in qualità di tappa per il "monte del fiore", ovvero il nascondiglio del *Lapis exilii*. Per maggior sicurezza, frenò il destriero e rilesse la frase in cui se ne parlava:

> *Est Lapis exilii situs in Monte floris…*
> *a meridie Sancti Savini in villa Cerisii.*

"A meridione di Saint-Savin", ripeté mentalmente. Per giungere alla meta, avrebbe dovuto proseguire verso sud, ma il testo non forniva alcuna indicazione sulla distanza da percorrere. D'altra parte, Maynard presagiva di non essere lontano dalla destinazione finale e nutriva la speranza che la gente del luogo potesse aiutarlo a orientarsi. Avvicinandosi al trotto alla chiesa di Saint-Savin, provò quindi a chiedere informazioni.

Fermò un falegname, poi un mercante di pelli e infine un pellegrino. Ognuno di loro, interrogato sul misterioso *Mons floris*, rispose di non averlo mai sentito nominare.

Congedandosi con disappunto, il cavaliere smontò da sella davanti alla facciata della chiesa, senza darsi per vinto. I monaci, più sapienti del comune volgo, avrebbero saputo senz'altro rispondere alle sue domande.

Il primo *frater* in cui si imbatté, il portinaio, gli disse di ignorare l'ubicazione del "monte del fiore". «Entrate nella chiesa», aggiunse tuttavia con fare accomodante, «il nostro priore è un profondo conoscitore di queste terre. Con l'aiuto del Signore, saprà forse indirizzarvi sulla giusta strada».

Rocheblanche affidò il cavallo a uno stalliere e seguì il religioso oltre l'ingresso di Saint-Savin.

Prima di allora non aveva mai visitato quella chiesa, ma era sempre stato curioso di ammirarne gli splendidi affreschi per cui era nota all'intera cristianità. E infatti, non appena si abituò alla penombra, rimase senza fiato. L'intera navata, compreso il coro e le cappelle laterali, era ricoperta di sgargianti decorazioni pittoriche. Per la maggior parte si trattava di rappresentazioni della *Biblia pauperum*, riguardanti gli episodi del Vecchio e del Nuovo Testamento; vi erano però anche altre scene che il cavaliere, di primo acchito, non seppe interpretare.

Seguì il portinaio verso l'altare, continuando a guardarsi intorno, senza quasi accorgersi di andare incontro a un anziano prelato che proprio allora stava uscendo dallo spazio delimitato dallo *jubé*. Maynard intrecciò il suo sguardo e disegnò un inchino. «Sono un pellegrino proveniente dalla Borgogna», mentì, «e cerco un monte detto *Mons floris*. Ignoro dove sorga, ma a giudicare dalle indicazioni che mi furono date, dovrebbe trovarsi a sud, non distante da questo luogo».

Il priore indugiò, appoggiandosi all'ingresso dello jubé. «Chiunque vi abbia informato, messere, è in fallo o vi ha mentito», disse infine. «A meno che non vi siate smarrito».

«Credo di essere nel posto giusto». Il finto pellegrino ripensò alle parole dell'enigma. «Se queste mura sono consacrate a san Savino e poggiano su un terreno anticamente noto come *villa Cerisii*, dovrei essere prossimo al monte di cui vi parlo».

«Eppure», insistette il vecchio, «a meridione di Saint-Savin non sorge alcun Monte del Fiore, ve l'assicuro. Potreste trovare soltanto un...». Tacque un istante, accigliandosi. «Dite una cosa, messere, siete certo di quel che andate cercando?».

Maynard colse uno scintillio nei suoi occhi. «Cosa intendete?»

«Sappiate», rimuginò il priore, «che quel nome mi è appena tornato alla memoria. E se non me ne sono ricordato prima è perché mi avete sviato con le vostre parole, accennandomi a un monte».

«Chiedo venia. Visto il nome, supponevo che il *mons floris* fosse un'altura. A vostro giudizio, invece, cosa sarebbe?»

«*Mons floris*... *Mont-Fleur*...», ruminò il vecchio, annuendo tra sé. «Non mi sbaglio, dev'essere per forza così! Voi non cercate un monte, ma un monastero».

Il cavaliere sobbalzò. «Ne siete certo?», domandò, benché già persuaso che il priore avesse ragione. Se il *mons floris* era davvero un monastero, la menzione dell'enigma a una *crypta* acquisiva un preciso significato.

«Assolutamente», confermò il prelato. «Il monastero di Mont-Fleur si erge fra le colline, lontano da strade e itinerari. I viandanti lo evitano, poiché è assai povero e circondato da una fitta boscaglia. Ma proseguendo verso sud, non potrete sbagliarvi: lo troverete dopo due giorni di cavallo».

E così fu.

Lasciata Vienne, Rocheblanche proseguì verso sud e continuò a cavalcare per tutto il giorno e la notte successiva finché non raggiunse una macchia all'apparenza impenetrabile. Avviluppato nel mantello per proteggersi dal freddo, si inoltrò tra gli alberi con una fiaccola in mano, cercando di mantenere quieto il morello. Rumori furtivi tra i cespugli l'avevano già allertato dal tramonto, ma non era spaventato. Per chi aveva visto la morte in faccia, una spada al fianco bastava a infondere sicurezza. Erano di altro genere le preoccupazioni che lo assillavano.

Benché ignaro di cosa avrebbe trovato in fondo al cammino, nutriva un'intima speranza, ovvero che al monastero di Mont-Fleur potesse aprirsi un nuovo capitolo della sua vita. Non gli interessava se migliore o peggiore. L'importante era che fosse libero dai fantasmi del passato, dalla sofferenza e dalla brama di vendetta. Pensò poi a Eudeline, ripromettendosi di scriverle non appena avesse svelato il mistero del *Lapis exilii*. Non sopportava il silenzio che era calato tra loro due e desiderava porvi rimedio. Prima, tuttavia, doveva comprendere a quale destino stesse andando incontro.

E mentre attraversava la notte in quella macchia dimenticata da Dio, si ritrovò a pensare all'angelo apocalittico che scagliava una grande mola in mare; era enorme, le maestose ali spalancate contro un cielo flagellato dal vento. Maynard maledisse se stesso. Da quando aveva udito la profezia di san Giovanni, non riusciva a fugare dalla mente un terribile dubbio: forse Jang de Blannen aveva tenuto nascosto il *Lapis exilii* per timore che il suo ritrovamento avrebbe scatenato quella funesta profezia. In tal caso, lui si stava accingendo a compiere un terribile sbaglio. E se invece fosse stato scelto per compiere la volontà divina?

Un ululato spezzò il silenzio.

E ritrovandosi nelle tenebre, Rocheblanche si accorse d'un tratto che la spada non bastava affatto a infondergli sicurezza. Anche se aveva già visto in faccia la morte. Anche se aveva coraggio da vendere. Non era l'agguato che temeva, né il dolore di zanne lucenti che gli lacerassero le membra. Era l'idea che tutto finisse mentre si trovava a un passo dalla verità, con il peso del rimorso a gravargli ancora sul cuore.

Diede di sprone e si lanciò al galoppo fra i tronchi contorti, lungo un sentiero a malapena visibile. "È il diavolo", pensò, scorgendo sagome allungate che balzavano tra i cespugli. "Il diavolo che viene a prendermi!".

Gli zoccoli del morello divoravano la strada a velocità frenetica. Aggrappato alle redini, Maynard si piegò in avanti e pregò il Signore di non farlo sbattere contro un ramo nascosto nella notte. Il bagliore della fiamma era appena sufficiente a rischiarare il terreno davanti a sé, rivelando una distesa di foglie secche e terra battuta deformata dalle grosse radici degli alberi.

Il cavaliere continuò a procedere in una vertigine di immagini e suoni, senza smettere di agitare la fiaccola alla ricerca di agili corpi che saettavano fra le ombre. Nel frattempo il sentiero iniziava ad allargarsi, permettendogli di scorgere una luce in lontananza, al di là dell'intrico della vegetazione.

Diede ancora di sprone, il ringhio dei lupi nelle orecchie. Sentì qualcosa sfiorargli il calcagno destro, ma non si curò di voltarsi. La luce diventava sempre più intensa, il sentiero ormai una strada. A un centinaio di passi c'era uno spiazzo, forse delle mura.

Dovette piegarsi di lato all'improvviso per schivare un tronco pericolosamente sporgente, e così facendo intravide l'orda famelica che latrava alle sue spalle. Si rialzò in fretta sulle staffe, concentrandosi sulla sua unica via di salvezza.

Ancor prima di raggiungere il grande fuoco, si accorse che le fiere rinunciavano all'inseguimento. Rinfrancato, Rocheblanche proseguì di gran carriera finché non si trovò davanti al falò delle sentinelle. Solo allora notò l'imponente sagoma nera che si stagliava sopra di lui, nel cuore della macchia.

Stremato, ringraziò il cielo per avergli permesso di raggiungere sano e salvo il monastero di Mont-Fleur.

16

Mont-Fleur non aveva affatto l'aspetto di un monastero povero. Era protetto da una cinta di mura simile a un bastione, al di là della quale svettava una struttura turrita che ricordava più un mastio che un campanile. L'unico accesso, un grande portale, era sigillato da una cancellata di legno e metallo. Nell'attesa che venisse sollevata, Maynard chiese il permesso di restare vicino al fuoco per allontanare il freddo e l'incubo dei lupi. Le sentinelle lo accolsero con garbo, offrendogli una coperta e del vino caldo. Nessuno di loro, tuttavia, volle sapere da dove provenisse, né cosa fosse andato a cercare in quel luogo romito. Lui ricambiò con lo stesso riserbo, cercando di ritemprarsi.

Alle prime luci, poté finalmente varcare le cinta. La sua ricerca era ormai giunta al termine, ma non sapeva se ritenersi soddisfatto o preoccupato. Una parte di sé desiderava tornare indietro e dimenticare quella faccenda; la curiosità, però, non glielo avrebbe mai concesso. Del resto, Maynard non era interessato soltanto al *Lapis exilii*, ma anche desideroso di scoprire la causa del complotto contro il re di Boemia. Per ora sapeva soltanto che c'erano degli uomini nascosti nell'ombra che bramavano il segreto di Mont-Fleur. Uomini di potere. Chiunque fossero, non poteva esimersi dall'indagare sulle loro mire e, se necessario, opporsi alle loro angherie.

Gli bastò varcare le mura per capire di trovarsi in un luogo non comune. Abbazie e pievi erano solite accogliere entro le cinta dei borghi, offrendo protezione in cambio di ricchezza. Mont-Fleur somigliava piuttosto a un eremo abitato da soli monaci. L'angusta corte, raccolta intorno al monasterium, non ospitava altro che stallaggi, colture e recinti per gli animali. E come Rocheblanche aveva già scoperto, le sentinelle in cui si era imbattuto non erano veri armigeri, ma semplici conversi fedeli al cenobio.

Proseguì a piedi, tenendo il destriero per le briglie fino alla facciata dell'edificio. Solida e vetusta, doveva aver subìto diversi restauri nel corso dei secoli, anche se la lunetta sopra il portale appariva abbastanza antica da sembrare quella originale. Rappresentava la bocca mostruosa del *Gorgoneion* intenta a masticare i dannati degli inferi. Strano, si disse il cavaliere, che un rifugio votato alla pace accogliesse i suoi accoliti sotto un'insegna tanto spaventosa.

Legò il morello a uno steccato e si inoltrò all'interno del monastero, colto da un'improvvisa fascinazione. La navata era immensa. Benché edificata secondo canoni architettonici ormai desueti, era decorata dal programma pittorico più elegante e complicato che Maynard avesse mai visto. Al confronto, l'opera del mastro di Saint-Savin pareva realizzata da un garzone inesperto. Rappresentava una serie di scene bibliche suddivise in riquadri e ordinata in tre registri: il superiore dedicato al Vecchio Testamento – dalla creazione di Adamo al regno di Davide – e il mediano al Nuovo, con la vita e la risurrezione di Gesù. Fin lì nulla di particolare, fatta eccezione per il talento insuperabile con cui era stato eseguito l'affresco. La singolarità risiedeva nel registro inferiore, dedicato per intero all'Apocalisse di Giovanni. Rocheblanche osservò basito una sgargiante processione di mostri, angeli, demoni e creature bizzarre che sfilavano senza posa dall'apertura dei sette sigilli al tempo della mietitura.

Diviso tra la meraviglia e la curiosità di sapere chi fosse l'artefice di un tale capolavoro, fu folgorato da un'intuizione che gli fece rammentare il passo centrale vergato sulla pergamena di Jang de Blannen:

Est Lapis exilii situs in Monte floris
nostra salute clausus in vetusta crypta
sub caelo historiis mire depicto

Finalmente poteva comprenderle! Se le prime due righe affermavano che il *Lapis exilii* si trovava nel monastero di Mont-Fleur, rinchiuso in una vetusta cripta, la terza – *sotto un cielo di storie mirabilmente dipinto* – alludeva senz'ombra di dubbio alla navata del monastero, decorata con le *historiae* del Vecchio e del Nuovo Testamento.

"Sono nel posto giusto", concluse. Ma ancora una volta, l'inquietudine si impadronì di lui. Non poteva evitare di cogliere tra quelle parole un velato avvertimento. Come se scrivendo *nostra salute* – per la salvezza del genere umano – l'autore dell'enigma avesse voluto alludere a un'insidia legata al *Lapis exilii*...

Non sapendo cosa pensare, Maynard cercò spiegazione nelle pitture a fresco. Fece scorrere lo sguardo sulle pareti, alla ricerca dell'angelo con la pietra molare citato nel verso iniziale della pergamena. Prima di riuscire a trovarlo, soffermò l'attenzione su tre cavalieri in groppa a destrieri dai diversi colori. Le loro teste erano cinte da aureole. La prima bianca, la seconda rossa, la terza dorata. Fu come scivolare in un incubo.

Si appoggiò a una colonna, incredulo. Quei cavalieri gli ricordavano quelli che aveva sognato. Recavano persino gli stessi trofei! Una corona, una spada e una bilancia. Li osservò ancora, con maggior attenzione. Nell'affresco anticipavano la venuta di un quarto, scheletrico e spaventoso, in sella a un cavallo verdastro.

«Simboli», disse una voce alle sue spalle.

Il cavaliere si voltò di scatto, cercando di opporsi allo sgomento. Vide muoversi fra le panche un vecchio segaligno con una lunga barba argentata. I capelli, dello stesso colore, ricadevano fluenti sulla schiena. Avanzava a piccoli passi, aiutandosi con un bordone.

«Presagi di verità», ribatté Maynard, domandandosi chi fosse.

L'anziano monaco emise un risolino. «La verità ci è resa manifesta attraverso un gioco di specchi. Difficile distinguerla».

«Parole degne di un dottore della chiesa».

Il vecchio si strinse nelle spalle. «Le scrisse Macrobio, in tempi assai remoti», e continuò a muoversi finché non gli fu accanto. «Ma in quanto a realtà manifeste, gradirei sapere chi mi sta di fronte».

«Un umile pellegrino, padre».

«Da molto tempo non ne vedo uno. L'ultimo giunse qui più di quindici anni fa, e non lasciò un buon ricordo di sé».

Rocheblanche abbassò lo sguardo in segno di riverenza, intuendo di essere al cospetto di una persona non comune. Non solo per via della stazza, ben superiore alla norma, o dei modi autoritari e al contempo gentili. Era quella voce, saggia e suadente, a metterlo in soggezione. «Spero che un uomo in cerca di illuminazione possa risultarvi meno sgradito», ribatté.

Il monaco lo scrutò incuriosito. «Il vostro nome, messere?»

«Maynard de Rocheblanche», rispose il cavaliere, incapace di mentire.

«Molto più di un comune pellegrino», continuò il vecchio, «a giudicare dagli speroni e dalla cintura che intravedo sotto il vostro lungo manto».

Il nobiluomo sorrise. «Posso conoscere il nome di un osservatore tanto acuto?»

«Sono l'abate Manessier, custode e guida di questo luogo per grazia di Dio».

Maynard disegnò un elaborato inchino. «Chiedo accoglienza nel vostro monastero, reverendo».

«Per quale motivo?»

«Ve ne ho fatto menzione poc'anzi, sono in cerca dell'illuminazione».

Il vecchio lo invitò a rimettersi in piedi. «Troppa luce può accecare, messere».

«Ma io sono pronto», insistette il cavaliere. «Ho seguito gli indizi fin qui e so della vostra cripta. So che vi si nasconde un grande segreto. Voglio sapere, ve ne prego. Dovete aiutarmi...».

Confuso da tanta veemenza, padre Manessier si fece guardingo e arretrò di un passo. «Si può sapere, di preciso, a cosa vi state riferendo?».

Prima di rispondere, Rocheblanche estrasse il piccolo rotolo di pergamena che custodiva nella scarsella. «A questo», e glielo porse. «Al *Lapis exilii*».

Non appena pronunciò quelle parole, si rese conto di aver commesso un imperdonabile errore.

L'abate sbarrò gli occhi e gli puntò contro il bordone. «Guardie!», tuonò con voce altisonante. «Accorrete, presto!».

17

Reims, convento di Sainte-Balsamie
29 ottobre

Marcus giunse puntuale allo scadere della prima settimana.

Fermò il suo baio davanti al convento e attese con pazienza l'arrivo della novizia. Non ci fu bisogno di scomodare la portinaia. Suor Eudeline lo attendeva già dietro il portale, in compagnia di Aleydis. Uscì all'aperto e si fermò davanti a lui, tenendo una mano sulla spalla della giovane.

Dall'alto della sella, l'armigero le rivolse un cenno eccessivamente ossequioso, quasi volesse prendersi gioco di lei, infine staccò una bisaccia dall'arcione e gliela porse. «I mille fiorini d'oro per la dote», spiegò. «Come pattuito con il mio padrone».

La badessa annuì impassibile. «Sarà mia cura farvi pervenire un documento che attesti l'ingresso di Aleydis nel nostro convento».

«Lo ritirerò io stesso, al nostro prossimo incontro». Il volto di Marcus si piegò in un sorrisetto mellifluo. «E ora, se permettete...». Tese la mano verso la giovane.

Eudeline la trattenne. «Continuo a non vedere l'utilità di far allontanare una novizia per una semplice confessione...».

«Questi erano *gli accordi*, mia signora».

La reverenda madre acconsentì malvolentieri. Detestava l'idea di affidare una sua protetta, anche se per poco, a un individuo tanto infido. Sapeva bene di trovarsi al cospetto del custode della ragazza, ma il cuore le diceva di stare all'erta. Fu con rammarico, dunque, che guardò Aleydis avvicinarsi alla cavalcatura e farsi aiutare dall'uomo a salire davanti a lui.

Eudeline scorse in quei gesti un accenno di lascivia che le fece attorcigliare lo stomaco, procurandole una sensazione di forte nausea.

Sospettando che Marcus avesse agito di proposito, per provocarla, fece finta di nulla e si limitò a rivolgere un'ultima raccomandazione ad Aleydis.

Prima che il baio si allontanasse al trotto, distolse lo sguardo per ritornare al convento.

Il cardinale era inquieto, Aleydis se ne accorse non appena l'ebbe di fronte.

Sedeva su una panca di marmo, sotto una bifora della sala più ampia dell'abbazia di Saint-Remi. L'ambiente era separato dalla chiesa, appositamente interdetto all'uso dei monaci finché il prelato ne avesse avuto bisogno.

«Mia cara», la invitò con un gesto a sedersi accanto a lui. «Siete novizia, dunque».

«Grazie a voi, eminenza», disse lei. «Ma non è stato facile».

«Le monache vi hanno messa alla prova?»

«La loro accoglienza è stata dura e inospitale, finché non si sono persuase dei miei propositi».

Il porporato annuì. «E la giovane badessa?».

Aleydis percepì una punta di malizia, che la ingelosì. Suor Eudeline era una donna di grande fascino, l'aveva subito notato. E non le erano certo passati inosservati gli sguardi interessati di Marcus. Senz'altro, l'armigero doveva averla descritta a sua eminenza con dovizia di particolari. «Non mi è ancora stato possibile violare i suoi segreti», si limitò a rispondere.

Il cardinale si oscurò. «Mi deludete».

«Eccetto uno».

«Ebbene?»

«Reca visite quotidiane a un infermo ricoverato nel valetudinarium», riferì la ragazza. «Un soldato, forse un cavaliere a giudicare dagli abiti riposti accanto al suo giaciglio. La sua presenza in un convento femminile mi è parsa oltremodo strana».

«Forse il compagno di Rocheblanche…», rimuginò il prelato, stringendo gli occhi. «Cosa avete scoperto su di lui?»

«Nulla, mio signore».

Il volto del cardinale si trasfigurò per la rabbia. «Significa che non avete indagato? Non avete nemmeno frugato tra i suoi abiti?».

La novizia indietreggiò. «Mi è stato vietato di…».

Lo schiaffo la colse con una tale violenza da scaraventarla a terra. Aleydis si mise carponi, confusa e accecata dal dolore. Non era mai successo. Non l'aveva mai percossa fino ad allora. Gli si avvicinò strisciando, cercando di spiegare con le labbra tremanti.

Ma lui la afferrò per i capelli, sollevandola da terra per trascinarla verso il lato opposto della sala. «Stupida troia!», sibilò. «Pensate che abbia sborsato mille fiorini per il vostro diletto? O che forse mi diverta ad attendervi in gran segreto, fra queste mura?». La sbatté con malgarbo contro un tavolo, in modo che gli offrisse la schiena. «Ora vedrete!».

«Vostra eminenza...», piagnucolò Aleydis. «Vi giuro che non ho potuto... Vi prometto che...».

«Silenzio», la interruppe lui, brandendo uno di quei frustini usati dagli insegnanti per punire gli alunni.

La ragazza cercò di divincolarsi, ma il cardinale la costrinse a star ferma mentre le sollevava l'abito fin sopra le terga. La prima staffilata la fece sobbalzare, senza quasi provocarle dolore. Poi, mentre il bruciore iniziava a diffondersi, ne seguirono altre, finché lei non si mise a gridare. «Basta!».

Il prelato continuò, insensibile alle suppliche, mentre la sua bocca si allargava in un ghigno osceno. Quando infine fu pago, gettò il frustino e si piegò in avanti per sussurrarle all'orecchio. «Questo vi sia di lezione», la ammonì, obbligandola a divaricare le gambe. «E dato che per il momento non mi siete stata di alcuna utilità, mi darete soddisfazione in altro modo».

8

Monastero di Mont-Fleur

Due uomini lo immobilizzarono mentre un terzo lo disarmava, sfilandogli la spada da stocco e il pugnale. Maynard non si ribellò. Attese che finissero di perquisirlo, infine si lasciò condurre sotto scorta in un edificio attiguo al monastero. Non si oppose neppure quando, giunto in una stanza con soffitto a volta, fu fatto sedere su uno scranno di solido legno per essere legato mani e piedi.

Non appena rimase solo, rise quasi di sé. In altre circostanze avrebbe reagito senza esitare, guadagnandosi la fuga a suon di fendenti. Ma talvolta sapersi frenare davanti al pericolo era segno di grande audacia. L'aveva appreso prima dalla madre e poi dal maestro d'armi, Bastien des Baux, durante gli anni più belli della sua vita, quando si accostava all'arte del duello nell'attesa di compiere gloriose imprese. Cose che, tuttavia, non erano giunte. Il mondo della guerra e degli intrighi l'aveva assai deluso, mettendolo di fronte a una realtà che calzava a pennello agli infami come il suo signor padre. Per lui non c'era stato altro che rabbia e frustrazione finché, in fondo a quel baratro oscuro, aveva incontrato Jang de Blannen. Allora Rocheblanche aveva finalmente trovato uno scopo: scoprire la verità, opporsi ai malvagi.

Sii audace, gli era stato insegnato fin da bambino. Ebbene, se farsi imprigionare in un monastero poteva aiutarlo a dissipare le nebbie del mistero, non si sarebbe certo tirato indietro.

Padre Manessier entrò nella stanza, riportandolo alla realtà. Richiuse la porta e gli si parò di fronte, appoggiandosi a un tavolo ingombro di documenti che riceveva luce da una sottile finestra. Una piega verticale attraversava le rughe della sua fronte, corrugando le sopracciglia color argento. Con modi severi, quasi minacciosi, gli mostrò il piccolo rotolo di pergamena. «Chi vi ha dato questo?»

«Un uomo in fin di vita», rispose il prigioniero, «su un campo di battaglia».

«Dovrete essere assai più preciso», lo avvertì il vecchio abate.

«Non ne comprendo il motivo». Maynard cercò invano di allentare i legacci che gli fissavano i polsi ai braccioli dello scranno. «Se solo aveste la grazia di spiegarmi cosa sta accadendo...».

Padre Manessier lo fissò contrariato. «Siete in possesso di un simile documento e pretendete di recitare la parte dell'ignaro?»

«Non è mia abitudine dissimulare».

«Pur ammettendo che siate sincero, perché giungere fin qui senza sapere cosa trovare?».

Il cavaliere gli rivolse un sorriso amaro. «È complicato».

«Più di quanto crediate», ribatté l'abate, misterioso. «E ora parlatemi di quell'uomo, se davvero esiste».

«Mi rincresce, ho giurato di mantenere il segreto».

Padre Manessier emise un sospiro, manifestando lo sforzo di voler restare calmo. «Il segreto che sostenete di difendere proviene da qui, capite?». La sua voce tradì una punta di timore. «L'enigma che tanto scioccamente mi avete mostrato fu scritto proprio fra queste mura e vi rimase, protetto, per oltre un secolo. Finché non fu rubato, quindici anni fa».

Maynard rammentò un brandello della loro precedente conversazione. «Il pellegrino di cui mi accennavate?»

«Siete in combutta con lui?», inquisì l'abate.

«Non so di cosa stiate parlando».

«Ne dubito».

Il cavaliere non aveva idea di come chiarire l'equivoco. Comprendeva a stento il senso di quell'interrogatorio, e ignorava come poter dimostrare la sua buona fede. «La persona che mi affidò quel documento era un nobile di alta schiatta», cercò di spiegare. «Non so da chi l'abbia avuto».

«Anche fosse vero», Manessier lo scrutò per la prima volta con curiosità, «non vi rivelò nulla al riguardo?»

«Spirò prima di poterlo fare».

L'abate meditò in silenzio, poi avanzò verso il prigioniero e si appoggiò ai suoi polsi. «Perché tacere il nome di un uomo già morto?».

Rocheblanche fissò i suoi occhi grigi e sapienti. Vi scorse ansia, perplessità, e forse paura. «Un patto di onore mi vincola al silenzio».

«Onore... Spesso non è che orgoglio».

«Per me significa riscatto».

«Spiegatevi meglio».

Non fu facile esprimere a parole il proprio tormento, ma a quel punto Maynard non poteva più tirarsi indietro. «Riscatto dalle angherie di mio padre, e soprattutto da un grave peccato che io stesso commisi». Chinò il capo, accorgendosi d'un tratto quanto fossero stati ingenui i suoi propositi. «Arrivando fin qui, mi illudevo di poterlo espiare».

«Soddisfare la *curiositas* non vi aiuterà a fare ammenda», lo ammonì Manessier.

«Non fu la curiosità a infiammare il mio spirito», si difese il cavaliere. «Non solo quella, almeno. È mio desiderio fare giustizia, per rispetto di un uomo».

L'abate si accarezzò la barba, facendosi sempre più attento. «Suppongo alludiate al nobile cui accordaste il vostro silenzio».

«Sì. Fu tradito a causa del segreto del *Lapis exilii*, qualunque cosa esso sia».

Il volto di Manessier sbiancò di colpo. «Ho capito bene? Altre persone sono al corrente del segreto?».

Maynard annuì. «Benché ignori fino a che punto, hanno tentato di uccidermi».

L'abate prese a camminare avanti e indietro con passetti nervosi. «Quindi possono avervi seguito... Dio non voglia!».

«Non temete, sono stato accorto».

Ma il religioso non riusciva a darsi requie. «Chi può essere...», mormorava di continuo. «Chi può essere...».

«L'anello», disse il cavaliere, nella speranza di convincerlo della propria buona fede. «Prendete l'anello custodito nella mia scarsella».

Il vecchio lo interrogò con lo sguardo. Poi, titubante, gli frugò addosso ed estrasse il piccolo monile d'oro smaltato.

«Lo riconoscete?», chiese il prigioniero, speranzoso. «Mi fu dato in custodia insieme alla pergamena. Reca lo stemma dei sicari che tentarono di uccidermi».

«Uno stemma cardinalizio», dedusse padre Manessier, esaminando il castone alla luce della finestrella. «Ma, ahimè, ignoto».

Rocheblanche si lasciò sfuggire un'imprecazione. «Prima o poi scoprirò a chi appartiene!».

L'abate ripose l'anello sul tavolo, sempre più incuriosito. «Perché darvi tanta pena?».

Il cavaliere ripensò a Jang de Blannen, alla ricerca di quel sentimento indefinito e bruciante che lo aveva assalito al suo cospetto, finché una frase gli rotolò fuori dalla bocca: «*Mielz voeill murir que hunte nus seit retraite*»[5]. Non avrebbe saputo descrivere meglio ciò che provava. «Capite ora?», e sollevò il capo con rinnovato ardore. «Quell'uomo cadde in battaglia da vero prode. Fosse stato anche l'unico gesto eroico della sua vita, merita ben più della mia lealtà».

Manessier parve quasi ammirato. «Parole di chi consacra la propria vita a uno scopo».

«Chiamatela vocazione». Maynard gli rivolse una smorfia di sfida. «Una vocazione rara, l'ammetto. Nondimeno, io prestai orecchio alla sua chiamata».

«Benché lodevole da parte vostra, mi è di necessità conoscere il motivo per cui vi fu consegnato quel piccolo rotolo di pergamena».

Nessun mistero al riguardo, rifletté il cavaliere. Forse si ingannava, ma scorgeva un cambiamento nell'atteggiamento del suo aguzzino. Decise quindi di mostrarsi accondiscendente. «Il mio compito è tenerlo nascosto al mondo intero».

Per tutta risposta, padre Manessier si avvicinò al tavolo per raccogliere un lungo stiletto. «Così dovrà essere, infatti».

«Il segreto di Mont-Fleur è dunque tanto terribile?», chiese il prigioniero, seguendo in un crescendo di inquietudine i movimenti della lama.

«Prima di ottenere risposta, dovrete confessarmi il vostro peccato».

E con gesti tanto rapidi quanto inattesi, il vecchio tagliò i legacci che lo immobilizzavano allo scranno.

[5] "Meglio che infamia, la morte voglio avere", *Chanson de Roland*, lassa CXXVII, v. 1701.

19

«Dio mi è testimone, se ho deciso di fidarmi di voi non è stato certo per le risposte strampalate che mi avete dato», disse padre Manessier, passeggiando per la navata del monastero. Ora il suo tono era vivace, quasi beffardo. E mentre avanzava lento, con l'aiuto del bordone, faceva scorrere il suo sguardo sulle magnifiche figure dipinte a fresco. «L'ho fatto per il vostro temperamento, piuttosto, e anche per l'abnegazione allo scopo che vi siete prefissato».

«Un uomo senza ideali è ben misera cosa», commentò Maynard, camminando al suo fianco con fare guardingo. Un attimo prima si era creduto spacciato. Ora invece, pur ignorando cosa lo aspettava, era ansioso di conoscere l'evolversi degli eventi.

L'abate annuì distrattamente, indicando con orgoglio l'opera pittorica. «Fu dipinta più di tre secoli fa», spiegò, «da un talentuoso maestro di cui purtroppo si è perduta memoria». Si fermò quindi dinanzi a una rappresentazione del registro inferiore. «Ed eccoli, i cavalieri che tanto parevano spaventarvi».

«Non ditemi che mi avete condotto fin qui soltanto per mostrarmeli».

«In tutta onestà, l'ho ritenuto il luogo più idoneo per farvi parlare dei vostri peccati». Il vecchio gli posò una mano sulla spalla, indicando l'immagine con la punta del bastone. «I cavalieri dell'Apocalisse!», annunciò a gran voce, facendo sobbalzare un gruppetto di monaci intenti a chiacchierare presso l'abside. «Nessuno conosce davvero il significato dei primi tre, soprattutto di quello con la candida aureola. La sua corona e il suo bianco destriero sottintendono forse un ritorno alla purezza, addirittura al Cristo. Il secondo, con la spada e il cavallo rosso, incarna invece la truce potestà del massacro. Infine il terzo, con l'aureola dorata e il corsiero nero, regge una minacciosa bilancia, allusione a carestie o a persecuzioni occulte».

«Io credo di averli visti in sogno», si lasciò sfuggire Rocheblanche con una punta di inquietudine.

«I sogni sono oscuri messaggeri», ribatté Manessier, «ma non sempre celano delle insidie». Gli strinse la spalla, come volesse confortarlo. «Anche quando si tratta degli araldi dell'Apocalisse».

Maynard lo scrutò perplesso. «Voi non ne cogliete forse la minaccia?».

Le labbra del religioso si schiusero in un sorrisetto enigmatico. «Di recente, il Signore mi ha ispirato al riguardo».

«Gradirei conoscere le vostre teorie».

«Non prima di avermi confessato il vostro peccato».

Il cavaliere era spiazzato da tanta confidenza. Per un momento ritenne di essere vittima dell'ennesimo equivoco, dato che la conversazione con l'abate era stata fin troppo breve per instaurare con lui un rapporto di vera fiducia. L'alternativa era che il vecchio Manessier fosse impazzito per via del lungo ritiro dal mondo. Una sensazione ambigua, tuttavia, gli suggerì di aver tralasciato un dettaglio importante. «Perché tanto interessamento per le mie sciagure personali?», pretese di sapere d'un tratto.

«Vi rivelerò ogni cosa, non temete, ma prima devo sincerarmi di non essere caduto in fallo». Il religioso allontanò la mano dalla sua spalla e intrecciò le braccia al petto. «Perciò, abbiate la grazia di dirmi chi siete».

Rocheblanche rivolse lo sguardo all'affresco, perdendosi in quella Babele di simboli e immagini. «Sono un uomo che non ha saputo perdonare il proprio padre», disse d'istinto. Vide l'abate oscurarsi, poi fargli cenno di proseguire. Allora gli ripeté il nome del proprio casato e, con rassegnazione, raccontò di suo padre Gaspar. Lo descrisse attraverso il ricordo che ne serbava dall'infanzia: un uomo rozzo, dedito agli eccessi, che traeva diletto nell'umiliare il prossimo. Maynard l'aveva sempre disprezzato, pur mostrandogli rispetto, ma non credendolo capace di fare del male alla famiglia, si era allontanato da Reims per completare il suo addestramento da cavaliere. All'epoca aveva vent'anni e non immaginava che l'inferno potesse manifestarsi ai mortali nei modi più perversi e cruenti. Non immaginava neppure che i legami di sangue potessero tramutarsi in fiumi di pece. A quel pensiero, sentì la bile risvegliarsi nei recessi delle sue viscere. «Quando feci ritorno a Reims, trovai mia sorella rintanata nell'angolo più buio della nostra magione. Mi avvicinai per rassicurarla, inconsapevole di quanto fosse successo, ma lei si ritrasse come un animale spaventato, gridando che *lui* l'aveva vessata... Dio mi perdoni se dapprima non compresi, ma la mia mente si rifiutava di accettarlo. Non poteva essere vero. Non volevo che lo fosse... La pregai di spiegarmi, di calmarsi, ferito dal suo continuo sottrarsi ai miei abbracci, finché dovetti rassegnarmi all'evidenza. Era stata brutalizzata da nostro padre». Osservò il capo di Manessier abbassarsi con lentezza, gravato da un cupo fardello. «Capite?», disse Maynard, rivivendo quei momenti di dolore. «Stavo là ad ascoltarla, stravolto, mentre lei pronunciava quelle terribili parole, in preda alla paura e all'umiliazione! E poi... E poi nostra madre», si asciugò il viso, scosso da un improvviso tremore. Per un attimo la immaginò audace e fiera, così come gli aveva sempre insegnato a essere, nell'atto di lanciarsi in difesa della figlia. «Trafitta dal pugnale di quel cane bastardo».

Fece una pausa, smarrito in un labirinto di ricordi. La sua rabbia andava scemando, diluendosi in qualcosa di più amaro e funesto. «Lui era fuggito». Si guardò intorno con astio, quasi lo cercasse ancora, tre le sagome dei monaci che si muovevano furtive tra le colonne. «Fosse stato per rimorso, o per timore della mia vendetta, non mi importava. Scoprii che aveva dato di sprone verso le terre d'Hispania, quindi lo seguii, posseduto dall'ardente desiderio di versare il suo sangue... Trovai ciò che restava di lui in una città vinta dall'assedio, la moresca Algeciras».

La voce di Manessier si insinuò esitante: «Intendete che lo trovaste... morto?».

Rocheblanche scosse il capo. Non aveva mai rivelato a nessuno cosa fosse davvero accaduto quel giorno, neppure a Eudeline. Troppo rimorso, troppa rabbia offuscavano il ricordo di una piazza invasa dal sole e dalla polvere, con decine di moribondi sdraiati tra le macerie. L'aveva trovato là, davanti alla moschea abbandonata: un corpo martoriato dalle ferite, sotto sciami di mosche. «Fu lui a riconoscermi per primo», confessò. «Mi chiamò per nome, implorando il mio perdono. Non ci fu bisogno di chiedergli nulla. Disse di essere pentito per ciò che aveva fatto, di avere agito su ispirazione del demonio... E poi, mi chiese di salvargli la vita». Ripensò a come l'aveva fissato, il pugnale stretto in pugno, diviso tra la brama di vendetta e il desiderio di vederlo soffrire per sempre. Uccidilo, si era ripetuto mille volte. Uccidilo tu, prima che sia la morte a portarlo via. Ma il piacere del suo tormento era troppo grande, troppo appagante per pensare di potergli dare fine. «Lo abbandonai là, a esalare il suo ultimo respiro».

Quando concluse il discorso, Maynard teneva gli occhi puntati sui tre cavalieri dipinti sulla parete. Guardò poi il quarto araldo, un uomo scheletrico in sella a un cavallo verdastro. Il suo nome era Morte, e dietro di lui veniva l'inferno.

L'abate attese con pazienza che l'espressione del suo volto perdesse i segni di risentimento e di ferocia. «La vostra rabbia», disse infine, «nasce dal non voler accettare di essere un uomo buono. Il vostro peccato, invece, dal non voler ammettere che avete già perdonato vostro padre». Lo tacitò prima che potesse obiettare. «Non credo sia l'idea della mancata vendetta a tormentarvi, ma la tragedia capitata in sorte alle vostre congiunte».

Il cavaliere si strinse nelle spalle, fingendo di non essere stato toccato da quelle parole. «Cosa volete saperne, voi, di ferite tanto profonde?». Quasi sorrise, ritornando alle motivazioni che l'avevano portato in quel luogo. «D'altro canto, ho tenuto fede alla mia parola», e si voltò verso il religioso. «Ora sta a voi rispettare la vostra».

«Avete ragione». Manessier spostò il peso sul bordone, appoggiandosi a una panca. «Anche se la soluzione del mistero non dipenderà tanto dalle mie rivelazioni, quanto da ciò che voi sarete disposto a fare».

«Vi ho aperto il mio cuore, reverendo padre. Credo di essermi meritato parole più chiare».

«E le avrete». Prima di proseguire, l'abate allontanò con un'occhiata severa un monaco che si stava avvicinando per ascoltare. Non appena rimasero soli, batté il bastone sul pavimento. «Come già avete intuito, nella cripta sotto i nostri piedi giace il *Lapis exilii*. È un tesoro talmente sacro e prezioso che qualsiasi uomo di fede – se ne venisse a conoscenza – sacrificherebbe ogni cosa pur di contemplarlo. Avete idea cosa accadrebbe se ciò venisse rivelato all'umanità intera?»

«Posso immaginarlo», disse Rocheblanche, irritato da quel temporeggiare. «La mia domanda, tuttavia, è se mi consentirete di accedere a quella cripta».

«Forse un giorno», lo deluse Manessier. «Dovrete prima meritarvelo».

«Ma io sono riuscito a giungere fin qui, senza alcun aiuto...».

«Sciogliendo un banale indovinello», lo schernì il vecchio. «È ben altro che pretendo da voi. E la ragione è che siete la risposta alle mie preghiere».

Il cavaliere lo fissò sbalordito. «Voi siete pazzo».

«Lo credete davvero?», sibilò il religioso con sdegno, quasi volesse affrontarlo. Subito dopo cambiò atteggiamento e, ammansito, ripeté sottovoce: «Lo credete davvero?». Senza attendere risposta, abbozzò un umile inchino e fece per prendergli le mani. «Vogliate scusarmi... Siete la prima occasione che mi si offre dopo anni per rimediare a un grave errore».

Maynard si tirò indietro, piuttosto confuso. «Ho già una missione da compiere. Una missione ardua, se mi è concesso dire. Devo scoprire le ragioni di un complotto e punire i responsabili».

«Se vi riferite alla morte dell'uomo che vi consegnò la pergamena, sappiate che una cosa non esclude l'altra. Al contrario, vi metterò sulla buona strada».

Per nulla incline a lasciarsi persuadere, il cavaliere scrutò di sottecchi Manessier, cogliendo nel suo sguardo un'ostinazione ferrea, insieme a una velata supplica. Non riusciva ancora a comprendere cosa volesse da lui. «Ascoltare non nuoce», disse tuttavia, con tono conciliante. «Quando avrò saputo di cosa si tratta, deciderò se aiutarvi o meno».

«Sta bene», annuì il vecchio, pur sembrando contrariato. «Ricordate quanto vi dissi sul furto avvenuto in questo monastero?»

«Vi riferite a quel pellegrino, più di quindici anni fa... Rubò la pergamena giunta in mio possesso, se non sbaglio».

«Era un monaco, per l'esattezza», rivelò Manessier. «Chiese asilo presso Mont-Fleur e vi rimase per un mese, conquistando la mia fiducia finché, con l'inganno, riuscì a trovare la cripta del *Lapis exilii* e a rubare uno scrigno contenente tre oggetti: due inestimabili reliquie e, per l'appunto, il piccolo rotolo con l'enigma. All'epoca, ero appena stato nominato abate».

Maynard colse immediatamente il nesso con la vicenda in cui era rimasto coinvolto. L'autore del furto era collegato in qualche modo a Jang de Blannen o a chi l'aveva tradito. «Mettendomi sulle tracce di quel monaco», meditò a voce alta, «potrei dunque scoprire come sono andate le cose...».

L'abate annuì. «È proprio questo il servigio che intendo chiedervi».

«Non capisco a ogni modo di quale utilità potrebbe esservi».

«Trovare quell'uomo vi consentirà di recuperare le due reliquie che mi sottrasse. Devono tornare a Mont-Fleur a ogni costo. Al solo pensiero di saperle in mano a gente scellerata, maledico mille volte la mia ingenuità di un tempo».

«Se vi premono così tanto, perché attendere fino a ora? Perché non mandare qualcun altro, prima della mia venuta?»

«Pensate che non ci abbia provato?». Manessier aprì le braccia, costernato. «Guardatevi intorno! La necessità di mantenere il segreto sul *Lapis exilii* mi impone di contare soltanto su fratres e conversi, gente devota e di buona volontà, ma inadeguata a compiere una simile impresa. Al contrario di voi, messere. Portate armi, avete vissuto la guerra e conoscete già il segreto di Mont-Fleur... Non reputatemi uno sciocco, so bene che sotto quel mantello non si cela un uomo comune».

«Suvvia padre, non starete esagerando? Rintracciare un semplice monaco non mi pare impresa tanto ardua... Sempre ammesso che sia ancora in vita».

«È più pericoloso di quanto immaginiate», lo mise in guardia l'abate. «Si chiama Facio di Malaspina. E non abbiate dubbi, è sicuramente ancora vivo».

«Come fate a saperlo?»

«Lo sentii nominare l'anno scorso, durante il capitolo generale dell'Ordine benedettino, da alcuni religiosi provenienti dall'Emilia. A loro dire si nasconde lungo le sponde del fiume Padus, anche se non si sa esattamente dove».

«È già un buon indizio», disse Maynard, mentre nella sua mente prendevano forma i contorni di un piano che l'avrebbe portato da Facio di Malaspina fino ai vertici del complotto paventato da Jang de Blannen. Ben presto, pensò, lo stemma cardinalizio del leone non sarebbe più stato un mistero. C'era un'ultima cosa, però, da chiarire. «Prima di offrirvi i miei servigi, dovrete concedermi spiegazioni sulle due reliquie sottratte a questo monastero».

Padre Manessier parve rinfrancato da quelle parole. «Per ora vi basti sapere che sono una coppa e una punta di lancia. Oggetti comuni agli occhi di un incolto, ma che devono *assolutamente* tornare al loro posto. Saprete il resto a tempo debito, quando vi svelerò il mistero del *Lapis exilii*».

«Seguirò le vostre indicazioni, padre. Tuttavia ditemi ancora... Perché vi state fidando di me?»

«Perché siete stato voi a venirmi a cercare».

Prima di andarsene da Mont-Fleur, Maynard fu messo al corrente da Manessier della leggenda del *Lapis exilii*. Si trattava di una storia vecchia cent'anni, tramandata oralmente da un abate all'altro, secondo la quale l'inestimabile cimelio sarebbe stato portato in quel monastero da un mercante di reliquie giunto dalla Hispania. Il suo nome era Ignatius e aveva deciso di nasconderlo in quel luogo sperduto, insieme alla coppa e alla punta di lancia, per proteggerlo dall'avidità e dalla sete di potere del genere umano.

Il cavaliere ascoltò affascinato. Mai avrebbe immaginato che l'enigma della pergamena, anziché condurlo all'illuminazione, si sarebbe rivelato l'inizio di una nuova prova. Ma in fondo, pensò, era proprio quello che desiderava. Grazie alla missione affidatagli da Manessier, avrebbe forse potuto dare un senso alla propria esistenza e a dimostrare il proprio valore. Non forse su un campo di battaglia, ma nel mondo.

Fu con rinnovata speranza che ricevette indietro le proprie armi e, accordatosi sul percorso da seguire, si avviò all'uscita del monastero, verso la macchia, i lupi e altre mille insidie.

Non aveva ancora varcato il portale, quando si sentì chiamare.

«Vi devo una risposta». Il vecchio abate stava ritto nel mezzo della navata, a indicare i cavalieri dell'Apocalisse. «Sempre che siate ancora interessato al mio pensiero al riguardo».

Rocheblanche tornò sui propri passi. «Ebbene, lo sono».

«Sappiate allora», iniziò il religioso, «che fin da giovane mi diletto a scrutare gli astri, e proprio un anno fa assistetti alla congiunzione di tre grandi corpi celesti, Giove, Marte e Saturno, nel segno dell'Acquario. Tanto bastò al Signore per illuminare il mio povero intelletto. In quei pianeti, infatti, riconobbi immediatamente i primi tre cavalieri dell'Apocalisse. Tre araldi al galoppo nel cielo, contrassegnati dal colore bianco, rosso e nero dei loro destrieri. Mi seguite, messere? Ma io andai oltre! Ne identificai persino i simboli, capite? La corona legata alla regalità del luminoso Giove, la spada del sanguinario Marte e infine la bilancia dell'oscuro Saturno, venerato dagli antichi come dio dell'agricoltura». I suoi occhi si sbarrarono, quasi intravedessero qualcosa oltre le nebbie della profezia. «Essi sono già qui, caro amico mio! Li riconoscete ora? Il malgoverno, la guerra e la carestia. Ci sovrastano, cavalcando sotto forma di astri infuocati sopra i nostri sventurati destini».

Maynard lo ascoltò con rapimento, finché un pensiero spezzò quell'intreccio di timore e meraviglia. «Manca allora il quarto cavaliere. Morte».

«Solo se Dio vorrà», commentò padre Manessier, facendosi il segno della croce. «E se vorrà l'uomo».

20

Reims, convento di Sainte-Balsamie
30 ottobre, dopo l'alba

Frammenti di immagini, voci danzavano in un torpore che si propagava fino all'estremità delle sue membra. L'uomo cercò di portare la mano destra al capo per placare un'improvvisa fitta di dolore, ma immediatamente trasalì. La mano continuava a giacere immobile, sotto le coperte. Colto dal panico, tentò di muovere l'altra senza riuscirci: il suo corpo algido e inerte era sdraiato su un giaciglio.

Fu soltanto in seguito che si rese conto di avere gli occhi aperti. Vide un soffitto di travi, le pareti di mattoni che ne delimitavano i contorni. Il colore predominante era il grigio dell'ombra. Si sforzò di rievocare alla memoria gli eventi recenti, per capire dove si trovasse, ma non ne fu in grado. Avvertiva soltanto una vaga, immotivata sensazione di pericolo, e un dolore lancinante al cranio.

Ormai sveglio, percepì un movimento in fondo al giaciglio. La sua prima reazione fu quella di chiedere chi fosse, ma non poté nemmeno articolare un suono. Disperato, cercò ancora di muoversi riuscendo soltanto a sollevare il capo quel tanto che bastava a guardare oltre i suoi piedi. Con molta fatica, scorse una sagoma china su un mucchietto d'abiti. Aprì di nuovo la bocca per richiamare l'attenzione, dalle sue labbra uscì soltanto un gemito.

La sagoma si sollevò di scatto. Era una giovane donna dai capelli ricci. Nel vederla, l'uomo afferrò il ricordo di un altro volto femminile. Un volto più severo, con occhi neri che scorticavano. Un volto incorniciato da un soggolo bianco e un velo appuntato fino alle sopracciglia. Cercò di rammentare a chi appartenesse, invano.

«Non dite nulla...», lo implorò la donna. «Non dite che mi avete vista...».

L'uomo annuì piano, attanagliato da un male sempre più acuto alla testa. E mentre posava il capo sul capezzale, vide la donna allontanarsi da lui e svanire in un riquadro di luce accecante.

Dirigere un convento richiedeva una quantità enorme di tempo ed energie. Il compito di suor Eudeline non si limitava a sorvegliare la disciplina delle consorelle e a provvedere alle loro esigenze spirituali e materiali. Doveva anche sovrintendere alle questioni economiche della comunità e accertarsi che il pagamento delle decime avvenisse regolarmente, secondo gli accordi presi. E benché, per legge, i beni di Sainte-Balsamie venissero gestiti da un *procurator* maschio, la diffidente badessa non si esimeva dal sottoporlo a continue verifiche e a consultarsi una volta alla settimana con il capitolo delle monache anziane per discutere sull'andamento degli affari. Spettava soltanto a Eudeline, tuttavia, prendere le decisioni importanti e approvare gli atti con il sigillo del convento.

Con l'avvicinarsi della fine dell'anno, documenti di ogni sorta si affastellavano sul suo scrittoio, sommergendolo di registri e rotoli di pergamena. L'unico aiuto su cui poteva contare era la cappellana, una monaca di compagnia a cui Eudeline affidava, tra le varie incombenze, l'incarico di smistare gli incartamenti secondo un ordine di priorità. Il suo nome era suor Claire, e nonostante fosse tra le più intelligenti del cenobio andava seguita con pazienza, per la sua tendenza a fantasticare e distrarsi facilmente. La badessa faceva buon viso a cattiva sorte, sapendo di non poter disporre di collaboratrici migliori.

Stava giusto impartendole alcune raccomandazioni, all'inizio di una giornata che si preannunciava impegnativa, quando l'infirmaria si palesò al suo cospetto.

«Ebbene?», le chiese la reverenda madre, interrompendosi a metà di un discorso.

«Robert de Vermandois», rispose la monaca. «Ha ripreso conoscenza».

Il tempo di affidare a suor Claire i compiti da svolgere nel corso della mattinata, e suor Eudeline si avviò con l'infirmaria per i corridoi del convento, diretta al valetudinarium. «Un miracolo», ripeté per la terza volta, sollevando i lembi dell'abito per camminare senza intralcio. «Ma siete sicura che questa volta...».

«È già desto da molto, e ho potuto quindi rifocillarlo», disse la monaca, intuendo le sue perplessità. «Finora non aveva mai dato segni di lucidità. Ora ha addirittura parlato».

Suor Eudeline le lanciò uno sguardo incuriosito. «A quale proposito?»

«Capirete voi stessa».

Robert attendeva sul suo giaciglio, immobile come sempre. Ancor prima di essergli vicina, la badessa si rese conto che qualcosa in lui era mutato. A quella consapevolezza seguirono un fugace turbamento e – cosa che non le capitava da tempo – la curiosità di sapere se lui avesse potuto trovarla bella, o almeno gradevole d'aspetto.

Quando gli fu dinanzi, restò in silenzio finché l'infirmaria non ebbe controllato la dilatazione delle pupille e i bendaggi del capo. «Come vi sentite?», chiese poi.

L'uomo sbatté le palpebre, emettendo un sospiro. «Assai male, a onore del vero...», mormorò con un filo di voce. «Non riesco a muovermi, né a ricordare...».

Suor Eudeline sentì una fitta al petto. «Volete dire che...».

«Non so chi io sia, madonna». Vermandois era visibilmente scosso, tuttavia si esprimeva con rassegnazione, quasi avesse già meditato a lungo sulle proprie condizioni. «Se usaste la carità di rivelarmi il mio nome e il motivo per cui mi trovo in questo stato, ve ne sarei grato».

La badessa arretrò di scatto, incapace di contenere lo sgomento. Non appena aveva saputo del suo miglioramento, si era illusa che Robert fosse tornato lucido e in salute, invece eccola al cospetto di un uomo in preda alla confusione mentale, intento a implorarla con i suoi occhi verdi. Occhi che la affascinavano. A quel pensiero si sentì ridicola e cercò di riprendere il controllo. Non era a futili fantasie che doveva pensare, bensì a come salvare uno sventurato in preda alla paralisi e all'amnesia.

«È normale che si senta così», intervenne l'infirmaria, cercando di quietare gli animi. «La ferita a cui è sopravvissuto non era cosa da poco. È probabile che la memoria torni lentamente, insieme alla capacità di movimento».

«Ne siete davvero sicura?», chiese la reverenda madre.

La monaca si strinse nelle spalle. «Non sono sicura di nulla, ma se voi siete in grado di giungere a una diagnosi più precisa...».

Benché tentata di farle rimangiare quella battuta irrispettosa, la badessa mise da parte l'orgoglio e, con tutta la dolcezza di cui era capace, parlò all'infermo: «Vi chiamate Robert de Vermandois e siete compagno d'arme del mio nobile fratello Maynard».

L'uomo corrugò la fronte nello sforzo di ricordare.

«Siete stato ferito al capo», continuò Eudeline, augurandosi con tutto il cuore di potergli essere d'aiuto. «Siete stato portato in questo convento per...».

«Ah!», urlò lui, trasfigurato all'improvviso da una smorfia di dolore. «La testa... La mia testa!».

Stravolta, la reverenda madre si voltò verso l'infirmaria. «Cosa gli succede?»

«Una crisi», rispose la monaca. «La ferita...».

«Non potete fare nulla per placare il dolore?»

«Gli somministrerei dell'oppio, se le nostre scorte non fossero tanto esigue...».

«Ebbene?», sbottò suor Eudeline, mentre i lamenti dell'uomo le ferivano le orecchie. «Le rimpingueremo, non dubitate».

L'infirmaria annuì. «Allora ai vostri ordini, superiora».

«Non lesinate su nulla per curare quest'uomo», si raccomandò la badessa, rivolgendo lo sguardo all'uscita. D'un tratto era desiderosa di andarsene. Sentiva un disagio crescere a dismisura dentro di sé.

«Aspettate, mia signora...», la richiamò Vermandois. «Il vostro viso...», farfugliò, con un filo di bava alla bocca. «Io vi conosco... Non è vero? Vi ricordo al mio capezzale...».

Suor Eudeline si sarebbe aspettata tutto fuorché simili parole. Rossa per l'imbarazzo e scossa dall'angoscia, fuggì nel modo più dignitoso possibile. Varcò l'uscio e imboccò a testa china il lungo ambulacro che portava alla corte, pregando il Signore di farla rinsavire. Non riusciva a comprendere da dove nascesse tanto sconvolgimento. Anche se l'aveva guardato in volto e trovato di aspetto gentile, Robert restava comunque uno sconosciuto. Eppure qualcosa la attraeva, così come non le era più accaduto con nessun uomo dopo la violenza subita dal padre.

"Stupida donna!", pensò, turbata dal ricordo di quel terribile giorno.

Adirata con se stessa e accecata dalle lacrime, proseguì per il passaggio, consolandosi se non altro di poter dar sfogo alla propria inquietudine lontano da occhi indiscreti.

Fu in quell'attimo che si imbatté in Aleydis.

«Qualcosa vi angustia , reverenda madre?», le chiese la giovane.

Avvezza a nascondere le proprie emozioni, Eudeline ebbe la prontezza di asciugarsi il viso e di darsi un contegno, pensando di distogliere l'attenzione dal suo stato con un rimprovero. Non ne ebbe bisogno. Nel fissare in viso la novizia, scorse infatti qualcosa di preoccupante. «Come vi siete procurata quel livido sulla faccia?», le chiese, dimenticandosi per un istante di Vermandois.

Aleydis coprì la chiazza scura che aveva sulla guancia. «Un incidente», spiegò con impaccio. «Nulla di grave».

La badessa annuì. «Impacchi di rosmarino», le consigliò poi, e abbozzando un saluto, proseguì per la propria strada.

Se non fosse stata tanto ansiosa di congedarsi, avrebbe forse notato uno insolito rigonfiamento sotto l'abito della novizia.

Non appena rimase sola, Aleydis si nascose all'ombra di una nicchia e, attenta a non farsi scorgere da nessuno, sfilò da sotto l'abito una piccola bisaccia trovata tra gli effetti personali di Vermandois. Era l'unico oggetto da cui poteva sperare di trovare indizi per il cardinale. Timorosa di ripresentarsi al suo cospetto a mani vuote, non aveva esitato a rubarla, insinuandosi di soppiatto nel valetudinarium durante una pausa tra le funzioni mattutine.

Era stata abbastanza accorta da non farsi sorprendere, a parte l'inatteso risveglio dell'infermo e l'incontro con la badessa. Per fortuna la reverenda madre non aveva avuto sospetto di alcuna infrazione da parte sua. La novizia, d'altro canto, era rimasta alquanto stupita dal suo atteggiamento. Non le era mai capitato di vederla sconvolta e con il viso bagnato di lacrime, al punto da persuadersi che nascondesse delle oscure inquietudini, forse segreti scottanti.

Ciò nondimeno, al momento doveva occuparsi di ben altro. L'indomani Marcus si sarebbe presentato al convento, e per allora le conveniva farsi trovare in possesso di informazioni utili.

Aprì la bisaccia e iniziò a frugare. Il cardinale era stato chiaro: cercava indizi sul fratello di suor Eudeline e su un misterioso oggetto chiamato *Lapis exilii*. Aleydis non poteva esserne sicura, ma aveva visto e udito abbastanza da intuire che l'infermo fosse un cavaliere come Maynard de Rocheblanche, probabilmente un suo compagno d'arme. In caso contrario, sarebbe stato difficile spiegare la sua presenza in quel convento. Nella bisaccia si augurava di trovare qualcosa che potesse confermarglielo.

In principio restò delusa. Trovò una vecchia scacchiera con delle pedine in avorio, una pietra di cote, un acciarino, un coltello e un anello con sigillo che la giovane suppose appartenesse al casato di Vermandois.

Infine i suoi polpastrelli toccarono la superficie di una pergamena.

La estrasse fremente, accorgendosi che si trattava di una striscia lunga quanto un dito. Sopra c'erano scritte poche parole.

Amico, vi lascio nelle mani della mia reverenda sorella. Io devo allontanarmi, sono spiato. Un'importante missione mi attende. Prego Dio di ritrovarvi in salute. M.

Poche parole, ma più che sufficienti a ripagare gli sforzi.

La novizia nascose il messaggio in una tasca dell'abito e gettò la bisaccia con il resto del suo contenuto dentro un vecchio pozzo al limitare dell'orto, dove nessuno attingeva più l'acqua. Poi si affrettò alla messa dell'ora terza, sollevata dal pensiero che l'indomani il cardinale non l'avrebbe di nuovo battuta.

21

Lungo il corso del Rodano

Maynard fece riposare il morello accanto a uno stagno nascosto tra gli alberi e, sceso da sella, si specchiò nell'acqua. Vide un uomo assai diverso da quello sopravvissuto a Crécy. I capelli lunghi e la barba incolta gli conferivano l'aspetto di un eremita. Inoltre si era cambiato d'abito: per passare inosservato, aveva chiesto a padre Manessier di donargli una tonaca monacale da indossare sotto il mantello, al posto della tenuta da cavaliere.

L'espediente si era rivelato provvidenziale, poiché il giorno prima, nel sostare presso un villaggio, aveva notato due armigeri vestiti di nero. Non poteva esserne certo, ma spiandoli gli era parso di riconoscere sulle fibbie delle loro cinture lo stemma del leone. Che stessero cercando proprio lui?

Lui vi sovrasta, gli aveva detto la donna prima di morire. A quel pensiero, si interrogò sull'anello d'oro che custodiva nella scarsella. Neppure l'abate di Mont-Fleur era riuscito a rivelargli a chi appartenesse, anche se Maynard temeva che sciogliere quel dilemma sarebbe stato inutile. Presagiva che il misterioso cardinale non avrebbe mai rinunciato a dargli la caccia. Doveva continuare a sfuggirgli fino a rintracciare padre Facio di Malaspina. Soltanto allora, forse, avrebbe scoperto qualcosa sul complotto che aveva portato alla morte di Jang de Blannen.

L'abito da monaco l'aveva comunque protetto dagli sguardi degli armigeri in nero e per quella ragione aveva deciso di rendere ancor più credibile il suo travestimento.

Continuando a specchiarsi nell'acqua, sguainò il pugnale e iniziò a tagliarsi i capelli sopra le orecchie e sulla fronte, a mo' di frangia. Quando ritenne di aver svolto un lavoro accettabile, recise per intero alcune ciocche che aveva sul capo e rasò con cura la cute, imitando una tonsura da religioso. Si tastò con le mani per assicurarsi del risultato, infine, soddisfatto, rimontò in sella.

Tenendo la spada e il pugnale ben celati sotto il mantello, sarebbe passato per un monaco itinerante.

Si chiese cosa avrebbe pensato Eudeline se l'avesse visto conciato in quel modo, e non poté trattenere un sorriso. Non appena fosse giunto alla prossima locanda, le avrebbe scritto per informarla dei suoi progressi, senza però scendere nei particolari. Doveva assolutamente proteggerla dalla curiosità che aveva visto brillare nei suoi occhi. La stessa curiosità che tormentava anche lui, del resto, da quando aveva lasciato Mont-Fleur.

Un grido di donna richiamò la sua attenzione, spingendolo a spronare il destriero tra degli alberi finché non si trovò ai margini di un campo lasciato a maggese. Sotto la luce del tardo pomeriggio, tre uomini stavano molestando una ragazza.

Maynard scese con un balzo da sella e gridò: «Cosa succede?».

Uno dei tre si voltò di scatto, rivolgendogli una smorfia grifagna. «Non è affar tuo, frate!».

Per nulla intimorito, Rocheblanche si avvicinò a lunghi passi, accorgendosi che non si trattava di semplici villani. Indossavano usberghi e armi di varia foggia. "Mercenari", pensò. «Lasciatela stare!», gridò di nuovo, ottenendo solo brutali risate.

La malcapitata sfruttò quel diversivo per cercare di divincolarsi, strisciando veloce in mezzo all'erba. Era sporca di fango, gli abiti laceri. Uno dei tre aguzzini le afferrò i capelli, sussurrandole alle orecchie parole oscene.

Maynard sentì la rabbia montargli nel petto, insieme al ricordo di Eudeline rannicchiata nel buio, divorata dalla paura e dall'umiliazione.

Aggredì il primo sgherro senza quasi rendersene conto, gettandolo a terra con un calcio al costato, poi inferse una spallata al secondo per raggiungere la ragazza. Il terzo tuttavia lo stava già aspettando con la spada in pugno.

Con un grido lacerante, il cavaliere sguainò la sua e vibrò un fendente tanto energico da costringere in ginocchio l'avversario. Non fece in tempo a finirlo che si sentì trattenere per le spalle, allora assecondò quel movimento e con un violento colpo di nuca spaccò il naso dell'uomo che aveva dietro di sé.

Si voltò in tempo per opporsi al primo armigero che, rialzatosi da terra, gli stava correndo incontro con una picca. Maynard deviò l'affondo e lo colpì alla fronte con il pomo della spada, facendolo stramazzare con il cranio sfondato.

Rallentò il respiro, osservò i tre mercenari a terra, infine raggiunse il più vicino alla ragazza. Era rimasto in ginocchio, impietrito. Rocheblanche lo sentì balbettare una supplica, ma non poté ignorare l'espressione volgare che gli deformava i lineamenti. La stessa espressione che aveva visto mille volte sul volto di suo padre. Bramoso di cancellarla, sollevò la spada e gli sferrò un fendente di piatto alla guancia, facendogli sputare un fiotto di sangue insieme ad alcuni denti.

Poi si chinò sulla fanciulla. Aveva i capelli del colore del grano, il viso ancora da bambina. Magra e coperta di stracci, doveva avere al massimo tredici anni. Furono i suoi occhi a colpirlo. Erano di due colori diversi: uno azzurro, l'altro verde. «Non abbiate paura», le disse, asciugandole le lacrime dalle gote. «Ora vi accompagnerò dalla vostra famiglia».

Lei si ritrasse d'istinto. «Non ho famiglia, io... Non ho più nessuno».

Il cavaliere la scrutò impietosito. «Come vi chiamate?»

«Isabeau», gli rispose, guardinga.

«Ebbene ve lo ripeto, non dovete temermi».

«Anche quegli uomini lo dicevano...».

«Quegli uomini non vi faranno più alcun male», la rassicurò lui. «Quanto a me, non oserei mai...».

«Siete davvero un monaco?», lo interruppe la fanciulla, più con sospetto che con timore. Pareva aver già dimenticato l'angustia di un attimo prima. «Mio padre diceva che i monaci non portano armi».

Fu allora che il cavaliere si rese conto di brandire ancora la spada. «Il mio Ordine me lo consente», mentì, rimettendola nel fodero. «E mi consente pure di soccorrere i miserabili, all'occorrenza». Così dicendo, portò la mano alla scarsella e si versò sul palmo alcune monete.

La ragazza le rifiutò. «Io non sono una miserabile», disse sprezzante. «Sono un guitto, come i miei genitori».

Maynard ne restò assai colpito, nondimeno insistette. «Lungi da me il volervi umiliare», spiegò, offrendole di nuovo il denaro. «Desidero solo aiutarvi».

«Se davvero lo desiderate, portatemi con voi».

La fissò basito, accorgendosi d'un tratto che nei suoi strani occhi brillava qualcosa di molto raro e prezioso. Qualcosa che poche volte aveva visto sul campo di battaglia e che certo non si sarebbe mai aspettato di trovare in una ragazza pelle e ossa, appena sfuggita a tre uomini violenti e privi di scrupoli. Eppure non si ingannava, c'era coraggio in quelle iridi. Tuttavia scosse il capo. «Mi rincresce, non posso».

«Potrei badare al vostro cavallo», propose Isabeau, alzando il tono della voce. «Farvi da cuoca...».

Scuro in volto, Rocheblanche raggiunse il morello e lo prese per le redini. «Vado incontro a sorti avverse».

Ma prima che potesse posare il piede sulla staffa, la fanciulla lo raggiunse di slancio e lo prese per mano. «Sono tali anche le mie», gli disse, «da quando sono nata».

Di fronte a quelle parole, non seppe più opporre rifiuto.

22

Reims, convento di Sainte-Balsamie
30 novembre

Le prime nevi avevano ricoperto la corte del convento. Suor Eudeline camminava solitaria ai margini dell'orto, e mentre ascoltava il morbido crocchiare sotto i suoi piedi, cercava di placare l'inquietudine. Il clima troppo rigido, per il secondo anno di fila, aveva seriamente compromesso i raccolti. La carestia era alle porte e i mendicanti iniziavano ad accalcarsi davanti alle chiese, implorando cibo e accoglienza. La reverenda madre non sapeva come porvi rimedio. Sainte-Balsamie sorgeva in un borgo assai povero e possedeva scorte appena sufficienti a sfamare la propria comunità. Benché nota per essere prosperata tanto in fretta, era lungi dall'eguagliare l'opulenza del vescovado e persino la modesta ricchezza dell'abbazia di Saint-Remi.

Ma suor Eudeline sapeva bene che le sue maggiori preoccupazioni nascevano da motivi più personali. La monaca infirmaria la teneva costantemente informata sui progressi di Robert de Vermandois. Nelle settimane successive alla sua ripresa, l'uomo aveva riacquistato il controllo delle braccia e della parte superiore del corpo, ma non ancora delle gambe. Inoltre non riusciva a recuperare la memoria. Sosteneva di non rammentare nulla e, giorno dopo giorno, sprofondava in uno sconforto sempre maggiore.

Suor Eudeline non gli aveva più fatto visita. Al solo pensiero di tornare di fronte a lui, riviveva l'imbarazzo e l'angoscia che l'avevano costretta a fuggire in lacrime dal valetudinarium. Del resto, stargli lontano non le aveva affatto giovato. Era sempre più nervosa e irritabile, incapace di ascoltare con pazienza le consorelle.

Non sapeva dare un nome a quel disagio, sperava solo che passasse presto.

Camminò sul tappeto di neve, osservando un pettirosso tra le fronde di un albero spoglio, finché il gelo non si insinuò sotto il mantello e la spinse a ritirarsi nella sua *domus particularis*. Poco dopo si trovava nella penombra del claustro, a pochi passi dallo scrittoio. Suor Claire era seduta a un tavolo accanto, intenta ad aggiornare un cartulario al lume di una candela.

Non appena prese posto, Eudeline provò un momentaneo sollievo dai turbamenti del suo cuore. Barricata dietro registri e boccette d'inchiostro, si sentiva di nuovo se stessa, una regina nel proprio castello. Per giunta, tutti gli atti più urgenti erano già stati redatti. Poteva dunque dedicarsi ai documenti di minore importanza e meno cavillosi, affastellati sul lato sinistro del ripiano. Fu allora che, spulciando fra i vari incartamenti, scorse l'angolo di una missiva che sbucava sotto la pila. Incuriosita, la sfilò. Non appena lesse le prime righe scattò in piedi, rossa per la collera. «Suor Claire», esclamò, «come vi siete permessa?».

La monaca sobbalzò, lasciando cadere una pergamena che aveva tra le mani. «Reverenda madre, non capisco...».

«Questa lettera! Giace da quattro giorni tra i documenti di minor importanza. Perché l'avete messa lì?».

«Pensavo che...».

«Avete letto il nome del mittente?»

«Dev'essermi sfuggito...».

Quasi impugnasse un'arma, Eudeline gliela sventolò davanti agli occhi. «Qui sopra c'è il nome di mio fratello! Ve ne rendete conto? Con quale coraggio avete deciso di tenermela nascosta?».

Suor Claire abbassò il capo. «Chiedo venia, non so come abbia potuto commettere un simile errore...».

«Lo so io come avete fatto!», sibilò la badessa, inconsolabile. «Siete un'incapace, una svampita che non presta mai attenzione a nulla», e le indicò la porta. «Toglietevi dalla mia vista, prima che...».

La monaca la fissò per un attimo, terrorizzata da quel sottinteso. Poi si coprì il viso e fuggì in lacrime.

La reverenda madre restò in piedi al centro della stanza, in attesa che la rabbia sbollisse, e non appena fu di nuovo in sé si sentì un mostro. Aveva esagerato, pensò. La quantità di documenti giunti in quei giorni era tale che chiunque avrebbe potuto sbagliarsi, persino lei. D'altro canto, sapeva bene cosa aveva provocato la sua reazione. E maledisse la propria debolezza di spirito.

Si sedette di nuovo allo scrittoio, spezzò il sigillo e aprì la missiva, ansiosa di avere notizie del fratello. La lettera non recava il luogo di provenienza, né alcuna data.

Amata sorella,

vergo queste righe al cospetto di una corona montuosa, oltre la quale mi attende la verità sul misterioso complotto di cui ti misi a parte durante il nostro ultimo incontro. Sappi che ho già trovato il luogo designato dell'enigma, anche se per ora il Lapis exilii *resta precluso al mio sguardo. Dovrò prima dar prova del mio valore e compiere un'impresa assai importante, nella speranza che ciò mi renda un uomo migliore. Un uomo che un giorno avrà il coraggio di confessarti cose che non ti ho mai rivelato.*

Non temere per la mia sorte, sono in salute e il cammino non mi spaventa. Ormai da una settimana viaggio con una singolare compagna, assai giovane ma già sola al mondo. Proprio come saremmo noi, se l'affetto reciproco non ci legasse l'uno all'altra.

Che Dio ti benedica,

Maynard

PARTE SECONDA

La regola dell'abate

23

Abbazia di Santa Maria di Pomposa
20 marzo 1347

Con gli occhi puntati sull'abside, l'abate scrutò il Cristo *Pantocrator* racchiuso nella mandorla, Padre e Figlio al centro della sfera celeste, e per l'ennesima volta si sentì pervadere dall'amarezza. Benché da oltre un decennio cercasse di rinvigorire la propria fede, non poteva evitare di paragonarla a quell'affresco vetusto e assai sbiadito. La bellezza delle forme non era certo venuta meno, i contorni dell'immagine e il viso del Signore continuavano a campeggiare degnamente sulla volta, ispirando l'idea della divina maestà. Ma della vivacità dei colori avanzava ben poco, così come del mistico rapimento che padre Andrea, in giovinezza, provava durante la preghiera. Restava solo un pallido ricordo di quei momenti vissuti nell'impenetrabile silenzio dell'ascesi. Altrettanto poteva dirsi del ciclo pittorico che correva sulle pareti alte della navata centrale, un susseguirsi di storie bibliche in cui ormai non si scorgevano più le sembianze dei profeti e nemmeno i paesaggi della Palestina e dell'Egitto, divorati da un progressivo sgretolamento dello strato di pittura sopra l'intonaco.

Trovavano scampo dal degrado soltanto le decorazioni a fresco delle due navatelle laterali, che occhieggiavano da sotto gli archi del colonnato lasciando intravedere le vite degli apostoli Pietro e Paolo. Uno spiraglio di antica gloria che rammentava a padre Andrea il monaco fervente che era stato in giovinezza. Troppo poco, tuttavia, per un monastero che fino al secolo precedente spiccava tra mille. Troppo poco per onorare la memoria dei grandi abati succedutisi fra quelle mura.

Ecco perché il reverendo Andrea anelava a un ritorno ai tempi dello splendore. Tempi in cui i monaci non cantavano la messa davanti a chiazze grigie che ora, come nebbie infauste, precludevano agli sguardi il rapimento delle immagini sacre. Tempi in cui, entrando nel monasterium di Pomposa, si era soliti esclamare *Beati oculi qui vident*.

Beati gli occhi che vedono.

Si voltò quasi con sdegno, accorgendosi soltanto allora che l'uomo alle sue spalle non aveva ancora proferito verbo. Continuava a passeggiare sul pavimento a mosaico con il naso per aria, accarezzandosi la folta barba corvina.

«Ebbene?», lo interrogò l'abate, impaziente di conoscere la sua opinione.

L'uomo si strinse nelle spalle, allargando il volto in un sorriso scettico. «Ebbene, sconsiglio il restauro», rispose con voce roca, senza smettere di osservare gli affreschi della navata maggiore. Si chiamava Sigismondo de' Bruni e da oltre vent'anni esercitava la professione di mastro pittore. Basso e tarchiato, possedeva una singolare leggiadria nel muovere le mani e le gambe affusolate. Andrea non l'aveva mai incontrato prima di allora ma, avendo udito un prelato di Romagna tesserne le lodi, si era deciso a convocarlo.

«Significa forse che non potete recuperare il vecchio affresco della navata?»

«Certo che posso», precisò l'artigiano, «ma ripeto: lo sconsiglio. Tingere a secco le pareti rovinate e ritoccare le meglio conservate non vi costerà molto meno di un lavoro più dignitoso».

L'abate inarcò un sopracciglio. «Vi offrireste dunque di realizzare una pittura a fresco del tutto nuova?»

«Con il vostro consenso, sì».

«Non avevo considerato un intervento tanto drastico, lo confesso. Al pensiero di separarmi dalla bellezza di queste immagini...».

«Con tutto il rispetto, reverendo padre», lo contraddisse il pittore, «ci troviamo al cospetto di uno stile vetusto. Antiquato, oserei dire».

«Lo so bene», precisò Andrea, per nulla propenso a passare per ingenuo. «Ma la forma di un'immagine non si giudica dalla mera esteriorità. Il ciclo pittorico che state osservando rappresenta la storia della salvezza del genere umano dalla creazione di Adamo fino alla resurrezione del Cristo. Sareste davvero all'altezza, *voi*, di realizzarne uno eguale *ex novo*?»

«A costo di apparire superbo, sì». Mastro Sigismondo ostentava una sicurezza che sfiorava l'insolenza, benché conservasse i modi accomodanti di un venditore da mercato. «Non fraintendetemi», si affrettò ad aggiungere, «so apprezzare la pennellata di un maestro artigiano che ai suoi tempi dovette possedere talento, ma in tutta franchezza, sono certo che resterete soddisfatto dei miei servigi. Ho eseguito lavori ben più complessi di questo, e credetemi se vi dico che rispetto ai progressi di oggigiorno, le opere del passato non reggono il paragone». Per farsi meglio comprendere indicò la parete meridionale, verso la fascia superiore dell'affresco. «Vedete, per esempio, come fu realizzata l'arca di Noè? È piatta, priva di profondità», poi puntò l'indice verso la fascia inferiore, «proprio come il paesaggio nella scena dell'Annunciazione. Stesso discorso per quel che concerne i volti, i panneggi, le ombre...».

Padre Andrea annuiva di continuo, ben lungi dal lasciarsi incantare. Proveniva da Fano, città ricca di chiese e palazzi, anche se era stato soprattutto a Padova, a Rimini e a Ferrara che aveva imparato a conoscere la perfezione della pittura. Una perfezione per cui aveva provato interesse fin da novizio, suggestionato dalle immagini raffigurate sui libri, sugli arazzi e persino sui vasi di maiolica. E pur sapendo che gli affreschi della sua abbazia appartenevano a uno stile arcaico, se ne era affezionato al punto da non aver mai preso in considerazione l'idea di sostituirli. «Devo rifletterci», esclamò, troncando il fiume di parole che usciva dalla bocca dell'artigiano.

Sigismondo de' Bruni lo fissò con l'espressione di un cane che non intende mollare l'osso. «Comprendo la vostra posizione», disse, spostando l'attenzione verso la zona sopra l'altare. «Nell'attesa di un vostro responso, potrei dedicarmi alla decorazione dell'abside», propose. «Così giudicherete voi stesso se sono degno o meno di proseguire il lavoro sulla navata».

L'abate osservò il Pantocratore, senz'altro la scena più rovinata. Provava un misto di vergogna e di dispiacere ogni volta che la contemplava. Avvertì ancora una volta un senso di colpevolezza, insieme al desiderio di tornare ai tempi del rigore spirituale. In qualche modo, pensò, bisognava pur dare avvio al rinnovamento. «L'idea non mi dispiace», disse d'istinto, congiungendo le mani dietro la schiena. «La decorazione dell'abside va ripristinata, non posso più consentire che versi in un simile degrado. Però badate», precisò, «il lavoro non si limita alla lunetta con il Cristo in gloria. Avete notato le scene sottostanti?».

Compiaciuto dalla piega che stava prendendo il discorso, il mastro pittore aguzzò lo sguardo verso la parete inferiore dell'abside, orribilmente deturpata dal tempo e dall'umidità. «Scorgo ciò che resta di cinque sagome con aureole, troppo sbiadite per essere riconoscibili. Una processione di santi, forse».

«Sant'Eustachio, san Vincenzo, sant'Apollinare, san Vitale e san Sebastiano», spiegò padre Andrea, citando a memoria i nomi di quelle ombre ormai prive di forma. «I martiri venerati a Pomposa, rappresentati secoli fa in stile bizantino».

«Interamente da ridipingere», fu il commento di Sigismondo.

«Posseggo un *legendarium* illustrato che potrebbe aiutarvi nell'intento».

Il mastro pittore annuì. «Siamo dunque giunti a un accordo?»

«Per il momento abbiamo soltanto impostato la questione», lo deluse il reverendo. «Resta da chiarire come svolgerete il lavoro, inoltre non si è ancora spesa parola sul vostro compenso».

«In fede mia, avete ragione», disse l'artigiano. «Ci accorderemo davanti ai bozzetti che intendo preparare stanotte stessa».

L'abate si mostrò favorevole all'idea, ma prima di pronunciarsi vide un famiglio varcare di corsa il portale della navata maggiore.

«Reverendo padre», esclamò il nuovo arrivato, «dovete precipitarvi nella sala capitolare!».

«Cosa accade?», volle sapere Andrea, andandogli subito incontro.

«Padre Facio! Facio di Malaspina!», disse il famiglio, trafelato. «Ha convocato il capitolo senza il vostro consenso».

Nell'udire ciò, l'abate sentì contorcersi lo stomaco. Detestava quel monaco, non per via delle sue miserevoli deformità fisiche ma per le subdole macchinazioni che ordiva di continuo, sempre allo scopo di seminare discordia all'interno dell'abbazia. Al solo pensiero di cosa potesse essersi inventato quella volta, pregò il Signore di dargli la pazienza di affrontarlo al cospetto dell'intera famiglia monastica.

Sigismondo de' Bruni osservò l'abate incamminarsi sotto gli archi della navatella meridionale e imboccare una piccola uscita laterale. Fatti assai gravi dovevano attenderlo, pensò, augurandosi che non intralciassero l'incarico della decorazione a fresco. In caso contrario, l'avrebbe interpretata come una punizione per aver mentito sulla sua esperienza. Senza contare che, pur essendosi guardato dall'ammetterlo, aveva trovato il programma pittorico di Pomposa semplicemente portentoso e – anche se molto antico – di gran lunga superiore a qualsiasi opera avesse mai eseguito in punta di pennello.

Chiese perdono alla Santa Vergine per il suo comportamento, d'altro canto non aveva avuto scelta. L'occasione era stata troppo ghiotta per lasciarsela sfuggire. Aveva bisogno di denaro e soprattutto di dar tregua alla sua famiglia dopo un lungo periodo di stenti e peregrinazioni.

Malgrado ciò, il timore di andare incontro a un'impresa superiore alle proprie forze era grande. Nella migliore delle ipotesi, sarebbe stata la più monumentale con la quale si sarebbe mai misurato. Per farsi un'idea abbastanza precisa, si aggirò con fare esperto per la navata e valutò l'estensione delle pareti da dipingere. Si trattava all'incirca di un lavoro da quindici *pontate*[6]. Non molto, a dire il vero. E in fin dei conti, con l'abate non era stato del tutto disonesto. In passato aveva già svolto pitture a fresco di tema biblico, anche se mai su superfici tanto vaste.

Per giunta, quella poteva rivelarsi una magnifica opportunità. Una volta dimostratosi all'altezza del compito, il suo lavoro avrebbe certo suscitato l'interesse di committenti più altolocati e danarosi di quelli a cui era avvezzo. E magari, nel giro di qualche anno, avrebbe potuto aprire una bottega con tutti i crismi, come sognava fin da quando era un giovane garzone.

Pregando affinché ogni cosa andasse per il meglio, indugiò con lo sguardo sulle pareti illustrate di sublime sapienza e si avviò verso il portale.

Quando giunse all'esterno, mise da parte i pensieri che gli affollavano la mente e si voltò per ammirare l'abbazia nella sua interezza. Al suo arrivo, la fretta di parlare con l'abate non gli aveva consentito di prestarle l'attenzione che meritava. Ora invece aveva tutto il tempo di contemplarla alla luce fioca della sera. Era un corpo maestoso edificato in solida muratura, fatta eccezione per il marmo delle colonne e le terrecotte decorative. Ovunque spiccavano semplicità e

[6] Le *pontate* erano le fasi in cui si suddivideva l'affresco da eseguire. Corrispondevano al numero di volte che il pittore doveva spostare i ponteggi sul cantiere per completare l'opera.

rigore, fondamenta spirituali di antichi monaci che, prima dell'anno Mille, si erano ritirati in quei luoghi per abbracciare la Regola di san Benedetto.

La facciata guardava verso ovest. Eretta sulla fronte dell'atrio e aperta da una triplice arcata, presentava sulla lunetta del portale un affresco della Vergine in trono. Sopra di essa sorgeva la testata della navata centrale coperta dal tetto.

Sul lato settentrionale svettava un enorme campanile a base quadrata, nove piani culminanti in una cuspide a forma di cono. Le pareti, ricoperte da finestre a volta, aumentavano di numero man mano che si saliva, fino a diventare polifore a quattro luci. In preda alla meraviglia, il mastro pittore lo giudicò superiore alle dodici pertiche[7] di altezza.

Infine si voltò a destra, per osservare la parte del complesso estesa a oriente: un agglomerato di edifici raccolto intorno a un chiostro. Fra quelle mura, interrotte da rade finestrelle, si svolgeva da centinaia d'anni la vita segreta e silenziosa dei monaci.

Soltanto allora colse appieno il senso delle parole che poco prima gli erano state rivolte dall'abate Andrea. *La forma di un'immagine non si giudica dalla mera esteriorità*. Non era la tecnica costruttiva, né tantomeno lo stile decorativo a fare di quel monastero un monumento agli ideali monastici. Era la sua *forma*, ovvero il fondamento del pensiero che l'aveva concepito. L'ispirazione dei suoi artefici.

Sigismondo avrebbe dovuto fare proprio quel prezioso insegnamento, se intendeva realizzare un'opera pittorica degna di tanta venerabilità.

Sempre più pensieroso, si incamminò verso un carro coperto da tettoia che distava a pochi passi, lungo un sentiero ai margini della corte abbaziale.

Là dentro lo attendevano la moglie e il suo unico figlio.

«Ti fai beffe di me», ridacchiò Sapia. «Non sono così bella».

Gualtiero ignorò le parole della madre e continuò a tratteggiarne i lineamenti sulla tavola. Per farlo usava un carboncino di salice dalla punta temperata, aiutandosi con una penna di gallina per spolverare via gli errori. Di tanto in tanto si fermava, indietreggiava d'un passo

[7] Secondo le unità di misura bolognesi del periodo, l'unità di misura della pertica (qui corrispondente a dieci piedi) equivaleva a circa 3,80 metri.

e studiava il disegno appeso al cavalletto, pensando con rammarico che la vera bellezza fosse troppo sfuggente per lasciarsi ritrarre. D'altro canto, era persuaso che una parte di quell'intima fiamma continuasse a sopravvivere nelle raffigurazioni, se eseguite con arte e sentimento. Il giovane dubitava di essere tanto dotato, ma dare forma alle immagini lo faceva sentire pago, quasi felice.

Fu in preda a quello stato d'animo che si rivolse alla madre, per cogliere gli ultimi dettagli del mento e delle sopracciglia. «Non sorridere troppo», la ammonì in tono scherzoso, «se non vuoi che commetta errori».

Sapia si mise ritta ai margini del giaciglio, appoggiando la schiena contro la parete di legno. Non stava più ridendo, era l'orgoglio a illuminarle il volto.

Nell'accorgersene, Gualtiero provò quasi imbarazzo. Aveva iniziato quel gioco per distoglierla dalla stanchezza del lungo viaggio, ma ora si rendeva conto di aver fatto un buon lavoro. Depose quindi il carboncino e prese uno stilo dalla punta d'argento per marcare le linee guida del ritratto. Dovette usare molta cautela, sollevando una lucerna per sopperire alla scarsa illuminazione dell'ambiente. La stagione ancora fredda l'aveva costretto a restare dentro il carro, nell'ombra pervasa dall'odore pungente dei materiali da pittura.

Quello tuttavia era più di un semplice carro. Era la sua casa, il luogo in cui era nato e cresciuto, trascorrendo con i genitori gli interminabili inverni e le calde estati, apprendendo poco per volta i rudimenti del mestiere. Era anche la bottega di suo padre Sigismondo, deposito di ogni sorta di strumenti e ricettacolo di affascinanti segreti.

Gualtiero conosceva alla perfezione quell'ambiente e fu con un gesto consumato, quasi inconsapevole, che scelse da uno scaffale alla sua destra alcuni vasellini di colore. Li ordinò su uno sgabello davanti al cavalletto, infine sfilò da un bicchiere un pennello di vaio.

Iniziò con lo stendere il colore dell'incarnato, una tempera a base di biacca e cinabro con cui ricoprì l'intera superficie del viso, eccetto gli occhi. Vi aggiunse poi mezz'oncia di verdeterra e di sinopia per ricavare una tonalità rossigna, che gli servì sia per tratteggiare naso e labbra, che per sfumare la fronte e le gote. Il suo tratto era rapido e sicuro, indugiava brevemente sui particolari per riprendere leggero, conferendo graduale profondità a un volto ovale dal sorriso angelico.

Sapia assisteva senza proferire verbo, ma a Gualtiero bastava il suo sguardo per provare una lieve emozione. "Sono più capace di mio padre", si diceva nel frattempo, rimirando con fierezza il proprio operato. Gli capitava spesso di pensarlo, specie mentre era al lavoro, pur sapendo di non possedere ancor nemmeno metà dell'esperienza di Sigismondo. Inutile negarlo, tuttavia. Era assai più abile di lui nel conferire espressività ai volti e naturalezza alle figure umane. Inoltre, coltivava il desiderio di innovare la tradizione. Un'ambizione che più di una volta, negli ultimi anni, l'aveva portato a scontrarsi con il genitore.

Lavò il pennello, fugando dalla memoria l'eco dell'ultima lite, e ne intinse la punta nel vasellino dell'ocra per donare al ritratto il bel colore biondo dei capelli della madre. Dovette poi ritoccarli con il rossigno, per dar forma alle vaporose trecce raccolte sopra le orecchie. Infine passò agli occhi, tingendo le pupille con un velo di bianco e le iridi con del nocciola, aggiungendo tocchi di nero e verdeterra.

Un'ultima pennellata alle sopracciglia suscitò il battere di mani dell'entusiasta Sapia.

Un attimo dopo, la testa ricciuta di Sigismondo si insinuò fra le tende che separavano l'ambiente dall'esterno.

«Ebbene, padre?», chiese Gualtiero, riponendo il pennello.

L'uomo osservò con disapprovazione i vasellini del colore sistemati sullo sgabello. Uno spreco di materiale, parve sottintendere con lo sguardo. Tuttavia alzò le sopracciglia e rilassò la fronte. «Forse ci verrà affidato un importante incarico», annunciò.

«La navata dell'abbazia?», domandò Sapia con un sorriso.

«Prima l'abside, poi si deciderà per il resto».

«Sono ansioso di vederla», confessò il giovane. Nelle sue parole risuonò una nota di nervosismo, a causa del divieto di prendere parte all'incontro con l'abate. Protestare non gli era valso a nulla. Sigismondo aveva i suoi metodi, insisteva nel prendere accordi e decisioni senza consultarlo, continuando a trattarlo come un garzone incompetente.

Il padre raccolse uno a uno i vasellini del colore, li ripose sullo scaffale e, senza degnare il ritratto di uno sguardo, si accomodò sullo sgabello. «Lo farai domani».

Gualtiero consultò la madre con un'occhiata, e incapace di trattenere la frustrazione sbottò: «Significa che non posso dare nemmeno una sbirciata?»

«L'abate deve ancora darmi un responso», spiegò Sigismondo, accigliato. «Non vorrei provocare la sua irritazione».

«Potrei entrare per pregare», propose il figlio, «e nel frattempo guardarmi intorno, giusto per farmi un'idea».

«Faresti meglio a prepararmi della carta bambagina, invece», grugnì il padre, sul punto di perdere la pazienza. Detestava essere contraddetto in pubblico, ma ancor più in privato, di fronte alla moglie. «Suvvia, obbedisci», alzò la voce. «Mi serve subito, per abbozzare il soggetto della volta dell'abside».

Intuendo che quell'ordine non fosse altro che un pretesto per metterlo a tacere, Gualtiero scrutò ancora Sapia, che assisteva alla scena in rassegnato silenzio, e sbuffò. «Ce n'è già pronta quanta ne vuoi di carta bambagina, lucidata con l'osso e spolverata». Fu tentato di chiudere la frase con un'esclamazione di protesta, ma non poté trattenere la curiosità. «Di quale soggetto si tratta?».

Prima di rispondere, Sigismondo lanciò uno sguardo al ritratto, poi alla moglie. I suoi occhi si strinsero, lasciando trapelare uno spiraglio di quella che parve invidia. «Cristo seduto in trono, alla maniera bizantina», rispose burbero, quasi avesse voluto aggiungere "Non sono affari tuoi".

Il giovane non si lasciò intimorire. «E intorno a lui?»

«Nulla, a parte la mandorla in cui è racchiuso».

«La volta non risulterà troppo spoglia?»

«Intendi forse insegnarmi il mestiere?». Il mastro pittore batté una mano sul ginocchio. «Il Pantocratore va rappresentato da solo, nella sua maestà». Minacciò di alzarsi in piedi, ma cogliendo uno sguardo implorante di Sapia, si trattenne. «E poi», continuò, sempre rivolto al figlio, «come puoi pronunciarti su qualcosa che non hai neppure visto?».

Gualtiero scosse il capo, stanco di farsi trattare da inetto. Non era sua intenzione criticare il padre. Aveva sollevato la questione soltanto per scambiare delle opinioni con lui e dimostrargli di essere pronto a discutere sull'argomento. A quanto pareva, tuttavia, il suo punto di vista non era gradito. Scostò i tendaggi e fece per scendere dal carro. «Vuol dire che rimedierò».

«Fermo!». Sigismondo si alzò di scatto per afferrargli un braccio. «Ascoltami…».

«Non mi interessa quel che hai da dirmi!», sibilò il giovane, liberandosi con uno strattone.

E con l'amarezza nel cuore, uscì nella luce grigia di fine marzo.

24

Uscendo dall'ingresso della navatella laterale, padre Andrea fiancheggiò il chiostro dirigendosi a passo svelto verso un importante edificio che partiva dalla zona dell'abside e si sviluppava in direzione verticale per ben oltre sette pertiche, fino a congiungersi con il refettorio. Rivolse un'occhiata al piano superiore, sede del *dormitorium* per buona parte inutilizzato, e sospirò con amarezza. L'epoca in cui Pomposa accoglieva una comunità di cento monaci era lontana, rifletté, ma in quel momento aveva troppa fretta per rimpiangere gli antichi fasti. La sala del capitolo lo attendeva ai piani bassi della struttura, dietro un ampio portale con arco a ogiva.

Prima di varcarlo, ripensò a Facio di Malaspina. C'era stato un tempo in cui il suo nome era stato pronunciato con rispetto. Un ventennio prima, per l'esattezza, quando il papa aveva bandito una crociata contro i marchesi d'Este che governavano sulla vicina Ferrara. Si diceva che proprio allora Facio avesse approfittato del disordine scoppiato nei feudi circostanti per farsi nominare abate di Pomposa e guadagnarsi un privilegio dopo l'altro, permettendo così agli sgherri degli Este di depredare i beni dell'abbazia. Era tutto annotato sugli annali, compresa la copia di una bolla papale nella quale si alludeva a *nequissimi homini* che malversavano i monaci e il cenobio.

Non era trascorso molto tempo perché Facio venisse riconosciuto fra i principali responsabili di quei turpi accadimenti. Nonostante fosse stato rimosso dalla carica, gli era stata risparmiata la scomunica. E nello stesso momento in cui gli Este avevano appianato i dissidi con il papa, si era ripresentato a Pomposa dopo una lunga latitanza. Andrea, allora fresco di nomina, non aveva potuto cacciare quella viscida serpe, intimidito dalle sue influenti amicizie e dall'ascendente che esercitava sui confratelli.

Ora provava vergogna per non essere riuscito a imporsi con i dovuti provvedimenti.

Erano i frutti dei suoi errori quelli che si apprestava a raccogliere.

Fu con spirito contrito che scostò i battenti dell'ingresso ed entrò nella sala capitolare. Contro le pareti ricoperte da mirabili affreschi, i monaci sedevano muti sugli stalli di legno. C'erano quasi tutti, notò l'abate, pur tenendo lo sguardo puntato sull'uomo deforme che stava in piedi al centro della stanza.

Sbarrando gli occhi esaltati, Facio di Malaspina si strofinò la barba bisunta con il dorso delle mani. Ingobbito e assai magro, teneva le braccia lunghissime ripiegate sul petto, come zampe d'insetto. Anche le gambe, capaci a malapena di sorreggerlo, erano piegate in modo grottesco, mantenendolo tra la posizione eretta e quella in ginocchio. Si diceva fosse ridotto in simili condizioni per via di una tortura subìta in passato, ma nessuno conosceva la verità. Forse era accaduto in seguito all'accusa di parteggiare per gli Este, supponeva l'abate, conoscendo le terribili storie sulle carceri del vescovo di Ferrara. D'altro canto, quelle deformità non lo spingevano a provare la minima compassione. Al contrario, attribuiva loro il pregio di uniformare l'aspetto di Facio alla sua indole malvagia.

Ignorando di proposito l'avversario, si rivolse ai monaci sugli stalli. «Cosa sta succedendo qui dentro?», tuonò. «Non ho convocato alcuna adunanza».

Gli rispose un silenzio imbarazzato. Poco dopo, Facio chinò il capo con fare mellifluo e prese la parola: «La riunione del capitolo è un dovere dei monaci, vostra paternità».

«Lo è senz'altro», ribatté Andrea, con tono di rimprovero. «Ma è valida soltanto se presieduta dall'abate».

Il monaco deforme insinuò un risolino. «Ebbene, ora che siete tra noi...».

«Pensate di potermi manipolare?». Il reverendo lo fissò con disgusto. «Non c'è nulla da discutere all'ordine del giorno».

Per tutta risposta, Facio allargò le lunghe braccia di mantide. «Avete udito, venerabili confratelli?», gridò con una smorfia di sdegno. «È proprio come vi dicevo! Si prendono decisioni alle nostre spalle, senza chiamarci a consulta».

«Badate a voi», avvampò Andrea, «state rasentando l'insulto!».

Il monaco lo trapassò con il suo sguardo spiritato. «Negate forse di aver dato udienza a un mastro pittore per restaurare le decorazioni dell'abbazia?»

«Ebbene?», disse l'abate, cercando di capire dove l'avversario volesse andare a parare. «Nessun segreto. La mia volontà al riguardo è ben nota».

«Quindi vorreste scialacquare denari per un futile vezzo! Concedervi spese superflue mentre il nostro cenobio affronta un periodo di crisi».

Padre Andrea notò con amarezza che alcuni monaci annuivano timidamente a quelle parole di biasimo, ma non ne fu stupito. Conosceva fin troppo le intenzioni di Facio. Quella serpe era usa a servirsi di qualsiasi pretesto pur di guadagnare consensi, con l'unico scopo di tornare a essere abate di Pomposa. E il solo modo per farlo era mettere in cattiva luce la persona che esercitava il potere al suo posto. «Spese superflue, dite voi?», lo derise il reverendo padre, fronteggiandolo con fierezza. «Vi darei ragione se questa fosse una locanda con lo scopo di accumulare guadagni, ma dimenticate che siamo in un monastero». Si voltò verso i confratelli, quasi volesse tutti ammonirli. «Il nostro primo dovere è rendere gloria al Signore! Non di futili vezzi si tratta dunque, bensì del primo passo per avvicinarsi agli splendori passati».

«Vanità! Superbia!», lo accusò Facio, quasi fosse in procinto di recitare un sermone. «Quando si ritirò in preghiera nel deserto, sant'Antonio non si curò certo di affrescare le pareti della sua grotta. O forse mi sbaglio?»

«La vera superbia sarebbe paragonarci a sant'Antonio», ribatté l'abate, continuando a scrutare l'uditorio. «Noi siamo poveri peccatori, rammentatelo sempre! Soltanto gli esempi dei grandi uomini possano guidare la nostra fede». Nella speranza di smuovere qualche animo, indicò la teoria di santi e profeti dipinta sulle pareti della sala. Si trattava di una mirabile opera di scuola romagnola che culminava in una scena della Crocifissione, nella quale gli angeli raccoglievano il sangue dalle piaghe del Cristo. «Ecco il nobile compito delle immagini sacre! Le stesse immagini a cui ci troviamo di fronte e che furono eseguite su ordine del saggio abate Enrico pochi decenni fa. Con quale diritto vorreste negarmi di continuare la sua opera?»

«All'epoca di Enrico, Pomposa non era gravata da debiti», disse

Facio, attirando di nuovo su di sé l'attenzione. «Oggi invece, come è noto a chiunque in questa sala, dobbiamo restituire alla sede apostolica una somma pari a tremilaseicento fiorini d'oro».

In seguito a quell'affermazione, un brusio sempre più intenso attraversò l'uditorio. Padre Andrea lo placò con un cenno della mano. «Restituiremo la somma appena possibile», annunciò con fermezza. «Nell'attesa, dubito che i porporati di Avignone periranno di stenti. Non passa giorno senza che oda di nuove livree erette presso il *Rocher des Doms*[8]». Finalmente, notò che i confratelli iniziavano ad annuire.

Facio invece era velenoso. «Resta il fatto che avete preso accordi con un artigiano senza consultare il capitolo», puntualizzò.

«Nessun accordo è stato preso», chiarì l'abate. «Si è trattato di un incontro preliminare, durante il quale ho chiesto a un mastro pittore di esprimere un giudizio sulle condizioni dei nostri affreschi. Non una parola è stata spesa sul suo compenso. E qualora dovessi decidere di commissionargli il restauro, avverrà soltanto dopo aver consultato i miei monaci». Infine, facendosi minaccioso, puntò l'indice contro il suo avversario. «Quanto a voi, padre... Come avete osato sovrapporvi alla mia paternità convocando questo consiglio?»

«Non penserete che abbia agito di mia iniziativa?», si difese l'uomo deforme, sfidandolo con un ghigno sfrontato. «Mi è stato *chiesto*. Sono stati i miei venerabili confratelli a invitarmi a discutere su alcune questioni che turbavano la loro quiete. Come potevo sottrarmi?».

Andrea arretrò d'un passo e si guardò intorno, sentendosi per la prima volta circondato da nemici. Fino a tal punto veniva messa in discussione la sua autorità? No, si disse. Non erano i suoi monaci i responsabili di quella situazione. Li conosceva troppo a fondo per potersi ingannare. Dovevano essere stati manipolati, non c'erano altre spiegazioni. Eppure, non aveva le prove per punire il vero colpevole.

Frenando sul nascere un impeto di collera, si sforzò di ragionare come un padre preoccupato per l'educazione dei propri figli. «Se siete tutti responsabili», annunciò a denti stretti, «verrete tutti puniti, senza esitazione. Con tre giorni di digiuno».

[8] Palazzo papale di Avignone, la cui fabbrica iniziò nel 1334.

E ignorando il nugolo di proteste sollevatosi intorno a lui, si voltò di scatto e uscì indignato dalla sala del capitolo.

Da quel giorno, giurò a se stesso che molte cose sarebbero cambiate.

25

Fino ad allora, padre Andrea non aveva mai provato quella sensazione di rabbiosa impotenza che premeva alla bocca dello stomaco e smaniava di trasformarsi in grido. Uscendo dalla sala capitolare, dovette trattenerla per non dare spettacolo della propria frustrazione.

"Quell'infame ha vinto", pensò. Nonostante fosse riuscito a zittirlo, sapeva che Facio avrebbe continuato ad aizzargli contro i monaci fino a esasperarlo. L'abate comprendeva la gravità della situazione, tuttavia si sentiva troppo in colpa per poter ragionare con lucidità. Era come se il raffreddarsi della sua fede avesse gettato un'ombra sull'intero cenobio, provocando una graduale rilassatezza nei costumi e nell'osservanza della Regola di san Benedetto. I monaci perseveravano in una vita pia, nulla da eccepire al riguardo, eppure la loro tempra si era sfibrata, rendendoli malleabili come creta. Per Facio non doveva essere stato difficile influenzarli, anche se macchiato d'ignominia. D'altro canto, aveva detto cose vere.

L'abbazia era davvero oberata dai debiti.

E nonostante Andrea si rifiutasse di attribuire alle ristrettezze economiche la causa del declino spirituale, non poteva ignorarne gli effetti. Al momento della sua nomina abbaziale, si era illuso di dare avvio a una riforma che rendesse Pomposa una meta ancora ambita da pellegrini e novizi. Invece si era trovato a gestire una situazione avvilente, rendite sempre più basse, inverni rigidissimi e un clima insalubre che diffondeva febbri e malanni.

Da anni si sentiva oppresso da un giogo troppo pesante. Non perché mancasse di energie e di dedizione, ma per via dei sogni smisurati che non riusciva a mettere da parte. Era convinto che l'amore per Dio dovesse esprimersi in una ricerca della bellezza attraverso il canto, lo studio e le immagini sacre. Che Facio la chiamasse pure superbia, ma il reverendo padre conosceva la nobiltà dei propri intenti. E anche se la sua fede vacillava, si sarebbe battuto per difenderli. A dispetto dei debiti e dei dissensi.

Fu per sfuggire a quella burrasca di pensieri che attraversò il portale del monastero, in cerca di quiete. Entrò a capo chino, cercando nel freddo della navata quella sensazione di raccoglimento che un tempo l'aveva avvolto come le ali di un angelo. Trovò soltanto un ambiente vuoto, in attesa della funzione di compieta.

Poi il bisbigliare di una voce gli giunse alle orecchie.

Incuriosito, diresse lo sguardo verso il fondo della navata. Un uomo coperto da un mantello si aggirava a mani giunte davanti all'abside, senza staccare gli occhi dagli affreschi. Parlava tra sé e di tanto in tanto annuiva, come se stesse colloquiando con qualcuno. L'abate lo spiò in silenzio, notando il rapimento con cui contemplava il Cristo Pantocrator, finché non lo vide scostare i paramenti dell'altare e salirci sopra con i piedi, senza alcun riguardo.

«Fermo voi!», gli gridò contro. «Come osate?».

L'uomo trasalì. Balzò giù dall'altare e, tutto avvolto nel mantello, prese a scorrazzare per l'abside in cerca di una via di fuga. Provò ad aprire la porta della sacrestia, trovandola serrata; così come l'accesso alla cripta.

Ignorando con chi avesse a che fare, l'abate afferrò un pesante candelabro da una nicchia e gli andò incontro. Allora lo sconosciuto imboccò una navatella in direzione del portale, scivolando fra le ombre.

Il reverendo riuscì a bloccargli il passo. «Fermatevi!», gli ordinò quando l'ebbe di fronte. Dato che non veniva ascoltato, brandì il candelabro a due mani e lo mulinò nell'aria, rischiando di perdere l'equilibrio. Il fuggitivo schivò il colpo, ma prima di sgattaiolare via inciampò su un banco ruzzolando a terra.

Stordito e sempre più turbato, Andrea avanzò in stabilità precaria e afferrò le vesti dello sconosciuto per scoprirgli il volto. In quel momento si rese conto che non indossava un mantello, ma una coperta di tela grezza, sotto la quale trovò un ragazzo dai capelli neri e scarmigliati.

«Si può sapere cosa stavate facendo?», gli chiese, sollevando il candelabro con fare minaccioso.

«Chiedo perdono...», balbettò il giovane, giungendo le mani in segno di supplica. «Ero salito sull'altare soltanto per guardare meglio…».

«Guardare cosa?»

«Gli affreschi».

L'espressione dell'abate mutò dal minaccioso all'incuriosito. «Avreste la grazia di rivelare chi siete?».

Il ragazzo si rialzò in piedi, sistemando gli abiti. «Mi chiamo Gualtiero», e fece un inchino. «Sono figlio di mastro Sigismondo de' Bruni».

«Il pittore». Andrea posò a terra il candelabro e si appoggiò a una colonna, sentendosi d'un tratto spossato. «Mi avete fatto prendere uno spavento…».

«Anche voi». Il giovane fece un altro gesto di scuse. «Pensavo di essere solo, e quando ho udito il vostro grido…».

Il reverendo inarcò le sopracciglia, dandogli a intendere che era acqua passata. «Sigismondo non mi ha confidato di avere un figlio», gli rivelò con aria benevola.

«Mi stupirei del contrario», sbuffò Gualtiero. «Lo aiuto come apprendista, anche se ormai sono capace quanto lui».

«E cosa ci facevate qui?»

«Era mio desiderio osservare l'abside».

«Vostro padre non ve l'ha descritta?».

Prima di rispondere, il ragazzo lo fissò con attenzione, chiedendosi forse al cospetto di chi stesse parlando. «Non a sufficienza», disse poi, stringendosi nelle spalle. «Inoltre ha taciuto sugli affreschi della navata maggiore. Affreschi sublimi, anche se rovinati». Osservò le pareti oscurate dall'ombra, soffermandosi sulle poche immagini che emergevano al barlume delle candele. Lo fece in modo particolare, con la cautela di un cacciatore attento a non spaventare la preda. «Pare quasi di udirne il brusio», confessò.

Tanto bastò perché Andrea riconoscesse in lui quella bruciante sensazione che un tempo era capace di strapparlo dal mondo per immergerlo nella contemplazione. E invece eccola, di nuovo lì, davanti a lui, nell'espressione stupita di un giovane che pareva osservare gli affreschi non con gli occhi ma con la mente. Ne fu consapevole al punto da percepire l'eco dei suoi pensieri. Poi la fiamma si spense e fu tutto come prima. Buio e vuoto. «*Beati oculi qui vident…*», mormorò con rimpianto.

Gualtiero si voltò verso di lui, senza capire.

L'abate minimizzò con un cenno del capo, poi ebbe come una folgorazione. E se quell'incontro non fosse stato casuale? Dopotutto, erano anni che non provava tanto entusiasmo. Forse il Signore gli aveva inviato quel garzone per mostrargli la strada da seguire. Lasciandosi pervadere dalle emozioni, indicò d'istinto l'abside. «Cosa ve ne pare?».

Il giovane si fece pensoso. «Vedo tanto spazio vuoto», confessò, indicando le vaste porzioni di cielo dipinto che circondavano la mandorla del Cristo. «Spazio che, se dipendesse da me, utilizzerei meglio».

«Quindi, ridipingere il Pantocrator non sarebbe sufficiente?»

«Non secondo il mio modesto giudizio. Io tuttavia non posso decidere...».

Padre Andrea gli afferrò un braccio. «Ma se dipendesse da voi?», insistette.

Gualtiero lo scrutò con disappunto. "Chi siete?", diceva il suo sguardo. Poi, puntando gli occhi verso l'abside, dove ormai c'era soltanto tenebra, agitò le mani per plasmare immagini nell'aria. «Aggiungerei un'assemblea di santi. Una grande assemblea, magari al cospetto della Vergine...».

E mentre il ragazzo proseguiva nella descrizione, l'abate annuiva alle sue parole, invitandolo a essere più preciso e a dar fondo a tutta la sua fantasia. Nel frattempo si divertì a restare nell'anonimato, comportandosi come se fosse un monaco qualunque.

I due parlarono a lungo, accennando a forme, colori e visioni sacre, finché le campane di compieta non strapparono il reverendo Andrea da quello che gli era parso un sogno a occhi aperti. Congedando il ragazzo, rese grazie al Signore.

26

Reims, alloggio privato presso l'abbazia di Saint-Remi
20 marzo, all'imbrunire

Il cardinale accarezzò la schiena nuda di Aleydis e premette il pollice sull'incavo sopra le natiche, proprio dove iniziava una striatura rosso vivo che correva sino al fianco. La ragazza gemette, ma non accennò a volersi scostare. Forse era troppo spaventata per ribellarsi, pensò sua eminenza. O forse aveva iniziato a provare piacere nel dolore. Era stato di nuovo costretto a punirla. Non con un frustino, questa volta, ma con un nerbo di bue.

Era diventata un'abitudine che andava ben oltre l'impartire un semplice castigo. Il porporato ne avvertiva il bisogno. Da troppo tempo era lontano dalla sua *Livrée du Lion*, costretto a combattere quotidianamente contro la noia e la frustrazione. Gli uomini che aveva sguinzagliato alle calcagna di Maynard de Rocheblanche erano morti o tornati indietro dopo aver perso le sue tracce, vanificando ogni speranza di trovare in fretta il *Lapis exilii*.

Quando si era imbarcato in quell'impresa, non aveva creduto di dover attendere tanto. Ora, l'ultima possibilità di successo dipendeva da Aleydis. Ma anche se i suoi resoconti, mese dopo mese, si rivelavano più precisi, erano ancora insufficienti a scoprire dove fosse diretto Rocheblanche. La giovane si ostinava a mostrare resistenza verso il fondamento basilare del carpire informazioni: per ottenere risultati apprezzabili, spiare non bastava; era necessario esporsi a dei rischi, manipolare le persone e insinuarsi nelle loro vite. Fin dal loro primo incontro, il cardinale aveva percepito in lei una propensione naturale ad azioni simili e, nonostante i fallimenti, riteneva ancora di non essersi sbagliato. No, rifletté, non dipendeva dalla sua prescelta quanto piuttosto da un'ignota influenza che ne aveva inibito l'indole, distogliendola dal proprio compito. A dispetto di punizioni e incentivi.

Il prelato avrebbe potuto esercitare su Aleydis un maggior ascendente, se solo non avesse esaurito la pazienza al punto da dirsi esasperato. Pretendeva risultati immediati. Questioni urgenti lo attendevano altrove, rendendogli odiosa quell'interminabile permanenza a Reims.

«Se continuerete a fallire vi toglierò tutto», la ammonì d'un tratto, quasi con gentilezza. «E in men che non si dica tornerete alla miseria».

Lei si rigirò fra le coltri per osservarlo remissiva, come se volesse sedurlo e al tempo stesso impietosirlo. «Mi rincresce deludervi, vostra grazia. Sto operando al meglio di quanto mi sia consentito».

Il cardinale fu quasi compiaciuto della sua reazione. Ecco, finalmente, la femmina ipocrita e bugiarda sulla quale aveva riposto tante aspettative. «Invece so per certo che vi trattenete», obiettò, facendo risalire la mano lungo la schiena fino a stringerle i ricci sul collo. «Mi chiedo se sia per via delle regole morali che vi stanno inculcando in convento», e le strattonò lievemente i capelli, «o piuttosto per la simpatia che nutrite nei confronti della vostra cara badessa».

Con un gridolino lezioso, Aleydis sollevò il capo. «Io non…».

«L'ammirate, inutile negarlo», la zittì lui, innervosito ma anche eccitato da quel gioco. «Ogni volta che nominate Eudeline de Rocheblanche i vostri occhi si illuminano. D'altronde è comprensibile, la vedete come un modello da seguire… Non scordate mai, tuttavia, da dove proviene il vostro attuale benessere. Fosse dipeso dalla leggiadra Eudeline, avreste continuato a marcire nei sobborghi di Avignone. Mille fiorini, ricordate? Ecco cosa significate per lei».

«Nondimeno, la reverenda madre dice che sono intelligente», si lasciò sfuggire la ragazza. «Dice che sarei un'ottima aiutante…».

«Credete di essere speciale?». La mano del porporato si chiuse ad artiglio sulla sua nuca. «Ve ne sono molte come voi, fanciulle umili e dotate, destinate a invecchiare nel claustro. Soltanto le nobildonne possono accedere ai titoli di prestigio e atteggiarsi a vere signore. Rammentate cosa vi ho promesso? Non deludetemi e manterrò l'impegno».

A quelle parole, Aleydis acuì lo sguardo. «Come posso accontentarvi?»

«Lo sapete già. Conquistate la fiducia di suor Eudeline e penetrate nei suoi alloggi. Là troverete senz'altro le prove che sto cercando. Basterebbe una lettera come quella che avete recuperato dalla bisaccia di Robert de Vermandois, ma più dettagliata».

«Gli appartamenti della badessa sono quasi inaccessibili. Se tentassi, rischierei…».

«Sarà la vostra badessa a rischiare», ribatté il porporato con un ghigno crudele. «Dispongo di sufficiente autorità per far credere suo fratello un eretico in fuga e lei una complice che lo protegge. Eudeline perderebbe il titolo di superiora». Scostò una ciocca di ricci per scrutare il volto della compagna. «E sempre grazie a me, voi le succederete come badessa di Sainte-Balsamie».

Per un attimo gli occhi della ragazza furono offuscati da un'ombra di titubanza, poi brillarono di ambizione. «Forse so come fare, vostra grazia».

«Ebbene, non deludetemi».

Il cardinale si alzò dal giaciglio, avvolgendo il corpo nudo in una coltre di lino. Detestava fare mostra del suo aspetto avvizzito, soprattutto in presenza di una giovane donna. Si versò un bicchiere di vino da una brocca di ceramica e si allontanò dall'alcova, ricordandosi di una missiva urgente che attendeva risposta. La cercò d'istinto, muovendo lo sguardo verso un tavolo di quercia, finché la sua attenzione non ricadde su un piccolo scrigno riposto ai margini dello stesso ripiano. Al pensiero di cosa conteneva, fu pervaso da un immediato sollievo. «Ora andatevene», disse con tono distante. «Marcus vi attende per riportarvi a Sainte-Balsamie».

Senza badare ad Aleydis che si rivestiva, continuò a sorseggiare il vino nell'attesa di essere solo. Sentì i passi della ragazza dirigersi verso l'uscio, indovinandone un inchino di commiato, poi udì un cigolare di cardini e, poco dopo, il nitrito di un cavallo.

Soltanto allora, sedotto dall'impazienza, raggiunse il tavolo di quercia e aprì lo scrigno. Non lo faceva da mesi, ma l'improvviso accrescersi delle inquietudini aveva reso necessario quel gesto. Aveva bisogno di ritemprare il suo spirito.

Non appena la vide, provò un autentico benessere fisico.

Esitò a toccarla, timoroso di compiere un sacrilegio. Le sue mani avevano appena violato il corpo di una femmina, erano impure. Le ritirò con ossequio e si limitò a contemplarla, rapito dai tenui riflessi che scivolavano dallo stelo fino all'orlo, mentre si lasciava pervadere da una sensazione mistica. Anzi, divina. Aveva sempre nutrito perplessità di fronte al suo colore nero come bucchero, sia all'ampiezza della forma, più vicina a una *kylix* greca che a un autentico calice. Del resto, la coppa non veniva descritta in alcun testo sacro. Né nei quattro Vangeli canonici, né in quello di Nicodemo o nel *Vindicta Salvatoris*. E per quanto riguardava le altre fonti, c'era da diffidare tanto di Chrétien de Troyes e di Robert de Boron, quanto della *Legenda aurea* di fra' Jacopo da Varagine. Soltanto nel misterioso *Codex Millenarius* se ne faceva accenno.

D'altro canto, il cardinale non aveva bisogno di alcuna prova o documento scritto.

Gli bastava osservarla per essere persuaso della sua autenticità.

Ma la coppa non bastava. Se sua eminenza avesse voluto perseguire il proprio scopo, aveva bisogno di recuperare la punta di lancia e scoprire il nascondiglio del *Lapis exilii*.

Quel concatenarsi di pensieri lo riportò a considerare la lettera sul tavolo. Dopo un ultimo sguardo alla coppa, si fece il segno della croce e richiuse lo scrigno, quindi si concentrò sul rotolo di pergamena con il sigillo già spezzato. Era un messaggio del principe Karel di Lussemburgo, che ormai sarebbe stato più corretto definire "sua maestà".

Il rampollo di Jang de Blannen era stato incoronato re di Boemia subito dopo la morte del padre, benché il suo potere fosse a tal punto inconsistente da avergli fatto guadagnare l'epiteto di *Pfaffenkönig*, "Re dei preti". L'appoggio di un pugno di prelati, inclusi l'elettore di Magonza e il papa stesso, non gli conferiva il prestigio sufficiente per imporsi sui principi elettori di Germania, stretti intorno all'imperatore eretico Ludovico il Bavaro.

Le parole riversate in quella lettera dal nobile Karel erano pietose. Implorava aiuto e consiglio. In tutti quegli anni, il cardinale non glieli aveva mai negati. Si era sempre curato di tenerlo d'occhio, con il pretesto di proteggerlo. E non certo perché parteggiasse per la sua causa. La verità era che non intendeva perdere di vista la preziosa reliquia che gli aveva dato in custodia davanti alle mura di Ferrara. In cambio del suo appoggio, stavolta, avrebbe preteso di riaverla indietro.

Non poteva permettere che anche la punta di lancia andasse perduta, com'era successo all'enigma del *Lapis exilii* affidato a quel folle di Jang de Blannen.

Aleydis rifiutò l'aiuto di Marcus e montò da sola sul cavallo. Appena salita in sella, il dolore le strappò un lamento che non passò inosservato all'uomo.

«Sua eccellenza deve aver usato maggior vigore del solito».

Indifferente a quelle parole, la ragazza lasciò che lo sgherro se la ghignasse tutto soddisfatto. Sopportare simili provocazioni non era nulla in confronto allo sforzo per mantenere il sangue freddo dinanzi al cardinale. Erano lontani i tempi in cui credeva di poterlo soggiogare facendo sfoggio della propria bellezza. Ora sapeva che quell'uomo traeva godimento non tanto dai piaceri della carne quanto dalla sottomissione del prossimo. Apprendere la verità, tuttavia, non la aiutava a sopportare le angherie cui veniva sottoposta. Ogni qualvolta si presentava al suo cospetto a mani vuote, i castighi si facevano sempre più violenti e umilianti. E ciò accadeva puntualmente, da oltre quattro mesi.

Fino a quel momento Aleydis aveva sofferto in silenzio, ritenendo le punizioni un misero scotto per essere sfuggita alla miseria; inoltre la prospettiva di diventare badessa era un potente lenitivo. Ora però iniziava ad aver paura. Al pensiero di cosa sarebbe accaduto al prossimo incontro con il cardinale, gli occhi le si riempivano di lacrime.

Oltretutto, cominciava a nutrire dubbi su se stessa. Ogni volta che era costretta a mentire o a inventare scuse, si sentiva schiacciare dal rimorso come non le era mai capitato prima. Non riusciva a capacitarsi di quella metamorfosi. Era nata e cresciuta nel fango, abituata a rubare e a ingannare persino sua madre, pur di sopravvivere. Non si era mai fatta scrupolo di nulla, né crucciata al pensiero di macchiarsi di qualche colpa. Eppure, erano bastati pochi mesi di esercizi di pietà, di obbedienze e di preghiera per cambiare, quasi che la sua vita precedente al noviziato non fosse mai esistita.

Il cardinale era nel giusto anche riguardo a un'altra questione. Sebbene in principio l'avesse trovata una donna superficiale e altezzosa, Aleydis era giunta a provare una sorta di venerazione nei confronti di suor Eudeline. Ammirava il suo carattere energico, i suoi modi sempre schietti e diretti. Se mai il Signore le avesse concesso di scegliere, avrebbe voluto somigliarle.

Tuttavia non aveva alternativa. Doveva mettere da parte gli scrupoli verso la badessa e compiere la propria missione. Era assolutamente necessario compiacere il cardinale, se non voleva sprofondare nella miseria. Non sarebbe più riuscita a tornare a quel genere di vita. Non dopo aver imparato a comportarsi con dignità. Non dopo aver scoperto cosa significava essere trattata con rispetto.

E mentre lo spregevole Marcus guidava il cavallo al trotto lungo le strade buie di Reims, la ragazza iniziò a tessere il proprio piano.

Non aveva mentito a sua eminenza. Da tempo, aveva individuato un anello debole nella catena. Spezzandolo, avrebbe potuto arrivare a suor Eudeline.

A costo di ingannare e di ferire altre persone.

A costo di veder diffamata la sua amata badessa.

27

Abbazia di Santa Maria di Pomposa
21 marzo

All'alba del nuovo giorno, Gualtiero ottenne da Sigismondo il permesso di incontrare l'abate insieme a lui. Sospettò che vi fosse lo zampino della madre, probabilmente intervenuta in sua difesa dopo l'alterco della sera precedente. Dopotutto, non sarebbe stata la prima volta. Sapia conosceva bene la sua passione per l'arte, così come la sofferenza che provava nel sentirsi escluso dalle decisioni importanti. La donna però non gli confidò nulla, limitandosi a sorridergli con complicità mentre lo guardava scendere dal carro.

Il giovane attraversò con il padre la distesa d'erba umida che li separava dall'abbazia, inoltrandosi in una foschia che portava un odore salmastro, forse proveniente dal mare o dalle paludi vicine. Dopo il discorso con il monaco incontrato nell'abbazia, si sentiva rasserenato. Aveva apprezzato la sua curiosità, anche se non aveva ben compreso la ragione di tanto interessamento.

Sigismondo, dal canto suo, pareva sicuro di sé. Aveva lavorato quasi tutta la notte al lume di candela per realizzare i bozzetti degli affreschi che intendeva dipingere sull'abside. Li teneva arrotolati sottobraccio, ben nascosti allo sguardo del figlio. Gualtiero li osservava con un misto di curiosità e irritazione. Se solo il genitore gli avesse chiesto un parere, sarebbe stato per lui un gradito gesto di fiducia.

«Quando incontreremo sua paternità», lo avvertì l'uomo, avvicinandosi al portale, «stai sempre un passo dietro di me e non interrompermi mai, per alcun motivo».

Il giovane annuì, con un sospiro, e continuò a seguirlo finché non giunsero alla facciata sorretta da tre archi, quindi di fronte al portale che dava accesso alla navata centrale.

L'abate Andrea li stava aspettando con il pastorale in mano. Con un cenno del capo, li invitò a farsi avanti.

Sigismondo gli rese omaggio con un profondo inchino. Gualtiero invece rimase a bocca aperta, fissandolo incredulo. Ecco dunque con chi aveva parlato la sera precedente! Un'ondata di imbarazzo lo costrinse a ritornare con la mente agli argomenti della loro conversazione, augurandosi di non aver detto nulla di sconveniente. Se solo avesse saputo! Era stato uno sciocco, si disse. D'altro canto, come avrebbe potuto immaginare di non essere al cospetto di un semplice frater?

Impassibile alla sua reazione, il reverendo chiese al mastro pittore di mostrargli i bozzetti.

Sigismondo gli si avvicinò e srotolò le proprie carte. «Ammirate, vostra grazia», disse con orgoglio. «Ho apportato alcune migliorie all'immagine del Pantocrator. Sarà di proporzioni più grandi, la mandorla di un bell'ovale. Inoltre, nella parte sottostante, ho delineato una schiera di santi simile a quella che mi avete mostrato. È tutto come da voi richiesto, ma con maggiori ombre e chiaroscuri, per donare un senso di profondità alle immagini».

Padre Andrea osservò brevemente il disegno, poi lanciò un'occhiata a Gualtiero.

Irritato da quel comportamento, il mastro pittore scrutò il suo volto indecifrabile. «Ebbene, reverendissimo?», chiese, tenendo in bella mostra i bozzetti. «Attendo un vostro giudizio…».

«Disegni mirevoli, ve ne do atto», si pronunciò l'abate, facendosi serio. «Tuttavia vostro figlio mi ha proposto qualcosa di più… stimolante».

All'udire quelle parole, il ragazzo non seppe se esultare o preoccuparsi per la reazione del padre. Un attimo dopo, vide Sigismondo diventare tanto paonazzo da attirare un'occhiata perplessa del monaco.

«Mio figlio?», sbottò l'artigiano, stropicciando le carte. «Ma come… Quando…».

«La sera scorsa, in seguito al nostro incontro», spiegò Andrea, senza scomporsi, «mi ha proposto di realizzare una schiera di santi ai lati del Pantocrator, per riempire lo spazio della lunetta. E anche di aggiungere degli angeli o un coro di beati, sulla parte superiore».

Gualtiero ebbe un tuffo al cuore, più che certo di non aver proposto proprio nulla. Se il giorno prima aveva parlato di dipingere l'abside, era stato perché spinto a fantasticare. Si fece subito avanti per chiarire il malinteso, ma vide il padre voltarsi verso di lui e fulminarlo con lo sguardo. Il suo volto era una maschera di invidia.

Sigismondo si rivolse allora all'abate. «Scusate se mi permetto, vostra grazia, ma forse non avete preso bene in considerazione i miei bozzetti», insistette, trattenendo a stento la collera. «Se solo li immaginaste con i giusti colori, le sfumature degli incarnati o l'azzurro oltremarino... Sono certo che...».

«Vi assicuro di comprendere appieno, mastro de' Bruni», lo rassicurò il religioso. «Io *voglio* che affreschiate l'abside di questa abbazia, ma con le immagini che con tanto entusiasmo mi ha descritto vostro figlio. Su questo non transigo, mi hanno conquistato».

L'artigiano si trovò costretto ad annuire. «E sulla parete inferiore alla lunetta cosa intendereste rappresentare?», chiese a denti stretti. «Non un'altra schiera di santi, suppongo. Sarebbe ripetitivo».

«Gualtiero ha proposto i quattro evangelisti chini sui loro scrittoi, ispirati dallo Spirito Santo».

«Comprendo», grugnì Sigismondo.

«Non avete ragione di alterarvi», lo ammonì il reverendo. «Vostro figlio è assai dotato, ha saputo infondermi suggestioni dimenticate da tempo».

Il mastro pittore dissimulò un sorriso. «Me ne compiaccio».

«Attendo dunque i nuovi bozzetti», si raccomandò Andrea, accompagnandoli verso il portale.

«Domattina saranno pronti», assicurò Sigismondo, arrotolando malamente i suoi disegni.

«Me lo auguro». L'abate rivolse un'occhiata fiduciosa a Gualtiero. «Vorrei presentarli quanto prima al capitolo dei monaci, per l'approvazione dell'incarico».

Il giovane fece per annuire ma sentì una morsa stringergli la spalla e trascinarlo con sgarbo. Era suo padre, che si era appena congedato con un ultimo, rigidissimo inchino. «Come vostra grazia desidera».

Il venerabile Andrea li accompagnò fino ai tre archi della facciata, sotto i quali iniziava a far capolino la luce del sole. «Un'ultima raccomandazione», aggiunse. «Esigo che sia lo stesso Gualtiero, con parole sue, a illustrare i bozzetti al cospetto dei miei confratelli. Se ha saputo conquistare me, mi auguro sappia riscuotere altrettanto consenso nella comunità di Pomposa».

Il ragazzo vide quelle parole quasi materializzarsi e colpire come una stilettata l'orgoglioso genitore alla schiena. Per un attimo temette una sua reazione violenta, ma un evento inaspettato richiamò l'attenzione dei presenti.

Stava cavalcando verso di loro un uomo in sella a un morello. Indossava una tonaca nera da benedettino. Gualtiero, tuttavia, ebbe l'impressione che non si trattasse di un monaco. Scorse gli speroni ai suoi piedi e, forse, il fodero di una spada che spuntava da sotto le vesti.

Lo seguiva, in groppa a un mulo, un giovanissimo stalliere dal viso sporco, assai magro e intabarrato in una schiavina larga il doppio rispetto alla sua misura. Il figlio del pittore lo fissò per un attimo, scorgendo qualcosa di strano nel colore dei suoi occhi insieme a un'inaspettata grazia di lineamenti, poi posò ancora lo sguardo sul cavaliere. Si era appena abbassato il cappuccio, scoprendo un volto nobile seminascosto da capelli scarmigliati e una barba incolta.

Sceso da sella, giunse dinanzi all'abate e disegnò un elegante inchino. «Il mio nome è Maynard», rivelò con accento francese. «Sto cercando un monaco nascosto in questo luogo».

«Avrete bisogno di ben più che una semplice richiesta», ribatté Andrea, «affinché consenta a uno straniero di incontrare un mio confratello».

«Saprò persuadervi, non temete», disse il cavaliere, fissandolo con intensità. «Ma in privato, e dopo aver ottenuto la vostra ospitalità».

28

Sigismondo attraversò la corte dell'abbazia a lunghi passi, agitando in aria i rotoli dei bozzetti con gesti rabbiosi, ma rimase in silenzio finché non giunse al carro. Gualtiero sapeva che quel mutismo non preludeva a nulla di buono. Il padre era abbastanza furbo da evitare accessi d'ira in un luogo dove qualcuno avrebbe potuto vederlo e sentirlo.

Il giovane lo seguì senza proferire verbo. Nonostante fosse costretto a nascondere le proprie emozioni, era troppo entusiasta delle parole pronunciate dall'abate per provare timore. Inoltre era curioso di saperne di più sul misterioso viandante che si era presentato a cavallo dinanzi al portale di Pomposa. C'era qualcosa, nel suo atteggiamento, che aveva risvegliato in lui una profonda ammirazione. Forse per via della fierezza del portamento, o per il coraggio che trapelava da ogni suo singolo gesto.

Non appena giunsero a destinazione, Sigismondo gettò i bozzetti sull'erba e lo afferrò per il bavero. «Sciagurato!», gli gridò in faccia. «Mi hai fatto passare per un inetto! Proprio me, tuo padre! Come ti sei permesso?».

Gualtiero tentò di liberarsi dal genitore. «Non era mia intenzione», si giustificò. «Non volevo danneggiarti, né metterti in ridicolo».

«Davvero?». Gli occhi del mastro pittore parevano di brace. «Io invece penso il contrario! Sei stato meschino e bugiardo».

Incapace di credere alle proprie orecchie, il ragazzo si sentì pervadere dallo sdegno. «La colpa è tua, soltanto tua!», ribatté a denti stretti. «Se avessi presentato dei bozzetti migliori, tutto ciò non sarebbe successo. Bastava chiedere il mio consiglio...».

«Quanta superbia!», sibilò Sigismondo, sorprendendolo con uno schiaffo che lo fece barcollare.

Accecato dal risentimento, Gualtiero scattò in avanti per scagliarsi contro il padre. Lo aggredì a testa bassa, facendolo sbattere contro la parete del carro. Volarono insulti e percosse da ambo le parti, finché la voce di Sapia non li fermò.

«Vergognatevi!», esclamò la donna, uscita di corsa con il volto congestionato dallo sgomento. Si gettò fra i due per dividerli, ma il marito la respinse.

«Sta' al tuo posto, donna», grugnì l'uomo. «Non sai cos'ha fatto questo disgraziato!».

«Io non ho fatto nulla», si difese Gualtiero, pulendosi un rivolo di sangue dal labbro inferiore. Inspirò profondamente, cercando di dominare la rabbia. Era la prima volta che reagiva in modo tanto violento, e che fosse accaduto con suo padre lo faceva star male. Sentendosi insultato aveva perso le staffe, anche se a ferirlo non erano state le offese quanto la consapevolezza dell'invidia del genitore. «Mi ha dato del superbo», disse alla madre, «soltanto perché non sopporta che io possa primeggiare su di lui».

Sigismondo tremava per la rabbia. Parve voler ancora venire alle mani, poi si bloccò. «Hai talento, figliolo, è indubbio», dovette ammettere. «Ma sei troppo impulsivo. E il tuo comportamento di oggi lo dimostra».

Gualtiero scosse il capo. «Se solo ieri mi avessi parlato dei tuoi progetti…».

«Io non devo parlarti proprio di nulla!», lo rimproverò il mastro pittore, ignorando Sapia che tentava di calmarlo. «Tu devi obbedire e basta!».

Il ragazzo affrontò il suo sguardo, pensando all'unica cosa che potesse ferirlo. «Eseguirò quei bozzetti», dichiarò risoluto, «che tu lo voglia o no».

Sigismondo si ostinava a scrutarlo con aria di superiorità. «Lo farai perché così ho promesso all'abate. Non contare sul mio aiuto, tuttavia».

Gualtiero gli rivolse un gesto sprezzante. «La verità è che dovresti essere orgoglioso di me». Si voltò, nascondendo il volto coperto di lacrime. «Invece mi consideri un rivale».

Nonostante i richiami della madre, fuggì in cerca di un luogo solitario dove poter dar sfogo al proprio dolore.

29

Isabeau, la figlia del guitto, approfittò della prima occasione che le si offrì per curiosare nei dintorni dell'abbazia. Qualche mese prima non si sarebbe mai aspettata che unendosi a Maynard avrebbe viaggiato tanto, ma in fondo c'era abituata. Da quando sua madre l'aveva partorita lungo le sponde della Senna, aveva percorso a piedi e a dorso di mulo ogni feudo dall'Île-de-France al Poitou, ovunque il mestiere del padre la portasse. Nelle piazze c'era sempre bisogno di acrobati e mimi, ma dopo i periodi di festa gli istrioni tornavano a essere guardati come bizzarri forestieri e si davano alla vita raminga prima di incappare in spiacevoli incidenti. Ecco perché Isabeau si era sentita bandita dal mondo sin dall'infanzia e aveva coltivato l'intima speranza di poter mettere radici, prima o poi. Non immaginava cosa significasse dimorare nello stesso luogo per un lasso di tempo indefinito, tuttavia invidiava chi poteva permetterselo. Al solo pensiero si sentiva sfiorare da una sensazione di sicurezza, di calore, che non aveva mai conosciuto.

Perciò non capiva Maynard. Quell'uomo non viaggiava per necessità, ma per via di un oscuro puntiglio che non gli dava mai requie. Era una questione di principio, le aveva spiegato un giorno. Lei aveva annuito senza comprendere. Al di là della sopravvivenza, dubitava esistessero ragioni abbastanza valide da spingere una persona ad affrontare un estenuante pellegrinaggio. Forse l'amore, si era detta, ma Isabeau era troppo giovane per averne esperienza. O meglio, sapeva cosa fosse l'affetto per i genitori. Il padre tuttavia le era stato portato via in età prematura dal fuoco di sant'Antonio e la madre da un mercante di stoffe, con la promessa di una vita agiata.

Non aveva provato più nulla per nessuno finché non si era imbattuta in Maynard. A parte qualche stranezza, quell'uomo era gentile, premuroso e soprattutto capace di farsi rispettare. Benché si ostinasse a vestirsi da monaco, non poteva dirsi infatti uno spirito mansueto. La ragazza percepiva fin troppo bene la sua irrequietezza, anche se dal loro primo incontro non l'aveva più visto mettere mano alla spada. Accadeva soprattutto nei momenti di sosta, quando sedeva davanti al fuoco nell'attesa di prendere sonno. Allora i lineamenti del cavaliere si indurivano, oscurati da un'ira segreta e sdegnosa.

Isabeau sospettava che le motivazioni di Maynard si nutrissero proprio di quell'ira, insieme alla frustrazione di non poterla sfogare. Da lì doveva nascere l'ostinazione che l'aveva spinto sempre più a sud, oltre il valico delle aspre montagne, seguendo la via Francigena fino a deviare verso oriente, lungo le sponde di un grande fiume. Da allora avevano fatto tappa in numerose città dell'Emilia, alla ricerca ossessiva di un monaco senza mai riuscire a trovarlo. Infine Maynard aveva scoperto che si nascondeva in un'abbazia situata a est, in un'*insula* coperta di boschi e paludi, tra le foci del Padus e il mare. L'*Insula Pomposiæ*. Là, gli era stato detto, avrebbe trovato quel che cercava.

E ora Isabeau si aggirava per la corte mentre il suo compagno di viaggio sedeva a colloquio con l'abate. Ignorava cosa volesse da quel monaco, non era mai riuscita a farselo rivelare. Nell'attesa, lei aveva l'ordine di tenersi alla larga.

La sua tuttavia non era una passeggiata di svago. Maynard le aveva affidato il compito di guardarsi intorno e di prestare attenzione a qualsiasi cosa le risultasse insolita o sospetta. Il monaco che stavano cercando non era persona di cui fidarsi, se messo alle strette avrebbe forse potuto tentare la fuga.

Il sole di mezzogiorno picchiava sull'abbazia, illuminando un'ampia distesa di erba che si interrompeva a est davanti a una lunga strada e sugli altri versanti di fronte a boschi e canali. Non scorgendo nulla di rilevante a parte un carro coperto, fermo ai margini di un sentiero, Isabeau decise di dissetarsi a un pozzo e, dopo essersi sciacquata il viso, cercò un posto tranquillo dove sedersi.

Fu allora che vide il ragazzo.

Lo riconobbe subito, benché lontano, per via del modo particolare in cui teneva reclinato il capo, come se fosse in ascolto di una melodia portata dal vento. Da quando se l'era trovato di fronte, quel mattino, non lo aveva dimenticato.

L'altra cosa che aveva notato era il suo sguardo. Di rado aveva fissato occhi tanto luminosi. L'ultima volta era accaduto con suo padre, nel momento in cui si era esibito in un'acrobazia particolarmente impegnativa e, traboccante d'orgoglio, aveva ricevuto gli applausi della folla.

Il ragazzo sedeva sull'erba con la schiena rivolta all'abbazia, le ginocchia strette tra le braccia, tra il crucciato e l'assorto.

Isabeau camminò d'istinto verso di lui e, senza rivolgergli un saluto, gli si sedette di fronte.

In principio il giovane parve non darle importanza, poi sollevò il capo, lasciando trapelare una punta di stupore. «Vi ho vista stamattina», le disse, «con il viandante sul cavallo nero».

Lei annuì. Negli ultimi mesi, aveva imparato a comprendere la lingua parlata in quelle terre, ma aveva ancora difficoltà a esprimersi.

«Pensavo foste un maschio», continuò il ragazzo.

Isabeau scattò in piedi indignata. «Siete uno stupido!», esclamò, accennando ad andarsene.

«Aspettate!», la richiamò lui, pentito. «I vostri occhi...».

Rivolgendogli un sorrisetto misterioso, la ragazza si voltò e, così come si era avvicinata, si allontanò di corsa.

30

Il reverendo Andrea si versò del vino da una brocca di maiolica. «Temevo si trattasse proprio di *quel* monaco», sospirò.

«È una questione assai importante», ripeté sottovoce Maynard, scrutando con circospezione i venti confratelli che gli sedevano di fronte.

Si trovavano nel refettorio dell'abbazia, una sala enorme con le pareti abbellite da affreschi tra cui spiccavano un'Ultima Cena, una *deesis*[9] e una scena di banchetto tra un abate e un vescovo. Il cavaliere aveva avuto modo di ammirarle con interesse, anche se era rimasto maggiormente colpito da una raffigurazione eseguita a margine, ove si scorgeva un monaco dinanzi al leggio intento a recitare la Bibbia. La stessa cosa stava accadendo in quella stanza. Dal fondo dell'ambiente, la voce del lettore declamava metallica, quasi ostile, la seconda lettera ai Corinzi dell'apostolo Paolo: *Per questo, affinché io non monti in superbia, è stata data alla mia carne una spina, un inviato di Satana per percuotermi…*

Maynard aveva accettato di sedere al desco dell'abate per condividere con lui, insieme al pranzo, qualche parola in confidenza. I monaci di Pomposa trovavano posto lungo tavoli rettangolari allineati su tre file, abbastanza distanti da garantire loro discrezione. Li osservavano taciturni, senza mangiare. A tal riguardo, padre Andrea si era limitato ad accennare a una punizione di digiuno.

Non che il pasto servito al tavolo del reverendo fosse abbondante, essendo tempo di Quaresima. La mensa era semplicemente imbandita con piccoli pani e pesci cotti alla brace. Maynard non vi prestò la minima attenzione. La consapevolezza che tra quei confratelli vi

[9] Rappresentazione del Cristo tra santi in preghiera – nei casi più frequenti, la Madonna e san Giovanni Battista – nell'atto di intercedere per i defunti.

fosse Facio di Malaspina lo faceva fremere per l'impazienza, suscitando in lui il timore di essere smascherato. Un timore infondato, pensò tra sé. Agli occhi di padre Facio, come di chiunque altro in quella sala, lui era un comune viandante accolto al tavolo dell'abate.

«Non illudetevi, messere». Usando un filo di voce, il reverendo Andrea si coprì la bocca per celare la violazione alla regola del silenzio. «Dovrete darmi parecchie spiegazioni prima che vi consenta di parlare con quel frater».

«Servo vostro», sussurrò il cavaliere, adottando la medesima accortezza. E prestando ascolto alla lettura, consumò il pesce. Riprese a parlare soltanto dopo pranzo, quando i monaci ottennero il permesso di alzarsi per lasciare il refettorio. «Almeno mostratemelo», mormorò a quel punto, scrutando uno a uno i religiosi che si avviavano verso l'uscita. «Così che possa riconoscerlo nel caso me lo trovassi davanti».

Invece di compiacerlo, padre Andrea gli rivolse una domanda: «A quale ordine appartenete?».

Maynard seguì il lento dileguarsi dei confratelli con l'aria di un lupo che vede fuggire le pecore. Poi intinse le dita in un catino d'acqua e si pulì le mani. «A onore del vero, non sono un uomo di chiesa».

«Lo sospettavo», esclamò l'abate, adombrandosi. «E tuttavia il vostro abito, la tonsura…».

«Un espediente per passare inosservato».

«Qualcuno vi insegue?»

«Ho usato cautela nel celare i miei spostamenti, benché non si possa essere mai certi».

Il reverendo indurì lo sguardo. «Mi auspico che non abbiate attirato sciagure alla mia abbazia…».

«Se deciderete di cacciarmi, non vi biasimerò», chiarì Maynard, placando sul nascere il suo malanimo. «Prima, però, consentitemi di raccontarvi i fatti».

Nel visibile sforzo di restare calmo, Andrea rimase seduto con le mani aggrappate ai bordi del desco, quasi fosse su una nave che rischiava il naufragio. Infine, non senza tradire un ripensamento, annuì.

«Questa storia inizia circa quindici anni fa», rivelò Rocheblanche, non appena la sala del refettorio fu sgombra, «quando Facio di Malaspina rubò tre oggetti assai preziosi. Uno è già stato recuperato. Sono giunto fin qui per ritrovare i due mancanti e restituirli al legittimo proprietario».

«Di quali oggetti si tratta?»

«Su questo sono costretto a mantenere il silenzio».

«Vi ricordo che state parlando di un mio monaco», lo mise in guardia l'abate. «Un monaco verso cui non nutro particolare stima, ma accusarlo di furto in assenza di prove potrebbe comunque passare per calunnia».

«Un rischio che corro consapevolmente». Maynard ammirava la fermezza di quel religioso. D'altro canto, aveva già considerato ogni possibile piega del discorso ed era pronto a tutto. «Ciò nondimeno», obiettò, «se si scoprisse che il vostro monaco possiede quanto cerco...».

«Avete ragione», fu costretto ad ammettere l'abate. «Ma se intendete approfondire la questione, dovrete rivelarmi di più sugli oggetti che cercate».

Il cavaliere aveva sperato di eludere una simile pretesa. Suo malgrado, capì di trovarsi al cospetto di un uomo troppo ostinato per tenerlo completamente all'oscuro. Se intendeva guadagnarsi il suo appoggio e progredire nelle indagini, sarebbe stato costretto a violare in parte il segreto di Mont-Fleur. «Una coppa e una punta di lancia», snocciolò con esitazione. «Non posso dire altro, quindi vi prego di non insistere e di mantenere riserbo sull'argomento».

Andrea lo scrutò con fare inquisitorio. «E gli uomini che vi danno la caccia?»

«Sicari a cui sfuggii per ben due volte». Maynard fece un gesto evasivo. «Non so altro su di loro, a parte che recano sulla fibbia della cintura uno stemma cardinalizio». Restò in attesa, indeciso se rivelargli altro. Non ricevendo commenti, si convinse a mostrargli l'anello con l'effige del leone. «Lo riconoscete?».

L'abate osservò con curiosità. «No».

«Allora ne sapete quanto me», ribatté, spiando l'espressione del religioso nella speranza di averlo convinto. Notando le sue sopracciglia aggrottare, capì di esserci riuscito.

«Apprezzo i vostri sforzi», disse infatti padre Andrea, «ma non sono ancora abbastanza per conquistare la mia fiducia. Ai miei occhi siete uno sconosciuto che parla di strani furti e di oscuri inseguitori... Come potrei permettervi di interloquire con quel monaco sciagurato?»

«Vi giuro sul mio onore...».

«L'onore di chi?», lo interruppe l'abate, battendo una mano sul tavolo.

Maynard colse l'esasperazione di quel gesto e capì che doveva fornire credenziali ben più solide delle sue buone maniere. Ruppe dunque gli indugi e, scattando in piedi, si rivelò: «L'onore del nobile casato di Rocheblanche, stirpe di Reims devota al Cristo e a san Remigio», affermò con orgoglio. «Come già avrete compreso, non sono un comune ramingo. Fui cresciuto per essere cavaliere e mi battei contro gli inglesi al servizio di sua maestà, re Filippo VI di Valois».

«Il sovrano di Francia?». Lo stupore si palesò sul volto del reverendo padre. Aprì la bocca per dar fiato a una domanda, ma in principio emise soltanto un balbettio. Dovette riformularla: «È per suo volere che vi trovate qui?»

«Mi trovo qui perché guidato dal senso del dovere», rispose il falso monaco. «Mio malgrado, sono stato coinvolto in una vicenda dalle tinte fosche, forse un complotto. Ecco la ragione per cui nascondo la mia identità».

«E cosa avrebbe a che fare tutto ciò con l'ipotetico furto commesso da Facio?»

«Più di quanto possiate immaginare. Non mi è concesso esprimermi liberamente al riguardo, però sappiate che è mia intenzione smascherare i colpevoli per fare giustizia».

Superato lo stupore, padre Andrea riprese a scrutarlo con fermezza. «Tuttavia sostenete di non agire per conto del vostro sovrano...».

«Sono altre le motivazioni che mi spingono».

«Forse l'arroganza mascherata da virtù?».

L'abate non aveva tutti i torti, pensò Maynard. Dopo mesi di viaggio, sentiva ancora l'ansia di dimostrare il proprio valore al pari di un levriero che ode il richiamo del padrone. Tuttavia, come aveva già confessato al venerabile Manessier, nel suo cuore si agitavano sentimenti assai più profondi. «Da tempo, fu data alla mia carne una spina affinché non cedessi alla superbia», rispose con amarezza, facendo riferimento al passo biblico udito poco prima.

«Alludete a un segno divino?», volle sapere il reverendo padre.

«Un segno di Satana, piuttosto», commentò Rocheblanche. «Un grave fallo che spero di poter espiare compiendo questa missione». Per la prima volta vide l'abate annuire in modo troppo comprensivo perché si trattasse di semplice accondiscendenza. «Invece voi, padre?», gli chiese di rimando. «Cosa vi spinge a proteggere con tanta ostinazione un monaco che disprezzate?».

Il reverendo padre parve assai colpito da quella domanda. Meditò in silenzio mentre un senso di colpa, quasi un rovello, trapelava dal suo volto. Nel pronunciarsi, si espresse con la voce grama di un penitente. «Perché è il mio nemico», rivelò. «E al pari di un uomo d'arme, io intendo batterlo a singolar tenzone senza godere di alcun vantaggio».

«Ora siete voi a parlare con arroganza», lo avvertì Maynard, sarcastico.

«Un peccato necessario per ritrovare la grazia», ribatté Andrea, enigmatico. Poi allargò le braccia, dando segno di voler concludere il discorso. «Ebbene, messere, ho deciso», annunciò. «Avrete la vostra occasione, ma non ora e non certo in mia assenza. Domani radunerò il capitolo per affrontare una questione che mi sta a cuore, e fino ad allora è mio desiderio non seminare malanimo tra i confratelli. In seguito a quell'incontro, con le dovute precauzioni, vi permetterò di interrogare padre Facio di Malaspina».

Maynard gli rivolse un inchino. «Avete la mia riconoscenza».

«Nel frattempo», continuò l'abate, «alloggerete nello stabile per gli ospiti di riguardo affacciato sul chiostro, confortevole e sorvegliato di notte da arcieri».

Il cavaliere non poté trattenere un sorrisetto. Benché mascherato da parole cortesi, il riferimento agli arcieri era un chiaro avvertimento a non compiere azioni avventate. «Riguardo la fanciulla venuta con me...».

«Le femmine non sono ammesse negli ambienti interni dell'abbazia, a meno che non sia vostra figlia o una congiunta».

Prima che Rocheblanche potesse spiegare, colse con la coda dell'occhio un fugace movimento sul fondo della sala e notò un monaco appostato sull'uscio, intento a spiare. C'era qualcosa di strano nel suo aspetto, quasi di mostruoso. Non appena si accorse di essere stato scoperto, fuggì via.

Il cavaliere si rivolse di nuovo ad Andrea, che pareva non essersi reso conto di nulla. Nascosto lo sconcerto, si preparò a mentire. «Non è mia figlia», disse, «ma mia sorella».

«In tal caso», concluse il reverendo, «le sarà accordato il permesso di alloggiare insieme a voi».

31

Deus in adiutorium meum intende.

La voce dei venti monaci si propagò per la navata come una marea, un respiro di naviganti al remo che si apprestavano a solcare l'ignoto. Padre Andrea lasciò che la sua coscienza naufragasse in quel suono monotono e maestoso, sino a fondersi con le anime dei confratelli. Una parte di sé tuttavia rimase vigile, in attesa che il *magister chori* intonasse il nono salmo *ad modum cantici*. E all'improvviso lo sentì crescere argentino, sotto l'arcata dell'abside.

Confitebor tibi, Domine, in toto corde meo, narrabo omnia mirabilia tua.

L'armonia delle venti voci si allacciò alla sua, vibrandogli nel petto con tanta intensità da sfiorare i recessi più intimi del cuore, dove custodiva i sogni e i segreti. Dove una solitudine schiacciante pareva aver sostituito il timor di Dio.

Corresse una stonatura, risalendo come un pesce la corrente di suoni che lo avvolgeva. Ma il suo canto proseguì con minor trasporto, turbato dal ricordo di una frase. *Ora siete voi a parlare con arroganza.* Maynard de Rocheblanche non si era espresso in quel modo per dispiacerlo, eppure l'aveva ferito più di quanto l'abate fosse disposto ad ammettere. Perché, senza volerlo, l'aveva messo di fronte alla verità. Nel definire Facio di Malaspina il proprio nemico, Andrea si era creduto migliore di lui, elevandosi con presuntuosa fierezza a modello di perfezione. Aveva dunque peccato di superbia.

Ut quid, Domine, stas a longe, abscondis te in opportunitatibus, in tribulatione?

Il passaggio al decimo salmo giunse quasi inavvertito. I pensieri si agitavano come in una sorta di dormiveglia, che la variazione melodica servì soltanto ad accentuare. L'abate perseverò nell'esame di coscienza. Forse Facio era soltanto uno specchio in cui si riflettevano le sue mancanze. La negligenza, l'ipocrisia, la debolezza di carattere... Sopra ogni altra cosa dominava un'ambizione talmente smodata da soffocare l'antica fiamma della fede.

Attribuire simili colpe a qualcun altro era sbagliato quanto illudersi di averle diffuse nell'intero cenobio, corrompendo ogni monaco.

Ma se la ragione dei propri turbamenti gli era finalmente chiara, non era soltanto grazie alle parole di Maynard. Era stato Gualtiero de' Bruni a smuoverlo, spingendolo a ricercare il fervore sopito dentro di sé. L'entusiasmo di quel ragazzo gli aveva fatto rivivere i momenti in cui era entrato nel claustro, il tempo in cui credeva di udire il brusio degli angeli dietro le arcate ombrose.

Ora era conscio di quanto fosse caduto in basso. Imporsi con autorità su un monaco ribelle non gli sarebbe servito a ritrovare se stesso. Anzi, l'avrebbe definitivamente schiacciato. Perché Facio di Malaspina non era un nemico da annientare, ma un confratello da ammonire con pazienza. Come un figliolo.

In Domino confido, quomodo dicitis animæ meæ: Transmigra in montem sicut passer.

La variazione tonale dell'undicesimo salmo lo restituì alla realtà, inducendolo a fissare i ceri disposti presso il coro. Decine di luci tremolanti, tra le quali Andrea aveva scorto per molto tempo soltanto una: se stesso.

"Povero stolto!", pensò con disgusto. Lui non era che una tra le miriadi di fiammelle sparse per il firmamento della fede. Benché fosse abate, rappresentava una limitata particola del mosaico di vite che albergava a Pomposa. Quindi non poteva arrogarsi ogni merito, né ogni colpa di un simile intreccio di destini.

Se davvero gli premeva dare avvio a una riforma spirituale, doveva prima di tutto attuarla dentro di sé.

Eppure, in fondo a quella rinnovata speranza, continuava a scorgere il baratro. L'assenza di Dio, come non mai, apriva nel suo cuore una voragine insondabile.

"Signore, perché mi hai abbandonato?".

Per tutto il canto del *Kyrie eleison*, Andrea dovette nascondere le lacrime. Così continuò fino alle preci finali.

Poi le voci del coro si smorzarono e, sciolta la *schola cantorum*, i venti monaci tornarono a essere ciò che erano sempre stati. Miseri mortali.

Al termine dei canti dell'ora nona, Gualtiero si decise a fare ritorno al carro. Avrebbe preferito indugiare ancora un po', per lasciare che la rabbia e il risentimento si placassero, ma l'accordo preso con l'abate non gli consentiva di restare inoperoso troppo a lungo. L'idea che aveva in mente prevedeva la realizzazione di una bozza assai complicata, che l'avrebbe tenuto impegnato per molte ore. Inoltre, conosceva un solo modo per riuscire davvero a fugare il dispiacere: tuffarsi nel lavoro.

Augurandosi che il padre non avesse intenzione di mettergli i bastoni tra le ruote, si alzò dal letto d'erba su cui sedeva e si incamminò sotto il sole pomeridiano. Il pensiero della ragazza francese non l'aveva ancora abbandonato. Gli era dispiaciuto vederla correre via con il broncio. Del resto, le parole gli erano rotolate fuori dalla bocca troppo spontaneamente perché potesse frenarle. Non si sarebbe mai aspettato che sotto la maschera sudicia notata quel mattino potesse celarsi un visetto tanto grazioso.

E poi i suoi occhi!

L'attenzione di Gualtiero, sensibile a ogni sfumatura di colore, si era subito concentrata su quelle iridi straordinarie. Una azzurra, l'altra verde. Prima di allora non gli era mai capitato di imbattersi in qualcosa di simile, e adesso non riusciva a capacitarsi di come una tale stranezza potesse rendere la fanciulla attraente e sconcertante al tempo stesso. Di certo, per le regole dell'arte rappresentava un'aberrazione. Nessun mastro pittore avrebbe accettato di dipingere un volto con due iridi diverse, che potevano passare per sinonimo di ambiguità se non di diabolica doppiezza.

Ciò nonostante, il ragazzo avrebbe voluto rivedere quella sconosciuta per fissare di nuovo il suo sguardo. Perché ora lo sapeva, anche nella bizzarria poteva esservi bellezza.

Quando raggiunse il carro, trovò soltanto sua madre. Stava mettendo in ordine l'ambiente che Sigismondo doveva aver messo sottosopra con una sfuriata.

«Lui dov'è?», le chiese.

«Lo sai com'è fatto». Sapia gli rivolse un pallido sorriso. «È andato a sfogare i bollenti spiriti».

Gualtiero si rammentò di un villaggio che sorgeva poco distante, ai margini dell'*Insula Pomposiæ*, e conoscendo le inclinazioni del padre suppose fosse andato in cerca di un'osteria. «Mi dispiace, non era mia intenzione...».

«Non conosci ancora tuo padre», disse lei, cercando di placare il suo risentimento. «Mi ha raccontato tutto, sai? E credimi se ti dico che è orgoglioso di te. Tuttavia, non dimenticare cosa ha dovuto patire in passato. Ha lavorato a lungo sotto un padrone, vedendosi sottrarre i meriti e il guadagno. Ora che gode di indipendenza, vuole mostrarsi all'altezza del titolo di mastro pittore, a tutti i costi».

«Anche a costo di adombrare suo figlio?», ribatté il giovane.

La donna lo accarezzò. «Teme per la tua inesperienza».

Gualtiero le prese la mano e la strinse fra le sue, con amore, ma anche per invitarla a non dissuaderlo. «A me sembra piuttosto che goda nell'intralciarmi».

«Sei ingiusto», lo rimproverò Sapia. «Chi ti ha insegnato tutto ciò che sai?»

«Non è abbastanza». Gualtiero staccò dal cavalletto il ritratto eseguito il giorno prima e lo mostrò alla madre, perché lo ammirasse. «Lui vorrebbe frenarmi, capisci? Mettermi al giogo come un bove! Io invece voglio andare ben oltre ciò che lui mi impone. Voglio dimostrare che il mio sguardo va al di là di quanto immagina. Non per umiliarlo, ma per aiutarlo a progredire nel suo mestiere».

Sapia osservò per un istante l'immagine dipinta sulla tavola e, sorridendo con ammirazione, fece cenno di comprendere. Infine, indicò dei rotoli di carta da disegno riposti sul ripiano. «Allora fallo», disse con fierezza. «Se non a parole, faglielo capire con la tua arte».

Maynard si slacciò il mantello e lo gettò malamente sul giaciglio. «E questo sarebbe l'alloggio per gli ospiti di riguardo?», borbottò, guardandosi intorno. «Figurarsi il resto».

«Ci è capitato di peggio», ribatté Isabeau, con aria distratta.

Il cavaliere la fissò perplesso. «Avete notato qualcosa di sospetto?».

La ragazza si strinse nelle spalle. «Nulla di particolare».

Sembrava molto cresciuta da quando l'aveva incontrata. E nonostante vedesse in lei ancora una bambina terrorizzata, indovinava con facilità i lineamenti della splendida donna che sarebbe diventata. Non a caso le aveva sporcato il viso con del carbone, prima di giungere all'abbazia. Anche se Pomposa godeva della nomea di luogo santo, aveva temuto che la fanciulla potesse suscitare gli appetiti di qualche monaco impuro. Lei d'altro canto pareva inconsapevole di correre simili rischi. O, se ne era cosciente, lo nascondeva bene.

«Dovrete stare molto attenta finché ci troviamo qui», si raccomandò per l'ennesima volta. «Me lo promettete?»

«Sì, messere».

Maynard sganciò la cintura con la spada da stocco e il pugnale e, con un sospiro, la appese a un lungo chiodo infisso alla parete. «Finalmente domani potrò compiere la mia missione», disse soddisfatto, «poi ritorneremo in Francia».

«E di me cosa sarà?», gli chiese d'impulso Isabeau.

Cogliendo una punta di disperazione, lui si inginocchiò al suo cospetto e le prese il mento fra le dita. «Non dovete preoccuparvi», le confidò con voce premurosa. «Se ben ricordate, ho promesso di prendermi cura di voi. Non ho intenzione di rimangiarmi la parola».

32

Reims, convento di Sainte-Balsamie
22 marzo

Era appena giunta un'altra lettera di Maynard.

Dopo averla letta, suor Eudeline la ripose in un piccolo scrigno ai bordi dello scrittoio e mormorò una preghiera per il fratello, cercando di mettere da parte una lieve delusione per la sua avarizia di particolari. Le scriveva soltanto per informarla che era ancora in salute e progrediva nell'indagine, senza dilungarsi a spiegare cosa avesse scoperto sul *Lapis exilii*.

Le missive erano tanto povere di riferimenti da tacere persino i nomi delle località da cui erano state inviate. La reverenda madre tuttavia era riuscita a farsi una vaga idea dell'itinerario seguito dal fratello, in base alle notizie riportate da chi consegnava le lettere. Le prime due erano giunte passando di mano in mano tramite un gruppo di frati cordiglieri del sud-ovest. Poi era stata la volta di un pellegrino che aveva dimorato per qualche tempo nella Chiusa di San Michele.

Troppo poco per comprendere la destinazione di Maynard, anche se era chiaro che avesse valicato la corona alpina. Eudeline era preoccupata non solo per i rischi a cui andava incontro, ma soprattutto per il suo stato d'animo. Durante il loro ultimo incontro le era sembrato così schivo e ombroso che a stento aveva riconosciuto il giovane esuberante di un tempo. Benché avesse cercato di tenerlo nascosto, la sorella aveva percepito in lui un rimorso tanto radicato da spingerlo a chiudersi nei suoi confronti.

Del resto, lei non era stata da meno. Si sentiva ancora talmente ferita dalle angherie del padre da non essersi mai chiesta come il fratello avesse vissuto quella tragedia. Per riprendere il controllo della propria vita, aveva dovuto chiudersi in se stessa e sfuggire al ricordo di quei terribili giorni. Nei mesi successivi alla violenza non c'era stato spazio per pensare a Maynard e neppure per piangere la madre. Era annientata. Insensibile al mondo. Non era stato facile accettare la devastazione che aveva dentro di sé, e solo dopo aver compreso cosa restava di intatto fra quelle macerie si era sentita abbastanza forte da rialzare la testa. Ma l'Eudeline uscita da quell'antro oscuro non era la fanciulla spensierata di prima.

E ora, rammentandosi della notte in cui il fratello l'aveva soccorsa, rivide con improvvisa lucidità la furia che traspariva dal suo volto mentre tentava di stringerla tra le braccia. Non era stato un mero contrarsi di lineamenti, ma uno squarcio di dolore. Come poteva credere che non ne fosse stato cambiato?

Alcune parole della sua prima lettera le balenarono alla memoria.

...Nella speranza che ciò mi renda un uomo migliore. Un uomo che un giorno avrà il coraggio di confessarti cose che non ti ho mai detto...

Per sfuggire al turbamento, aprì di colpo il libro mastro. L'alba incombeva e lei doveva ancora aggiornare i dati sui feudi di famiglia. Aveva bisogno di riprendere il controllo. Rifugiarsi nei numeri le avrebbe permesso di ritrovare la quiete.

Quiete che tuttavia, quel giorno, non era destinata ad arrivare.

Sentì bussare alla porta e fece per ordinare a suor Claire di aprire, poi si ricordò che la cappellana non era presente. Dopo essersi accorta del suo ennesimo pasticcio, la badessa le aveva ordinato di starsene alla larga fino al pomeriggio e di meditare sui propri errori.

Si alzò dunque dallo scrittoio e andò a schiudere il battente. Non appena vide il volto dell'infirmaria fu tentata di richiudere. «Ebbene?», le domandò, immaginando già di cosa si trattasse.

«Vermandois», disse la monaca. «Chiede di voi».

«Pensavo di essere stata chiara quando ho detto di non voler essere disturbata per simili questioni».

«Chiedo venia, reverenda madre. Questa volta è diverso».

Eudeline sobbalzò. «Sta forse peggiorando?»

«Al contrario, pare aver ripreso l'uso delle gambe».

«È... stupefacente».

«La sua fibra è robusta». Sempre ferma sull'uscio, l'infirmaria esitò prima di proseguire. «Tuttavia non è questo il motivo che mi ha spinta a correre da voi».

La badessa colse il suo tono allusivo e la fece entrare alla svelta. «Non tenetemi sulle spine», la invitò, richiudendo il battente.

«Gli sta tornando la memoria», rivelò la monaca, abbassando cautamente la voce. «Sostiene di ricordarsi di vostro fratello».

Suor Claire era un'ingenua, Aleydis l'aveva capito fin dal primo momento. Molte consorelle la accusavano di superbia perché era stata scelta dalla badessa come monaca di compagnia, ma in realtà era soltanto distratta e piuttosto riservata. La maggior parte delle malelingue ignorava che il suo ruolo fosse tra i più impegnativi del convento. Essere cappellana significava assistere la reverenda madre nello svolgimento di mansioni delicate e personali. Prima fra tutte, tenere in ordine il suo archivio.

Per quella ragione, suor Claire era l'unica monaca di Sainte-Balsamie a possedere una copia della chiave di accesso alla domus particularis di suor Eudeline. La teneva sempre appesa al collo con una cordicella, in bella mostra. Se Aleydis fosse riuscita a mettere le mani su quella chiave, avrebbe potuto frugare tra i segreti più intimi della badessa nella speranza di trovare quanto serviva al cardinale.

Decise di agire dopo l'ufficio delle laudi, quando le consorelle si raccoglievano nello *scriptorium* per copiare i manoscritti custoditi nel convento fino all'ora terza. Non tutte erano chiamate a svolgere quel compito. Tenendo conto delle propensioni di ciascuna, la reverenda madre aveva destinato alla compilazione dei codici soltanto le più intelligenti e dotate di buona vista. Le altre trascorrevano quel lasso di tempo dedicandosi al ricamo, al rammendo e alle pulizie.

Nonostante fosse novizia, Aleydis si era distinta al punto da essere stata subito ammessa a quella affascinante mansione. Era stata incaricata di copiare una vita di santa Scolastica ricavata dai *Dialoghi* di Gregorio Magno, che aveva iniziato a vergare con pazienza, pagina dopo pagina, provando soddisfazione nel vedere il proprio manoscritto aumentare gradualmente di spessore. Più di una volta Eudeline si era soffermata a controllare il suo operato e aveva annuito con approvazione. Le vere lodi gliele aveva rivolte soltanto in privato, per non suscitare la gelosia delle consorelle. «Siete brava», si era espressa. «Ordinata e precisa come poche».

Per la ragazza, che non aveva mai ricevuto complimenti, quelle parole erano state un dono prezioso, tanto più gradito perché pronunciate da una donna che rappresentava per lei un modello.

Fu con una punta di rimorso, quindi, che ordì l'inganno. Sapeva bene di dover calibrare il tempismo con l'arte della persuasione, stando attenta a non lasciar trapelare i propri intenti. Suor Claire era ingenua, non stupida. La sua abilità nel compilare codici la diceva lunga al riguardo. Aleydis la tenne d'occhio per buona parte della mattinata, continuando a redigere la vita di santa Scolastica, in attesa dell'occasione più opportuna per agire. E quando la vide alzarsi dallo scrittoio per andare a riempire il calamaio vuoto, capì che era giunta.

Attese che l'ignara cappellana le passasse a fianco, lasciò cadere la penna d'oca davanti ai suoi piedi e si chinò di scatto per raccoglierla, facendole rovesciare addosso l'inchiostro contenuto nella boccetta.

«Maria santissima, mi dispiace!», esclamò subito dopo Aleydis.

«Silenzio», bisbigliò suor Claire, per non disturbare le altre amanuensi più di quanto fosse già accaduto. Aveva l'abito e le mani completamente inzaccherati di liquido nero.

«Permettetemi di rimediare», disse la novizia con un sussurro. Senza attendere risposta, la prese sottobraccio per condurla fuori dallo scriptorium.

Di fronte all'accaduto, la madre bibliotecaria permise loro di allontanarsi senza sollevare obiezioni.

«Non c'è bisogno del vostro aiuto...», aggiunse la cappellana, non appena si ritrovarono a percorrere il loggiato esterno.

«Che disastro!», esclamò Aleydis, fingendo di non averla sentita. «Avete bisogno di un cambio completo», e la fece svoltare per uno stretto corridoio. «Passate di qua, non vorrete farvi vedere in questo stato. Se incrociassimo la reverenda madre...».

Raggiunsero l'ambiente attiguo al dormitorio senza che suor Claire sollevasse altre obiezioni. Aleydis le chiese di attendere lì un momento e in breve le procurò un catino d'acqua e degli abiti puliti.

La cappellana la ringraziò, poi fece per sfilarsi dal collo il laccio con la chiave.

«Lasciate fare a me», la fermò la novizia. «Con quelle mani sporche rischiate di macchiarvi il viso». Le tolse quindi il laccio con la chiave, poi sfilò gli spilli che le appuntavano il velo e slacciò il soggolo, riponendo ogni cosa sul pavimento.

Quindi si inginocchiò davanti a lei e iniziò a sbottonarle l'abito.

«Ora posso continuare da sola», la interruppe suor Claire, arrossendo.

Aleydis sorrise con un pizzico di malizia. «Come desiderate».

E prima di rialzarsi, ne approfittò per scambiare il piccolo oggetto che nascondeva sotto la manica con quello che aveva appena posato per terra.

Poi le diede le spalle e si allontanò a passo svelto, standando attenta a tenere le mani giunte in grembo.

33

Prima di entrare nel valetudinarium, suor Eudeline chiese all'infirmaria di lasciarla sola. Varcò l'ingresso di malavoglia, augurandosi di riuscire a tenere a bada la propria emotività. Acqua passata, si disse. Erano trascorsi mesi da quell'imbarazzante incidente e adesso era certa di poter far fronte a qualsiasi situazione con algido distacco.

Trovò Robert de Vermandois in piedi a pochi passi dal giaciglio, con le mani appoggiate a una parete. Le ginocchia gli tremavano per lo sforzo, ma il suo sorriso fiero sembrava non preoccuparsene. «Madonna», la salutò tutto soddisfatto, «mi premeva accogliervi come si conviene».

Lanciando una scorsa alla cicatrice che aveva sopra la tempia destra, la badessa si chiese se il piccardo avesse fatto allusione alla volontà di porgerle i propri omaggi o a quella di mostrarsi in tutta la sua statura, con dignità. «Sono lieta di vedervi in forze, messere».

«Io invece sono lieto di vedere *voi*. È da molto che non mi portate visita e, lo confesso, mi siete mancata».

«La vita del claustro è più impegnativa di quanto sembri», si giustificò Eudeline, distogliendo lo sguardo dai suoi occhi verdi. Sapeva che Robert aveva chiesto di lei con insistenza, ma fino ad allora si era rifiutata di incontrarlo.

«Vi siete ripresa?».

Quella domanda la spiazzò. «Dovrei essere io a informarvi sul vostro stato», ribatté, scrutandolo incuriosita. «A cosa vi riferite?».

Per Vermandois doveva trattarsi di una questione talmente ovvia che lo indusse a fissarla con disappunto. «L'ultima volta che siete stata qui eravate assai scossa», spiegò. «Ho chiesto più volte all'infirmaria cosa vi affliggesse, anche se non mi è mai stata data risposta».

Un lieve rossore colorì le gote della badessa. «Acqua passata», disse, rivolta più a se stessa che al nobiluomo. Poi ripensò al motivo per cui si trovava in quel luogo. «Mi è giunta notizia che avete riacquistato la memoria».

Il sorriso di Robert si incrinò. «Non del tutto, purtroppo. Ma ora finalmente so chi sono, nonostante i miei ricordi siano ancora avvolti da una coltre di bruma».

«Anche quelli che riguardano il mio amato fratello?»

«Maynard de Rocheblanche». Vermandois pronunciò quel nome con lentezza, quasi volesse evocare l'uomo a cui apparteneva. «Stamane mi sono destato con il suo volto impresso nella mente e con la consapevolezza che mi è amico. L'ho subito riferito all'infirmaria, poiché sapevo che vi premeva avere sue notizie. Tuttavia rammento soltanto un episodio, mi rincresce… Eravamo seduti uno di fronte all'altro, sotto una tenda, intenti a conversare».

«Di cosa parlavate?»

«Lo ignoro, mia signora». Scostandosi con cautela dalla parete, il nobiluomo tornò a sedersi ai bordi del giaciglio. «Ricordo solo che giocavamo a scacchi».

«Ne siete certo?», chiese la reverenda madre, nella speranza di stimolargli la memoria.

Robert la fissò per un istante, quasi cercasse la risposta nel suo volto. «Maynard era ferito a una gamba», le rivelò infine.

Eudeline ripensò al suo ultimo incontro con il fratello. L'aveva visto zoppicare. Forse per una ferita al ginocchio, anche se lui aveva minimizzato. «Deve trattarsi di un ricordo recente», concluse.

«È singolare», continuò il piccardo. «Vedo la disposizione delle pedine sulla scacchiera come se le avessi ancora di fronte… Stavo minacciando la sua torre con il mio cavallo. Fu a quel punto che lui mi disse qualcosa…», e abbassate le palpebre, si prese la testa tra le mani.

La badessa attese che completasse la frase, ma quando si accorse che Vermandois rischiava di perdersi nelle nebbie dell'amnesia gli si avvicinò per stringergli un braccio. «Pensate che riprendere a giocare possa aiutarvi ad afferrare quel ricordo?», gli suggerì all'improvviso.

Lui posò una mano sulla sua. «Non saprei, tanto vale provare… Nella mia bisaccia troverete pedine e scacchiera». Poi sollevò lo sguardo stupito. «Incredibile! Fino a un attimo fa non ero neppure consapevole di possedere una bisaccia».

«Visto? Fate progressi». Eudeline si sottrasse con gentilezza al suo tocco. Era come se la barriera dentro di lei fosse crollata. Nessun trauma, tuttavia. Nessun timore. Provava soltanto una piacevole sensazione di confidenza alla quale, d'un tratto, capì di non voler rinunciare. Frugò tra gli abiti dell'uomo, che l'infirmaria aveva provveduto a far lavare e a disporre ordinatamente ai piedi del giaciglio. Con rammarico, tuttavia, si accorse che non vi era alcuna bisaccia. «Siete sicuro di quanto affermate?», chiese.

«Nel mio stato non posso essere sicuro di nulla», rispose lui. «Eppure, madonna, avrei giurato...».

«Non disperate», lo tranquillizzò la reverenda madre. «Al convento disponiamo di una scacchiera».

Robert dovette cogliere il desiderio improvviso che aveva fatto breccia nei suoi pensieri, poiché le chiese, quasi divertito: «Conoscete quel gioco?»

«Sì messere», rispose Eudeline, in preda a una lieve eccitazione. «Ed è mia intenzione sfidarvi».

Aleydis non poté agire prima della pausa nella tarda mattinata che anticipava la chiamata nel refettorio. Attese quel momento in stato d'allerta, temendo che suor Claire si presentasse al suo cospetto e dichiarasse di aver scoperto l'inganno.

Dopo aver ottemperato agli impegni del primo arco della giornata, le monache erano solite raggiungere il chiostro per spettegolare sotto il sole di mezzogiorno, se la stagione lo concedeva. La novizia aveva imparato ad apprezzare quei brevi momenti di ilarità, sorridendo al sentir parlare di consorelle che sprofondavano nel sonno durante il canto delle laudi o restavano sveglie dopo compieta, per bere di nascosto un bicchiere di vino. Aveva così appreso che ogni donna del convento coltivava piccole invidie e desideri, come qualsiasi popolana. Era stata proprio quella scoperta, più delle consuetudini e degli esercizi spirituali, ad aver facilitato il suo ingresso nella vita comunitaria. Non era trascorso molto tempo prima che riuscisse a instaurare un legame di confidenza con le compagne più giovani, al punto da essersi già guadagnata il nomignolo di "contessina", per via dei suoi modi un po' presuntuosi e – supponeva – per il fatto di essere tra le più graziose.

Nessuna monaca tuttavia immaginava che in lei si nascondesse una spia. Quella consapevolezza la feriva, ricordandole costantemente di non fare davvero parte della famiglia di Sainte-Balsamie. Soltanto Dio sapeva. Dio e il cardinale. E a prescindere dall'impegno che Aleydis avrebbe profuso per distinguersi agli occhi della badessa, nulla avrebbe cambiato la sua finzione. Non riuscì a pensare ad altro mentre superava il chiostro e percorreva l'andito che portava alle stanze di suor Eudeline. Poi la paura prese il sopravvento.

Appena fu dinanzi all'ingresso, si guardò alle spalle per sincerarsi di non essere stata vista da nessuno ed estrasse la chiave che teneva nascosta sotto la manica. Vincendo un'ultima esitazione, la infilò nella toppa e fece scattare la serratura.

Sgattaiolò dentro, tirandosi dietro la porta.

L'ambiente era più austero di quanto avesse immaginato. Nessun tappeto o arazzo pregiato, nessun dipinto o candelabro d'oro che tradisse un'indole altezzosa. Solo due stanze spartane: una occupata da scaffali di libri e da una coppia di scrittoi, l'altra arredata come camera da letto. Lo stile di vita di suor Eudeline si contrapponeva decisamente al lusso ostentato dalle badesse dei grandi monasteri, avvezze ad agghindarsi come nobildonne, a ricevere visitatori di alto rango e trastullarsi con cagnolini e altri animali domestici.

Tutto ciò non poteva nascere soltanto da una presa di posizione o da una rigida osservanza della Regola benedettina. Aleydis sospettò che quell'austerità nascondesse una ragione più profonda e personale. Ma il timore che la reverenda madre potesse presentarsi sull'uscio da un momento all'altro, le impedì di trarre conclusioni.

Tralasciò gli scaffali zeppi di codici, sapendo già dove cercare. La badessa doveva svolgere la maggior parte delle proprie mansioni seduta allo scrittoio, quindi era ragionevole supporre che lì si trovassero i documenti più importanti. Aleydis controllò entrambi i ripiani di scrittura. Il più piccolo, sistemato in un angolo, era occupato da poche pergamene affastellate in disordine. Si trattava probabilmente della postazione di suor Claire.

Il secondo scrittoio era più spazioso, sistemato al centro della stanza. Riceveva luce da una bifora aperta sulla parete opposta all'ingresso, da cui si scorgeva una fila di alberi e una schiera di edifici del borgo orientale. Era coperto quasi per intero da pile di carte, ognuna alta almeno una spanna. La ragazza curiosò, stando attenta a rimettere ogni cosa nella posizione in cui l'aveva trovata. Trovò per lo più diplomi inerenti alle proprietà del convento, lettere di signori terrieri e deleghe per i messi che controllavano le terre di Sainte-Balsamie in vece della badessa.

Nulla riguardo Maynard de Rocheblanche, né tantomeno sull'oggetto misterioso che il cardinale chiamava *Lapis exilii*.

Un improvviso addensarsi di ombre indusse Aleydis a guardare all'esterno, dove una fitta coltre di nubi iniziava a coprire il cielo. Il tempo scorreva veloce mentre lei non riusciva a fare progressi. Doveva sbrigarsi! Non si sarebbero presentate altre occasioni per introdursi in quel luogo. Intendeva rimettere la chiave autentica al proprio posto quel pomeriggio stesso, prima che suor Claire si accorgesse di qualcosa.

Se non fosse riuscita a trovare nulla di utile, le cose si sarebbero messe molto male per lei. Non se la sarebbe cavata con una semplice punizione. Nelle ultime settimane il cardinale era diventato troppo ansioso e collerico perché potesse accettare un altro fallimento. Avrebbe ordinato a Marcus di prenderla a bastonate, ne era certa. Fino ad allora Aleydis aveva sopportato i colpi di frusta, riuscendo a celare i lividi e le cicatrici sotto l'abito. Non avrebbe potuto fare altrettanto con le ossa rotte.

Cercò dunque di ignorare i morsi della disperazione e pregò Dio di farle trovare almeno un indizio. Era impossibile che Eudeline non sapesse nulla riguardo il fratello. *Doveva* conservare per forza qualcosa di suo, da qualche parte in quella stanza. Ma non certo tra gli incartamenti comuni e neppure in bella vista, dove suor Claire avrebbe potuto notarlo.

Per un attimo la ragazza fu tentata di controllare i libri sugli scaffali, poi la sua attenzione ricadde su un piccolo scrigno di legno riposto ai margini dello scrittoio. In principio non l'aveva notato, poiché si trovava dietro una schiera di penne d'oca e di boccette per l'inchiostro. Si sporse in avanti e lo aprì speranzosa. L'interno conteneva tre rotoli di pergamena. Ne prese uno.

Prima ancora di finire di leggere la prima frase, si portò una mano alla bocca per trattenere un'esclamazione di vittoria.

Aveva trovato ciò che cercava!

I rintocchi dell'ora sesta[10] le ricordarono di colpo che entro breve

[10] Corrisponde circa a mezzogiorno.

le consorelle si sarebbero ritirate nel refettorio per pranzare. Se non voleva che notassero la sua assenza, doveva sbrigarsi. Ma non poteva certo rubare quelle lettere come niente fosse! Suor Eudeline se ne sarebbe accorta e avrebbe iniziato a porsi delle domande… A meno che non si fosse inventata qualcosa, alla svelta.

Fu allora che Aleydis si rese conto di avere di fronte a sé tutto ciò di cui aveva bisogno.

Sedette allo scrittoio, prese un foglio di carta bambagina e intinse una penna nel calamaio.

Poi, scrivendo alla rinfusa, iniziò a copiare il contenuto di quelle lettere.

34

Abbazia di Santa Maria di Pomposa
22 marzo

Quella notte Gualtiero non riuscì a concludere i bozzetti. Si era assopito sul tavolo da lavoro ascoltando il canto del mattutino proveniente dall'abbazia, per risvegliarsi alle laudi, mentre l'alba occhieggiava su grigie distese di foschia. In quel lasso di tempo, Sigismondo aveva fatto ritorno al carro e si era coricato a fianco della moglie. Respirava in modo irregolare, borbottando mezze parole nel sonno.

Il ragazzo soffocò uno sbadiglio, accese una nuova candela di sego e riprese a disegnare da dove aveva interrotto. I disegni riguardanti la parte superiore dell'abside erano già completi. Gli restava da dedicarsi alla parete inferiore, che iniziò a suddividere in spazi uguali destinati ad accogliere delle immagini. Si sforzò di attenersi il più possibile a quanto descritto all'abate, benché il continuo evolversi delle idee lo spingesse ad apportare variazioni. Guidato dall'immaginazione, il suo tratto divenne via via più veloce e deciso.

Quando ripose lo stilo e il carboncino, il sole era ormai alto. Si sentiva tanto stanco da non riuscire a capire se il risultato finale lo soddisfacesse o meno. Si rivolse quindi al padre, sperando con quel pretesto di placare gli animi dopo la lite del giorno precedente. «Posso avere un tuo giudizio?», gli chiese.

Sigismondo – che lo teneva d'occhio già da un po' – si alzò dal giaciglio e gettò uno sguardo ai disegni. La sua espressione restò in bilico tra un sorriso e una smorfia. «Troppi dettagli», commentò.

Temendo di incappare in una nuova discussione, Gualtiero evitò di chiedere spiegazioni. Quella risposta secca era stata più che eloquente: se il genitore avesse notato dei veri difetti, non avrebbe esitato a rinfacciarglielo. D'altro canto, non disponeva di tempo per apportare eventuali migliorie. I patti con l'abate erano chiari, doveva consegnare i bozzetti entro quel giorno. Decise pertanto di non esitare oltre.

Si sciacquò il viso in un catino d'acqua, arrotolò i disegni e, tenendoli sottobraccio, fece per avviarsi all'esterno.

«Cosa ti sei messo in testa?», lo apostrofò Sigismondo. «Vai a trattare da solo, per pavoneggiarti da mastro pittore?».

Il giovane si voltò di scatto, accorgendosi soltanto allora che la madre era sveglia. La tranquillizzò con un cenno, poi si rivolse al padre: «Pensavo avessi perso interesse per la questione».

L'uomo indicò i bozzetti. «A prescindere da chi li abbia realizzati, quei disegni escono dalla mia bottega», disse burbero. «Inoltre non ho intenzione di restare in disparte mentre si parla della realizzazione di una pittura a fresco che mi compete».

«Hai ragione», riconobbe Gualtiero, chinando il capo con garbo. «Non era mia intenzione scavalcarti, se è questo che intendi».

Preso alla sprovvista da quella reazione pacata, Sigismondo dovette rimangiarsi un insulto prima ancora di averlo pronunciato. «Andiamo, dunque», borbottò impacciato.

Prima di esprimere un giudizio sui bozzetti, padre Andrea li osservò a lungo.

Si trovava nello stesso luogo del giorno prima, davanti alla facciata del monastero di Pomposa. Gualtiero gli stava di fronte a braccia conserte, impaziente di conoscere il responso. Era la prima volta che proponeva un'idea a un committente e d'un tratto si sentiva timoroso che i suoi disegni non rispecchiassero la bellezza delle parole pronunciate la sera prima. Forse l'abate non li avrebbe compresi, o magari derisi. Resistette alla tentazione di dondolarsi sui piedi e osservò di sbieco Sigismondo, scoprendolo atteggiato in un'inaspettata espressione di compiacimento.

Quando il reverendo padre sollevò lo sguardo dalle carte, il suo volto era serio e teso. «Non me l'aspettavo», disse.

«Se vi ho deluso...», mormorò il ragazzo, pronto a scusarsi.

Andrea lo zittì con un gesto dell'indice. «Non mi aspettavo», ripeté, «che dei semplici bozzetti potessero raggiungere una simile forza evocativa».

«Vostra grazia», proclamò Sigismondo, trionfante, «non avevo dubbi che vi sarebbero piaciuti».

"Commediante ipocrita", pensò Gualtiero. Poi, inorgoglito, fissò l'abate. «A meno che non mi inganni», volle accertarsi, «significa che accettate?»

«Dipendesse da me, vi farei cominciare la decorazione dell'abside oggi stesso», rivelò il reverendo padre, entusiasta. «Ma prima dovrò sottoporre l'idea al capitolo. E lo farò tramite voi, figliolo».

«Se avete gradito i miei disegni a tal punto», propose il giovane, «basterà forse mostrarli ai vostri confratelli, senza che io debba per forza intervenire».

Accennando un sorriso, padre Andrea scosse il capo. «Li mostrerò soltanto in seguito. Voglio che prima conquistiate i monaci di Pomposa, esattamente come avete fatto con me».

35

Come di consueto, padre Andrea aprì la seduta del capitolo di inizio primavera con il computo delle rendite annue dell'*Insula Pomposiæ*. Una mossa poco accorta, valutò tra sé. Un amministratore meno ingenuo avrebbe forse affrontato quel discorso per ultimo, cercando innanzitutto di far approvare le spese per la decorazione a fresco dell'abside. Ma l'abate non era intenzionato a imporre, tantomeno ad aggirare chicchessia. Desiderava sopra ogni altra cosa che i confratelli *capissero* le sue motivazioni.

Attese dunque che sedessero sugli stalli addossati alle pareti e, appena sentì i loro sguardi su di sé, li invitò a intonare un *Paternoster* per iniziare l'adunanza nella grazia di Dio. Fu allora che scorse fra i posti più arretrati padre Facio, atteggiato in una smorfia di sfida. Si impose di ignorarlo.

Conclusa la preghiera, si portò al centro dell'ambiente e, impassibile, elencò con un libro mastro alla mano il ricavato dell'ultimo anno: cento moggia[11] di frumento; trecento di saggina, legumi e altri prodotti agricoli; trecento pezze di lino; ottanta anfore di vino. Infine ricordò le rendite di legna e di selvaggina provenienti delle selve dell'*Insula* e gli affitti di alcune proprietà terriere sparse tra l'Emilia e l'arco alpino. «Il tutto», disse, «per un valore complessivo di 1.544 fiorini».

Una ventata di malanimo oscurò i volti dei monaci, e il reverendo non poté certo biasimarli. La cifra era misera, considerato che due terzi dei profitti se ne sarebbero andati per pagare le decime imposte dalla Camera Apostolica e metà del rimanente era già stato speso. Padre Andrea era inoltre consapevole che non tutti i beni da

[11] Il mòggio corrisponde a un'unità di misura di capacità impiegata anticamente soprattutto per le granaglie.

lui elencati sarebbero stati convertiti in moneta sonante. I cereali servivano al sostentamento dei famigli e del bestiame, mentre una parte del vino, del lino e del legname era destinata al consumo interno del cenobio.

Lungi dal voler nascondere la verità, si espresse senza riserve: «Credo sia palese, amati confratelli, che in assenza di pecunia l'abbazia cadrebbe in disgrazia. D'altro canto, sarebbe inutile proporre dei tagli alle nostre spese. Conduciamo una vita talmente frugale da non poterci permettere altre rinunce. Pertanto non vedo altra soluzione che chiedere l'esenzione dalle decime». Sarebbe stato il quarto anno di fila, pensò, ma non aveva scelta. «Scriverò a tal fine all'abate di San Silvestro di Nonantola, supplicandolo di perorare la nostra causa presso Avignone, come già fece in passato».

Un fitto brusio attraversò la sala e molti sguardi conversero su padre Facio, che fino ad allora aveva ascoltato in silenzio.

«Non crediate che ricorrere a simili espedienti mi aggradi», aggiunse Andrea, riportando subito l'ordine. «Pomposa è nata libera dal controllo dei papi. Ma anche se non approvo il suo asservimento ad Avignone, devo comunque rendere conto delle sue rendite. Mendicare l'esenzione dalle decime ci disonora, tuttavia non possiamo far nulla per rendere meno rigidi gli inverni, né meno dannose le alluvioni del Padus. Nulla, eccetto pregare».

Si accorse di aver strappato alcuni cenni di consenso, ma non si accontentò di quel misero successo. Non aveva radunato i suoi confratelli soltanto per aggiornarli sulla situazione contabile. *Mea culpa*, lo flagellò la coscienza. *Mea maxima culpa*. Allora, finalmente, trovò il coraggio di aprirsi. «Tuttavia», esclamò, «pregare non basta!». E con un gesto dettato dal cuore, si lasciò cadere in ginocchio.

I monaci del capitolo scattarono in piedi, esterrefatti.

Padre Andrea restò in ginocchio, in profonda contrizione. Lasciò che l'umiliazione e la vergogna mortificassero il suo spirito orgoglioso, finché non si sentì libero dai vincoli che l'avevano illuso di essere al di sopra di tutti. "Sono soltanto un uomo", pensò. "Un uomo di fronte ad altri uomini".

Sentiva gli sguardi dei confratelli riversi su di sé, ma attese con pazienza che tornasse il silenzio. Infine parlò: «Se la superbia di Lucifero fu causa dei mali del mondo, quella di Adamo ci allontanò dalla grazia di Dio». Si asciugò le lacrime che, incontrollate, avevano iniziato a bagnargli le guance. Una miriade di pensieri affollava la sua mente. Le parole che doveva pronunciare, tuttavia, erano poche. «Ebbene, fratelli miei», annunciò, «sono qui a umiliarmi perché ho peccato di superbia. Sì, superbia! Mi sono creduto superiore a tutti voi a causa del titolo che ricopro, commettendo di conseguenza molti errori. Errori che si sono ripercossi sulla mia vita spirituale e soprattutto sulle vostre. *Miserere mei!*», gridò. «Vi chiedo mille volte perdono, mille volte scusa per la mia follia! Non pretendo tuttavia la vostra compassione, senza porre nulla a contrappeso delle mie colpe. Sono anche qui per dirvi che finalmente, dopo anni, il Signore mi ha concesso di intravedere la luce...».

«Ma davvero!», sibilò una voce traboccante di astio. «La vostra compunzione può forse aiutarci a superare le malversazioni economiche?».

Andrea alzò lo sguardo e vide Facio di Malaspina ergersi indignato tra i monaci. Gli sorrise con pietà, rammentandosi che era suo fratello nello spirito, proprio come chiunque altro in quella sala. «Se mi trovo in questo stato è perché ho fatto un sogno bellissimo», confessò, ignorando la domanda che gli era stata rivolta. «Un sogno distorto dall'ambizione, purtroppo. Eppure in origine fu ispirato da Dio, ve l'assicuro, e soltanto oggi mi rendo conto che non era destinato unicamente a me, ma a tutti voi. Se riuscissimo a realizzarlo, Pomposa tornerebbe a risplendere come un tempo, diventando un faro di luce per l'intera umanità».

Padre Facio ghignò. «Un'abile premessa per strappare il nostro consenso a qualche futile pretesa, suppongo».

L'abate scosse il capo. «Nessuna pretesa, solo una domanda. Chiedo a *voi tutti*», e si guardò intorno, «di immaginare cosa diventerebbe Pomposa se tornasse ad accogliere il *decor*, lo *splendor* e la *pulchritudo* che furono tanto cari agli antichi padri del nostro Ordine quanto a papa Benedetto XII. Nel darvi una risposta, capirete che non vi è nulla di futile in questo. Vi parlo di raggiungere la contemplazione attraverso le strade della bellezza. La stessa bellezza che Dio, ogni giorno, ci invita a ricercare per rendere il mondo migliore».

Dopo che i monaci si furono scambiati alcune opinioni, lo sprezzante Facio di Malaspina tornò a provocarlo: «Suppongo stiate alludendo agli affreschi che avete in progetto di commissionare».

Andrea scrutò l'uomo deforme senza provare alcun risentimento. «Sì!», esclamò, rialzandosi in piedi tra mormorii sempre più fitti. «Sarebbe il primo passo verso un profondo rinnovamento. Un passo che, grazie alle immagini sacre, ci condurrebbe verso una grande riforma. Non per compiacere la mia o la vostra vanità, ma per promuovere l'amore verso la cultura che da sempre contraddistingue l'Ordine benedettino», e aprì le braccia. «E badate bene, amati confratelli, non sarò io a decidere. Sarete voi! E a partire da oggi, chiederò sovente il vostro consiglio affinché possa guidarmi con maggior discernimento, senza cadere nell'arroganza di voler decidere per tutti».

Appena serrò le labbra, il reverendo padre si accorse di dover riprendere fiato. Erano anni che non si esprimeva con tanto fervore, anni che non provava a mettere tutto se stesso in quel che diceva. Allo stesso tempo, tuttavia, temeva di aver parlato in modo confuso e poco incisivo. "Forse", rimuginò, "sarà bene che aggiunga qualcosa".

Uno scroscio di applausi lo sorprese al punto da cancellare ogni pensiero. I monaci si erano alzati di nuovo dagli stalli, entusiasti, per battere le mani all'unisono come dei fanciulli festosi. Andrea li osservò basito, sicuro che non fossero stati i suoi sproloqui a ispirarli, ma il fuoco dello Spirito Santo. Socchiuse gli occhi, lasciandosi pervadere dal gaudio finché, poco per volta, il rumore cessò.

E dal silenzio, emerse ancora una voce ostile.

«Siete diventati tutti stolti?», sbottò Facio, livido di rabbia. «Non lasciatevi imbonire come villani al mercato! O forse intendete gravare con altri debiti la nostra già precaria situazione?»

«Se il capitolo deciderà che l'affresco venga eseguito», ribatté l'abate, combattivo, «mi impegno fin d'ora a saldare l'onorario degli artigiani con il mio reddito personale, senza intaccare i fondi di Pomposa». Così dicendo, si accostò al portale e schiuse il battente. «E ora, lascio la parola al giovane artista che ha saputo mettermi di fronte a una mirifica visione. Una visione che, spero, possa conquistare anche voi».

Non appena varcò il portale del capitolo, Gualtiero si sentì avvolgere dal brusio dei monaci. Fu come se una cappa di piombo gli fosse improvvisamente piovuta sulle spalle, rendendolo dieci volte più pesante. Ogni passo verso il centro dell'ambiente gli costava un'enorme fatica. Poi si accorse che il reverendo Andrea gli stava porgendo una mano. Si affrettò a raggiungerlo, gli baciò l'anello e rivolse un profondo inchino all'uditorio.

L'ansia fu tale da fargli cadere i rotoli dei bozzetti che teneva sottobraccio. Rosso di vergogna, si affrettò a raccoglierli dal pavimento prima che rotolassero lontani. Udì qualche risatina di scherno.

Lanciò un'occhiata a Sigismondo che lo teneva d'occhio da uno spiraglio del portale e si schiarì la gola. «Le vostre paternità abbiano pazienza, non sono avvezzo a esprimermi dinanzi a un uditorio di venerabili fratres», esordì. E accorgendosi che intorno a lui si faceva silenzio, prese coraggio. «Io sono persona abituata a esprimermi per immagini. Di questo dunque vi parlerò, di immagini».

Una mano gli si posò sulla spalla. Era l'abate, che si stava allontanando da lui per trovare posto tra i confratelli.

"Ora", pensò Gualtiero, "sono davvero solo". Fissò i monaci intenti a studiarlo con una tale intensità da farlo sentire un intruso. Infine il suo sguardo si posò sulle pitture a fresco che decoravano l'ambiente, distogliendolo d'un tratto da quel senso di oppressione. Allora si rese conto di essere nel suo mondo, fra *picturæ* che comprendeva meglio di chiunque altro fra i presenti, e si sentì finalmente libero di esprimersi come più desiderava. «Ai miei occhi, le pareti della vostra abbazia sono le pagine di un libro su cui poter scrivere qualsiasi cosa», annunciò disinvolto. «E la prima pagina, quella destinata a cogliere l'attenzione di chi varca il portale, è l'abside. Dovrebbe infondere un tale rapimento da farci scordare del mondo esterno, ecco perché sarebbe mia intenzione rappresentare su di essa una mia idea del Paradiso, in modo che le figure diventino molto più di semplici immagini. Ovvero, un simbolo della devozione».

Gualtiero scrutò per un istante l'uditorio, percependo un crescere della curiosità che lo incitò a proseguire. Srotolò il primo bozzetto e lo mostrò al pubblico. «Ecco a cosa alludevo», annunciò, suscitando esclamazioni di stupore. «Come le vostre paternità possono notare, questo disegno rappresenta il Cristo Pantocrator circondato da una corte di beati tra cui dipingerei i santi più venerati a Pomposa. Grazie a un tale espediente, si ricaverebbe un calendario *in figura* capace di coprire l'intero arco dell'anno liturgico, dalla festa di san Sebastiano, il 20 gennaio, a quella di sant'Apollinare, il 20 luglio.

Questo *horologium*, a mio giudizio, giungerebbe a essere completo accogliendo presso il Cristo la figura della Vergine. La immagino in abiti candidi e regali, da *domina angelicata*. Inoltre, sopra la corte che ho disegnato, veleggia per l'aria una doppia schiera di angeli intenti a contemplare il Signore».

Tenne sollevato il bozzetto, in modo che tutti potessero ammirare ciò che aveva spiegato a parole. Poi, immerso nel silenzio dei monaci, aprì il secondo rotolo suscitando uno stupore ancora maggiore. «Per proseguire», disse, «demarcherei la volta dell'abside con una fascia verticale per separarla dalla parete più bassa. Tale fascia, come vedete nel disegno, accoglierebbe al suo interno i busti dei profeti». Per essere più convincente pensò di improvvisare, ispirato dal soggetto degli affreschi della sala. «I profeti potrebbero essere dodici, come quelli rappresentati su queste pareti», e sicuro di non sbagliare, pronunciò i loro nomi indicandoli a uno a uno: «Gioele, Abacuc, Geremia, Isaia, David, Mosè, Sofonia, Amos, Osea, Daniele, Zaccaria e Giona».

I confratelli annuirono, impressionati dalla sua padronanza nel riconoscere i personaggi biblici.

Ormai certo di averli conquistati, Gualtiero mostrò con orgoglio il terzo bozzetto. «La parete sottostante l'arco dell'abside, dietro l'altare», spiegò. «Come potete vedere, la dividerei in quattro zone a forma di nicchia destinate ad accogliere gli evangelisti, ognuno chino sullo scrittoio nell'atto di scrivere il proprio Vangelo. E accanto a loro, le corrispettive immagini dei tetramorfi alati descritti nelle visioni del profeta Ezechiele: l'Uomo, il Leone, il Toro e l'Aquila».

Così dicendo, si esibì in un nuovo inchino. «Questo è tutto, venerabili paternità», e iniziò ad arrotolare i disegni. «A prescindere dalla vostra decisione, lasciatemi dire che sono onorato di avervi intrattenuti, anche se con poca arte».

Padre Andrea si levò in piedi e, rivolto ai confratelli, aprì le braccia per invitarli a esprimere un'opinione.

Gli bastò scrutare i loro sguardi per intuire il responso.

Affacciato a una nicchia che consentiva di sbirciare all'interno della sala del capitolo, Maynard aveva seguito con interesse il discorso tenuto dall'abate e con autentica meraviglia l'intervento del giovane pittore. Raramente, tuttavia, aveva distolto lo sguardo dai monaci intenti ad ascoltare. Tra di essi si nascondeva Facio di Malaspina, e lui ben presto avrebbe potuto interrogarlo.

Scrutò a uno a uno i confratelli, finché non si accorse che uno di loro aveva notato la sua presenza. Pallido e con gli occhi stretti in due fessure, sedeva ingobbito con le lunghe braccia ripiegate sul petto. Maynard l'aveva udito rivolgere un paio di provocazioni all'abate, senza mai riuscire a turbarlo.

E ora, quel monaco stava osservando proprio lui.

Sembrava incuriosito, quasi preoccupato.

Osservandolo a sua volta, il cavaliere si sentì d'un tratto pungolare da un dubbio. *È il mio nemico*, aveva detto padre Andrea. E se fosse stato proprio lui?

Non fece quasi in tempo a ventilare l'ipotesi che colse negli occhi di quel monaco il balenare di un sospetto, o forse di vera e propria paura. Di qualunque cosa si trattasse, lo vide alzarsi all'improvviso, farsi largo tra il disappunto generale e dirigersi a passo svelto verso l'uscita.

Prima che la sua sagoma ingobbita varcasse il portale, Maynard intuì di essere stato scoperto.

36

Facio di Malaspina era furioso e spaventato al tempo stesso. Furioso perché aveva dovuto allontanarsi dalla seduta del capitolo prima che finisse, facendo la parte dello sconfitto. Spaventato perché ignorava chi fosse l'uomo intento a spiarlo dalla nicchia. O meglio, l'aveva riconosciuto. Era il monaco francese giunto a Pomposa da un paio di giorni. L'aveva visto pranzare al tavolo dell'abate, ma dubitava si trattasse di un vero religioso. Il suo portamento fiero e le spalle larghe si addicevano piuttosto a un armigero, così come lo splendido morello che aveva affidato alle cure dello stalliere dell'abbazia. Inoltre correva voce che portasse delle armi.

A intimorirlo, tuttavia, era la segretezza che lo circondava. All'abbazia non giungeva mai messo o pellegrino senza che si venisse a sapere chi fosse e da dove provenisse. Invece di quell'individuo non si conosceva ancora nulla, a cominciare dal nome. E per quanto non avesse motivi validi per preoccuparsi, padre Facio riusciva a trovare un'unica spiegazione per tanta segretezza.

Dopo lunghi anni passati a nascondersi, sapeva riconoscere un segugio a prima vista. Erano stati in molti, in passato, a dargli la caccia. Quasi sempre era riuscito a fuggire, battendoli in astuzia. Ora però era stanco di correre pericoli. Inoltre avvertiva un'insolita sensazione. Quel falso monaco non aveva l'aria del sicario, né del comune sgherro.

Attraversò il chiostro a testa bassa, voltandosi ripetutamente per assicurarsi di non averlo alle calcagna. Qualunque altro monaco, al suo posto, avrebbe chiesto spiegazioni all'abate, ma lui non poteva. Padre Andrea gli era ostile e sembrava in combutta con quell'individuo. Facio doveva rivolgersi ad altre autorità: l'unico uomo a cui aveva giurato fedeltà imperitura.

"Devo salire sulla colombaia", pensò. "Inviare un messaggio".

Quasi non si accorse di andare a sbattere contro una persona. «Ma chi...», sibilò con un sussulto, stupito di trovarsi di fronte a una fanciulla. Bionda e molto giovane, non capì di chi potesse trattarsi. Poi si rammentò delle voci udite dai confratelli. Si diceva che il francese fosse giunto a Pomposa in compagnia di una strana ragazza dalle iridi di colori diversi.

Il monaco la squadrò per un attimo, facendola arretrare spaventata. Ebbe l'impulso di afferrarla per i capelli e interrogarla, ma si bloccò. Inviare quel messaggio era la sua priorità. Quindi la spinse di lato e proseguì con urgenza verso un torretta fatiscente che sorgeva ai margini del chiostro.

Varcò l'ingresso, percorse a fatica la gradinata di legno e raggiunse trafelato il piano superiore. L'ambiente era invaso dalla penombra, occupato da decine di cellette da cui proveniva il tubare dei volatili insieme a un pungente fetore di escrementi.

Padre Facio si accostò senza esitare a un ripiano consunto, dove trovò il necessario per scrivere. Compilò un breve messaggio, aprì una gabbia e lo legò alla zampa di un colombo. Poi, tenendo la bestiola fra le mani, aprì una finestra rivolta a occidente e la liberò nell'aria. Il frullo d'ali gli risuonò nelle orecchie come l'amen di una preghiera.

Il più era fatto, pensò. Ora non gli restava che cercare un buon nascondiglio e attendere con pazienza. Ma non fece in tempo a voltarsi verso l'uscita che si sentì afferrare per il collo.

«Salute, padre», esclamò Rocheblanche, stringendogli le dita intorno alla gola rinsecchita. «Vi porto gli omaggi dell'abate di Mont-Fleur».

37

«Non avevo mai visto Facio di Malaspina dileguarsi tanto in fretta», confessò l'abate, accompagnando Gualtiero fuori dalla sala del capitolo. «Dovete averlo lasciato senza parole. Al pari di tutti i presenti, del resto».

«Mi mettete in imbarazzo», ribatté il giovane, che non amava ricevere lodi al cospetto del padre. Si fermò ai bordi del chiostro, ancora eccitato. Alla fine del suo discorso aveva addirittura ricevuto il plauso dei monaci, insieme a qualche benedizione. Ma, cosa ancor più importante, si era reso conto di possedere una dote che non avrebbe mai immaginato: l'arte della persuasione. Se da una parte ne era compiaciuto, dall'altra temeva di non essersi fatto apprezzare per il proprio talento quanto per il modo efficace con cui si era espresso. Ciò gli lasciava un po' di amaro in bocca, oltre che un vago sentore di disonestà.

C'era un altro motivo, tuttavia, per cui preferiva non indulgere nei rallegramenti. Dietro l'espressione soddisfatta di padre Andrea, coglieva infatti una profonda spossatezza, come se quell'uomo avesse riportato una vittoria a un caro prezzo. D'altronde Gualtiero era abbastanza acuto da intuire che il progetto dell'affresco poggiasse su ambizioni ben più alte.

Accorgendosi che l'abate continuava a rivolgergli complimenti, sorrise con riserbo.

«I miei confratelli devono ancora esprimere un parere unanime», disse padre Andrea, «ma vi assicuro che sono rimasti incantati». Facendosi serio, si rivolse a Sigismondo: «Vostro figlio promette di diventare ben più di un semplice artigiano».

Il mastro pittore si impettì, quasi fosse lui a dover ricevere i meriti. «Buon sangue non mente», esclamò con una risata grassa. «E tuttavia... quando conosceremo il responso dei monaci?»

«Devo pregarvi di pazientare». Andrea scrutò il campanile del monastero, a intendere l'imminente rintocco delle campane. «Gli uffici delle funzioni serali incombono. Prendo congedo, ma prometto di comunicarvi quanto prima la decisione del capitolo».

Nell'atto di inchinarsi per salutarlo, Gualtiero scorse con la coda dell'occhio un'altra presenza. Era la ragazza francese. Si stava aggirando fra le arcate del chiostro con i lembi dell'abito stretti in pugno. Incuriosito, le prestò maggior attenzione e notò il suo passo affrettato. Era diretta verso la vecchia colombaia illuminata da un sole ormai basso, in procinto di svanire dietro un velo di foschia.

Per un istante desiderò seguirla, poi la voce burbera del padre lo invitò a incamminarsi verso il carro.

«La coppa e la punta di lancia», ripeté per la seconda volta Maynard, con voce minacciosa. «So che le avete voi».

«Non sapete nulla invece…». Il monaco deforme cercò di divincolarsi dalla sua mano stretta intorno al collo. «Cosa vi persuade che sia proprio io…».

«Al sentir nominare Mont-Fleur avete sobbalzato come se fossi il demonio», e lo sbatté contro una parete, tra le fetide cellette dei colombi. «Mi è bastato questo per capire, voi siete l'uomo che cerco da tempo! Facio di Malaspina».

«Maledetto…», rantolò il frater.

Rocheblanche allentò di poco la presa, lasciandolo respirare. «Parlatemi della coppa e della punta di lancia», ordinò.

Facio prese una boccata d'aria e lo scrutò con astio. «Voi non sapete di cosa state parlando… Ve lo leggo in faccia».

«So quanto basta».

«Quanto basta a riconoscere un uomo, forse… Non certo la verità».

Lungi dal volergli dare soddisfazione, il cavaliere si limitò a interrogarlo con lo sguardo.

«Soltanto un profano», spiegò il monaco con sprezzo, «si riferirebbe a quei sacri cimeli nei termini in cui vi siete espresso». Lo studiò per un istante, quasi volesse frugare tra i suoi pensieri, infine proseguì mellifluo: «Se mi aiuterete a diventare abate, vi dirò ogni cosa. Ve lo prometto».

Al sentire quelle parole, Maynard provò un enorme disgusto. Negli ultimi mesi si era spesso posto interrogativi sul segreto di Mont-Fleur, ma non aveva alcuna intenzione di tradire il reverendo Andrea. «Iniziate a sciogliere la lingua», e ritirò la mano.

Facio si scostò dalla parete, massaggiandosi il collo. «A che pro?»

«Se ci tenete alla vita...», disse Rocheblanche, lasciando la frase in sospeso.

«Uccidereste un servo di Dio?», lo provocò il religioso, e dopo un breve silenzio rise tra sé. «La mia morte andrebbe a vostro discapito, tenetelo bene a mente. Soltanto io conosco l'identità di chi custodisce quelle reliquie».

«Le avete dunque rubate per conto di qualcun altro...», arguì il francese.

«Qualcuno che non tarderà a correre in mio soccorso», confermò il monaco, osservando di sfuggita la finestra.

«Vorreste spaventarmi?». Maynard lo scrutò con la smorfia spietata che era solito rivolgere ai nemici in battaglia. Era stanco di tergiversare, anche se intuiva che la forza bruta non gli sarebbe bastata ad avere la meglio su quell'individuo. Decise quindi di giocare d'astuzia. «L'abate Andrea mi ha dato licenza di fare di voi ciò che voglio», mentì. «Me l'ha detto di buon grado, quasi con sollievo». Sottolineò il discorso con il balenio del pugnale che veniva sguainato dal fodero. «Intendete ancora fare il misterioso?».

Facio indietreggiò d'istinto, digrignando i denti in una maschera di odio e ostinazione. Quando vide l'arma più da vicino, scelse di parlare. «*Io sono il Maestro di perfezione, venuto a sciogliere i tuoi dubbi*», recitò con un filo di voce. «*I tuoi dubbi e quelli di chiunque voglia leggere...*».

Il cavaliere si accigliò. «Vi prendete gioco di me?».

Il monaco scosse il capo. «Non ditemi che questa citazione vi lascia indifferente».

«Ebbene?»

«Ebbene, provengono dal *Codex Millenarius*», rivelò Facio, con l'enfasi di chi confida un impenetrabile arcano. «Il libro che, duecento anni or sono, fu scambiato dallo storico Goffredo di Monmouth per il Vangelo di Gesù».

Maynard meditò su quelle parole, indeciso se credervi o meno.

Il religioso approfittò della sua titubanza per prendere le distanze. Iniziò a camminargli intorno con le lunghe braccia ciondoloni, studiandolo attentamente. «Avevo ragione», disse con una punta di sarcasmo, «l'abate Manessier vi ha lasciato all'oscuro. Del resto, come biasimarlo? Soltanto gli iniziati conoscono il *Codex Millenarius*, e pochi di loro possono vantarsi di averlo letto. È fra le sue pagine che si fa cenno alla coppa e alla punta di lancia. Sì, proprio gli oggetti che cercate... E anche al *Lapis exilii*».

Non appena udì quel nome, il cavaliere spalancò gli occhi. «Voi l'avete visto, non è vero?», chiese in uno slancio di curiosità. «Mi è stato detto che siete stato nella cripta di Mont-Fleur».

«La pietra mistica», bisbigliò il monaco, annuendo con orgoglio. «La pietra che fa ardere la fenice per farla risorgere dalle sue stesse ceneri».

«Non fate che esprimervi per enigmi!».

«Forse per voi, messere, ma non per chi sa...».

«O forse cercate di raggirarmi con delle menzogne». Avanzando d'un passo, Maynard gli puntò il pugnale al torace. «Confessate! Per conto di chi avete rubato le reliquie di Mont-Fleur?».

Il monaco arretrò con cautela verso l'uscita. «Scoprirlo non vi servirà a nulla, ve lo assicuro...».

Il francese avanzò ancora verso di lui, deciso a ottenere una risposta. «Ditemi quel nome!», insistette, minacciando un affondo.

«Conoscerlo non vi sarà di alcun aiuto...».

«Quindi nemmeno voi lo siete!».

Facio posò lo sguardo sulla punta del pugnale, sempre più vicina. Era madido di sudore e pallido come un cencio. Ogni emozione sembrava essere stata risucchiata dalle sue iridi nere. «Non feci in tempo a consegnargliele, capite?», rivelò. «Le reliquie, intendo... Mi furono sottratte con la tortura».

«Sottratte da *chi*?».

In quel momento una figura in penombra varcò l'ingresso. Maynard non fece in tempo a riconoscere Isabeau che il monaco, più vicino a lei, le afferrò i capelli per attirarla a sé.

«State indietro!», gridò Facio. «O le spezzo il collo!».

Il cavaliere lo vide stringere la fanciulla per farsene scudo. Poi notò lo spavento della ragazza. «Se solo osate...», e sollevò il pugnale.

«La uccido, giuro!», minacciò il monaco. Arretrò lentamente verso l'uscita, continuando a tenere stretta Isabeau. «Indietro!», disse per l'ultima volta. Uscì dalla stanza e, con un ghigno scellerato, serrò il battente con un calcio.

Assordato dal tonfo, Maynard si proiettò in avanti per riaprire la porta, ma con un urlo furioso si rese conto che era bloccata. «Bastardo!», sibilò, iniziando a prendere a spallate il battente. Dopo ogni colpo, veniva accecato da un bagliore che svaniva intorno al volto di Eudeline. L'Eudeline giovane e indifesa, in balia del terribile padre. L'Eudeline che non era riuscito a salvare.

«Non osate farle del male!», gridò a squarciagola, mentre il mondo si trasformava in un vortice nero. «Non osate!».

Gli rispose soltanto lo scricchiolio del legno.

38

Reims, valetudinarium di Sainte-Balsamie

Suor Eudeline seguì l'avanzare del pedone bianco sulla scacchiera, poi osservò l'uomo che l'aveva mosso. Robert de Vermandois non avrebbe certo potuto definirsi bello. Bruno e con le mascelle squadrate, le sedeva di fronte con le grandi mani chiuse sotto il mento. Mani nodose, più avvezze a impugnare armi che ad abbandonarsi a effusioni. Eppure c'era un'indiscussa eleganza nei suoi movimenti, così come nel modo in cui la guardava. Una grazia marziale, quasi altezzosa, che la reverenda madre scoprì di preferire ai comportamenti fin troppo delicati di alcuni nobili conosciuti in gioventù.

Si trovavano nel valetudinarium di Sainte-Balsamie, seduti a un tavolo solitamente usato per consultare libri di medicina. Ora, invece, era occupato da una vecchia scacchiera di ebano e avorio, uno dei pochi oggetti che Eudeline conservava della sua vita passata. Era stata acquistata dal nonno materno, durante un pellegrinaggio in Terrasanta. Per un attimo la badessa si perse ad ammirare gli arabeschi intarsiati sui bordi, infine tornò sul barone piccardo.

Non l'aveva sfidato soltanto per aiutarlo a riacquistare la memoria. Il suo era stato un pretesto per mettersi alla prova di fronte a un estraneo capace di imbarazzarla, se non addirittura di affascinarla. E benché Robert ne fosse ignaro, sembrava nutrire interesse per lei. Eudeline l'aveva intuito dalle sue insistenti richieste di incontrarla quanto dal tono della voce. Decisa a mantenersi distaccata, continuò a condurre il gioco senza tradire emozioni.

Robert muoveva i bianchi e aveva adottato fin dall'inizio una strategia di difesa, disponendo uno schieramento di pedoni rinforzato da torri e cavalli. Ciò nondimeno, la badessa si era mostrata talmente abile nel muovere gli alfieri neri da mangiargli alcuni tra i pezzi più importanti, mettendogli il re sotto scacco un paio di volte.

Vermandois non era di indole orgogliosa. Al contrario della maggior parte degli uomini, restii ad accettare il vantaggio di una donna, si congratulava dopo ogni mossa con un cenno del capo. E suor Eudeline si ritrovava a imprecare dentro di sé, sentendosi esposta ad attacchi ben più sottili delle insidie geometriche della scacchiera. Sospettava che il barone iniziasse a percepire il suo disagio. Ma ne fu pienamente convinta soltanto quando lui, con un sorriso galante, la privò di un alfiere grazie all'azione combinata di due pedoni. «Vi battete come una leonessa», si complimentò nondimeno. «Osate rischiare più di quanto mi aspettassi da una monaca».

«Non lasciatevi fuorviare», si affrettò a ribattere la reverenda madre. «I giochi sono meri artifizi. San Bonaventura ci mette in guardia sulla loro capacità di confondere l'ordine sociale e religioso».

Lui scosse il capo. «E se proprio per questo mettessero a nudo la nostra vera natura?». Rigirando tra le dita l'alfiere catturato, la scrutò con intensità. «L'audacia con cui assediate il mio schieramento vi appartiene, madonna. Non è illusione. Siete voi, pura e semplice, priva di qualsiasi maschera».

La badessa si irrigidì. Comprendendo d'un tratto quanto profonda rischiasse di diventare la loro intesa, si ritrovò a pensare alla *chanson* della bella Rosalinda che, durante una partita a scacchi, era stata sedotta e poi ingannata da un cavaliere. «Presumere di scorgere la verità attraverso un gioco», disse quasi con sgarbo, «equivarrebbe a compiere l'errore di Adamo ed Eva. Fu per diletto, infatti, che giunsero a peccare di superbia contro Dio».

Robert non fu abbastanza accorto da cogliere la sua irritazione. «Forse Eva era un'abile giocatrice di scacchi», propose svagato. «Almeno quanto lo siete voi».

A quelle parole la badessa scattò in piedi, facendo rovesciare alcune pedine. «A cosa avreste l'ardire di alludere, messere?».

Il piccardo la fissò basito. «A nulla di oltraggioso, mia signora». Si alzò a sua volta, appoggiandosi ai bordi del tavolo, nel tentativo di tranquillizzarla.

Rossa per lo sdegno, Eudeline era talmente accaldata da desiderare di strapparsi il velo e il soggolo. Come ardiva, quell'uomo, di permettersi tanta confidenza? Lo trapassò con un'occhiata di rimprovero, poi disse con distacco: «Ci siamo dilungati fin troppo», e prese congedo con un cenno della mano. «La vostra memoria sembra non fare progressi...».

Vermandois la trattenne per un polso. «Perché mi temete?».

Lei ebbe l'impulso di ribellarsi, ma non lo fece. Saggiò la stretta di quella mano grande e ruvida, sentendo il suo calore propagarsi fin sotto la pelle. «Io non vi temo», rispose, incapace di nascondersi dietro lunghi discorsi. «Non capite? È proprio questo il problema... *Io non vi temo!*».

Robert schiuse le labbra senza proferire verbo. La fissò attonito, poi i suoi occhi si abbassarono sulla scacchiera per vagare smarriti, quasi inespressivi, finché parvero cogliere qualcosa. Allora, inseguendo le immagini del pensiero, tornarono a risplendere vividi. «La conclusione della partita... il viaggio...», esclamò tremante.

«A cosa alludete?», chiese la badessa, avvicinandosi d'istinto.

«Ora ricordo... Ricordo!». Vermandois posò una mano sulla scacchiera, afferrando alcune pedine. «Attendemmo che vostro fratello si rimettesse dalla ferita, poi ci accodammo al seguito del re. Sì, rammento... Maynard voleva dirigersi verso Reims, ma prima... Prima accadde un fatto strano».

«L'agguato dei sicari?»

«No, no... Vedo un carro. Un carro che recava un'insidia ancor più letale. Eravamo ancora al seguito del Valois, quando un uomo si sporse all'improvviso da quel carro per scrutare Maynard...».

Ormai dimentica dell'alterco, Eudeline lo fece sedere al tavolo, nell'attesa che si spiegasse meglio. Tuttavia, dopo aver pazientato più di quanto le consentisse il suo animo inquieto, ruppe il silenzio: «Quale uomo?».

Allora Robert de Vermandois aggrottò le sopracciglia e, con una voce tagliente come metallo, pronunciò un nome: «Sua altezza Karel di Lussemburgo».

Aleydis non sapeva darsi pace. Il momento in cui suor Claire avrebbe usato la chiave che teneva appesa al collo era sempre più vicino, ma la novizia non era ancora riuscita a sostituirla con quella autentica. Ora che possedeva copia delle lettere di Maynard de Rocheblanche, non poteva permettersi di commettere errori. Se voleva che la sua intrusione nelle stanze della badessa restasse un segreto, doveva assolutamente rimettere la chiave rubata al collo della cappellana. O per lei sarebbe stata la fine.

Cercò di mantenersi calma, aspettando la pausa serale nella speranza di trovare l'occasione giusta per avvicinare suor Claire. Sapeva già come fare. Con la scusa di ribadire il proprio dispiacere per l'incidente mattutino, si sarebbe appartata con lei e avrebbe trovato il modo di sostituire la chiave. Ma all'avvicinarsi del momento in cui intendeva agire, la sua presenza fu richiesta dall'infirmaria.

Interrogandosi sul motivo di quella convocazione, la ragazza raggiunse il valetudinarium con l'augurio di non incappare in contrattempi.

La monaca la stava attendendo all'aperto, già pronta a impartire ordini. «Dovrete pulire l'orto dalle erbacce», le disse.

«Adesso?», chiese la novizia, presa alla sprovvista.

«Preferireste agire con vostro comodo?», ironizzò l'infirmaria, portando i pugni ai fianchi.

«Chiedo venia, madre… Se solo potessi farlo più tardi…».

La monaca scosse il capo. «Obbedienza!», esclamò, e voltandole le spalle la lasciò sola.

Aleydis diresse uno sguardo verso l'orto e per poco non ebbe un mancamento. Era completamente coperto di erbacce. Quel compito l'avrebbe tenuta impegnata fino a sera. Meditò su come fosse possibile trovare una scappatoia dall'impiccio, ma concluse di non avere scelta. L'unica soluzione era sbrigarsi.

Si chinò senza esitare tra i solchi di terra e, secchio alla mano, strappò con furia tutti i germogli di gramigna che, con l'inizio della bella stagione, iniziavano a infestare le colture delle erbe officinali.

Di tanto in tanto l'infirmaria usciva all'aperto per controllarla. E ignara delle motivazioni che la spingevano a metterci tanto impegno, si complimentò con lei per la solerzia.

In preda a un'agitazione sempre più grande, Aleydis continuò a lavorare a testa china, incurante delle ferite alle dita, finché non ebbe portato a termine il compito. Allora, con la schiena indolenzita, prese congedo e si avviò in fretta verso il chiostro.

Nel trovare le monache ancora intente a chiacchierare, tirò un sospiro di sollievo. Si assicurò di avere la chiave sempre nascosta sotto la manica e, tutta sudata e con le mani annerite dalla terra, si aggirò in cerca della cappellana.

Proprio in quel momento, suor Claire stava usando la chiave sbagliata per accedere alla domus particularis della badessa.

Suor Eudeline si allontanò dal valetudinarium con la testa piena di pensieri. Non bastava la curiosità sul *Lapis exilii* e l'incognita sulla missione di Maynard. Ora, ad assillarla, c'era anche un nome altisonante: Karel di Lussemburgo. Robert l'aveva definito "altezza" e non "maestà", poiché la sua amnesia era precedente alla notizia dell'incoronazione di colui che da pochi giorni era noto al mondo come Carlo I di Boemia, "re dei preti".

Il vero dilemma, d'altro canto, era scoprire cosa volesse un uomo del genere da Maynard. Il piccardo non rammentava nulla al riguardo, a parte la velata ostilità di quell'individuo. D'altro canto, Eudeline aveva preferito non fare cenno all'enigma del *Lapis exilii*, tantomeno alla missione di cui si era fatto carico il fratello.

Aveva dunque lasciato Robert de Vermandois a riposare per ritirarsi nelle sue stanze. Desiderava meditare da sola, nel tentativo di tracciare un seppur ipotetico collegamento tra i pochi indizi di cui disponeva. Non poteva ignorare l'ipotesi del complotto confidatale da Maynard poco prima della sua partenza. Un complotto ordito proprio ai danni del nobile padre di Karel.

Era ormai giunta a destinazione quando vide suor Claire ferma davanti all'uscio. «Che succede?», le domandò.

«La chiave...», rispose la cappellana, con un certo imbarazzo. «Non apre... Forse, la serratura...».

Irritata da quel balbettare, la badessa le si avvicinò come un falco. «Si può sapere cosa state dicendo?»

«Volevo precedervi, portarmi avanti con il lavoro...», rispose suor Claire, tenendo lo sguardo basso. «Ma la serratura dev'essere bloccata... Non riesco a...».

Scrutandola con sufficienza, suor Eudeline estrasse da una tasca dell'abito la sua chiave, la infilò nella toppa e, con un gesto secco, fece scattare il catenaccio. «Come immaginavo», mormorò recisa. «Nessuna serratura bloccata».

La monaca arrossì. «Forse», balbettò, «si trattava solo di un po' di ruggine...».

«O forse», le fece eco la reverenda madre, «mi serve una nuova cappellana». E buttando gli occhi al cielo, si diresse al suo scrittoio sommerso di scartoffie.

39

Abbazia di Santa Maria di Pomposa

Nel carro fermo a poca distanza dall'abbazia di Pomposa, Gualtiero e Sigismondo stavano informando Sapia sugli esiti dell'incontro con il capitolo. La donna ascoltò con fierezza il resoconto del figlio, ma il mastro pittore la invitò a non cedere troppo in fretta all'entusiasmo. «È presto per i rallegramenti», disse, incrociando le braccia al petto.

«L'abate deve ancora informarci sul responso dei monaci», spiegò il giovane.

«Allora pregheremo il Signore», ribatté Sapia, iniziando a radunare il necessario per la cena. Estrasse da un sacco di tela alcuni porri selvatici e, dopo averli messi da parte, osservò le ultime scorte di cibo finché non decise di preparare una polenta di miglio. Riempì d'acqua un recipiente di ceramica e si preparò a uscire, per metterlo sul fuoco.

Fu allora che udirono un grido.

«Cos'è stato?», sobbalzò Sigismondo.

«Una voce femminile», esclamò Gualtiero, allarmato.

Padre e figlio si precipitarono all'aperto appena in tempo per scorgere un cavallo grigio che avanzava a spron battuto nella foschia serale. Gli sedeva in groppa un monaco incappucciato, ma l'attenzione di entrambi ricadde subito sulla fanciulla caricata a testa in giù sull'arcione. Agitava le gambe e strepitava, tentando di ribellarsi. Il cavaliere cercava di tenerla ferma con la mano sinistra, mentre con la destra impugnava le redini. Sembrava in difficoltà, al punto che dovette rallentare l'andatura per non perdere l'equilibrio.

In quel preciso istante Gualtiero riconobbe la ragazza e fu attanagliato da un improvviso senso di angoscia. "Non sono affari miei", si disse, resistendo all'impulso di soccorrerla. Ignorava cosa stesse accadendo e non poteva escludere che quel monaco agisse a fin di bene. Eppure l'istinto gli suggerì il contrario, facendolo vergognare di assistere impotente a quella scena. Nel vedere il frater fermarsi, esitò una seconda volta al pensiero della punizione in cui sarebbe incorso per aver ostacolato un uomo di chiesa. Poi gli balenò nella mente il volto della fanciulla, i suoi strani occhi, e in uno slancio di coraggio corse verso il destriero per afferrargli le briglie. La bestia però si imbizzarrì, facendolo cadere a terra. Il giovane ruzzolò di lato per non finire schiacciato sotto gli zoccoli, mentre Sigismondo si precipitava in suo soccorso, allarmato.

Ripreso il controllo, il monaco lanciò un'imprecazione e diede di sprone per aizzare il destriero. Ma prima che potesse ripartire al galoppo, Gualtiero si rimise in piedi e riuscì ad aggrapparsi a una delle sue gambe. «Per quale ragione tenete prigioniera la fanciulla?», lo interrogò, minacciando di farlo cadere da sella.

«Levati di torno, villano!», sibilò il religioso, alle prese con la ragazza che aveva ripreso a dibattersi con disperazione. Tuttavia, sempre più instabile sulle staffe, fu alla fine costretto a far cadere l'ostaggio per non finire disarcionato. Poi, con un'esclamazione esasperata, fece schioccare le redini.

Padre e figlio furono spinti a terra dal balzo del cavallo grigio che, con un nitrito, riprendeva la sua corsa verso gli alberi.

«Sei impazzito, figliolo?», grugnì il mastro pittore, rialzandosi pieno di acciacchi. «Se non fossi intervenuto, ti saresti fatto ammazzare!».

Il giovane gli rivolse un frettoloso gesto di scuse e corse a soccorrere la ragazza. «State bene?».

Sembrava stordita, forse aveva battuto il capo. Le scostò i capelli dal viso e le fece posare la testa sulle sue ginocchia, per assicurarsi che non fosse ferita.

Poco per volta, Isabeau si riprese. «Ero salita sulla colombaia per curiosare...», farfugliò, guardandosi intorno disorientata. «C'era entrato quel monaco... poi Maynard...».

Gualtiero scosse il capo, incapace di comprendere.

«Non dovevi impicciarti!», si intromise Sigismondo, rimbrottando. «Cosa ti è saltato in mente? Non sai quali guai potresti averci procurato!».

Il giovane non riuscì a dargli torto. Aveva agito d'impulso, senza riflettere sulle conseguenze. Eppure, nel vedere quella ragazza trascinata via contro la sua volontà, era stato incapace di controllarsi. E benché non sapesse comprenderne il motivo, aveva la sensazione di essere intervenuto non solo per lei, ma anche per se stesso. Fugò quel pensiero, cercando di capire in fretta cosa fosse meglio fare.

E prendendola in braccio, disse al padre: «Mi aiuteresti a portarla dall'abate?».

All'imbrunire, la foschia si era tramutata in una coltre di nebbia talmente spessa da celare allo sguardo qualsiasi cosa. Maynard guidava il morello fra tronchi d'albero evanescenti come spettri, rischiarando il percorso con una torcia. All'improvviso una figura a cavallo si materializzò al suo fianco, facendo oscillare la lingua della fiamma. Soltanto il suono della voce gli permise di riconoscere l'abate Andrea: «Padre Facio non ha lasciato l'*Insula Pomposiæ*, ne sono certo. Abbiamo interrogato le vedette lungo la via dei romei e controllato tutti i punti in cui avrebbe potuto farsi traghettare oltre il Padus».

«Tuttavia», obiettò il francese, «mi dicevate che l'*Insula* possiede anche un porto affacciato sul mare».

«Sì, il *Portus Abbatis* presso la Torre della Lanterna. Nessun monaco può imbarcarsi senza il mio permesso. Abbiate fiducia, messere, Facio si nasconde ancora fra queste selve».

«Ciò nondimeno», sospirò Maynard, «con una simile nebbia, neppure il diavolo riuscirebbe a scovarlo».

«Se solo non ve lo foste lasciato sfuggire...», lo rimproverò Andrea. «Sbaglio, o vi avevo chiesto di attendere il mio intervento per parlargli?».

Rocheblanche si strinse nelle spalle. «Ho dovuto improvvisare. Quel furfante mi ha intravisto dalla nicchia e dev'essersi insospettito. Inseguirlo mi è parsa l'unica soluzione sensata». Continuando a scrutare nel grigiore, in cerca di un qualsiasi movimento, proseguì a informarlo sull'accaduto: «Vedendolo uscire dalla sala del capitolo, sono sceso dal mio punto di osservazione fino alla sacrestia, ho attraversato la navata del monastero e aggirato gli edifici esterni per coglierlo di sorpresa. L'avevo acciuffato, credetemi! Se solo Isabeau non si fosse intromessa...». A quel pensiero, la sua voce si intenerì. «Per fortuna è salva».

«Ringraziate Gualtiero de' Bruni», gli rammentò il religioso. «L'ha soccorsa e riportata al monasterium senza neppure un graffio».

«Un giovane di indubbio coraggio», commentò Maynard. «Assai accorto, per giunta, dal momento che ha saputo dirci in quale direzione è fuggito il vostro monaco».

Nascosto nella nebbia, padre Andrea emise un'imprecazione. «Facio si è comportato in modo ignobile. Prendere addirittura in ostaggio una fanciulla... Oh, Signore!».

Il cavaliere annuì, e all'improvviso si rammentò di un dettaglio importante. «Prima del mio intervento, è possibile che abbia inviato un messaggio».

«Un messaggio?», fece l'abate, con una nota di preoccupazione.

«Immaginate a chi possa essersi rivolto?»

«Padre Facio ha amici potenti presso Ferrara, nella nobile famiglia degli Este, tuttavia non aveva mai fatto ricorso a loro, fino a ora almeno... A quanto pare, l'avete davvero spaventato».

«Al contrario», mormorò Maynard. «È stato lui a spaventare me».

«Perché dite ciò?»

«Perché mi ha parlato di cose che non conosco».

Al sicuro nell'alloggio del monasterium, Isabeau aveva atteso il ritorno di Maynard finché non aveva ceduto alla spossatezza, crollando addormentata. Nonostante i pericoli corsi quel giorno, i suoi sogni furono pacifici, allietati dalla figura del giovane che l'aveva soccorsa. Gualtiero. Ora conosceva il suo nome, le echeggiava nella mente tra immagini ovattate e luminose.

Persa nell'incoscienza, non poteva certo immaginare che, nel buio intorno a lei, si aggirasse un intruso al barlume di una candela.

Era padre Facio. Le si avvicinò furtivo, tentato di rapirla per la seconda volta. Era persuaso che la ragazza avrebbe potuto rivelargli delle informazioni utili, ma non poteva rischiare che le sue urla richiamassero l'attenzione degli arcieri. Inoltre temeva che il francese potesse fare ritorno da un momento all'altro. Meglio limitarsi a rovistare nella sua stanza in cerca di indizi. Il monaco doveva assolutamente scoprire qualcosa di più su quel nuovo nemico.

Dopo aver esaminato invano l'unico baule presente fra quelle mura, si avvicinò dunque a una bisaccia appesa alla parete e frugò al suo interno. Non trovò nulla di notevole, eccetto un grosso anello dorato.

Osservò alla luce della candela il sigillo sul castone… E per poco non gridò per l'orrore.

"Il leone d'argento!", pensò con un fremito.

Non lo vedeva da anni, eppure il terrore si impadronì subito di lui. Il solo interrogarsi sulla presenza di quello stemma a Pomposa gli suscitò il desiderio di fuggire il più lontano possibile. "Non mi avrà", si disse. "Meglio la morte. Meglio qualsiasi altra cosa".

Cercando di recuperare un barlume di lucidità, nascose l'anello in una tasca della cocolla e arretrò con cautela verso l'uscita, attento a non svegliare la ragazza.

Non era più tempo di coltivare il sogno di diventare abate. Doveva mettere da parte le ambizioni e trovare un rifugio sicuro, presso un alleato potente. Intuiva che presto, molto presto, sarebbero successe cose atroci.

Del resto, conosceva bene l'uomo che si fregiava di quel sigillo. Ne aveva il ricordo impresso nella mente ma anche nella carne, nel dolore che provava ogni giorno nel muovere i suoi arti deformi.

Erano trascorsi quattordici anni da quando lo aveva torturato davanti alle mura di Ferrara. E ancora adesso, Facio tremava al solo sussurrarne il nome.

40

Reims, convento di Sainte-Balsamie
22 marzo, notte

Suor Claire andò a cercare Aleydis dopo compieta, non appena tutte le altre consorelle si furono ritirate nel dormitorium. La trovò nell'orto, intenta a rinfrescarsi le mani graffiate dalle erbacce con l'acqua del pozzo.

Nel vederla affiorare dalle tenebre, la novizia sobbalzò.

La cappellana si limitò a mostrarle la chiave che teneva appesa al collo. «Credevate che non me ne fossi accorta?», le domandò in tono gelido. «Che non sarei risalita a voi?».

Dopo il fallimento, Aleydis aveva trascorso il resto della giornata in attesa di quel momento, cercando di immaginare come rispondere a una simile domanda. Reagì con maggior calma di quanto si fosse aspettata, e scuotendo il capo finse di non capire.

Suor Claire era troppo desiderosa di ottenere soddisfazione per accettare di farsi trattare a quel modo. «Perché l'avete fatto? Volete prendere il mio posto?», le strillò in faccia. Poi restò immobile, nel buio, e d'un tratto iniziò a singhiozzare.

La novizia ne fu sinceramente dispiaciuta. In fondo, quella povera monaca era una vittima inconsapevole delle sue macchinazioni. Non avrebbe meritato di essere ingannata. Le si avvicinò per calmarla, nella speranza che tutto potesse risolversi con una scusa e qualche parola gentile.

La cappellana però la respinse con un gesto secco. «So bene che piacete alla badessa!», sibilò con il viso bagnato di lacrime. «Ma non crediate, voi non siete nulla! *Voi...*», ripeté con disgusto. «Con la vostra vanità di credervi la più bella... La contessina! Credete che sia cieca? Credete che le altre non ridano alle vostre spalle?».

Aleydis la fissò incredula, profondamente ferita da tanto disprezzo. Dovette trattenere un moto di rabbia e sforzarsi di trovare una via d'uscita da quella situazione, prima che qualcun altro si accorgesse di loro. «Madre, non agitatevi...», bisbigliò, cercando di calmarla. «Vi assicuro che...».

«Zitta!», esclamò suor Claire. «Oggi, grazie a voi, sono stata umiliata per l'ennesima volta...». E, ridendo con rabbia, aggiunse: «Oh, ma sarà l'ultima! Vi trascinerò al cospetto della reverenda madre, e allora sarete costretta a dire la verità».

La novizia le afferrò una mano. «Non fatelo...», la supplicò.

Per tutta risposta, la cappellana la colpì con uno schiaffo.

La ragazza reagì d'impulso, spingendola con tutta la sua forza contro il muretto di pietra che aveva alle spalle. E nell'oscurità del claustro, udì un rumore di ossa che si fratturavano.

Soffocando un grido di angoscia nato dall'anima, Aleydis si chinò sulla monaca, cercando di farla rinvenire, ma ancor prima di macchiarsi con il liquido appiccicoso che le colava dalla nuca, si accorse con una fitta di rimorso che suor Claire non avrebbe più rivelato il suo segreto a nessuno. Se non a sorella Morte.

PARTE TERZA

L'aquila bianca

41

Abbazia di Santa Maria di Pomposa
26 marzo

In cima a un ponteggio eretto dietro l'altare, Gualtiero e Sigismondo stavano picchiettando a colpi di martello la lunetta affrescata dell'abside. Quel giorno stesso, al sorgere dell'alba, il reverendo Andrea aveva bussato al loro carro per dichiarare il consenso dei monaci. Da allora padre e figlio non si erano fermati un istante.

Come prima cosa dovevano rendere ruvida la parete, al prezzo di deturparne le antiche decorazioni. Il giovane soffriva nel compiere un simile scempio, pur consapevole di dover creare una superficie adatta ad accogliere l'intonaco per la nuova decorazione a fresco. Ecco perché continuava a colpire senza requie. Desiderava giungere al più presto alla fase successiva, quando lui e suo padre avrebbero applicato uno strato di malta grossolana, l'arriccio, su cui poter tracciare il disegno preparatorio della pittura. L'avrebbero eseguito in terra rossa di Sinope, per poi ricoprirlo, una volta ricevuta l'approvazione dell'abate, con un velo di intonaco che costituiva la base dell'affresco vero e proprio.

Dopo una mattinata di duro lavoro, Gualtiero aveva la schiena a pezzi e il braccio destro indolenzito. Tuttavia non accennava a rallentare, uniformandosi al ritmo incessante di Sigismondo che, grondante di sudore, continuava a picchiare con accanimento sul volto del Pantocrator.

Il mastro pittore aveva la fronte aggrottata e gli occhi stretti, per proteggersi dai frammenti di intonaco che schizzavano sotto i suoi colpi. Ora più che mai lasciava trapelare la durezza del suo carattere, accentuata dall'espressione arcigna e dalla barba corvina, coperta di polvere biancastra. Erano quelli i momenti in cui il ragazzo lo apprezzava di più. I momenti di laborioso silenzio, durante i quali riconosceva in lui la sua stessa passione.

Sigismondo era un uomo dai molti pregi. Operoso e instancabile, vantava un'esperienza acquisita in varie città e botteghe. La sua devozione verso quanto appreso in gioventù non gli consentiva però di guardare oltre la tradizione. Questo, il ragazzo non riusciva a tollerarlo. Considerava l'arte della pittura un linguaggio destinato a evolversi, non a restare imprigionato in regole immutabili.

Il successo ottenuto dinanzi al capitolo dei monaci la diceva lunga al riguardo. Gualtiero non poteva ancora credere che l'abside di Pomposa avrebbe presto accolto il frutto della sua inventiva. Se si fosse limitato a seguire gli ordini del padre, ciò non sarebbe accaduto. A quel pensiero seguì una punta di rammarico, dovuta alla consapevolezza di non poter condividere la soddisfazione con l'orgoglioso Sigismondo.

La sua mente era impegnata anche in riflessioni riguardanti il reverendo Andrea. Il religioso aveva comunicato l'approvazione del capitolo in modo troppo freddo e sbrigativo, al punto da indurgli il sospetto che fosse ancora turbato per gli accadimenti sconcertanti degli ultimi giorni. Gualtiero ne era venuto a conoscenza per puro caso, riportando la ragazza francese al monasterium. Allora gli era stato detto che il monaco da cui l'aveva salvata era fuggito dall'abbazia.

D'un tratto non udì più il suono del martello del padre e si rese conto che avevano ormai picchiettato l'intera porzione di parete fino all'altezza delle loro caviglie. Per ultimare il lavoro, sarebbe stato necessario scendere dal ponteggio, spostarlo e proseguire più in basso.

Sigismondo si asciugò la fronte con un sorriso pago. «In serata avremo finito».

«Quindi domani potremo applicare l'arriccio», disse Gualtiero.

Il genitore annuì, poi si sedette sull'asse dell'impalcatura e bevve un sorso da una borraccia. «Che ne dici di una pausa?», gli suggerì. «Muoio di fame».

«Anch'io».

La risata dell'uomo fu spezzata da una serie di colpetti di tosse, per via della polvere che aleggiava nell'aria. «Allora spicciati, di' a tua madre di prepararci qualcosa da mangiare», e gli batté una mano sulla spalla.

Ricambiato il gesto, il ragazzo scese con un balzo dal ponteggio e si diresse a passo svelto verso l'uscita.

Tutto sommato, pensò, quella era una buona giornata.

Varcato il portale, Gualtiero si imbatté con stupore in una delegazione di cavalieri in arme fermi davanti all'abbazia. La sua attenzione ricadde subito su un vessillifero che recava l'insegna di un'aquila bianca su campo azzurro. Gli stessi colori ricorrevano su molte uniformi e gualdrappe dei presenti. Chi spiccava fra loro, però, era completamente vestito di giallo, eccetto per lo scapolare rosso da cui pendeva un cappuccio lungo e sottile.

Ignorando chi fossero quegli uomini, il giovane proseguì verso il carro senza farsi notare e trovò Sapia appostata all'esterno, intenta a spiare i nuovi arrivati. Rimase meravigliato della sua espressione inquieta, al limite dello spavento. Non gli era mai capitato di vederla così, neppure nei momenti di maggior difficoltà, e per un attimo ebbe la sensazione di trovarsi al cospetto di un'estranea. Prima di poterle chiedere spiegazioni, si accorse che stava accadendo qualcosa.

Quattro monaci spuntarono da uno degli edifici annessi al chiostro. Il reverendo Andrea camminava davanti a loro, altero e quasi ostile, come se li stesse guidando in battaglia. Si fermò davanti alla delegazione e intrecciò le braccia al petto, senza accennare un saluto.

«Neppure un inchino, padre?», lo apostrofò l'uomo in giallo.

«Le vostre cavalcature insozzano di sterco la mia corte», gli rinfacciò l'abate, «e voi pretendete addirittura che mi inchini?».

Il cavaliere si lasciò sfuggire una risatina stridula. «Se solo sapeste a chi vi rivolgete, evitereste modi tanto sfrontati».

«Mi basta conoscere i messeri che vi accompagnano», soggiunse Andrea, indicando con sprezzo gli uomini al suo fianco. «Maffeo da Brescia, capitano generale delle milizie di Ferrara, insieme ai contestabili Gabriotto da Canossa e Niccolò de' Roberti. Sono araldi del marchese Obizzo III d'Este, che con troppa leggerezza si definisce protettore di queste terre».

«Non è soltanto in nome di sua signoria che siamo giunti fin qui», annunciò l'uomo in giallo, «ma anche di sua eccellenza il vescovo di Ferrara».

«Il vescovo...», ripeté l'abate, per nulla intimidito. «Siete dunque il suo faccendiere?»

«Il suo visdomino», precisò, mostrando il crocifisso tempestato di gemme che gli pendeva sul petto. «Superanzio Orsini è il mio nome, affinché possiate rammentarvene al nostro prossimo incontro».

«A prescindere da chi voi siate, il vescovo non ha giurisdizione in questo luogo. Tantomeno i suoi servitori».

«Avete l'ardire di insegnarmi ciò che posso e non posso fare?». Il tono di Superanzio si manteneva tra il canzonatorio e il minaccioso. «Come ho accennato poc'anzi, sono giunto a Pomposa per una questione che riguarda sia il vescovo che il marchese Obizzo». Fece una breve pausa. Poi, squadrando il religioso dall'alto della sella, rivelò: «Pare che un vostro monaco si sia rivolto a sua signoria, denunciando alcune irregolarità sulla conduzione di questo cenobio».

«Di quale monaco state parlando?», volle sapere Andrea, zittendo i confratelli alle sue spalle.

«Padre Facio di Malaspina».

«Padre Facio è fuggito. Non si trova più qui da quattro giorni».

«A quella data risale infatti il suo messaggio», rivelò il visdomino. «Un messaggio portato da un colombo viaggiatore, in cui si condanna lo spreco di denari per la realizzazione di una pittura a fresco».

«Spreco di denari?». Il reverendo padre aggrottò la fronte. «Dovrei forse accumulare ricchezze come uno strozzino? Sarebbe un peccato equiparabile alla cupidigia».

«In tempi di carestia, lo sperpero è un misfatto altrettanto grave», lo ammonì Superanzio, facendosi serio. «Soprattutto se si è debitori verso la Camera Apostolica. E voi lo siete, dico bene? Sono al corrente della vostra situazione».

Andrea divenne paonazzo. «Anche se fosse, in quale misura riguarderebbe il vescovo di Ferrara?»

«Sua eccellenza può soltanto esprimere dissenso per la vostra condotta», chiarì il visdomino con un sorrisetto viscido. «Ma in qualità di vicario del papa, il marchese Obizzo III d'Este ha tutti i diritti di riscuotere il vostro debito. E preso atto della situazione, ha deciso di farlo a partire dalla pecunia che dissennatamente vorreste dissipare per l'affresco».

«È ridicolo! La somma di cui parlate è talmente esigua da non coprire nemmeno un decimo dell'ammanco...».

«Ciò nondimeno», lo interruppe Superanzio, «inizierete da quella».

L'abate strinse i pugni, incapace di mantenere la calma. «È un sopruso!», protestò. «Scriverò al presule di Bologna… A sua santità in persona…».

«Scrivete a chi più vi aggrada, padre. Mio era soltanto il compito di avvisarvi». Così dicendo, l'emissario del vescovo rivolse un'occhiata agli armigeri che aveva alle spalle, preparandosi a spiegare la ragione della loro presenza. «Ben altre dovrebbero essere le vostre inquietudini, al momento. La lettera di padre Facio allude invero a una vostra ulteriore negligenza. Pare diate rifugio a gente nemica della città di Ferrara».

L'abate lo scrutò con disappunto. «Riponete maggior fiducia nelle calunnie di un monaco fuggiasco che nella mia persona?»

«Io non ripongo fiducia in chicchessia, credetemi. Sono qui per appurare semplici fatti, insieme agli uomini del marchese d'Este. Ciò nondimeno, dal momento che la missiva di Facio non riporta alcun nome, vi chiedo licenza di ispezionare il…». Superanzio Orsini lasciò la frase in sospeso, puntando improvvisamente lo sguardo verso il carro fermo a poca distanza dall'abbazia. Il suo volto si fece ceruleo, la bocca si spalancò per lo stupore.

Gualtiero, che fino ad allora aveva assistito in disparte, sentì gli occhi di quell'uomo puntati su di sé, e credendo di aver attirato in qualche modo l'attenzione si affrettò ad abbozzare un cenno di scuse. Poi si rese conto che il visdomino non stava guardando lui, bensì sua madre.

Cosa ancor più strana, Sapia stava ricambiando quello sguardo. Vedendola turbata, ma allo stesso tempo consapevole di quanto stesse accadendo, il giovane le strinse una mano. «Madre, madre…», la chiamò basito. «Vuoi spiegarmi?».

Invece di una risposta, risuonò la voce incredula dell'emissario del vescovo.

«Cosa ci fa *lei* qui?», sbraitò l'uomo in giallo, dimenticandosi del contegno. «Capitano Maffeo da Brescia!», sibilò, indicando Sapia. «Prendete subito quella donna!».

Al pari di uno schiocco di frusta, le sue parole mobilitarono tutti i presenti. Il capitano generale abbaiò un ordine secco e tre cavalieri diedero di sprone in direzione del carro.

Qualsiasi cosa stesse accadendo, avveniva troppo in fretta perché Gualtiero potesse farsene una ragione. Vedendo i tre armigeri strattonare le redini al suo cospetto e scendere dalle cavalcature, si parò a difesa della madre. «Spiegami cosa succede!», la implorò con sgomento.

Quasi che Sapia avesse perso l'uso della favella, si limitò a scrutarlo con disperato amore. Poi fissò gli armigeri e chiuse il suo volto a ogni emozione, facendolo diventare una maschera imperturbabile. Il ragazzo provò di nuovo quella sensazione di estraneità e scosse il capo, incapace di comprendere. Infine fu spinto di lato e la vide trascinare via, mentre un armigero lo obbligava a restare fermo.

La donna non si oppose. Si lasciò afferrare per le braccia e condurre verso il visdomino, senza proferire verbo o lamento.

«*Voi!*», le sibilò in faccia Superanzio, non appena l'ebbe di fronte. «Pensavo foste morta, e invece...». Si accarezzò il viso, sempre più stravolto man mano che si soffermava sui lineamenti di Sapia. «Possibile, tuttavia, che siate proprio voi?».

Lei non batté ciglio. Ritta, con le mani raccolte in grembo, attese impassibile il responso dell'uomo. Gualtiero nel frattempo assisteva attonito, meravigliato che sua madre potesse ostentare tanta freddezza in una simile circostanza. Era diversa persino nel portamento e nel modo di atteggiare il capo, quasi fosse una nobile. Ma il ragazzo non si chiese il perché. Era troppo sconvolto per poter ragionare con lucidità. Aveva paura, terrore folle che gliela portassero via.

«Sì!», disse infine l'emissario del vescovo. «Siete proprio voi, madonna, non mi inganno», e rivolgendosi a Maffeo da Brescia strinse un pugno nell'aria. «Capitano, prendetela in custodia e fatela salire su un cavallo. È senz'altro a questa vipera che si riferiva la missiva di Facio».

A quelle parole, Gualtiero tentò di ribellarsi all'armigero che lo teneva fermo e gridò in direzione dell'abate: «Lei non ha commesso alcun reato! Vi prego reverendo, intervenite in sua difesa!».

Ma prima che padre Andrea potesse pronunciarsi, Superanzio Orsini levò un grido lancinante e cadde all'improvviso da sella, finendo con la faccia nello sterco di cavallo. Nello stupore generale, Sigismondo comparve sopra di lui brandendo il martello che aveva usato per picchiettare la parete dell'abside.

«Non permettetevi di toccarla!», ruggì il mastro pittore, atteggiato in una maschera di sdegnosa disperazione. «È mia moglie, per Dio! Non oserete... Non oserete!».

Gualtiero gridò in direzione del padre e tentò invano di divincolarsi, mentre Sigismondo veniva immobilizzato dagli armigeri e coperto di randellate. «Reverendo Andrea», chiamò di nuovo, non sapendo a chi altri appellarsi, «vi scongiuro!». Poi, sorpreso da un pugno al fianco, finì con la faccia nell'erba e ricevette un colpo alla nuca.

Prima di perdere i sensi, intravide Superanzio Orsini pulirsi alla bell'e meglio dallo sterco e rimontare in sella, schiumante di rabbia.

Fu allora che l'emissario del vescovo indicò suo padre. «Capitano», ordinò, «arrestate anche costui!».

42

Quando Gualtiero riaprì gli occhi non si trovava più riverso a terra, anche se per un attimo avvertì la sensazione dell'erba che gli premeva sulla faccia. Stava coricato su un giaciglio, in un cubicolo ombroso. Una figura incappucciata gli sedeva di fronte. Sforzandosi di capire chi fosse, si sollevò sui gomiti e attese che i sensi uscissero dal torpore. Prima che ciò avvenisse, fu assalito dal ricordo di quanto era successo.

«Mia madre?», chiese con un fremito. «Mio padre?»

«Non agitatevi, figliolo», si raccomandò il monaco, mettendogli una mano sul petto. «Avete ricevuto un brutto colpo alla testa».

Il giovane riconobbe la voce di padre Andrea. «Rispondete, vi prego», e con fatica si mise seduto. «Che ne è stato di loro?».

Il reverendo chinò il capo. «Arrestati».

Gualtiero si sentì sprofondare in un gorgo nero. Rivisse gli attimi della cattura di Sapia e di Sigismondo in preda a una disperazione che si ingigantiva. Una parte di sé si ribellava al pensiero che fosse accaduto davvero, continuando a sperare che si trattasse di un incubo. Eppure, gli occhi tristi dell'abate non facevano che riportarlo alla realtà.

"Adesso sono solo". Il giovane si rese conto di non sapere come agire, né tantomeno a chi chiedere aiuto. Fino ad allora non era stato mai costretto a provvedere a se stesso. Ora però non aveva scelta. Cercò dunque di calmarsi, ma al ricordo di sua madre fra gli armigeri non poté trattenere le lacrime. "Perché?", si chiese, "perché sono stati arrestati?".

Nel momento in cui stava per porre quella domanda all'abate, fu pungolato da un interrogativo ancora più grave e si sentì avvampare d'ira. «Per quale ragione non siete intervenuto?», sibilò con improvviso sdegno. «Vi avevo implorato… Eppure non avete mosso un dito!».

«Non ho potuto far nulla», si giustificò il reverendo, nascondendo il volto sotto il cappuccio.

Gualtiero scattò in piedi e gli afferrò un lembo della tonaca. «Non eravate stato voi ad affermare che Pomposa è libera dall'autorità del vescovo?»

«Lo affermo tuttora». Il monaco si sottrasse alla sua presa. «Non lo è nei confronti del marchese d'Este, tuttavia».

«Al diavolo i cavilli!». Il giovane non riusciva a darsi pace, si sentiva tradito. Benché conoscesse quel religioso da pochi giorni, si era illuso di aver instaurato con lui un rapporto che andasse al di là della mera commissione di un affresco. Del resto, era stato proprio Andrea a concedergli fiducia, inducendolo a credere di essere speciale. Per poi voltargli le spalle nel momento di maggior bisogno, alla stregua di un estraneo. «I miei genitori sono innocenti», esclamò, fissandolo torvo. «E voi… Voi… Avete permesso che andassero incontro a una sorte iniqua».

«Sono stato costretto», si difese l'abate, facendogli cenno di abbassare la voce. «Il visdomino ha riconosciuto in vostra madre un nemico di Ferrara».

«Non è possibile».

«Ciò nondimeno, questa è la ragione che mi ha impedito di difenderla. L'accusa è assai grave. Mi rincresce, figliolo. Mi rincresce davvero».

Gualtiero non credeva alle proprie orecchie. Padre Andrea sembrava sinceramente dispiaciuto, eppure le sue parole non avevano senso. «Dove la porteranno?», chiese all'improvviso.

«A Ferrara. Il marchese Obizzo deciderà della sua sorte al cospetto del consiglio dei Savi». L'abate emise un sospiro, poi gli pose una mano sul capo. «Dovete farvi coraggio, la reazione del visdomino è stata troppo fulminea perché possa essersi sbagliato».

«Sostenete forse che io non conosca mia madre?», sbottò il giovane, di nuovo in preda all'ira. «È stato un errore, invece. L'Orsini deve averla scambiata per una donna che le somiglia». Nell'udir pronunciare una simile affermazione, si rese conto di non esserne affatto sicuro. Al momento della cattura, aveva notato in Sapia un atteggiamento talmente distaccato da crederla un'estranea. Quel pensiero, più ancora della disperazione, accresceva il suo smarrimento, facendolo sentire quasi defraudato della propria vita. Tuttavia quella non era la sua unica preoccupazione. «Mio padre?», chiese dopo un breve silenzio. «Perché anche lui?»

«Perché si è intromesso, opponendo resistenza», spiegò l'abate, amareggiato. «Superanzio Orsini non gli ha perdonato l'umiliazione ricevuta».

Gualtiero lo scrutò di sottecchi. «Neppure per lui siete riuscito a far nulla…».

Stanco di sentirsi rivolgere parole di sprezzo, Andrea si allontanò dal giaciglio facendogli cenno di tacere. «Se proprio vi preme saperlo, è stato già molto riuscire a salvare *voi*», sentenziò con alterigia. «Quando siete svenuto, gli armigeri volevano arrestarvi insieme a vostro padre. Ho fatto valere tutta la mia autorità per persuadere il capitano Maffeo da Brescia a lasciarvi libero».

Di fronte a quelle parole il giovane si sentì un ingrato. Fu tuttavia un'emozione passeggera, sovrastata dal cruccio per i genitori. Si mise le mani nei capelli. «E ora, cosa posso fare…».

Il monaco addolcì lo sguardo. «Resterete qui, nella foresteria del monasterium», disse, chinandosi su di lui. «Vi concederò ospitalità finché non conosceremo gli esiti della vicenda. Nel frattempo scriverò al vescovo di Ferrara e chiederò clemenza per vostra madre e vostro padre. In fondo avete ragione, anch'io sono responsabile».

«Non è mia intenzione approfittare di voi, reverendo…», mormorò il giovane, rialzandosi. «Sono disperato, è vero, ma non saprei come ripagarvi per simili premure».

«Troveremo un modo», lo tranquillizzò Andrea, sorridendo. «Ora riposate, e pregate il Signore».

43

Dopo giorni trascorsi a perlustrare i dintorni dell'abbazia, Maynard aveva deciso di cambiare strategia. La via dei romei che attraversava l'*Insula Pomposiæ* era troppo trafficata per permettergli di ritrovare Facio. Correndo tra Venezia e Ravenna, toccava una tale quantità di villaggi, locande e monasteri che era impensabile controllarli tutti. Inoltre c'erano le vie d'acqua. A prescindere dall'opinione dell'abate, il cavaliere riteneva che le sponde del Padus offrissero molte opportunità di attraversare il fiume non visti. Senza contare le paludi circostanti, un labirinto ove era facile far perdere le tracce.

D'altro canto, Maynard disponeva di elementi a sufficienza per prevedere le mosse del fuggitivo. Facio di Malaspina gli era parso troppo accorto per rischiare di farsi sorprendere lungo la strada. Avrebbe usato ogni astuzia, cercando rifugio presso amici in grado di offrirgli riparo e protezione. E a quale genere di amici potesse rivolgersi, lui stesso ne aveva fatto parola: *qualcuno che non tarderà a correre in mio soccorso*. Persone potenti, dunque, che l'abate Andrea non aveva esitato a riconoscere nella nobile famiglia degli Este insediata a Ferrara.

Rocheblanche contava di raggiungere quella città nell'arco di una giornata. Aveva lasciato l'abbazia di buon'ora, spronando il morello lungo i sentieri e gli alti dossi del Padus che serpeggiavano verso occidente. Proseguì in quella direzione mentre il sole si levava alto, illuminando gli agri e le selve estesi tutt'intorno.

Non sapeva ancora come avvicinarsi al marchese d'Este senza destare sospetti. Acciuffare un suo protetto e farla franca non sarebbe stata impresa da poco, tuttavia era presto per preoccuparsi. Giunto a destinazione, avrebbe trovato il modo di stanare quella serpe e di farsi restituire le reliquie rubate.

Al momento, ben altre riflessioni occupavano la sua mente.

Maynard dubitava che padre Facio fosse stato sincero nel parlargli del *Lapis exilii* e del misterioso *Codex Millenarius*. Ma nel caso si fosse sbagliato, c'era da chiedersi se quel libro potesse chiarire l'ultimo enigma della pergamena che l'aveva condotto a Mont-Fleur.

L'enigma dall'angelo che scaglia la mola in mare.

Quella profezia era diventata per lui un'ossessione. Ogni qualvolta se ne rammentava, presagiva un legame con il sogno dei tre cavalieri. Un sogno fatto su un campo di morte, poco prima di restare coinvolto nella ricerca del *Lapis exilii*. A suo avviso, non si trattava di una coincidenza.

La convinzione si era rafforzata proprio a Mont-Fleur, dopo aver udito le parole di Manessier sui primi tre araldi dell'Apocalisse. I loro colori sfolgoranti erano presagio di malgoverno, guerra e carestia. E benché Maynard si fosse imbattuto più volte in simili flagelli, temeva che il ritrovamento del *Lapis exilii* potesse scatenare del tutto il loro devastante potere.

Si asciugò la fronte, ritrovandosi di colpo accaldato. Il sole di mezzogiorno era diventato fastidioso, a causa dell'umidità malsana che si levava dalla terra. Decise di dirigersi verso il campanile di una chiesa che svettava tra gli agri, in cerca di un pozzo a cui abbeverarsi.

Man mano che si avvicinava, comparve davanti ai suoi occhi un agglomerato di casupole a ridosso del fiume. La chiesa si ergeva proprio al centro. La raggiunse al trotto, fermandosi dinanzi a un giovane prete intento a zappare in un orto.

«Reverendo padre», gli disse, «chiedo acqua per dissetarmi».

Il religioso sollevò lo sguardo, rivelando una faccia dai tratti volgari, più simile a quella di un villano che di un sacerdote. «Da dove provenite, forestiero?»

«Da Pomposa», rispose Maynard, scendendo da sella, «e mi sto recando a Ferrara. Sapreste dirmi se manca molto?»

«Dipende dalla falcata del vostro destriero». Deposta la zappa, il prete si strofinò le mani sporche sulla tonaca e indicò un secchio d'acqua accanto a lui. «Qui siete presso Caput Gauri, non ancora a metà del percorso e...», tornando a guardare il francese, sgranò gli occhi e fissò con un sobbalzo le armi che portava alla cintura.

Insospettito da quella reazione, Rocheblanche lo invitò a proseguire con un cenno del mento.

Il religioso esitò, nascondendo con impaccio lo sconcerto. «Ecco, vedete...», confessò poi. «Non è trascorso molto dacché un assembramento di uomini a cavallo ha sostato presso questa stessa chiesa».

«Ebbene?», volle sapere Maynard, invitandolo a raccontare.

«Compivano il percorso opposto al vostro, da Ferrara a Pomposa. Ecco perché mi sono stupito».

Pur ignorando la ragione di quell'improvviso turbamento, il cavaliere intuì che ci fosse dell'altro. Con un sorriso minaccioso, allungò una mano verso un secchio e raccolse un po' d'acqua con un mestolo. «Sareste tanto cortese da rivelare di quali uomini si trattava?»

«Di quel genere a cui non si pone domande», tergiversò il religioso.

«Eppure affermate di sapere da dove provenivano».

«Ho semplicemente riconosciuto i colori delle loro uniformi...».

«Quali colori?»

«Bianco e azzurro. Erano armigeri degli Este».

Maynard bevve un sorso dal mestolo, tenendo lo sguardo fisso su di lui. «Dai colori avreste indovinato anche la loro destinazione?»

«Qualcuno dev'esserselo lasciato sfuggire...».

«E perché ciò vi spaventa tanto?».

Il prete deglutì, sbattendo più volte le palpebre. Il suo volto era madido di sudore. «Hanno detto che si recavano a Pomposa...», rivelò infine, «per arrestare qualcuno».

Scoppiando in una risata forzata, Rocheblanche gli rese il mestolo e sollevò il secchio per far abbeverare il suo cavallo. «Anche se fossi io, quel qualcuno, non avreste nulla da temere». Poi gli rivolse un saluto di commiato e salì in groppa con un volteggio.

Prima di andarsene, si chiese se dietro quella mobilitazione di armigeri ci fosse lo zampino di Facio. L'eventualità che stessero cercando proprio lui era alta. Troppo alta per non tenerne conto.

Allora si ricordò di Isabeau. L'aveva lasciata all'abbazia, credendola al sicuro. Non osò pensare a cosa le sarebbe successo se gli uomini degli Este avessero scoperto che era giunta a Pomposa proprio insieme a colui che stavano cercando.

La ricerca di Facio avrebbe dovuto attendere, si disse.

Facendo voltare il morello verso oriente, lo spronò con un colpo di redini per tornare più in fretta possibile verso il luogo da cui era venuto.

Giunse al calar delle tenebre. Affidato il cavallo allo stalliere, si affrettò verso l'alloggio in cui aveva lasciato la ragazza. Prima di poterlo raggiungere, tuttavia, fu avvertito dal padre guardiano che l'abate lo attendeva con urgenza.

«Desidero prima sincerarmi che mia sorella stia bene», disse Rocheblanche, trafelato.

«Non avete alcun motivo di essere in pena per lei», lo tranquillizzò il monaco. «La vedrete dopo».

Il reverendo Andrea si era ritirato nel *palatium* ornato da archi e colonne che sorgeva dirimpetto al monastero. Fino ad allora, Maynard non aveva avuto occasione di visitarlo. Osservò il porticato esterno illuminato dalle fiaccole, sopra il quale poggiava un piano superiore percorso da polifore. Evitò di chiedersi cosa volesse da lui l'abate, immaginando si trattasse dell'avvento degli armigeri degli Este. Gli bastava sapere di non correre pericoli. In caso contrario, sarebbe stato arrestato nel momento stesso in cui fosse arrivato in quel luogo.

Raggiunto il portale dal battente di legno borchiato, picchiò il batacchio. Al terzo colpo, un famiglio lo fece entrare e lo indirizzò verso un ingresso in fondo al vestibolo, oltre il quale Rocheblanche trovò un ambiente buio e tappezzato di arazzi. L'unica luce proveniva da un moccolo di candela riposto su un tavolo.

In un angolo della stanza, padre Andrea era poco più di un'ombra china su uno scrigno aperto. Accennò un saluto e continuò a rovistare finché non estrasse una grossa borsa di cuoio dalla quale proveniva un eloquente tintinnio. Soltanto allora si rialzò in piedi e raggiunse il tavolo, dove lo attendevano alcune lettere marchiate con sigillo.

«State forse preparando una fuga?», ironizzò il francese.

«Non è per farmi canzonare che ho richiesto la vostra presenza», lo avvertì il reverendo. «Dove siete stato tutt'oggi?».

Maynard colse nella sua voce un grave risentimento e, non appena lo intravide alla luce della candela, notò le pieghe che gli aggrottavano la fronte. «In cerca di padre Facio, come nei giorni precedenti», rispose, tenendosi sul vago.

«Padre Facio!», esclamò il religioso, sbattendo la borsa sul tavolo.

«Per colpa vostra, quell'infame ha deciso di portare sciagura all'intera abbazia».

«Spiegatevi meglio, vi prego».

«Ha inviato un messaggio, proprio come avevate supposto voi. E grazie a quel messaggio ha fatto ricadere l'attenzione dei signori di Ferrara su Pomposa». Andrea posò una mano sulla borsa, sempre più accigliato. «Per placare gli animi, dovrò sborsare più denari di quanti ne disponga».

Maynard lo fissò perplesso. «Non immaginavo si trattasse di una questione di pecunia...».

«Questa è solo la premessa, messere. Con il pretesto di riscuotere denaro, gli armigeri del marchese Obizzo III d'Este sono giunti fin qui in cerca di persone sospette».

«Ho udito voci al riguardo».

L'abate annuì. «Evidentemente Facio di Malaspina intendeva denunciarvi alle autorità, ma ignorando il vostro nome...». Con una pausa inaspettata, smorzò la fiammella della candela e si avviò verso l'uscita. «Meglio proseguire all'aperto, dove le nostre parole si perderanno nel vento».

Rocheblanche restò al buio, in preda a mille presagi. Dopo un attimo di esitazione lo seguì.

Andrea chiuse a chiave la stanza e varcò il portale dell'edificio, avventurandosi in una notte puntellata di stelle. Attese che il francese prendesse una fiaccola infissa a una parete, si mise al suo fianco e si incamminò verso il monasterium. «Padre Facio deve aver scritto un messaggio troppo vago, con il risultato di generare un grave malinteso», spiegò. «Tuttavia la faccenda è assai complicata. Per farla breve, messere, altri sono stati arrestati al vostro posto».

Il cavaliere ebbe un sobbalzo. «Chi?»

«I genitori di Gualtiero de' Bruni, il giovane pittore».

«Per quale motivo?».

Prima di rispondere, l'abate si fermò a scrutare il cielo. Il suo volto, alla luce della fiamma, tradì una profonda frustrazione. «Volete la verità?», disse a denti stretti. «Ebbene, non la conosco. Per quanto sappia, non c'è ragione per cui i signori di Ferrara debbano temere gente così umile. Eppure, il visdomino del vescovo afferma il contrario. Ha riconosciuto nella sposa del mastro pittore una minaccia».

«Una minaccia...». Maynard era sempre più perplesso. Non poteva certo dirsi in pena per quelle povere persone. Le aveva appena intraviste, ignorava persino i loro nomi. Tuttavia non tollerava che qualcuno potesse soffrire per causa sua. Inoltre conosceva il giovane Gualtiero. Aveva ascoltato la sua appassionata esposizione davanti al capitolo dei monaci e ne era rimasto impressionato, al punto da augurarsi di poter ammirare al più presto l'affresco che intendeva realizzare. «Il ragazzo?», chiese d'impulso.

«Sta qui», disse Andrea, «nella foresteria».

«Cosa gli accadrà?».

Per la prima volta, l'abate parve placarsi e gli rivolse un sorriso sfuggente. «Ho in mente dei progetti per lui».

Il cavaliere cercò di indovinare il significato di quell'allusione, ma l'espressione enigmatica del religioso non glielo permise. «E dite, è consapevole del malinteso?»

«Non immagina certo di essere vittima di un intrigo che nasce da voi, se è questo che intendete».

«Nondimeno, spero di poter rimediare...».

«Sto già provvedendo io», rivelò Andrea, riprendendo il cammino verso il monasterium. «Scriverò al vescovo di Ferrara e al marchese Obizzo III d'Este».

Nell'udire tali parole, Maynard ebbe un'illuminazione. «Lasciate che sia io a consegnare le vostre lettere».

L'abate lo scrutò con sospetto. «E perché mai?»

«Ritengo probabile che Facio di Malaspina abbia cercato rifugio presso il marchese d'Este».

«Non lo escludo affatto, benché mi sia impossibile affermarlo con certezza... Ma anche se fosse?».

Usando maggior confidenza, il cavaliere sussurrò: «Con il pretesto di consegnare le lettere, potrei avvicinarmi agli Este e indagare...».

«Ora capisco», disse l'abate, meditando sulla proposta. «In effetti, trovare Facio potrebbe giovare non solo a voi. Finché sarà libero, quel monaco continuerà a seminare discordia e a mettere in cattiva luce il mio operato. Tuttavia... dovrete attendere qualche giorno prima di recarvi a Ferrara».

«Siete a conoscenza di qualche impedimento?»

«A quanto mi è dato sapere, il vescovo non sarà presente in città prima del Venerdì Santo. Se doveste farvi vedere nei dintorni prima di allora, potreste destare i sospetti del suo visdomino».

Maynard annuì. «Vuol dire, padre, che pazienterò».

Mentre i due uomini si allontanavano nella notte, Gualtiero continuò a spiarli da dietro un albero, attento a non far notare la sua presenza. Soltanto quando li vide svanire nel buio, uscì dal suo nascondiglio e raggiunse il carro appartenuto alla sua famiglia, rimasto abbandonato ai margini della corte. Entrò di soppiatto, sperando per un attimo di sorprendere Sapia e Sigismondo sprofondati nel sonno. Ad accoglierlo, invece, furono soltanto gli odori a lui familiari insieme a un silenzio che gli fece gelare il sangue.

Nell'attesa che il disagio svanisse, accese la lucerna e si avvicinò al cavalletto, dov'era rimasto il ritratto di sua madre. Lo esaminò al lucore della fiamma, divorato da un'inquietudine che non avrebbe mai immaginato di poter provare.

Un malinteso, aveva detto l'abate al viandante francese. *Un intrigo.*

Benché ignorasse il significato delle parole del reverendo, intuiva che i suoi genitori avessero pagato per qualcun altro. Eppure, pensò, non era così semplice. Superanzio Orsini non aveva preteso l'arresto di una persona qualsiasi, ma proprio di sua madre. E non l'aveva fatto per capriccio, tantomeno per trovare un capro espiatorio.

L'aveva fatto perché, nel posare gli occhi su di lei, si era persuaso di riconoscere un nemico.

Gualtiero fissò a lungo il dipinto, quasi volesse interrogarlo. Non era più sicuro di riconoscere il volto di donna che vi era rappresentato.

"Chi sei?", pensò. "Chi sei davvero?".

Prima che la fiamma della lucerna si estinguesse, staccò la tavola dai sostegni del cavalletto e, avvolgendola con cura in una tela, la portò via con sé.

44

Reims, convento di Sainte-Balsamie
27 marzo

Suor Claire era scomparsa da cinque giorni.

Eudeline aveva già fatto controllare il convento da cima a fondo per ben tre volte, senza riuscire a scoprire dove fosse finita. Se ne era persa traccia dal 23 marzo, quando non aveva presenziato al canto del mattutino insieme alle consorelle. Cosa ancor più strana, la sua cella conteneva ancora tutti gli effetti personali, compreso il mantello che le sarebbe servito per uscire all'aperto. Mancava soltanto lei.

Svanita nel nulla. Erano state le parole con cui la badessa aveva spiegato l'accaduto a due *advocati*[12] del vescovo, giunti a Sainte-Balsamie per far luce sulla vicenda. Presa nota dei fatti, gli uomini si erano scambiati un'occhiata perplessa per poi stringersi nelle spalle, a intendere che c'era poco da fare in casi del genere. Non si trattava certo della prima donna scomparsa a Reims. Si sentiva continuamente parlare di mogli fuggite da mariti violenti, figlie partite di nascosto con forestieri, meretrici perdutesi ai confini delle città… E ora, una monaca scappata da un convento.

«Non è scappata», aveva obiettato Eudeline, più per orgoglio che per convinzione. Non poteva credere che suor Claire si fosse volontariamente allontanata dal claustro. Era mansueta e obbediente, consacrata a una vita di autentica devozione.

I due funzionari l'avevano ascoltata con diffidenza, quasi divertiti, finché uno di loro non aveva commentato: «Forse si è innamorata».

Innamorata di uno stupido uomo come voi?, avrebbe voluto ribat-

[12] Detti anche *defensores*, erano mandatari laici dei vescovi incaricati di varie funzioni, tra le quali rientravano compiti in materia criminale.

tere la reverenda madre, sul punto di andare su tutte le furie. Invece aveva congedato gli advocati con un saluto cortese, pregandoli di estendere i suoi ossequi al vescovo, insieme ai ringraziamenti per aver inviato due tra i suoi più acuti servitori.

Poi era tornata a meditare sull'accaduto, rifugiandosi nel silenzio della corte mentre l'alba si schiudeva come un occhio divino.

L'ansia per suor Claire offuscava persino la preoccupazione per il fratello e i sentimenti per Robert de Vermandois. Doveva esserle capitato qualcosa che l'aveva spaventata o scossa, al punto da forzarla a lasciare il convento. Di cosa si fosse trattato, però, era difficile stabilirlo. La giovane cappellana era sempre stata sensibile e impressionabile, capace di trasformare un nonnulla in una tragedia... Eudeline non poté fare a meno di rievocare il loro ultimo incontro.

L'aveva fatta scoppiare in lacrime, rimproverandola severamente.

Che sciocchezza, pensò. Non era stata certo la prima volta. Le capitava sovente di riprendere suor Claire, specie nei periodi di lavoro più intenso. D'altro canto, se voleva essere del tutto sincera, doveva riconoscere che ultimamente lo faceva con maggior durezza e a volte senza un valido motivo.

Ammetterlo le costò fatica, ma fu anche liberatorio: era cambiata. Anziché coltivare la quiete nell'anima, stava assumendo i modi di una zitella acida, capace soltanto di sfogare le proprie frustrazioni sul prossimo. Una povera stolta, si disse. Tempo addietro aveva giurato a se stessa di rinunciare per sempre alle emozioni, diventando un'algida figura isolata dalle turbe del mondo. E che Dio la perdonasse, si era dimenticata di quel giuramento nel momento in cui si era imbattuta in Robert. Con la sua rude galanteria, quell'uomo le aveva aperto una breccia nel cuore, facendole riscoprire la donna nascosta sotto il velo. Una donna fragile.

Distolse lo sguardo dalla luce del sole e, oppressa da un repentino senso di colpa, si chiese fino a che punto avesse ferito suor Claire. Per l'ennesima volta l'aveva umiliata.

"Che razza di persona sto diventando?". Eudeline non si era mai reputata cattiva. Era una vittima: la sopravvissuta a una tragedia che ogni giorno risvegliava in lei la paura. Dopo tanta sofferenza, la sua unica cura era stata quella di difendersi da altro dolore, senza rendersi conto di poterlo infliggere ad altri. Fino a quel momento.

I rintocchi delle laudi la colsero di sorpresa, facendola sentire impreparata ad affrontare gli sguardi delle consorelle. Aveva bisogno di restare ancora sola. Intenzionata a sedersi in un luogo appartato, raggiunse il limitare dell'orto per continuare il suo esame di coscienza. Ma non appena fu vicina al muretto che delimitava la bocca di un vecchio pozzo, notò qualcosa che scintillava in mezzo all'erba.

Incuriosita, la reverenda madre si chinò per controllare. Affondò le dita in un intreccio di rampicanti e raccolse un oggetto dalla forma liscia e affusolata, coronato da una fine cesellatura.

Una torre d'avorio.

Eudeline si domandò come fosse finito un pezzo degli scacchi nei pressi di un pozzo in disuso. Era evidente che giacesse lì da qualche tempo, essendovi cresciute sopra delle rampicanti. A chi poteva appartenere? Nessuna monaca di Sainte-Balsamie, a parte lei, possedeva una scacchiera.

Si inginocchiò per verificare se nei dintorni vi fossero altre pedine. "Devo essere proprio uscita di senno", pensò nel frattempo. "Una mia monaca è stata data per dispersa e io rovisto fra le erbacce, in cerca di scacchiere inesistenti".

Per un attimo ritornò a essere la bambina spensierata che andava a caccia di tesori nel giardino della sua magione. Poi, non riuscendo a trovare altro, si sentì una sciocca e si rialzò prima che qualcuno la sorprendesse in quella posizione. Pulito l'abito dai fili d'erba, fece per tornare ai propri crucci quando la sua attenzione ricadde sul pozzo. Mancava di controllare soltanto lì, pensò. Osservò il parapetto di pietre grigie, alto una decina di spanne, e colta da un presagio posò le mani sui bordi, sporgendosi verso il basso.

Il pozzo era poco profondo e prosciugato da anni, ma la luce radente del primo mattino non riusciva ancora a illuminare il punto in cui terminava. Guardando dentro l'imboccatura, Eudeline scorse soltanto una massa buia. Continuò a fissarla, nell'attesa che il sole si levasse alto nel cielo. E mentre cercava di immaginare quante cose vi fossero cadute dentro nel corso degli anni, vide l'oscurità diradarsi a poco a poco, fino a diventare un mosaico di ombre. Non le servì molto per riuscire a distinguere i contorni del fondo e la sagoma di qualcosa di voluminoso che giaceva al centro.

"Che strano", pensò, aguzzando lo sguardo. Man mano che la luce aumentava di intensità, la sagoma sotto i suoi occhi si delineava con maggior precisione, assumendo l'aspetto di una forma umana.

Un istante prima di capire, un fievole odore di decomposizione si levò dalle profondità, suscitandole un improvviso raccapriccio.
Poi gridò in preda all'orrore.

Quando il servo risalì dal pozzo, diede conferma con un mesto cenno del capo. Era proprio il corpo di suor Claire.
Eudeline ordinò che venisse sollevato con una corda e portato al chiuso, lontano dagli sguardi delle consorelle. Ritta davanti al pozzo, assistette all'operazione senza battere ciglio, come se le avessero conficcato due pugnali nel petto. Il primo fomentava il cordoglio, il secondo il bisogno di sapere. Era talmente scossa da non aver ancora pensato in che modo comunicare la disgrazia al suo gregge. Le venivano in mente soltanto parole vuote, inadeguate a esprimere il lutto per la perdita di una consorella.
La salma della monaca venne issata e caricata su una portantina. Era scomposta, imbrattata di fango. La badessa le rivolse un silenzioso saluto e fece per andarsene, ma il servo salito dal pozzo la richiamò per porgerle una bisaccia che aveva trovato sotto il cadavere. Forse, azzardò l'uomo, era appartenuta alla cappellana.
Eudeline la prese e, senza ribattere, si diresse verso la sua domus. Prima di predisporre le esequie, avrebbe atteso la perizia dell'infirmaria. Non che le servisse un parere medico per stabilire le cause del decesso di una monaca precipitata in un pozzo, eppure sentiva di doverlo a suor Claire e anche a se stessa. La badessa desiderava fugare ogni dubbio sul fatto che quella morte fosse stata accidentale, perché in caso contrario si sarebbe trattato di suicidio. Ovvero, dannazione eterna per la cappellana.
Giunta nella sua stanza, gettò la bisaccia sullo scrittoio e rimase a fissarla a lungo, quasi timorosa di scoprirne il contenuto. Capì subito che non apparteneva a una donna. Troppo capiente, di taglio militare. Pareva una di quelle borse appese in sella dai cavalieri.
Cosa c'entrava con suor Claire?
Incapace di trattenersi oltre, la aprì. E non appena vide cosa c'era dentro, sbarrò gli occhi per lo stupore.
Una scacchiera completa di pedine.
Estrasse i pezzi a uno a uno, disponendoli con ordine sullo scrittoio. Poi affondò una mano nella tasca dell'abito ed estrasse la torre mancante.

Riprese a frugare nella borsa, finché non trovò sul fondo un anello di metallo dotato di sigillo. Recava uno stemma nobiliare. Non ebbe bisogno di osservarlo per capire a chi appartenesse.

Ricordava bene le parole che Vermandois, confuso dall'amnesia, le aveva rivolto pochi giorni prima.

Nella mia bisaccia troverete pedine e scacchiera.

Eudeline l'aveva trovata.

Restava da comprendere come fosse finita in fondo a un pozzo, insieme al cadavere di una monaca.

45

«È stata uccisa», disse l'infirmaria.

Eudeline la fissò basita, quindi posò di nuovo lo sguardo sul cadavere steso sul tavolo del valetudinarium. Era stato spogliato, lavato con cura e adagiato in posizione composta. Ciò nondimeno, le parve ancor più raccapricciante di quando l'aveva visto uscire dal pozzo. La pelle aveva assunto una colorazione verdastra, rivelando delle zone gonfie, quasi enfiate, sullo stomaco e sulla gola. Peggiori erano tuttavia i punti in avanzato stato di decomposizione, tra cui il volto.

Vincendo il disgusto, la reverenda madre si sporse su quanto restava dei lineamenti di suor Claire, ma fu subito costretta a indietreggiare per via del tanfo. "Alla cenere", pensò. "Se solo potessimo tornare subito alla cenere, ci verrebbe risparmiata questa estrema umiliazione...". Deglutì per impedire alle lacrime di scendere e, quasi incredula, meditò sulle parole che le erano appena state rivolte. «Uccisa, dite... Come potete affermarlo con tanta sicurezza?»

«Ho esaminato la salma», si limitò a rispondere la monaca.

«Eppure, non noto i segni del bisturi».

«Non è stato necessario». Sempre restando impassibile, l'infirmaria si portò al fianco del cadavere e, premendo gli indici sulle tempie, sollevò il capo. Fra i capelli corvini, che la cappellana aveva sempre portato cortissimi, si notava una lacerazione alla base del cranio. «Il decesso è avvenuto a causa di un trauma riportato alla nuca», spiegò. «L'osso è sfondato, probabilmente per aver battuto contro uno spigolo».

«Può essersi trattato di un incidente», suppose la badessa, sforzandosi di mantenere un tono imperturbabile. «Forse suor Claire è scivolata...».

«In tal caso avrei rinvenuto tracce di sangue sul ciglio del pozzo», obiettò la monaca, con una smorfia scettica. «Dubito che abbia riportato una simile ferita in seguito alla caduta».

«Su cosa basate un simile ragionamento?»

«Semplice, ho interrogato il servo che su vostro ordine l'ha issata in superficie. Mi ha riferito di aver trovato il fondo del pozzo molliccio, coperto di fango e di foglie umide. Se al momento della caduta suor Claire fosse stata ancora in vita, credo proprio che sarebbe sopravvissuta».

«Tuttavia non è da escludere che là in fondo, nel buio, vi sia qualche pietra su cui abbia potuto sbattere la testa…».

«Non lo escludo, infatti. Ma anche se fosse come dite, non avrebbe riportato un trauma del genere».

«Perché mai?»

«Perché suor Claire non è caduta di schiena, ma sul fianco sinistro: la stessa posizione in cui è stata ritrovata». Riponendo con delicatezza il capo della defunta, l'infirmaria indicò con la punta di una bacchetta le zone dell'anca e della spalla. «Me ne danno conferma le contusioni in questi punti. A occhio nudo non lo si può scorgere, ma grazie alla manipolazione ho rilevato sotto di esse la presenza di fratture ossee. Fratture riportate in seguito all'impatto con il suolo, senz'ombra di dubbio».

«Allora… cosa ha provocato la morte?»

«A questa domanda non so rispondere», disse la monaca. «Qualunque sia stata la causa, tuttavia, dev'essersi verificata prima. E dal momento che una monaca già morta non può gettarsi da sola in un pozzo…».

Eudeline percepì un brivido lungo la schiena. «Dev'essere stato qualcun altro», concluse.

L'infirmaria annuì. «Chi altri, se non il responsabile del decesso?».

Stupendosi oltremodo per quell'inattesa reazione, la badessa sentì crescere dentro di sé una strana euforia. La possibilità che nel convento si nascondesse un assassino la inquietava, ma non al punto da terrorizzarla. Era piuttosto curiosa di sapere chi, e perché. D'altro canto, conosceva talmente a fondo le sue consorelle da dubitare che tra di loro si nascondesse una persona capace di simili efferatezze. Doveva iniziare a ragionare in maniera più distaccata.

Interrompendo la conversazione, pose una mano sulla spalla dell'infirmaria e prese congedo.

Robert de Vermandois stava strigliando il suo destriero presso gli stallaggi di Sainte-Balsamie. Riacquistato l'uso delle gambe, sembrava aver ritrovato il vigore perduto. Anche la memoria faceva progressi, benché non si fosse rivelata di alcuna utilità per la badessa.

Il piccardo aveva ottenuto il permesso di uscire dal valetudinarium a patto di restare nei luoghi meno frequentati dalle consorelle, ovvero la foresteria e i recinti per gli animali. E ora eccolo sotto il sole di fronte al suo cavallo bianco, che scuoteva la criniera, felice di rivederlo.

Prima di rivolgergli la parola, suor Eudeline rimase a osservarlo in disparte, piacevolmente sorpresa nel vederlo al lavoro e di buon umore. Nonostante il rango di barone, Robert conservava i modi di un uomo semplice. Aveva il capo avvolto in una pezzuola per coprire la cicatrice sulla tempia e, con indosso le brache e un farsetto di guarnello, sembrava un comune artigiano. Guardando con maggiore attenzione, però, non sfuggiva la fierezza del portamento e la gentilezza con cui trattava la bestia.

Tornando con il pensiero alle recenti sciagure, la badessa avanzò verso di lui con titubanza. «Ho trovato la vostra scacchiera, messere».

Vermandois si voltò con un sorriso, ma notando l'espressione afflitta della donna si fece immediatamente serio.

«Era in fondo a un pozzo, insieme alla bisaccia», proseguì Eudeline, abbassando lo sguardo. «Sotto il corpo senza vita della mia cappellana».

Lui rimase impietrito, con la striglia in mano. «Madonna... non capisco...».

«Non ho ancora diffuso la notizia», gli confessò la reverenda madre, «tuttavia è probabile che fra queste mura si sia consumato un delitto».

«In un cenobio di benedettine... Ne siete certa?»

«Non sono certa di nulla, purtroppo».

Senza che lei se ne accorgesse, Robert si avvicinò e le strinse le spalle per darle conforto. Eudeline si abbandonò alla presa di quelle grandi mani e si sentì protetta, al sicuro dal mondo intero, finché non si rese conto di cosa stesse accadendo. D'impulso si sottrasse.

«Sedete», la invitò lui, indicandole uno sgabello ai margini della stalla. «Siete pallida».

La badessa obbedì. Era esausta, provata da troppe emozioni per nascondersi dietro la maschera del contegno. D'altronde, non era stato proprio per quel motivo che era andata da lui? Soltanto con Robert aveva l'impressione di potersi mostrare debole, come una donna qualsiasi. Pensò alla povera suor Claire e d'un tratto fu sopraffatta dal mare di disperazione trattenuto fino ad allora. Piegandosi sulle ginocchia, iniziò a singhiozzare.

Vermandois non osò intromettersi. «Sono qui», si limitò a dire, restando in piedi accanto a lei. «Sono qui con voi». Attese con pazienza che Eudeline si riprendesse, e soltanto allora le chiese: «Avreste la grazia di spiegarmi?».

La reverenda madre, quasi grata, gli raccontò cos'era successo.

46

Reims, alloggio privato presso l'abbazia di Saint-Remi

In quel preciso momento, Aleydis attendeva che il cardinale terminasse la lettura. Dopo cinque giorni trascorsi a celare il nervosismo e il rimorso, al suo cospetto poteva finalmente smettere di dissimulare. Gli sedeva di fronte con il volto congestionato e gli occhi arrossati per via dell'insonnia, tormentata da un senso di nausea che non le dava requie. Fino ad allora, mentire non le era mai stato tanto difficile. Aveva assistito alla crescente apprensione per la scomparsa di suor Claire, prodigandosi nelle ricerche insieme alle consorelle e condividendo all'apparenza la loro stessa inquietudine. In segreto, invece, sperava che a nessuna venisse in mente di controllare il vecchio pozzo. Le era parso il luogo più indicato per occultare il cadavere. Se tutto fosse andato per il verso giusto, sarebbero trascorsi molti anni prima che qualcuno potesse accorgersi di cosa giacesse nel fondo.

Incurante del suo stato d'animo, il cardinale finì di leggere l'incartamento e la fissò con attenzione. «Siete sicura di aver copiato bene quelle lettere?»

«Sì, vostra grazia», rispose Aleydis. «Sono perfettamente in grado di leggere e scrivere».

«E non ne avete trovate altre?»

«Quelle che avete letto, sono le uniche indirizzate da Maynard alla sorella».

«Mi congratulo con voi», disse allora il porporato. «Tuttavia le informazioni che mi avete portato non sono sufficienti a trovare Rocheblanche».

La ragazza ebbe il timore di una nuova punizione. Ancor più pungente, però, fu la paura che le venisse chiesto di indagare ancora.

Dopo la scomparsa di suor Claire, nel convento si viveva in un continuo stato di allerta. Le sarebbe stato impossibile muoversi indisturbata e intrufolarsi nelle stanze della badessa.

«La questione dovrà essere risolta da altri, in maniera più drastica», proseguì il cardinale, sorprendendola. «È chiaro che la reverenda Eudeline sia alquanto abile nel custodire i segreti del fratello. Troppo abile per voi».

«Ma io sono l'unica che possa...».

L'uomo scosse il capo. «Affari importanti richiedono la mia presenza altrove, e mi obbligano a trovare in fretta una soluzione». Dando un'ultima scorsa alle copie delle lettere di Maynard, batté il dito su alcune parole. «Fra queste righe si colgono allusioni al *Lapis exilii*, non c'è dubbio. Rocheblanche accenna addirittura a un luogo designato dall'enigma... L'*enigma*, capite? Forse suor Eudeline ignora dove si trovi il fratello, ma le lettere in suo possesso dimostrano finalmente che anche lei è a conoscenza della pergamena a cui do la caccia».

La novizia fece cenno di non capire. Nei mesi precedenti, era stata informata soltanto dello stretto necessario per svolgere il proprio compito. Ignorava tutto ciò di cui parlava sua eminenza.

Il cardinale era troppo preso dal suo ragionamento per prestarle attenzione. «Non c'è più ragione di esitare», concluse, in preda a una smania improvvisa. «Farò rapire la badessa di Sainte-Balsamie, affinché possa interrogarla di persona».

A quelle parole Aleydis sobbalzò. «Ma come...», si lasciò sfuggire. «Quando...».

«Stanotte», rivelò il porporato. «Ordinerò a Marcus di penetrare nel convento e di portarla via mentre l'intera comunità sarà sprofondata nel sonno».

Ci mancò poco che la ragazza si gettasse in ginocchio per implorare sua eminenza di rinunciare all'impresa. Ma trattenendosi, disse a se stessa che non avrebbe permesso una simile angheria. Non dopo quello che era successo a suor Claire. Suor Eudeline era stata buona con lei, non meritava di subire le prepotenze del cardinale.

«Vi vedo turbata», mormorò il prelato, strappandola da una ridda di pensieri.

«No, vostra grazia», squittì Aleydis. «Sono soltanto stanca...».

«Sarà bene che vi riprendiate, allora». Il prelato giunse le mani, intrecciando le dita inanellate. «Poiché sarete voi, dopo mezzanotte, a far penetrare Marcus nel convento».

In preda a un violento attacco di nausea, Aleydis corse all'aperto trattenendo i conati finché non fu costretta a piegarsi in avanti, vomitando. Il sollievo fu solo momentaneo. Rialzando lo sguardo, si accorse che Marcus era a pochi passi da lei. Aveva assistito alla scena, aggrappato alle briglie del cavallo.

«Siete di un pallore cadaverico», le disse con la solita insolenza.

«Non sono affari vostri», ribatté la novizia, pulendosi la bocca con una manica.

«Lo saranno, invece, se il vostro stato si rivelerà d'impedimento per la missione di stanotte».

Aleydis lo scrutò sorpresa. «Dunque sapete?».

Lui ridacchiò. «Sua eminenza programma questo momento da settimane. Gli è bastato un cenno dalla finestra per rendermene consapevole».

«Io tuttavia dubito di essere all'altezza...».

«Il vostro compito sarà semplice, anche se fondamentale». Marcus posò un piede sulla staffa e le tese una mano. «Ora venite, montate in sella. Vi spiegherò tutto strada facendo».

47

Abbazia di Santa Maria di Pomposa

Era trascorso un giorno da quando Gualtiero aveva assistito all'arresto dei suoi genitori, e ora il ragazzo sedeva sull'erba dando le spalle all'abbazia. Fissava il carro vuoto ai margini della strada, come se si trovasse di fronte a un relitto, le vestigia di un tempo destinato a non tornare mai più. Padre Andrea si era prodigato nei suoi confronti con ogni premura, ma non aveva saputo ancora dirgli nulla sulla sorte a cui erano andati incontro Sigismondo e Sapia.

L'attesa era un pungolo logorante, resa ancor più gravosa dalle parole udite due notti prima. Avrebbe voluto chiedere spiegazioni al reverendo Andrea, se non avesse temuto di insospettirlo o addirittura di inimicarselo.

D'un tratto si accorse che qualcuno gli stava porgendo un fiore.

Alzò lo sguardo e riconobbe la ragazza francese.

«*Pour vous*», disse lei.

Disorientato da quel gesto, lui prese il dono e la ringraziò.

La fanciulla rimase in piedi a osservarlo. «Ho saputo cosa vi è successo», confessò, esprimendosi con una dolce inflessione della *erre*. «Mi rincresce».

Il giovane rigirò il fiore tra le dita, incapace di formulare una semplice frase. Era oppresso da troppi crucci per desiderare di intrattenersi in una conversazione, benché lusingato della compagnia. Fissò la ragazza dagli occhi enigmatici, domandandosi se conoscesse i segreti dell'uomo con cui era giunta fino a Pomposa. In fondo, pensò, non ci sarebbe stato nulla di male a chiederglielo. Prima che potesse dar fiato alla voce, sentì le sue labbra sfiorargli una guancia. Alzò lo sguardo, sorpreso, e la vide sorridere.

«Il mio nome è Isabeau».

Gualtiero si portò la mano nel punto in cui era stato baciato. Per un attimo si sentì libero da ogni preoccupazione, stregato da un invisibile legame con la sconosciuta. Poi udì un rumore di passi sull'erba.

Un monaco si stava avvicinando sotto la luce del sole.

Nel riconoscere l'abate, il ragazzo scattò in piedi ma, con una punta di rammarico, si accorse di essere rimasto solo. Isabeau stava fuggendo verso gli alberi al limitare della corte.

«Quella fanciulla è più diffidente di un cerbiatto», commentò padre Andrea, giungendo al suo cospetto.

Gualtiero annuì, tornando subito alla realtà. «Avete notizie dei miei cari?»

«Non ancora, purtroppo».

Il giovane abbassò il capo, sprofondando nello sconforto.

«Sono venuto a cercarvi per altri motivi», rivelò il reverendo, cercando di distoglierlo dagli affanni. «Vorrei chiedervi un'opinione su una faccenda che mi sta a cuore», e ponendogli una mano sulla spalla, lo invitò a seguirlo verso il palatium dirimpetto al monastero.

Gualtiero avrebbe preferito starsene da solo con il proprio dolore, ma per non dispiacere all'abate obbedì. Prima di ricevere spiegazioni, dovette attendere di essere all'ombra del porticato.

Soltanto allora, Andrea gli rivolse di nuovo la parola: «Dite, siete mai entrato in uno scriptorium?»

«Mai in vita mia».

«Allora preparatevi», ribatté il monaco, con un sorriso capace di infondergli un senso di mistero, «poiché state per vedere qualcosa su cui pochi hanno posato lo sguardo».

Il secondo piano del palatium era suddiviso in due ambienti: il primo destinato ad accogliere i libri, il secondo i monaci che li compilavano. Padre Andrea guidò il giovane fra una decina di scrittoi, facendogli notare che soltanto per metà erano occupati da amanuensi. Gualtiero prestò attenzione sia alla cura maniacale, sia agli strumenti impiegati per vergare i codici. Penne di varia foggia, calamai, raschietti e piccoli utensili risvegliarono in lui una sensazione familiare e nuova al tempo stesso. L'abate gli lasciò ammirare ogni cosa, poi lo invitò a varcare la porta che dava accesso al secondo ambiente.

Oltre la soglia, l'unica fonte di luce consisteva in una bifora insufficiente a fugare l'ombra e il pulviscolo che aleggiava nell'aria. Il giovane vide padre Andrea fermarsi davanti a una fila di armadi e aprirne uno per mostrare i libri che conteneva. «Non sarà all'altezza di Bobbio o Montecassino», annunciò, «tuttavia la biblioteca di Pomposa è abbastanza fornita da reggere il confronto con molti fondi di prestigio».

«Dev'essere vetusta», considerò il giovane.

«Lo è», disse il reverendo. «Fu istituita trecento anni fa dall'abate Hieronymus, e da allora si è percorsa molta strada. Trecento anni! Riuscite a immaginare la passione e l'impegno profusi per mettere insieme un tale patrimonio?». Restò un attimo in silenzio, quasi per indurlo a meditare sulla sua affermazione, poi riprese con enfasi: «Questi *armaria* custodiscono i principali testi della cristianità, a partire dai grandi *doctores* della Chiesa: Agostino, Ambrogio, Girolamo, Gregorio Magno, Tommaso d'Aquino... Vi trovate al cospetto di un labirinto costruito sui commenti biblici, sulla dogmatica trinitaria di sant'Ilario e di Didimo Alessandrino, sui precetti di Fulgenzio, Pascasio Radberto e persino Niceta di Remesiana. Ma badate, figliolo, non stiamo parlando soltanto di *scientia Ecclesiæ*», e quasi fosse in vena di confidenze, abbassò il tono della voce. «Qui è anche possibile accostarsi all'*Historia magni Alexandri* di Curzio Rufo, all'*Ab Urbe condita* di Tito Livio e alla saggezza di Seneca, Orosio ed Eutropio».

«Lasciate che esprima la mia meraviglia», lo assecondò Gualtiero. Nonostante molti dei nomi pronunciati dall'abate gli fossero ignoti, era assai più curioso di conoscere il motivo per cui si trovava in quel luogo. «Perché», proseguì infatti, «vi siete preso la briga di condurmi qui?»

«Ero ansioso di farlo dal nostro primo incontro», gli confessò padre Andrea. «Per l'esattezza, da quando mi accennaste al legame tra le immagini dei santi e il calendario liturgico. Lo faceste in modo così incisivo da risvegliare nella mia memoria alcuni passi del *De ecclesiasticis officiis* di Amalario di Metz».

«Se insinuate che possa aver sbirciato fra le pagine di quel libro...».

«No figliolo», lo rassicurò il religioso. «Ciò che insinuo è che siate troppo intelligente per dedicare la vostra vita soltanto alla pittura. I vostri talenti andrebbero sprecati».

Al sentir sminuire le proprie ambizioni insieme a quello che reputava il mestiere più nobile del mondo, Gualtiero si inorgoglì. «Con tutto il rispetto per i vostri libri, reverendo», ribatté quasi in risposta a un insulto, «l'arte delle immagini richiede più studio di quanto possiate immaginare».

«Non ne dubito», affermò il religioso senza offendersi. «Pensate tuttavia a quali immagini riuscireste a concepire accostandovi ai precetti di sant'Agostino o di Beda il Venerabile. Potreste arricchire i vostri affreschi con riferimenti simbolici talmente raffinati da elevarvi al di sopra di qualsiasi altro artigiano».

«Comprendo cosa intendete», ammise il giovane, lasciandosi coinvolgere da quelle parole. Dopo un breve ripensamento, però, si adombrò. «Dimenticate che gli affreschi di cui parlate non potranno più essere realizzati. Mai più».

Andrea non si diede per vinto. «L'arresto della vostra famiglia e i fiorini che mi verranno tolti sono un impedimento, è vero. Voi tuttavia non dovrete necessariamente trascurare le vostre doti».

Gualtiero intuì che quelle parole non fossero state pronunciate con il semplice scopo di consolarlo. «Di preciso, a cosa vi riferite?».

Il religioso si appoggiò a un armadio, concedendosi un attimo di silenzio. «L'altro giorno mi avete detto di non essere in grado di ripagare l'ospitalità che vi offro. Ebbene, vi sbagliate. Ho avuto modo di apprezzare i vostri disegni e la vostra genialità, al punto da convincermi che sareste adatto per questo scriptorium».

«Ma reverendo...», farfugliò il ragazzo, indietreggiando per la sorpresa.

«Vi sto offrendo un dono, capite?», insistette l'abate. «Dispongo ormai di pochi confratelli in grado di compilare manoscritti. Avete visto lo scriptorium? È quasi vuoto! E voi... Voi...».

«Io non possiedo la scienza necessaria a vergare codici», si difese Gualtiero, incerto se ritenersi lusingato o spaventato. «Non conosco il latino... Inoltre, non sono monaco».

«Non vi sarà necessario prendere i voti», si affrettò a spiegare Andrea. «E non è certo il compito dell'amanuense che intenderei assegnarvi».

«Allora perdonatemi, reverendo, ma non comprendo».

Per un attimo Gualtiero credette di aver instillato il dubbio nell'abate. Poi lo vide prendere un grosso volume da uno scaffale e rivolgergli un sorriso criptico.

«I libri non sono fatti di sole parole». Aprendo il tomo, il monaco gli mostrò le superbe illustrazioni rappresentate sulle pagine, a margine dei testi. «E se la memoria non m'inganna, sono trascorsi almeno quattro decenni da quando lo scriptorium di Pomposa ospitò il suo ultimo miniaturista».

48

Reims, convento di Sainte-Balsamie
27 marzo, notte

Aleydis stava rannicchiata dietro il portale sprangato del convento, in attesa del segnale di Marcus. Aveva raggiunto quel luogo di soppiatto, dopo che la vecchia portinaia si era ritirata nel dormitorium. Era sola, nell'oscurità, in preda all'indecisione. Se da un lato era impaziente che l'armigero arrivasse, dall'altro pregava che quel momento non giungesse mai. In passato avrebbe affrontato la questione senza la minima titubanza. Adesso però era una donna diversa. Il rimorso per suor Claire era un grave fardello, aggiungervi il tradimento ai danni della badessa sarebbe stato davvero troppo.

Dopo la recita dei vespri, l'aveva vista salire sul pulpito con il volto bagnato di lacrime, per annunciare alle consorelle il ritrovamento del corpo della cappellana. Circondata dall'improvviso cordoglio, la ragazza si era resa conto che il suo gioco stava per finire e, attanagliata dal senso di colpa, aveva cercato la reverenda madre per confessarle ogni cosa. Ma Eudeline non si era mostrata nello stato d'animo adatto per prestarle attenzione.

Da allora, Aleydis non aveva fatto che pensare a Marcus. Aveva raggiunto la guardiola prima di mezzanotte e, come stabilito dal piano, era rimasta in attesa del segnale.

Anche se il cuore era in tumulto, la sua parte razionale le imponeva di obbedire al cardinale. Dopo tutto, si trattava dell'uomo che l'aveva sollevata dal fango. Inoltre, cos'era mai una badessa di Reims al confronto di un porporato di Avignone? Probabilmente sua eccellenza stava agendo per un giusto fine, se non addirittura per uno scopo santo, la cui comprensione sfuggiva a un'incolta figlia del volgo.

Eppure la novizia sentiva di essere dalla parte del torto. La reverenda madre era una persona buona, anche se severa. L'aveva accolta e protetta, insegnandole cosa fossero la rispettabilità e il decoro. Grazie al suo esempio, Aleydis aveva compreso che una donna non rappresenta soltanto uno strumento di piacere o di procreazione, e che una vita consacrata al claustro poteva essere meno sterile di un'esistenza trascorsa alla mercé di un uomo. "Non voglio che le sia fatto del male", si disse d'un tratto, credendosi ancora in tempo per fermare quella follia.

Un rumore furtivo la fece sobbalzare.

«Ci siete?», bisbigliò una voce maschile al di là del battente.

Aleydis non rispose.

«Ci siete?», ripeté a breve Marcus, con una punta di nervosismo.

La ragazza osservò il catenaccio, pensando a quanto sarebbe stato facile tendere la mano e aprire. Ma dubitò sul da farsi, finché la vecchia Aleydis emerse da un cantuccio della sua anima, dandole della stolta. "È troppo tardi per cambiare strada", le suggerì dall'ombra. "Troppo tardi per schierarsi dalla parte degli angeli".

Altri colpi al battente le ricordarono di non avere più tempo.

«Maledetta cagna!», sibilò lo sgherro. «So che siete lì!».

Aleydis si allontanò dal portone, quasi temendo che l'uomo potesse scorgerla. Lo immaginò inginocchiato nel buio, intento a respirare a denti stretti. Poi avvertì il rumore di un oggetto metallico che veniva raschiato contro la superficie di legno, e rabbrividì.

Fu la paura a decidere per lei.

E aprendo il portone, scorse il ghigno spietato di Marcus.

49

Benché stremata, suor Eudeline non riusciva a prendere sonno. Era tormentata, incapace di trovare quiete. Come se l'occhio della sua mente fosse diventato un prisma, riviveva in un continuo divenire di immagini i momenti trascorsi davanti al pozzo, al corpo di suor Claire e in cima al pulpito.

L'angoscia tuttavia nasceva dal dubbio. Non se la sentiva di escludere che la morte della cappellana fosse stata causata da un incidente. "O forse si è suicidata", pensò, "per colpa mia".

Si rigirò nel giaciglio, il viso sprofondato nel guanciale di piume. La cuffia di lino che le fermava i capelli sembrava stringerle il capo in modo innaturale, al punto da darle le vertigini. Anziché opporsi, l'esausta Eudeline si abbandonò a quella sensazione, scivolando lentamente nel sopore.

Per un attimo vide suor Claire, in piedi davanti al pozzo...

Quando una mano le serrò la bocca, fu strappata al sonno con una tale violenza da credere di essere precipitata in un incubo. In un repentino acuirsi di sensi, si ritrovò vigile e in preda a un orrore che aveva pregato di non provare mai più.

Un uomo chino su di lei, nel buio.

Fece per alzarsi con un gesto inconsulto ma si trovò costretta a restare supina. Mentre un grido le moriva in gola, le dita dell'intruso risalirono fra le pieghe dell'abito da notte, senza ritegno, per soffermarsi sul seno.

«Ora verrete con me».

"No!", pensò lei. Ribellandosi con tutte le forze, si sporse in avanti e artigliò il viso che aveva di fronte. Le sue unghie affondarono nelle guance ispide, quasi volessero accartocciare una maschera spaventosa sorta dal passato.

L'uomo reagì brutalmente, scagliandola giù dal letto.

Eudeline batté il capo ma ignorò la fitta di dolore. Si mise subito carponi e tentò invano di urlare, accorgendosi che il panico le mozzava il respiro.

Sgattaiolò fuori dalla camera da letto e raggiunse lo studio. Come poteva succederle una cosa del genere, proprio *lì*? Se lo chiese con rabbia, maledicendo di essere nata donna, incapace di affrontare colui che violava la sua intimità.

Terrorizzata dai passi alle spalle, guardò verso l'uscita e per un attimo, oltre il nero delinearsi del battente socchiuso, scorse il barlume di una lucerna e due occhi sbarrati. "Quegli occhi...", pensò, traducendo il pensiero in un grido d'aiuto.

Poi la mano dell'intruso le afferrò la nuca, strappandole la cuffia di lino.

Mentre i suoi capelli scendevano serici sulla schiena, la tenebra si chiudeva intorno a lei.

L'aria della notte la fece riavere.

Uscendo dal torpore riconobbe la sagoma familiare dell'abbazia di Saint-Remi, poi rivisse quanto le era accaduto ed emise un gemito di terrore. Si accorse allora di avere la bocca bendata. Stava a cavallo, mani e piedi immobilizzati.

«Zitta», disse l'uomo che la teneva in groppa, coprendole il viso con il mantello.

Le fu permesso di guardare soltanto molto tempo dopo, quando il destriero si fermò in un sobborgo di catapecchie e vecchi edifici. Accertatosi che non vi fosse nessuno nei dintorni, il rapitore la issò sulla spalla per portarla in quella che pareva un'antica torre di guardia.

Oltre la soglia, suor Eudeline perse ogni riferimento, finché l'oscurità si attenuò a poco a poco. Scorse allora le pareti di uno stretto corridoio, in fondo al quale vibrava una fiamma. Poi il suo rapitore si fermò e la depose a terra, adagiandola su un fianco.

A pochi passi da lei, c'era un uomo. Teneva una fiaccola sollevata sopra la testa, il viso avvolto dalla penombra. Alto e leggermente ingobbito, indossava una lunga veste sacerdotale. «Siete voi suor Eudeline de Rocheblanche?».

Impossibilitata a parlare, la monaca si limitò ad annuire.

«Vi trovate qui per colpa di vostro fratello».

Eudeline ne rimase talmente stupita da non accorgersi che veniva liberata dal bavaglio.

«Un fratello che ha molti segreti», proseguì l'uomo con la fiaccola.

Lei cercò di vincere la paura e lo sbigottimento. «Chi siete voi… che osate terrorizzare una madre superiora nel cuore della notte?»

«Sarà meglio che continuiate a ignorarlo, e che mi parliate dell'enigma caduto nelle mani di vostro fratello».

«Un'unica cosa dovrebbe importarvi del mio intrepido fratello», disse la badessa, cercando di apparire sicura di sé, «ovvero che non tarderà a correre in mio soccorso per punirvi di un simile misfatto».

«La pergamena non gli appartiene», continuò l'uomo, indifferente alla minaccia. «Rocheblanche non ha il diritto di posare lo sguardo sui suoi segreti. Ciò potrebbe causargli l'accusa di eresia, capite? Ditemi dov'è e tutto verrà dimenticato».

La monaca si agitò sul freddo pavimento, tormentata dai legacci. Nonostante si sentisse impotente, grazie a quella schermaglia verbale aveva riacquistato il sangue freddo. Aveva capito cosa volevano da lei. L'indovinello del *Lapis exilii*, il tesoro custodito nella cripta del Monte del Fiore. Tuttavia, l'insidia era ben più grave di un'accusa di eresia. Si trattava di difendere la vita di Maynard. «Affermate che mio fratello non ha diritto», ribatté con sprezzo. «E voi, quale diritto avete sulla mia persona? Foste un uomo dabbene, staremmo tenendo questa conversazione altrove e con diversi toni».

Le rispose una risata beffarda. «Vi conviene rivelarmi quanto sapete, se ci tenete alla vostra salvezza».

Con un considerevole sforzo, la reverenda madre riuscì a sollevarsi dal fianco per mettersi in ginocchio. Aveva i capelli scarmigliati, gli abiti sudici, ma ora poteva fissare con maggior attenzione la sagoma in controluce. «Sarebbero ben poche le cose che avrei da dirvi…», e alzò il mento con alterigia. «Tuttavia credetemi, messere, accetterò di buon grado la morte anziché tradire il mio stesso sangue».

«Pensate forse di trovarvi ancora nel vostro convento, venerabile consorella?», la schernì il suo misterioso aguzzino. «Qui non potete dettare regole, tantomeno comportarvi con onore. Forse vi nascondete sotto il velo da troppo tempo per rendervene conto», e ridendo ancora, impartì un veloce gesto di comando.

Eudeline fu sollevata da terra e costretta a voltarsi verso l'uomo che le stava alle spalle. Alla luce della fiaccola poté finalmente guardarlo in faccia. «Voi!», esclamò con un sobbalzo, riconoscendo l'individuo che ogni settimana prelevava Aleydis dal convento per portarla dal confessore. Dunque non si era ingannata! Era stato proprio il viso della ragazza che aveva scorto oltre il battente della sua stanza, prima di essere catturata.

«Sì, io!», sghignazzò l'armigero, strappandole in un sol gesto l'abito da notte.

«No!», gridò la monaca, trovandosi improvvisamente nuda di fronte allo sguardo lubrico di Marcus. «No!».

«Ebbene, parlatemi del *Lapis exilii*!», ordinò l'uomo con la fiaccola, sovrastandola con il tono della voce. «So che siete a conoscenza di quella reliquia. Lo so!».

La monaca cercò di divincolarsi dallo sgherro che, divertito, continuava a esporla alla luce della fiaccola. Si sentiva a un passo dal precipitare in uno stato di terrore quasi infantile. Un attimo prima di cedere alla disperazione, avvertì qualcosa dentro di sé. Al di là della paura e del ricordo della violenza, c'era una piccola fiamma che ardeva in fondo all'anima. Eudeline serrò i pugni, quasi potesse stringerla tra le dita e percepirne il calore. Era una fiamma di rabbia, un odio feroce verso l'essere meschino che un tempo l'aveva violata. Una fiamma che per anni aveva bruciato in silenzio, in attesa di un'impossibile vendetta. «Non vi dirò nulla!», gridò a squarciagola. «Nullaaa!».

L'uomo indietreggiò appena, senza mostrarsi sorpreso. Al contrario, dette l'impressione di essere incuriosito. La donna lo percepì chiaramente, come se una parte di sé, rimasta lucida, assistesse con distacco a tutto ciò che le accadeva intorno. Per il resto, si sentiva annullata. La nuda figura che si agitava tra le braccia di Marcus non era più la nobile Eudeline de Rocheblanche, tantomeno la venerabile badessa di Sainte-Balsamie. La furia pareva aver preso il sopravvento sulla paura, sulla ragione e su ogni altra cosa, lasciando una creatura in preda a un istintivo sconvolgimento.

«Credete forse di impressionarmi?», sibilò l'uomo, ammantato in un fremere di chiaroscuri. «Ben presto i vostri bollenti spiriti si placheranno, non dubitate». Si avvicinò per scrutarla negli occhi. «E allora, venerabile badessa, sarete *felice* di compiacermi!».

Suor Eudeline vide emergere dall'ombra il volto di un vecchio bramoso, le pupille illuminate dalla fiamma, le labbra arricciate in una posa morbosa. Poté fissarlo soltanto per un istante. Mentre vedeva la sua faccia trasformarsi in un ghigno perverso, si sentì trascinare via, fra le strette mura della torre. Dove il buio risuonava di cardini e catene.

Appena distinguibili nella notte, due figure avvolte nei mantelli si allontanarono dalla torre antica.

«Perché non l'avete sottoposta a tortura?», domandò Marcus, assai perplesso. «Avrebbe parlato».

«Ne dubito», disse il cardinale, accompagnando i suoi passi con un bastone. «Ora è sconvolta, fuori di sé per la rabbia. Inoltre è una donna nobile, avvezza al comando. Non si sarebbe piegata facilmente».

L'armigero si accarezzò le guance rigate dai graffi. «Voi dite? Se l'aveste affidata alle mie cure...», e ridacchiò volgarmente.

«Non è quel tipo di femmina, credetemi. L'avreste ancor più sconvolta, facendola sprofondare in un silenzio impenetrabile».

«Lasciandola rinchiusa, invece...».

«Nuda, senza cibo né acqua», precisò il porporato. «*Intra arctos muros*: il metodo usato dall'Inquisizione per far ammansire gli eretici. Domani notte sarà disposta a parlare, vedrete... E una volta scoperta la verità, potremo finalmente metterci in viaggio».

«Ah, già. L'affare importante a Metz...».

«Karel di Boemia», disse il cardinale. «In cambio del mio aiuto, è disposto a cedere la punta di lancia».

Marcus annuì. «Quella donna, tuttavia...», insinuò, tornando sull'argomento con una certa apprensione. «Mi ha riconosciuto, rammentatelo. Se tornasse libera...».

Sua eccellenza lo scrutò con disappunto. «È una femmina di indubbio fascino, ve lo concedo», sorrise con cattiveria. «Nondimeno, il suo destino è segnato».

50

Abbazia di Santa Maria di Pomposa
28 marzo, al sorgere del sole

Maynard uscì dagli stallaggi del monasterium conducendo per le briglie il morello sellato. Indossava ancora la tonaca nera, però si era spuntato la barba e accorciato i capelli, per essere presentabile quando fosse stato al cospetto dei signori di Ferrara. Nel vedere padre Andrea, si fermò.

«Mi è stato riferito che siete in partenza», disse il monaco, andandogli incontro.

«Tra due giorni sarà Venerdì Santo», spiegò il cavaliere. «Se è vero che il vescovo sarà presente a Ferrara, ho appena il tempo di giungere in città e trovare alloggio».

«Cercate asilo presso l'ospitale della Misericordia, vicino alla chiesa di San Leonardo», gli consigliò l'abate, mostrandosi d'accordo. «Si trova nel borgo a cui dà il nome, dopo la Torre dei Leoni. È a poca distanza dai luoghi che dovrete visitare».

«Lo terrò a mente».

«Ed ecco le lettere che dovrete consegnare». Il reverendo gli porse due rotoli sigillati. «La prima per sua eccellenza il vescovo, la seconda per il marchese Obizzo III. In entrambe chiedo spiegazioni sull'arresto dei genitori di Gualtiero de' Bruni, oltre a implorare clemenza». Attese che il francese le riponesse nella bisaccia appesa all'arcione, poi mormorò: «Inoltre…».

«Non fatevi scrupoli», lo incoraggiò Rocheblanche, incuriosito dal suo esitare.

Padre Andrea sospirò con amarezza. «Coglierei l'occasione per chiedervi di portare a Ferrara la prima rata del debito che mi è stato imposto di saldare».

«La vostra fiducia mi onora».

«Affidare un simile compito a un confratello, significherebbe esporlo agli agguati dei predoni», si giustificò l'abate. «Per quanto riguarda gli arcieri dell'abbazia, invece, si tratta di mercenari a cui non darei in custodia neppure una manciata di denari… Figurarsi duecento fiorini».

«Sarò lieto di servirvi», lo tranquillizzò il cavaliere. «A chi dovrò consegnarli?».

Il religioso slacciò la pesante scarsella appesa al cordone della sua tonaca e gliela consegnò. «Al marchese Obizzo III d'Este in persona, vicario del santo padre».

«Sta bene». Maynard assicurò la borsa alla cintura, vicino all'impugnatura del pugnale. «D'altronde, anch'io ho da chiedervi una cortesia», rivelò. Prese dalla sella un lungo involto di tela e lo affidò al religioso. «Le mie spade, troppo ingombranti per passare inosservate», spiegò. «Quella da stocco mi è assai cara, e non vorrei che le guardie cittadine me ne privassero».

Andrea scostò un lembo del tessuto, scoprendo il pomolo dell'arma dalla lama più corta, su cui campeggiava lo stemma di Rocheblanche. «Le deporrò nella cripta del monasterium, in attesa del vostro ritorno».

Dopo avergli sorriso riconoscente, il cavaliere si fece serio. «Dovrete prendervi cura anche di Isabeau», aggiunse.

L'abate finse di non capire.

«Non mi fido che di voi», insistette Maynard. «Vado incontro a insidie di cui mi sfugge l'entità, lo sapete bene. Piuttosto di coinvolgerla in qualche pericolo, sarei lieto di saperla al sicuro, sotto la tutela di un uomo buono».

Andrea meditò su quelle parole, stringendo tra le mani il pesante involto. Aveva accettato di nascondere delle armi senza riserve, ma esitava di fronte a una fanciulla. «Sarà fatto», disse infine, vincendo le perplessità.

«Non crediate che intenda approfittare della vostra benevolenza», chiarì il cavaliere, posando un piede sull'arcione. «Tornerò a riprenderla appena possibile, lo giuro. E saprò ripagarvi».

«Trovate Facio di Malaspina», ribatté l'abate. «Sarà una ricompensa più che adeguata».

Rocheblanche salì in groppa con un volteggio, ma prima di spronare il morello notò una persona che si stava avvicinando di corsa. Il giovane pittore.

«Aspettate, messere!», vociò il ragazzo, affrettandosi in sua direzione. Si fermò davanti al cavallo, piegandosi sulle ginocchia per riprendere fiato. «Vi supplico di ammettermi al vostro seguito».

Il cavaliere lo fissò meravigliato, quindi rivolse lo sguardo a padre Andrea.

«Figliolo», mormorò il religioso, altrettanto confuso, «di cosa state parlando?»

«Apprezzo la vostra offerta, reverendo», annunciò Gualtiero, rosso in volto. «Ma non posso accostarmi allo scriptorium di Pomposa senza prima aver scoperto il destino dei miei genitori».

L'abate gli pose una mano sulla spalla e, gentilmente, cercò di allontanarlo. «Di ciò sono già incaricati altri».

«Lo so». Sottraendosi alla presa, il giovane si rivolse al cavaliere. «Qualche notte fa vi ho spiati. Non ne vado fiero, ma al sentirvi parlare dei miei cari non ho potuto sottrarmi. Vi ho sentito accennare a delle lettere e a un viaggio a Ferrara...».

«Non mi reco a Ferrara soltanto per consegnare lettere», precisò con freddezza Maynard, nella speranza di farlo desistere.

Ciò nondimeno, Gualtiero appariva risoluto. «So anche questo», ammise. «Un malinteso... Un intrigo... Di qualunque cosa si tratti, non vi sarò d'intralcio. Il mio unico intento è scoprire dove siano tenuti reclusi mio padre e mia madre, e per quale motivo».

«Con il rischio di essere arrestato anche voi?», intervenne padre Andrea.

«Lo correrò volentieri», rispose il giovane, serrando i pugni sui fianchi.

«Figliolo...», insistette il monaco, sempre più contrariato.

«Parole sprecate, padre». Soffermando lo sguardo su Gualtiero, Rocheblanche si rese conto che nulla al mondo gli avrebbe fatto cambiare idea. Rammentò la passione con cui l'aveva visto esprimersi al cospetto del capitolo e, studiando la sua espressione cocciuta, non si stupì di scorgervi del coraggio. Un coraggio istintivo, certo, che nulla aveva a che spartire con l'indole del guerriero. Suo malgrado, provò un'immediata simpatia. «Il ragazzo ha ormai preso una decisione», e con un sorriso bonario si rivolse al giovane. «Un compagno di viaggio potrebbe rivelarsi utile, ma se doveste essermi di un qualche peso...».

«Non capiterà, messere», si affrettò a ribattere Gualtiero.

Padre Andrea sbuffò, alzando gli occhi al cielo. «A quanto pare, non mi resta che raccomandarvi al Signore e consigliare a entrambi di prendere le vie d'acqua», esclamò. «Imbarcatevi presso la Torre della Lanterna e risalite il Padus. Nell'arco di una giornata sarete a destinazione».

51

Seguendo le indicazioni di padre Andrea, il cavaliere e il ragazzo raggiunsero il *Portus Abbatis* presso una foce del Padus e lì attesero l'approdo di un'imbarcazione che li avrebbe traghettati verso l'entroterra. Circondati dalla desolazione di una spiaggia coperta di sterpaglie, si rannicchiarono dietro una catapecchia adorna di reti da pesca per ripararsi dal vento. Alle loro spalle, il fuoco della Torre della Lanterna continuava ad ardere dalla notte precedente, quasi per infondere coraggio nei naviganti persi nella burrasca.

I due rimasero a fissare le onde per mezza giornata, fino al sopraggiungere di un burchio a fondo piatto destinato a risalire il fiume. Dotato sia di vela che di remi, vantava dimensioni tanto ragguardevoli da consentirgli di imbarcare insieme a un considerevole carico di sale anche bestiame e passeggeri. In fase di attracco, il suo timoniere comunicò che era diretto a Pavia, con scalo a Ferrara.

Benché Maynard detestasse viaggiare sull'acqua, non appena salito a bordo si rese conto di quanto fosse stato incauto, pochi giorni prima, a voler coprire l'intero tragitto a cavallo, senza prendere in considerazione un simile mezzo di trasporto. Assicurato il morello all'albero di maestra, si appoggiò all'impavesata e assistette con Gualtiero al mutare del paesaggio irto di canneti e alberi contorti, dalla palude a una distesa di agri disciplinati dall'aratro.

I dossi del Padus erano maestosi, ed elevandosi con le loro gobbe verdeggianti impedivano spesso la vista. In quei momenti il ragazzo abbassava il capo, seguendo il fluire limaccioso del fiume in preda al malumore. Rocheblanche rispettò il suo silenzio finché non scorse fra i cespugli un gruppo di uccelli dalle lunghissime zampe. Colpito dal loro aspetto elegante, glieli indicò.

Gualtiero rispose a quel gesto aprendo le braccia, per poi indicare lo scenario. «In condizioni normali», disse, «ne approfitterei per riempire il mio taccuino di schizzi. Ora, tuttavia, ho la mente altrove».

«Un taccuino?», ripeté il francese, distogliendolo dallo sconforto.

«Me ne servo per disegnare», spiegò il giovane. «L'ho sempre con me».

«Vorreste mostrarmelo?»

«Si tratta di semplici schizzi», si oppose Gualtiero, quasi imbarazzato.

«Troppo tardi per accampare scuse», insistette Maynard con fare complice. «Ormai mi avete incuriosito».

«In tal caso...». Il giovane aprì la bisaccia che portava a tracolla ed estrasse una tavoletta di legno fissata a un plico di carte. Esitò ancora un istante, quindi la porse al compagno di viaggio.

Non appena l'ebbe tra le mani, il cavaliere ne rimase profondamente colpito. Conteneva soltanto degli schizzi, in effetti, ma eseguiti con una tale maestria da conquistare lo sguardo. In quei fogli accartocciati c'era disegnato di tutto: paesaggi, animali, contadini al lavoro, volti aureolati, angeli ad ali spiegate e studi di corpi umani. Ogni immagine era stata realizzata con estrema cura, mediante l'ausilio di un carboncino o, in rari casi, di inchiostro diluito e steso con il pennello. Man mano che osservava, Maynard sentiva crescere dentro di sé l'ammirazione. Se quella era soltanto una piccola parte dell'universo figurativo di Gualtiero de' Bruni, c'era da chiedersi quali straordinarie visioni popolassero la sua fervida mente.

La meraviglia accrebbe nello scorgere, a margine di un foglio, il ritratto dell'abate Andrea, fedele anche se realizzato con pochi tratti. La fronte aggrottata e le sopracciglia sollevate lo riproducevano nella sua caratteristica espressione riflessiva, che il francese aveva ormai imparato a conoscere.

Riprendendo a scorrere le carte, si trovò di fronte a un altro volto familiare. «Isabeau», sussurrò, con un pizzico di divertita malizia.

Il giovane fece un lieve sobbalzo, evitando di commentare.

Rocheblanche finse di non notare il suo imbarazzo e proseguì a esaminare gli schizzi, scoppiando improvvisamente a ridere. «E questo sarei *io*?», domandò, mostrando l'immagine di un viandante incappucciato dalla barba incolta. Ottenuto un cenno di assenso, osservò meglio e si rese conto che c'era ben poco di cui rallegrarsi. Più fedele di uno specchio, il giovane pittore aveva colto, insieme all'aspetto esteriore, una natura assai più intima e complessa, dando forma a un individuo cupo e indurito dalle traversie, in cui l'ardore si stemperava in una smorfia di melanconica speranza. "Dunque è *questo* che sono diventato", meditò il cavaliere. «Non mi sono accorto che mi osservavate», confessò, nascondendo l'amarezza.

«Non ce n'è stato bisogno», rivelò Gualtiero. «Sono capace di tenere a mente le cose che vedo, per poi metterle su carta quando non le ho più di fronte agli occhi».

"Un artista che insegue immagini". Maynard cercò di concepire quanta sensibilità albergasse in un animo incline a simili occupazioni, e d'un tratto si adombrò. «Forse avreste dovuto seguire il consiglio dell'abate Andrea».

«So badare a me stesso», protestò il ragazzo.

«Ne dubito». Così dicendo, il cavaliere lanciò un'occhiata torva ad alcuni marinai intenti a osservare la sua scarsella, raffreddando subito le loro brame. «Vi manca l'esperienza», spiegò al giovane. «L'esperienza di chi sa diffidare del prossimo». Vedendolo ammutolire, provò ancora una volta una sensazione di simpatia. «Sapete almeno dove cercare?», aggiunse.

«Una volta a Ferrara, contavo di chiedere informazioni per strada», rispose Gualtiero.

«E rivelare a estranei che siete diretto alla capitaneria delle carceri?», disse Rocheblanche, facendogli notare l'ingenuità del proposito. «Meglio arrangiarsi da soli, fidatevi di me. Il luogo che state cercando avrà certo sede nella piazza maggiore, proprio dove io stesso dovrò recarmi».

Il giovane lo fissò speranzoso. «Intendete che potrò continuare a seguirvi?».

Il francese gli strizzò un occhio. «Soltanto se non mi sarete d'impiccio», e quasi per suggellare un patto, gli rese il taccuino.

Gualtiero lo ringraziò con un inchino. Riponendo i suoi disegni nella bisaccia, lasciò intravedere qualcosa di colorato che vi custodiva all'interno.

«E quello?», volle sapere Maynard, incuriosito. «Non si tratta di uno schizzo».

«Per nulla», disse il giovane, mostrandogli una tavola dipinta che rappresentava un volto di donna. «È mia madre».

E senza altro aggiungere, posò di nuovo i gomiti sull'impavesata per perdersi nel moto delle acque ormai brune.

52

Vecchia torre di guardia, suburbio di Reims
28 marzo, all'imbrunire

Suor Eudeline aveva smarrito la cognizione del tempo. Nuda e rannicchiata nell'angolo di una cella asfittica, ascoltava da ore lo zampettare dei ratti nell'oscurità. Il pensiero di addormentarsi fra quelle immonde creature la teneva desta ancor più della paura, mentre il sentore di marciume esalato dal pavimento e dalle pareti risvegliava in lei una disgustosa sensazione di sudicio. Ciò nonostante cercava di restare lucida, in uno stato di nervosa vigilanza paragonabile a quello degli ossessi.

Ignorava l'identità dei suoi carcerieri. Benché avesse riconosciuto lo sgherro che l'aveva rapita, non sapeva nulla sull'uomo con la fiaccola. Anziano ma ancora energico, le era parso un religioso. L'aveva intuito dall'eloquio, quanto dal pungente odore di incenso che proveniva dai suoi abiti. E soprattutto dall'accusa di eresia. Un qualsiasi altro individuo avrebbe escogitato ben altre minacce. Soltanto un religioso poteva anteporre l'anatema a morte, rovina e ignominia.

"Un inquisitore?", si chiese, ma pensò subito che fosse improbabile. In seguito alle restrizioni del concilio di Vienne, gli abusi dell'Inquisizione erano stati drasticamente ridotti. Inoltre, in tal caso, lei non sarebbe stata imprigionata in un edificio diroccato ma in una delle prigioni del vescovo.

Era assai più probabile che si trattasse di uno dei pericolosi individui da cui era scampato Maynard. *Sicari*, le aveva accennato dopo averla messa al corrente dell'enigma del *Lapis exilii*. Un enigma al quale pareva essersi votato anima e corpo, partendo da Sainte-Balsamie senza rivelarle null'altro al riguardo. "Amato fratello", rifletté con rammarico la badessa, "se solo non mi avessi lasciata all'oscuro di tante cose…".

Eppure qualcosa sapeva, rammentò di colpo. Karel di Lussemburgo, il re dei preti: l'unica informazione emersa dai ricordi sconnessi di Robert de Vermandois.

Quel nome insigne la portò a valutare la possibilità che il vecchio con la fiaccola fosse al servizio del monarca. Del resto Karel di Boemia aveva fama di essere un uomo ambiguo. Legato a doppio filo con le alte sfere ecclesiastiche, era animato da un fanatismo religioso che trovava sfogo in una smodata passione per le reliquie. Se fosse stato a conoscenza del *Lapis exilii*, avrebbe probabilmente anelato a possederlo…

No, pensò la reverenda madre. Simili congetture rischiavano di sviarla. Anziché inseguire fantasmi, avrebbe ottenuto maggior vantaggio concentrandosi su dati oggettivi e certi. Tuttavia non disponeva di alcun elemento… A parte il coinvolgimento di Aleydis.

Fu allora che capì.

L'ignoto benefattore, la dote sborsata per il noviziato della ragazza, le sue confessioni settimanali… Tutto era avvolto da un'aura di mistero. In principio la badessa ne era rimasta incuriosita, poi aveva messo da parte la questione, oberata da troppe incombenze, fino a scordarsene. Ma ora il sospetto le si strinse intorno al collo come un cappio. Era stata un'ingenua! Aleydis doveva essere stata mandata al convento per indagare su di lei e su Maynard.

Alla luce di quella consapevolezza, ripensò alla facilità con cui Marcus si era introdotto nella sua domus particularis. "È entrato di soppiatto, come se avesse…".

Le balenò alla mente il ricordo di suor Claire che si lamentava di non riuscire ad aprire la serratura con la sua chiave. Proprio il giorno prima della sua scomparsa. Possibile che fosse una coincidenza? La badessa si portò le mani al viso, inorridita da un atroce sospetto. «Aleydis… Aleydis…», singhiozzò. «Cosa hai mai fatto…».

Un rumore di passi la fece immobilizzare.

Eudeline si schiacciò contro la parete, ricordando a se stessa di essere nuda e indifesa. Non aveva scordato il crudele diletto con cui Marcus l'aveva esposta alla luce della torcia, e al solo pensiero di dover subire altre angherie desiderò di possedere un pugnale per togliersi la vita. Dio avrebbe compreso, pensò. Nella sua infinita misericordia, forse l'avrebbe addirittura perdonata.

Lo scatto del catenaccio annunciò il profilarsi di una sagoma grigia davanti all'uscio.

«Presto il mio signore sarà qui», sghignazzò Marcus. «Ma abbiamo ancora tempo...».

Eudeline lo vide avanzare verso di lei, scorgendo un lampo di bramosia nel suo sguardo. «State lontano!».

«Siete bella per essere una monaca», mormorò l'uomo, afferrandola per i polsi. «*Troppo* bella...».

In un crescendo di orrore, la reverenda madre sentì la presa dello sgherro allentarsi all'improvviso e il suo respiro fetido smorzarsi. Poi il corpo di Marcus stramazzò a terra, e un'ombra emerse alle sue spalle.

Restando impietrita di fronte all'estraneo, la monaca colse il baluginare di una lama che spariva fra pieghe di tessuti scarlatti. Seguì la scintilla di un acciarino e la vampa di una fiamma. Infine, alla luce della torcia, comparve un volto moresco tagliato da due occhi di lince.

Prima che Eudeline potesse chiedersi chi fosse, una mano dalle lunghe dita la aiutò a rimettersi in piedi. Fu allora che si rammentò dello scorso autunno, lungo le strade di Reims, quando aveva rischiato di essere investita da un carro di buoi. «Il buon samaritano...», farfugliò confusa.

«Venite», le disse lui, conducendola fuori dalla prigione.

Lei si ritrasse, rammentandosi dello stato in cui si trovava.

Allora l'uomo fece cenno di comprendere. Si slacciò il mantello scarlatto e glielo avvolse intorno, allacciandolo sotto il mento. «Venite», ripeté con premura. «Il vostro convento dista molto».

Non appena entrò nella vecchia torre, il cardinale intuì che dovesse essere accaduto qualcosa. Il silenzio era quasi palpabile, come la tenebra. Neppure il lucore di una lanterna o il richiamo di una voce ad accoglierlo.

Avanzò con prudenza, sguainando una misericordia da sotto la tonaca. Marcus aveva lasciato il cavallo legato all'ingresso, non poteva essere lontano. Perché preoccuparsi, dunque? Quell'armigero era tanto letale quanto fidato, l'aveva preceduto con l'ordine di intimidire la donna quel tanto da renderla disposta a parlare.

Eppure non scorgeva segno della sua presenza.

"Dove sei?", pensò il cardinale, ben attento a non fare rumore. Si diresse verso la prigione di Eudeline con la lama protesa in avanti, pronta all'affondo. I suoi calzari di lana si udivano appena, muovendosi adagio, nell'oscurità.

Ma quando si trovò dinanzi all'ingresso di un cubicolo che avrebbe dovuto essere sprangato, non ebbe bisogno di vedere. L'odore del sangue e, ancora una volta, il silenzio furono sufficienti a rivelargli ogni cosa.

L'ira che lo pervase fu una gelida sferzata. La subì in silenzio, quasi compiaciuto da quell'astioso impeto. Il cardinale non era avvezzo a esternare le emozioni, neppure nei momenti di solitudine. Trattenne la rabbia dentro di sé, risucchiando l'aria tra i denti marci. Sussurrando imprecazioni.

La sagoma che si trovava sul pavimento, a pochi passi da lui, era troppo ingombrante perché si trattasse del cadavere di Eudeline de Rocheblanche.

Si guardò intorno, pur conscio di quanto fosse futile quel gesto. Poi, ritenendo impossibile che una donna sola e disarmata avesse prevalso su Marcus, suppose che fosse meglio sparire.

53

Arrivo a Ferrara, ponte Barbacane
29 marzo

Maynard e Gualtiero giunsero a destinazione con mezza giornata di ritardo a causa dell'improvviso ingrossarsi del Padus, che aveva costretto il burchio ad attraccare di notte in un porto fluviale chiamato Fiscalia. Il mattino seguente, al calmarsi delle acque, la navigazione era ripresa indisturbata fino al comparire di sponde irte di palizzate, oltre le quali sorgeva una città cinta da mura. L'imbarcazione gettò l'àncora sulla riva opposta del fiume e procedette allo scarico delle merci e dei passeggeri.

Dopo essere sbarcati, i due compagni superarono un borgo raccolto intorno a una pieve dedicata a san Giorgio e raggiunsero in compagnia di altri viandanti un ponte mobile sorretto da barche. Lo attraversarono con cautela, avanzando sulle assi di legno soggette a un continuo oscillare, fino a ritrovarsi di nuovo sulla terraferma, davanti a una porta che si apriva tra le fortificazioni di Ferrara.

Varcato il passaggio, Maynard fece strada in un dedalo di contrade costellate di chiese, palazzi e case di legno. Dopo aver consigliato a Gualtiero di fissare subito nella mente dei punti di riferimento, in modo da non smarrirsi, condusse il morello per le briglie lungo una via grande, parallela alle mura. Deviò poi verso nord e, imboccando quello che pareva il cardo, seguì un fossato ai margini un borgo gentilizio, lasciandosi alle spalle costruzioni sempre più dignitose, in pietra o mattoni, intervallate da orti, giardini e altri canali. I passanti erano molti, di varie estrazioni, al punto da consentirgli di procedere senza destare curiosità.

D'un tratto si rese conto di non camminare più su una superficie di terra battuta ma su del selciato, e proseguendo si trovò al cospetto di una grande cattedrale. Vide la sua facciata in marmo bianco con il portale inserito tra arcate, logge e sculture, quindi il secondo grande ingresso aperto sul fianco meridionale, rivolto verso la piazza. Tutt'intorno le sorgevano edifici imponenti, benché non della medesima altezza e maestosià. A giudicare dalle insegne che poté scorgere fra le loro merlature, Rocheblanche credette di riconoscere il Palazzo della Ragione, sede di giudici e notai, e quello sella Signoria.

Invitando Gualtiero a procedere dietro di lui, si fece strada attraverso il viavai sempre più fitto che convergeva verso alcune bancarelle ai margini della piazza. Continuò a camminare con il morello alla briglia e il capo chino, tenendo d'occhio le guardie appostate al ciglio delle strade. Non si sarebbe stupito di riconoscere nei dintorni anche il deforme Facio di Malaspina e, contemplando una simile eventualità, preferì usare cautela. «Svelto», disse, «passiamo oltre».

Il giovane lo trattenne. «Non dicevate che una volta identificato il luogo in cui si esercita giustizia...».

«Non ora». Il cavaliere lo strattonò, obbligandolo a camminare. «Prima di agire, è meglio trovare un alloggio e meditare sul da farsi».

Continuarono verso nord, prendendo come riferimento una torre di guardia ornata sulla sua sommità dalle sculture di due leoni coronati. Sotto di essa, un muro di cinta si apriva in un varco affacciato su una nuova borgata.

«Se ben rammento le indicazioni di padre Andrea», disse Maynard, «questo dev'essere il luogo da lui menzionato. Iniziamo a cercare l'ospitale di cui mi parlava...». Si accorse tuttavia che Gualtiero era rimasto rapito dalla torre, alla cui sommità pendevano quattro impiccati. Immaginando il suo cruccio, lo distolse da quel macabro spettacolo. «Inutile soffermarvi su ciò che non vi riguarda», lo ammonì con tono gentile.

Varcata la porta della muraglia, si trovarono in un borgo delimitato a settentrione da uno specchio di acque stagnanti e, sugli altri lati, da chiese. Ben presto scoprirono che la maggiore fra quelle, dedicata a san Leonardo, corrispondeva alla descrizione fornita dall'abate di Pomposa. Sulla strada di fronte alla facciata, tra solchi di carri e pozzanghere, gruppi di fanciulli malvestiti erano intenti a rincorrersi o ad azzuffarsi.

Rocheblanche legò il cavallo a un anello infisso a un muro e, chiedendo a Gualtiero di tenerlo d'occhio, bussò al portale. Gli fu aperto da un frate dall'aspetto singolare. Più simile a un monaco guerriero che a un comune religioso, indossava una divisa nera con una croce azzurra a forma di T cucita sul cuore.

«Questa è la casa dei canonici di sant'Antonio», disse il frater, con un bonario gesto di benvenuto. «Per quale ragione vi presentate al nostro uscio?».

Il cavaliere riconobbe subito l'accento francese, senza però riuscire a individuarne la provenienza. «Cerco ospitalità», spiegò, «per me e per il mio compagno di viaggio».

«Dovrete accontentarvi».

«Non abbiamo pretese».

Il religioso si strinse nelle spalle. «Il nostro ospitale della Misericordia», e indicò un vetusto caseggiato sito di fronte alla chiesa, sul lato opposto della strada, «offre solitamente riparo ai fanciulli rimasti senza famiglia, i cosiddetti "bastardini". Da qualche giorno, tuttavia, è occupato da armigeri venuti da lontano».

Maynard comprese immediatamente il perché di tanti fanciulli nei dintorni. Poi notò i cavalli fermi davanti all'edificio. Erano una decina, tutti bardati e coperti da gualdrappe. «Ci basterà un luogo ove poter riposare», aggiunse, cercando di immaginare cosa ci facesse un francese in una chiesa tanto a sud delle Alpi. E sempre più incuriosito, non si trattenne: «Perdonate la mia indiscrezione, padre... Ma da dove provenite?»

«Da Vienne», rispose il canonico con un sorrisetto orgoglioso, «come gran parte dei miei confratelli. Il nostro Ordine fu accolto fra queste mura circa un secolo fa, e da allora riscuote stima e apprezzamento per la sua devozione a sant'Antonio abate e per la sua capacità di curare i malati di fuoco sacro».

«Vienne...», ripeté il cavaliere, spiegandosi d'un tratto quella singolare pronuncia.

«Sì, Vienne», insistette il religioso, «ed è per questo motivo che gli armigeri di cui vi parlavo hanno scelto il nostro ospitale. Pare che molti di loro vantino la stessa provenienza».

Nell'udire ciò, Maynard osservò le gualdrappe dei cavalli fermi davanti all'ospitale, riconoscendo su alcune di esse uno stemma nobiliare che non vedeva da molto tempo. Prima di potersi rammentare a quale casato appartenesse, notò un gruppo di uomini in uniforme che, proprio in quel frangente, stava uscendo dal caseggiato. Avevano i volti coperti da barbe cespugliose e le sopravvesti ornate con le insegne della crociata. Il più alto fra loro, un anziano energico dai capelli argentati, parve notarlo e dopo un istante sibilò un'imprecazione.

Rocheblanche ebbe un sobbalzo. «Non è possibile!», gridò, colto da un'improvvisa sensazione di familiarità.

L'individuo gli si avvicinò a lunghi passi e, arrivato di fronte a lui, lo afferrò per il bavero. «Che il diavolo mi prenda!», esclamò, sollevandogli di scatto il cappuccio, «se costui non è Maynard de Rocheblanche!».

54

Suscitando il disappunto di Gualtiero, Maynard scoppiò in un'improvvisa risata, stringendo lo sconosciuto in un abbraccio cameratesco. «Cosa ci fate qui?», chiese.

«Cosa ci fate *voi*, piuttosto!», ribatté l'uomo dalla chioma argentata. «Io sono in missione, reduce da Levante».

Prima di addentrarsi nel discorso, Rocheblanche si rivolse al giovane pittore che continuava a fissarlo sbigottito. «Costui è Bastien des Baux, o "del Balzo", fratello minore del conte di Montescaglioso», spiegò con enfasi. «Fu mio maestro d'armi». Attese da Gualtiero un cenno d'intesa, poi riprese a parlare con la sua vecchia conoscenza. «Vi credevo ancora a Parigi».

«L'ho lasciata per prendere la croce», disse Bastien. «Sono stato a Smirne, per versare sangue turco».

Il cavaliere notò il suo volto abbronzato e una nuova cicatrice che gli attraversava lo zigomo. «Mi era giunta voce di una crociata bandita dal papa, ma non sapevo che qualcuno si fosse fatto avanti».

«Il regno di Francia è troppo impegnato a combattere gli inglesi perché la notizia abbia potuto diffondersi, nonostante l'impresa sia stata guidata da un suo nobile figlio. Humbert de la Tor-du-Pin, delfino di Viennois».

«Il marito di vostra nipote, se la memoria non mi inganna».

Des Baux si adombrò per un attimo. «Precedo il suo ritorno», rivelò infine, «per verificare se siano giunti i salvacondotti papali che gli consentiranno di attraversare indenne i territori tra Venezia, Genova e Milano. Dopo venti giorni, il marchese d'Este continua a sostenere di non aver ancora ricevuto quello indirizzato alla sua attenzione».

A tali parole, Maynard intravide la possibilità di un piano. «Conoscete Obizzo III?»

«Soltanto di sfuggita», lo deluse Bastien. «Io e i miei compagni abbiamo avuto a che fare unicamente con la sua schiera di burocrati». All'improvviso si fece curioso e, osservandolo con maggior intensità, cambiò argomento. «Ma parlatemi di voi! Dopo tanti anni, mi è bastato scorgere il vostro modo di camminare per riconoscervi. Tenete ancora la destra aggrappata alla fibbia, pronta a scivolare sull'elsa del pugnale».

«Come mi avete insegnato voi», precisò il cavaliere, allargando le braccia.

Bastien si fece serio. «Rispondete, Rocheblanche. Cosa ci fate tanto lontano da casa, e vestito da monaco?».

Benché restio a fare rivelazioni, Maynard non poté sottrarsi dal rispondere. Grazie a des Baux non aveva affinato soltanto l'arte della spada, ma anche i valori del coraggio e della nobiltà d'animo a cui era stato iniziato, in tenera età, dalla madre. «Cerco un uomo».

«E cosa c'entra con il marchese d'Este?»

«Non ho detto nulla del genere», si difese il cavaliere, nascondendo la sorpresa.

«Pensate davvero di potermi raggirare?», ghignò il maestro d'armi, battendogli una mano sul petto. «Riconosco ancora il vostro modo di inarcare le sopracciglia, prima di fingere un affondo. E credetemi, mi è bastato uno sguardo per cogliere il vostro interesse per il marchese».

Rocheblanche lanciò un'occhiata guardinga sia verso i commilitoni di des Baux, rimasti dall'altro lato della strada, sia al canonico di sant'Antonio ancora appostato al portale della chiesa, per sincerarsi che nessuno di loro origliasse. «È mia convinzione», si decise infine, «che l'uomo di cui vi parlo si nasconda presso il marchese».

«Sarà dura», commentò Bastien. «A meno che non abbiate un buon pretesto, vi sarà impossibile introdurvi a corte».

«Devo consegnare una missiva. Dovrebbe essere sufficiente per incontrare...».

Il maestro d'armi scosse il capo, abbozzando una smorfia disillusa. «Sarete indirizzato alla cancelleria marchionale, come è successo a me. Non illudetevi. L'Estense si intrattiene soltanto con i nobili di alta schiatta».

Il cavaliere si fece pensieroso. Aveva già temuto di imbattersi in simili difficoltà, tuttavia si ostinò a non darsi per vinto. Se una semplice lettera non gli avrebbe permesso di avvicinarsi al marchese, forse la restituzione di una parte del debito di Pomposa si sarebbe mostrata un valido pretesto per accedere agli ambienti nobili del palazzo e andare in cerca di Facio di Malaspina.

«Nondimeno, una soluzione ci sarebbe...», propose des Baux, distogliendolo dalle riflessioni.

«Ovvero?», chiese Maynard. Ma anziché prestare attenzione alle successive parole del maestro d'armi, si rese conto d'un tratto che qualcosa non andava. Guardò dietro di sé, ritrovando il morello legato presso la chiesa e il buon padre di sant'Antonio ancora fermo sull'uscio. Tutto perfettamente tranquillo, eppure... "Maledetto stolto!", pensò, allungando lo sguardo verso la strada che portava alla piazza, alla ricerca di una sagoma familiare.

Gualtiero era scomparso.

Non ce l'aveva proprio fatta a starsene buono mentre Maynard confabulava con il suo compare in un francese tanto stretto da rendergli impossibile comprendere anche una sola parola. Gualtiero aveva altro a cui pensare. Diceva bene, il cavaliere, di usare cautela e strategia. C'era da chiedersi come avrebbe agito se fossero stati suoi i genitori arrestati tre giorni prima dal visdomino del vescovo! Non che il giovane lo biasimasse. Lo trovava, anzi, un uomo avveduto e valoroso. Ma l'unica cosa che gli importava al momento era non sprecare tempo prezioso. L'idea della madre e del padre rinchiusi in una cella buia non gli dava requie, facendolo sentire colpevole per non essere ancora riuscito ad aiutarli.

Approfittando della distrazione di Rocheblanche, si era allontanato dal borgo di San Leonardo percorrendo a ritroso il cammino verso la piazza. A giudicare dalle dimensioni dei palazzi, era certo che la capitaneria delle carceri avesse sede proprio lì.

Non appena fu di nuovo entro le mura, si rese conto però che la situazione era mutata. La folla era cresciuta a dismisura, rendendogli impossibile procedere. Avanzò con cautela, avvolto da un vociare sempre più fitto, nel tentativo di raggiungere un punto che gli consentisse di osservare gli edifici. Ma più cercava di farsi largo, più gli sembrava che il numero della gente aumentasse.

Come se fosse caduto in un fiume in piena, Gualtiero fu trascinato dalla calca verso il settore orientale della piazza, dove la folla si stava raccogliendo per intonare canti e preghiere.

Il giovane ignorò cosa stesse accadendo, finché non vide sbucare da una via laterale una processione di individui vestiti con sacchi bianchi, impegnati a battersi con flagelli, scope e bastoni. Procedevano al seguito di una grande croce con un Cristo insanguinato, affiancata da due monaci intenti a far oscillare turiboli nell'aria. Al loro comparire, la folla si animò di un delirante entusiasmo, producendosi in grida e strepiti forsennati. Alcuni iniziarono addirittura a percuotersi, imitando i gesti della schiera di battuti bianchi.

Temendo di finire coinvolto in quell'isteria collettiva, il giovane tentò di arretrare, opponendosi al panico e agli urti che riceveva da ogni parte. Ma non appena tentò di avanzare controcorrente, fu respinto in avanti con una tale violenza da cadere bocconi contro un uomo con gli abiti laceri e la schiena grondante di sangue.

L'impatto lo stordì, disorientandolo, finché cadde sommerso dalla calca.

Sotto una marea di passi nera come la notte.

55

Reims, convento di Sainte-Balsamie

Era trascorso un giorno da quando Eudeline era ritornata sana e salva al convento, avvolta nel mantello del suo misterioso salvatore. Non riusciva a togliersi dalla mente il contatto con quel broccato scarlatto, che le aveva lasciato un senso di protezione insieme a un odore di luoghi caldi e remoti. Incredibile come un simile ricordo si sovrapponesse a quelli del rapimento e della prigionia, fin quasi a renderli innocui. E incredibile come, rasserenate le consorelle, la vita fosse tornata con tanta facilità alle consuetudini del claustro, benché adombrata da innumerevoli enigmi.

La notte prima, il buon samaritano l'aveva accompagnata fino al portale della chiesa senza proferire verbo, per poi dileguarsi come uno spettro. La reverenda madre non riusciva a darsi una spiegazione. Oltre a ignorare il suo nome, non conosceva il motivo per cui quello sconosciuto avesse ucciso e rischiato tanto per lei.

Quesiti ben più gravi, tuttavia, attendevano risposta nelle cripte di Sainte-Balsamie. Ansiosa di sapere, Eudeline scese le scale dei sotterranei e con una lucerna alla mano raggiunse una nicchia serrata da un cancello che aveva fatto sigillare con catena e lucchetto.

Era stato il suo primo provvedimento, una volta tornata al convento.

Far rinchiudere Aleydis.

La ragazza stava rannicchiata in un angolo, gli occhi cerchiati per l'insonnia. I segni del pianto e della disperazione erano svaniti dietro una smorfia esausta.

Nel vederla, la badessa non provò il minimo dispiacere. Su di lei aveva appreso più negli ultimi due giorni che nel corso dei cinque mesi in cui l'aveva accolta come novizia. Per nulla al mondo si sarebbe lasciata impietosire. «So come vi sentite», le disse con algida rivalsa. «L'ho provato io stessa, di recente».

Aleydis alzò lo sguardo e la fissò. Come una vittima.

Eudeline sentì crescere il desiderio di schiaffeggiarla. «Non fingetevi all'oscuro», la mise in guardia. «Vi ho scorta la notte scorsa, appostata fuori dalla mia stanza», e la illuminò con la lucerna. «Siete stata voi a far entrare quell'uomo?»

«In tutta franchezza, io non...».

«Non osate mentire!», sibilò la badessa. «L'ho riconosciuto benissimo, quel viscido armigero! So chi era, e di conseguenza so che anche voi siete coinvolta».

La ragazza si ritrasse dalla luce, indecisa su cosa dire. Per un attimo mormorò sottovoce, quasi parlasse a una compagna nascosta nell'ombra. Infine, con un gesto rassegnato, si rivolse alla sua carceriera. «Non volevo che vi facessero del male...», confessò, giungendo le mani. «Vedete, io...», e chinando il capo, iniziò a singhiozzare.

Indifferente alle lacrime, la badessa si voltò altrove. «Mi avete tradita, Aleydis, e ora mi direte tutto... Tutto!». Attese che l'eco delle parole svanisse nell'oscurità, poi si inginocchiò al suo cospetto. «Ma prima ancora, dovrete confessare un reato assai più grave».

«Non ho più motivo di nascondervi nulla», rispose la prigioniera, asciugandosi le gote.

«La chiave», disse Eudeline.

«Quale chiave?»

«Quella che permette di accedere alla mia domus particularis», spiegò la badessa, seppur convinta che non ce ne fosse bisogno. «Ne esistono soltanto due. Ebbene, oggi ne ho trovata una nascosta tra i vostri averi. L'avete sottratta a suor Claire, non è vero?».

Aleydis scosse il capo. Quasi volesse rifiutare la realtà.

Per Eudeline fu un'ammissione più che sufficiente. Ripensò alla posa scomposta della cappellana in fondo al pozzo e, combattuta tra la collera e il dolore del lutto, si batté il petto. «Mai avrei pensato di accogliere una persona tanto malvagia nel mio convento!», sibilò. «Mai avrei pensato di dover punire una simile scelleratezza!».

«Non era mia intenzione...», si difese Aleydis, riprendendo a piangere. «Fu una disgrazia... Un incidente...».

Irritata da tanta ostinazione, la reverenda madre si chiese chi si nascondesse dietro quella maschera. «Siete una bugiarda».

La prigioniera scattò in piedi, aggrappandosi alle inferriate del cancello. «Io non desideravo la morte di suor Claire!», gridò, con una tale violenza da farla sobbalzare. «Se potessi tornerei indietro e cambierei tutto... Ma non posso, santa Vergine! Non posso!».

«Come potete pretendere che vi creda?», ribatté Eudeline. «Maledetta voi e i vostri inganni! Non sono qui per farmi impietosire, né per mostrarmi clemente. Desidero solo sapere il perché di tutto questo, e sarà meglio per voi che siate sincera...», e la scrutò in modo ancor più minaccioso. «Altrimenti, giuro, vi affiderò al carnefice del vescovo».

«La tortura no!», implorò Aleydis, mentre il suo volto si rimodellava come cera in procinto di liquefarsi. Le sopracciglia, le borse sotto gli occhi, i bordi della bocca, ogni lineamento pendeva verso il basso, esprimendo un paura venata di sfinimento. «È stato lui...», confessò infine. «Lui! Mi ha costretta, capite? Voleva sapere...».

La badessa le strinse una mano aggrappata alle sbarre. «Il vostro benefattore, suppongo». Al pensiero dell'uomo con la fiaccola, represse un fremito istintivo. Coraggio, si disse. «Rivelatemi chi è, oppure manterrò la mia promessa».

«Lo farò». Ormai la ragazza non piangeva più, la sua voce era diventata più calma, priva di inflessioni. «Prima però voglio che capiate».

«Assurda pretesa, la vostra». La risata di Eudeline fu una sferzata fredda. «Da me avrete soltanto disprezzo».

Con un gesto improvviso, la prigioniera le afferrò la mano stretta intorno alla sua, imponendole di ascoltare. «All'inizio non mi importava nulla di voi!», confessò piena di rimorso. «Ai miei occhi eravate una donnetta cresciuta negli agi, così come le vostre consorelle. Quando ci conoscemmo venivo dalla strada, da una vita miserabile che neppure immaginate, e avrei fatto di tutto pur di prendere il vostro posto. Di tutto! Ma poi... Poi qualcosa è cambiato. *Io* sono cambiata. Non so se sia stato per il rigore del claustro o per il vostro esempio, ma di fatto non sono più la stessa persona. Ho imparato a stimarvi, al punto da desiderare di diventare come voi... Vi prego di credermi! Il mio rimorso è sincero, e se mi darete l'opportunità di dimostrarlo...».

La badessa si liberò con sgarbo dalla presa. «Affermate di essere cambiata, eppure avete agito da donna malvagia».

«Ve l'ho detto, lui mi ha costretta!».

«Potevate rifiutarvi...». *E venire da me*, stava per concludere la reverenda madre, trovandosi di colpo ammutolita da un amalgama di stupore e imbarazzo. Senza alcun preavviso, infatti, Aleydis si era voltata di spalle e sfilata le vesti, restando completamente nuda.

Eudeline si ritrovò a osservare la sua schiena, incapace di comprendere finché non vide le terga. Erano ricoperte da decine e decine di cicatrici, più o meno profonde, sfumate dal rosso vivo al nero. Quasi dimentica della rabbia, non poté non immaginare le sofferenze e le umiliazioni subite dalla sventurata Aleydis. Quei segni parlavano di settimane, forse di mesi di silenzioso dolore... Arretrò al pensiero della sadica follia di chi glielo aveva inflitto.

Fu la ragazza a spezzare il silenzio, immobile e pallida come una scultura deturpata. «E ora», disse, «saprete il suo nome».

Poco dopo, Eudeline sedeva nella foresteria di Sainte-Balsamie davanti a Robert de Vermandois. L'incontro con Aleydis sembrava averla svuotata delle ultime energie rimaste dopo tante stremanti esperienze. Prima di potersi concedere del riposo, tuttavia, aveva un ultimo importante compito da portare a termine.

Ritornò a Robert e alle ragioni che l'avevano spinta a consultarlo. Stava per chiedergli qualcosa di assai riservato e rischioso. In nome della singolare confidenza nata tra loro, lo riteneva l'unica persona in grado di comprendere le proprie inquietudini. Almeno, una parte.

«Solo adesso venite a parlarmene?», esclamò il piccardo. «Siete stata tenuta prigioniera per un giorno e nessuno me ne ha fatto parola?»

«Nessuno sapeva», spiegò lei, cercando di usare un tono rassicurante. «Inoltre, ormai è tutto passato».

«Quale ignobile bastardo vi ha fatto ciò?», vociò il cavaliere, ben lungi dal quietarsi. «Ditemelo, e ne farò cibo per i vermi!».

«È un altro il servigio che pretendo da voi, messere. Se accettate, dovrete saper essere discreto e accorto».

«Spiegatevi».

La reverenda madre valutò ancora se non fosse più saggio lasciar perdere e cambiare argomento. Scorgeva un pizzico di infamia nell'esercitare il proprio ascendente su un uomo affascinato da lei.

Ciò nondimeno, si rese conto che era troppo tardi per cambiare idea. Inoltre, Robert fremeva già per la curiosità. «Dovrete indagare su colui che mi ha fatta rapire», gli rivelò, misurando con cautela le parole. «Si tratta di un cardinale che alloggia da alcuni mesi presso l'abbazia di Saint-Remi. Voglio conoscere i suoi spostamenti, i nomi delle persone che frequenta e...».

Lui la osservò con malcelato stupore. Di certo non si era aspettato una richiesta del genere, anche se, dopo mesi di inoperosità, era grande il desiderio di compiere un'impresa. «Se deciderò di indagare su quel prelato», disse, fissandola con attenzione, «dovrò conoscere la natura del suo interesse nei vostri confronti».

«Temo che ciò debba restare un segreto». Pur cogliendo il suo dissenso, Eudeline era risoluta a mantenere il più stretto riserbo sul *Lapis exilii* e sui segreti di Maynard. «Non è un capriccio, messere», spiegò. «Se tradissi il silenzio giurato, ne andrebbe della vita di persone a me care».

Vermandois fece cenno di comprendere. Sullo stupore aveva prevalso un atteggiamento guardingo, calcolato. «Operare alla cieca non mi sarà facile», commentò. «A quale scopo dovrei carpire informazioni su quel prelato?».

La badessa avrebbe preferito rivelarglielo in seguito, ma si rese conto che se voleva assicurarsi il favore di quell'uomo doveva concedergli fiducia. Aggrottò la fronte. «Per stabilire come e quando ripagarlo della stessa moneta».

Il piccardo la fissò basito. «Dunque intendereste... rapirlo?».

Di fronte a quella reazione, lei fu sul punto di rinunciare all'impresa. "Scùsati con lui e pregalo di dimenticare", pensò tra sé, pentita di aver ceduto all'istinto. Poi ripensò a quanto aveva subìto per mano di quel cardinale e, fugata ogni titubanza, annuì fermamente. «Ora vi è chiaro, messere, perché mi sono rivolta a voi e non agli advocati del vescovo?».

Lui annuì.

«Ebbene, lo farete?».

Robert non le rispose subito. Sembrava allettato, anche se in quell'istante di silenzio perseverò nello scrutarla con circospezione. Non sono uno sciocco, dicevano le sue iridi verdi. Servo vostro, ma fino a un certo punto. D'altro canto, Eudeline era cosciente di chiedergli qualcosa che andava oltre i semplici doveri di cavalleria, facendo appello a una complicità fondata su sottintesi e parole non dette. Una complicità che, in base alla decisione di lui, sarebbe stata destinata a crescere o a estinguersi.

D'un tratto, Robert si sporse in avanti per stringerle una mano. «L'audacia», sussurrò. «Rammentate?». Mimò un movimento di pedine sulla scacchiera. «Già dissi di riconoscerla in voi, a costo di suscitare il vostro risentimento. E ora eccola di nuovo, la leonessa, intenta a muovere un cavallo contro un cardinale». Sorrise con fierezza, quasi volesse lanciarle una sfida. «Mi chiedete molto, madonna, non lo nego. Il fatto che l'abbiate chiesto proprio a me mi onora».

«Dunque… lo farete?»

«Per voi, sì».

Eudeline sorrise a sua volta, contagiata dall'ardimento di quel volto forte e leale. «Un'altra cosa», aggiunse poi, tornando ai suoi piani. «Vorrei che vi metteste anche sulle tracce di un altro uomo. Un moro di cui ignoro nome e provenienza, ma che suppongo viva in questa città. Posso soltanto dirvi che veste elegantemente, con abiti sgargianti. È grazie a lui se sono libera».

«Una richiesta assai stravagante», affermò Vermandois, perplesso. «Come pretendete che lo rintracci?».

La badessa era ben consapevole di quell'obiezione. «Dubito vi siano molti saraceni a Reims», ribatté tuttavia. «E forse, chiedendo nei posti giusti…».

Vermandois si strinse nelle spalle. «Tentar non nuoce, ma non fatevi illusioni».

«Mi affido a voi, messere».

«Quanto al vostro cardinale», continuò lui, alzandosi in piedi, «vi manca di rivelarmi il suo nome».

«Sua eminenza Bertrand du Pouget», rispose la reverenda madre, disponendo l'assalto sulla sua scacchiera immaginaria. «Cardinale di San Marcello».

56

Ferrara, taverna nel Borgo di San Leonardo

Maynard ignorò per un istante le parole del vecchio Bastien des Baux, spiando attraverso una finestra il tratto di strada davanti alla chiesa di San Leonardo. Ormai imbruniva e Gualtiero non si faceva ancora vivo. L'istinto di andarlo a cercare cresceva, alimentando il rimorso per non averlo inseguito subito dopo la sua scomparsa, anziché intrattenersi con il maestro d'armi. Ma allora l'irritazione aveva prevalso sul buonsenso.

«Diffidate dei genovesi», lo richiamò Bastien, tagliando la farinata di ceci che gli era stata servita al desco. «Diffidate dei veneziani».

Lo sguardo del cavaliere scivolò verso l'interno del locale, una cornice perfetta per l'espressione austera del vecchio armigero. Volti chini sulle scodelle e giocatori di dadi, des Baux sembrava preferirli ai canonici dell'ospitale della Misericordia, che aveva scelto come alloggio soltanto perché l'unico posto in tutta Ferrara dove si parlasse francese.

«Genovesi e veneziani, dite?», ripeté Maynard, riprendendo il filo del discorso. «Credevo aveste raggiunto Smirne per ammazzare turchi».

«È stato così, infatti. *Exercitus christianorum contra turchos*», esclamò des Baux. «A bordo della *Sancta Crux* di Humbert de Viennois ho superato la città di Zara, le aspre scogliere di Morea e l'isola di Negroponte fino ad approdare nella funesta Mitilene». Si illuminò di orgoglio. «Avreste dovuto esserci, amico mio! Oltre duemila fanti e un centinaio di cavalieri sulla spiaggia, contro l'orda turca del barone Mitaometto. Ne siamo usciti vittoriosi soltanto grazie alla superiorità numerica, pagando il prezzo di numerose vite».

Rocheblanche non poté astenersi dal provare un briciolo di invidia. «Eroi andati incontro a una morte onorevole, per il *sacrum facere*», commentò, raccogliendo una porzione di farinata dal piatto.

Bastien scosse il capo. «Non c'è onore nella morte. E non ce n'è stato neppure nel nostro trionfo, dacché Viennois fece giustiziare oltre un centinaio di prigionieri alla stregua di vili briganti».

«Ho assistito ad atti ben più ignobili, credetemi».

«Dite davvero?».

Il cavaliere sospirò con tristezza. «Ho visto Filippo VI di Valois cedere Calais all'inglese pur di aver salva la vita».

Des Baux non poté nascondere lo sconcerto. «E io Humbert de Viennois implorare una tregua agli infedeli, pochi mesi dopo Mitilene». Fece un gesto sconsolato. «Non è con buona fama che torniamo in patria».

«Pensare che iniziavo quasi a invidiarvi...», rivelò Maynard. «Ho sempre sognato di cimentarmi in gesta gloriose».

Il maestro d'armi si portò alla bocca un bicchiere di vino. «La guerra non piace a Dio, al contrario di quanto scrivono Gratianus e Laurentius Hispanus», affermò, deglutendo con una smorfia schizzinosa. «E a scanso di equivoci, non vi insegnai a rispettare l'onore e la lealtà per farvi diventare cavaliere, ma *uomo*. Scegliete da solo le vostre battaglie».

«Parlate proprio voi, che vi siete messo al seguito di un fellone?».

Bastien sbarrò gli occhi, trattenendo un'ondata di collera. «L'ho fatto per difendere mia nipote Marie!», sibilò, attirano gli sguardi di alcuni avventori. «Marie des Baux, moglie di Humbert de Viennois, imbarcata per volere del dissennato marito sulla sua stessa galea!». Posò i gomiti sul tavolo, piegando il capo per nascondere il risentimento. «Ciò nondimeno, Dio ha reso vano il mio intervento. Marie è perita a Rodi, nel viaggio di ritorno, a causa di un misterioso male».

Rocheblanche si pentì di aver giudicato il compagno con eccessiva superficialità. In passato l'aveva udito esprimersi con affetto nei confronti della nipote e, conoscendo lo strazio di ritrovarsi impotenti di fronte alle sciagure dei propri cari, poteva ben immaginare il tormento del prode des Baux. Attese che superasse quell'attimo di sconforto, scostando rispettosamente lo sguardo, quando lo vide asciugarsi gli occhi. Infine, non appena capì che voleva riprendere la conversazione, ritenne opportuno parlare d'altro per distoglierlo dal dispiacere. «Mi accennavate a una possibilità di incontrare Obizzo III».

Grato per il gesto, il maestro d'armi annuì. «Non trascorrerà molto prima che Humbert de Viennois sbarchi a Venezia. Egli farà visita a Mastino della Scala di Verona e forse al signore di Padova, ma poi scenderà in Emilia. So per certo che intende approfittare dell'ospitalità del marchese d'Este, e allora pretenderà che il suo seguito gli si raduni accanto, nel palazzo marchionale».

«Quindi anche voi verrete ammesso a corte».

«E anche voi, se deciderete di starmi vicino».

Maynard valutò i vantaggi di accedere a corte insieme ai fedeli del delfino di Viennois. Avrebbe potuto indagare e porre domande senza destare sospetti, stando unicamente attento a non farsi riconoscere da Facio di Malaspina. «Con il rischio di compromettervi?», disse tuttavia, facendosi subito riguardo. «Vi ringrazio, ma non intendo approfittare della vostra generosità fino a tal punto. Conosco un altro modo per perseguire i miei scopi, senza esporre nessun amico al pericolo». Rammentandosi d'un tratto di Gualtiero, scrutò ancora all'esterno.

«Qualcosa vi turba?», gli chiese Des Baux, indicando la finestra.

«Il ragazzo...», mormorò il cavaliere. «Si è assentato da troppo». E alzandosi di colpo, si scusò con un gesto frettoloso prendendo congedo.

«Fate come volete, Rocheblanche», bofonchiò il maestro d'armi. «Se cambiaste idea, sapete dove trovarmi».

Gualtiero si riebbe sul ciglio della strada, sporco di fango e tutto ammaccato. La folla in delirio era svanita nel nulla, così come la processione dei battuti bianchi. Si rialzò lentamente, massaggiandosi la schiena e gli arti doloranti senza riuscire ad afferrare il ricordo di cosa gli fosse successo dopo la caduta in mezzo alla calca. Un buio totale lo separava da quel momento. Era ancora scosso, al punto di dover inspirare più volte per fugare un forte senso di disagio.

La luce del crepuscolo donava alla piazza una metafisica evanescenza, accentuata dal silenzio quasi assoluto. Nel riprendere il controllo delle emozioni, il giovane si soffermò su quella vista, rapito dalle proporzioni degli edifici e da una quiete così profonda da trarne conforto.

Poi rammentò il motivo per cui si trovava lì.

"Forza", pensò, "non è tempo di indugiare". Il luogo in cui erano tenuti rinchiusi i suoi genitori non doveva essere lontano. Superò a passi svelti la cattedrale, osservando con attenzione i palazzi che le sorgevano dirimpetto. L'ingresso del più vicino, decorato con le insegne del comune, era guardato da due fanti armati di picche.

Gualtiero li salutò con un inchino. «Se posso rivolgere una domanda, messeri, cerco la capitaneria delle carceri».

«Non avete altri alloggi ove trascorrere la notte?», lo schernì uno dei due, con una risata minacciosa.

Il ragazzo giunse le mani. «È mio desiderio avere informazioni su due persone, marito e moglie...».

«Via di qui, villano!», lo intimò l'altro armigero, colpendolo al petto con l'asta della picca.

Sorpreso da tanta prepotenza, Gualtiero cadde sul selciato mentre lo sghignazzare delle guardie prometteva altre percosse. Lui, tuttavia, non aveva alcuna intenzione di desistere. "In piedi!", si impose, deciso a far valere le proprie ragioni.

Prima di poter mettere in pratica quel proposito, avvertì l'incombere di una nuova presenza. Vide i fanti arretrare d'un passo e accennare un saluto, quindi si sentì sfiorare dai lembi di un lungo abito. Sollevando lo sguardo, scorse un uomo avvolto in una tonaca che gli stava porgendo la mano.

«Venite con me», disse Maynard, aiutandolo a rialzarsi da terra. «Vi aiuterò io a cercare le carceri. E a non farvi ammazzare prima dell'alba».

57

Il capitano delle carceri era un uomo asciutto dall'indole diffidente, con un naso adunco e un abito nero che gli conferivano l'aspetto di un corvo. In pricipio sembrò non aver alcuna intenzione di aiutare i due forestieri al suo cospetto, e prese ad accampare una serie di scuse riguardanti l'ora tarda e soprattutto il troppo lavoro. A suo dire, le prigioni di Ferrara erano molte e dislocate in diversi quartieri, un ufficio assai oneroso da gestire in tempi come quelli.

Soltanto dopo aver intascato alcuni bolognini d'argento parve rammentare i propri doveri, e spiegò che per trovare un detenuto qualsiasi sarebbe servito il registro in cui si annotavano quotidianamente i nomi dei "nuovi ospiti". In base alla gravità del crimine, infatti, i rei venivano reclusi nell'una o nell'altra zona della città, sempre che non si trattasse di ribelli del comune destinati a essere impiccati dalla finestra del Palazzo della Ragione.

Battendo una mano su un tomo di cartapecora riposto sul suo tavolo, restò quindi in attesa di sapere chi avrebbe dovuto cercare.

«Sigismondo de' Bruni e sua moglie Sapia», disse Gualtiero con impazienza. «Devono essere stati condotti a Ferrara in questi ultimi giorni».

Il capitano aprì il registro all'ultima pagina e iniziò a scorrere i nomi incolonnati alla luce di una candela, arricciando il naso corvino. «Vedo il nome dell'uomo, *Sigismondus pictor*, segnato il 26 marzo», dichiarò dopo un'attenta lettura. «Ma non della donna».

«Impossibile», esclamò il ragazzo. «Sono stati catturati insieme».

«Forse è stato annotato male», suppose l'uomo, facendo spallucce. «Nella fretta, capita a volte che l'incarcerazione di più malfattori venga segnalata sotto un'unica voce».

«I miei genitori non sono malfattori», protestò Gualtiero, subito zittito da un'occhiata di Maynard.

Il capitano delle carceri si limitò a rivolgergli un'occhiata disinteressata. «Secondo il registro», continuò con un tono che non prometteva nulla di buono, «il pittore è stato rinchiuso in una cella del *Burgus superior*, nei pressi del Castel Tedaldo».

«Potreste condurci fin là?», chiese Rocheblanche.

«A quest'ora di notte?», obiettò l'uomo.

«Naturalmente». Il cavaliere gli elargì un'altra moneta. «Di notte, il vostro tempo è più prezioso».

Il Borgo superiore si estendeva a sud-ovest della cattedrale, lungo le mura erette sugli argini del Padus, e ospitava le contrade più antiche di Ferrara. Con una lanterna in mano, il capitano delle carceri fece strada attraverso viuzze racchiuse tra vecchie cinta, orientandosi fra campanili merlati e botteghe sprangate sino a giungere in uno spiazzo occupato da una chiesa solitaria.

Guardandosi intorno, Gualtiero si rese conto di essere nelle vicinanze di un terrapieno dominato da un castello. Forse, rifletté, i suoi genitori si trovavano nelle segrete…

«Di qua», lo richiamò all'attenzione il capitano, riprendendo il cammino lungo le sponde di uno *scorsuro*[13] da cui si levavano miasmi rivoltanti. La sua sagoma scomparve per un attimo sotto una volta di pietra, per poi riemergere alla luce fosca che proveniva dalle finestre di un edificio ai margini delle fortificazioni.

«È questo il luogo?», volle sapere Maynard, precedendo il ragazzo.

Per tutta risposta, l'uomo posò la lanterna davanti all'ingresso e picchiò il batacchio. «Entrate», li invitò, non appena gli fu aperto da un guardiano.

I due lo seguirono in una camera illuminata da una fiaccola, sotto la quale il guardiano era tornato a sedersi su uno sgabello. Ignorando la sua presenza, il capitano si portò in un angolo dell'ambiente e aprì una botola nel pavimento. «Verrà soltanto uno di voi», annunciò, iniziando a scendere con la lanterna in pugno.

Gualtiero consultò il cavaliere con un'occhiata e si fece avanti, cercando di tenere a freno l'angoscia. I suoi genitori erano tenuti reclusi sotto quel pavimento, nel buio di una cloaca. Ma non importava.

[13] O *scursurium*. Così venivano chiamati a Ferrara i fossi scavati lungo le vie pubbliche per far defluire le acque piovane e di scarico fino al Padus.

Li aveva trovati e per questo ringraziava il Signore. Attese che il capitano scendesse, quindi si preparò a seguirlo, e non appena mise piede sui gradini della botola percepì l'afrore che si levava dal basso. Pungente, un misto di rancido e sudore, definiva in modo assai puntuale il degrado fisico e morale di chi era imprigionato là sotto.

Sforzandosi di ignorarlo, il giovane scese le scale fino a raggiungere un corridoio asfittico esteso ben oltre la superficie dell'edificio soprastante. A pochi passi da lui, vide il capitano illuminare un usciolo sprangato. «Sigismondo de' Bruni», lo sentì chiamare. Si affrettò a raggiungerlo e fissò la grata dello spioncino, oltre il quale regnava un'oscurità insondabile. In principio non udì nulla, poi dall'interno della cella risuonò un tonfo e comparve un volto.

«Sono io, messere», esclamò il recluso.

Gualtiero scorse in quelle pupille dilatate una sottomissione talmente estranea al temperamento del genitore da fargli dubitare di essere al suo cospetto. "Eppure", pensò, "la voce...". Osservò meglio i lineamenti del volto e, di colpo, fugò ogni perplessità. «Padre!».

«Figliolo!», ribatté Sigismondo, con improvviso sollievo. «Sia lode a san Francesco e alla Madonna! Stai bene?»

«Sì, padre, sto bene», rispose Gualtiero, incapace di trattenere le lacrime. «Ma tu e...».

«Hai qualcosa da mangiare?».

Il giovane lo scrutò attonito. Aveva mille domande da porgli e un desiderio infinito di abbracciarlo, ma di fronte a quello sguardo implorante si trattenne. Frugò nella bisaccia e gli porse l'avanzo del pane nero che si era portato per il viaggio.

Facendo sporgere una mano dallo spioncino, Sigismondo lo prese e sparì per un attimo dalla vista. «Qui ci fanno morire di fame...», commentò nel buio della cella, masticando in fretta.

Gualtiero attese che consumasse quel misero pasto. Infine, incapace di trattenersi, gli chiese: «E mia madre?»

«Tua madre...», sospirò il recluso, ripresentandosi allo spioncino. «Non so...».

«Cosa intendi?», sbottò il ragazzo, aggrappandosi alla grata.

«State lontano!», intervenne il capitano, trattenendolo per le braccia. «Cosa vi siete messo in testa?».

Gualtiero represse l'impulso di replicare e abbozzò un gesto di scuse. «Perdonate, perdonate!», si affrettò a dire, temendo di essere cacciato via. Non appena libero, si rivolse con gravità al genitore. «Dovrai pur sapere qualcosa! Che ne è stato di lei?»

«Non lo so», ripeté Sigismondo, colpendo con un pugno il battente. «L'hanno portata via... appena varcate le mura».

«Per ordine di chi?»

«Superanzio Orsini».

«Il messo del vescovo...», rifletté il giovane, interrogandosi sull'astioso interesse mostrato dal visdomino per Sapia. Cercando ancora il volto del padre, si accorse che il capitano delle carceri si stava frapponendo tra lui e lo spioncino della cella. Aveva assunto una smorfia astiosa e d'un tratto appariva impaziente di andarsene, al punto da sfiorare l'impugnatura della daga che portava alla cintura.

«La conversazione è finita», annunciò l'uomo, allontanandolo senza troppi riguardi.

«Aspettate...», si oppose Gualtiero, cercando di capire a cosa si dovesse quel mutare di atteggiamento. «Che ne sarà di mio padre?»

«Finita, ho detto!», rimarcò il capitano, sempre più brusco. Ora la sua mano stringeva l'impugnatura dell'arma, in palese segno di minaccia.

In preda alla rabbia, il giovane fu costretto ad allontanarsi mentre la voce disperata del padre risuonava nell'oscurità.

«Gualtiero!», gridava Sigismondo. «Portami altro pane!».

Di nuovo in strada, Gualtiero e Maynard risalirono per il Canton di San Marco e imboccarono una via diretta alla piazza. Camminarono taciturni per buona parte del tragitto finché il cavaliere, preoccupato dall'aria afflitta del compagno, si decise a interrogarlo su cosa fosse avvenuto nei sotterranei della prigione. Il giovane gli rivelò ogni cosa, versando lacrime per lo stato miserevole in cui si trovava il padre e soprattutto per la malasorte toccata alla madre.

Cercando di consolarlo, Rocheblanche lo pregò di mantenersi lucido. «Siete sicuro che il capitano delle carceri abbia mutato atteggiamento al sentir nominare il visdomino del vescovo?»

«Sì», rispose il ragazzo. «Appena si è menzionato l'Orsini, è diventato scontroso».

Dopo aver riflettuto su quelle parole, Maynard si fece scuro in volto. «Domani stesso farete ritorno a Pomposa», disse serio, suscitando il disappunto di Gualtiero.

«Neanche per sogno!».

«Ragionate, mio giovane amico», insistette il francese. «Al momento non potete far nulla per i vostri cari. Inoltre, come pensate di sopravvivere in una città senza denari né mestiere? Ho sborsato io i bolognini per corrompere il capitano, con piacere, ma se non potete contare sulle vostre forze...».

Il giovane lo scrutò con astio, arrestandosi in mezzo alla strada. «Siete bravo a elargire consigli!», e gli puntò l'indice contro. «Peccato che qualche giorno fa abbia udito la vostra conversazione con l'abate. Rammentate messere? Gli armigeri degli Este sono giunti a Pomposa per cercare *voi*! È causa vostra se i miei cari sono stati arrestati... E ora avreste la pretesa di impormi delle regole?»

«Avete ragione e mi rincresce», confessò umilmente Rocheblanche. «Tuttavia è mio dovere mettervi in guardia. L'intrigo è più esteso di quanto possiate immaginare. Se non fate attenzione, ne resterete invischiato voi stesso».

«Io sono già coinvolto!», obiettò Gualtiero, afferrandolo per il bavero. «E non mi resta altro che espormi al pericolo, finché non l'avrò trovata!».

Colpito da tanto coraggio, il cavaliere lo allontanò con delicatezza da sé. «Lasciate che sia io a cercarla per voi. Ho intenzione di restare in città a lungo», spiegò, invitandolo a proseguire il cammino. «Una volta a corte, cercherò di carpire informazioni sull'Orsini e su vostra madre».

Un barlume di speranza affiorò sul volto del giovane. «Dite davvero?»

«È il minimo che possa fare per ripagarvi delle sciagure che vi ho causato».

Ripresero a camminare in silenzio, immerso ognuno nei propri pensieri. Superata la piazza in direzione del borgo di San Leonardo, Gualtiero aveva riacquistato una parvenza di tranquillità. Un'angoscia segreta, tuttavia, continuò a tormentarlo fino all'ospitale della Misericordia.

«E mio padre?», disse infine, togliendosi una spina dal cuore.

«Sarà mia cura fargli recapitare del cibo ogni giorno», lo rassicurò Maynard. «E non appena avrò notizie sul suo rilascio, vi informerò».

58

Il Venerdì Santo si preannunciò fin dal mattino una giornata difficile.

Dopo aver trascorso il resto della notte all'ospitale della Misericordia, Maynard dovette persuadere ancora Gualtiero, che al risveglio aveva cambiato idea sugli accordi presi e insisteva nel voler restare in città finché non avesse scoperto qualcosa sulla madre.

«Ve lo giuro sul mio onore», arrivò a promettergli il cavaliere. «Farò di tutto per trovarla».

Dio gli era testimone, aveva parlato con franchezza. La sorte del ragazzo gli stava davvero a cuore, così come quella di Isabeau. Dopo anni trascorsi tra uomini di ferro, la vicinanza di quei giovani compagni iniziava a colmare una parte di vuoto creatosi all'ombra dell'ira e del risentimento. Un vuoto che fino ad allora era parso nutrirsi di tutto, persino dell'amore sofferto per Eudeline.

Percorrendo a ritroso il cammino del giorno precedente, Rocheblanche si fermò più volte lungo la strada, per far capire a Gualtiero quanto sarebbe stato incauto da parte sua tentare mosse azzardate. «Datemi ascolto, occorrono pazienza e accortezza», ripeté più volte, conducendolo con crescente premura verso il ponte mobile di Barbacane.

Il giovane oppose resistenza fino all'ultimo, pur incapace di dargli torto. Le disavventure del giorno precedente sembravano avergli fatto aprire gli occhi su molte cose. E rinnovando la promessa del suo impegno, il cavaliere riuscì alla fine a convincerlo a tornare all'abbazia, in attesa di notizie.

Dopo averlo visto posare il piede sulla sponda opposta del Padus, si diresse alla piazza per dare avvio alla prima parte del suo piano.

Livore eius sanati sumus[14].

La cattedrale gremita echeggiava della liturgia della Passione. Ritto sul pulpito, con la pianeta violacea, il vescovo recitava il sermone del Venerdì Santo, catturando gli sguardi del popolo assiepato tra i banchi, lungo le pareti e nella zona del nartece.

Maynard entrò insieme a gran parte dei fedeli, varcando il portale meridionale, decorato da sculture che rappresentavano i mesi dell'anno, e proseguì per una navata laterale senza lasciarsi distrarre dalla magnificenza delle forme architettoniche. Augurandosi che sua eccellenza intendesse intrattenersi a Ferrara abbastanza a lungo da concedergli udienza, si concentrò sull'oggetto del suo immediato interesse: la famiglia del marchese d'Este, intenta a dare sfoggio di sé nella prima fila.

Individuò Obizzo III in un uomo alto e robusto con indosso una giornea azzurra dalle maniche a sbuffo. I lunghi capelli e la barba nera accentuavano un'espressione tipica di certi mastini dallo sguardo melanconico, pronti ad azzannare alla minima avvisaglia. Gli stavano accanto tre ragazzi ancora imberbi – di certo i figli – e, arretrata di un posto, una dama dai capelli rossi con un infante in braccio.

Rocheblanche non aveva certo la pretesa di avvicinare l'Estense durante la messa, ma solo di farsi un'idea dell'individuo con cui avrebbe dovuto trattare. Ne approfittò inoltre per studiare la sua cerchia alla ricerca di un volto familiare. Uno sforzo vano, tuttavia. Di padre Facio di Malaspina nessuna traccia.

Al termine della funzione, il cavaliere si defilò tra la folla con l'intenzione di precedere il marchese a palazzo. Aveva portato con sé sia la lettera di padre Andrea che i duecento fiorini per saldare parte del debito con la Càmera Apostolica, il suo pretesto per farsi ricevere.

Coperta a passo veloce la breve distanza che lo separava dall'edificio marchionale, annunciò ai sorveglianti all'ingresso di voler conferire con sua signoria. Usò l'accortezza di non rivelare per intero il proprio nome, limitandosi a presentarsi come "frate Mainardo", e disse loro di essere giunto da lontano per consegnare importanti documenti. Tanto gli bastò per essere indirizzato a una sala del secondo piano con la richiesta di attendere.

"Non è stato arduo come sosteneva des Baux", rifletté con una

[14] "Per le sue piaghe siamo stati guariti" (Isaia 53, 5).

punta di compiacimento. Ora doveva soltanto pazientare, nell'attesa che Obizzo III facesse ritorno a palazzo.

Con sua grande sorpresa, tuttavia, si sentì subito chiamare da un valletto che lo condusse in un cubicolo occupato da cinque scrivani chini su pile di documenti. «Che scherzo è mai questo?», protestò. «Io ho chiesto espressamente di incontrare il marchese».

Uno degli scribi lo scrutò inviperito. «Usate rispetto, messere! Vi trovate al cospetto della *Cancelleria domini marchionis*». E puntandogli contro la penna d'oca, annunciò: «Se dovete consegnare corrispondenza, denaro o quant'altro, non occorrerà scomodare sua signoria».

«Da dove provengo io, non è costume rivolgersi a semplici *secretarii*».

«Siamo notai», precisò l'uomo, «addetti agli affari amministrativi di corte. Ma se siete giunto fin qui per trattarci con sprezzo...». Prese un campanellino dal tavolo, facendolo tintinnare.

Disorientato da quella reazione, Rocheblanche udì dei passi salire dal basso e vide due armigeri palesarsi all'uscio.

«Ebbene, messere?», lo sfidò lo scrivano con un sorrisetto tronfio.

Resistendo alla tentazione di rispondergli a tono, il cavaliere fu costretto a darsi per vinto. L'ultimo suo desiderio era quello di dare spettacolo, con il rischio di rivelare la propria presenza a padre Facio prima di averlo scovato. Con un rigido cenno di scuse, si decise quindi a consegnare i fiorini dell'abate di Pomposa, facendosi notificare una ricevuta del versamento, poi affidò la lettera in cui si chiedevano spiegazioni sull'arresto dei genitori di Gualtiero. «Mi raccomando», aggiunse, «di curare la questione con la massima premura. E sappiate che se non riceverò risposta mi appellerò con insistenza al marchese Obizzo, affinché possa parlargliene di persona».

«Gli sarà fatto presente», ribatté il burocrate, congedandolo con un risolino ironico.

Maynard lasciò il palazzo, ancora incredulo per l'umiliazione ricevuta da un insulso funzionario. Se era quello il genere d'uomo destinato a imporsi sui valori di lealtà e cavalleria, c'era ben poco da sperare sulle sorti della cristianità negli anni a venire. D'altro canto, non sarebbe stato tanto furioso se avesse scorto una possibilità che la richiesta di padre Andrea fosse giunta alle orecchie dell'Estense. Temeva invece l'esatto contrario.

“Sono stato ingenuo e superbo”, si rimproverò. E pensando alla sicurezza con cui poco prima si era rivolto a Gualtiero, avvampò di vergogna. Era necessario elaborare una nuova strategia, si disse. Un piano che gli consentisse di spiare tra quelle mura, alla ricerca di colui che aveva violato i segreti di Mont-Fleur.

Fermo davanti alla Torre dei Leoni, si rammentò poi di avere un secondo compito da svolgere per conto dell'abate di Pomposa. La lettera indirizzata al vescovo. Tanto valeva provare a consegnarla subito.

Fece ritorno alla cattedrale, trovandola deserta. L'unica presenza era un servo intento a spazzare l'area dell'altare, da cui seppe che il presule si era ritirato con il suo seguito in un palazzo della contrada di San Romano, adiacente alla piazza.

Ancora avvilito per quanto accaduto alla cancelleria marchionale, Maynard si incamminò per una via costeggiata da magnifiche abitazioni, alla ricerca di drappi e vessilli che gli indicassero la presenza del vescovo.

Trovò quel che cercava poco distante dalla parrocchia di San Romano, in un palazzotto decorato con l'emblema vescovile.

59

Al contrario dello sfuggente marchese d'Este, il vescovo Guido di Baisio concesse personalmente udienza a Maynard, accogliendolo nei suoi appartamenti. Il cavaliere lo trovò seduto su uno scranno coperto di cuscini, avviluppato in abiti neri che mal celavano le sue forme spigolose, logorate dall'età. Il presule tuttavia non dava l'impressione di un vecchio facile a piegarsi. A ogni respiro emetteva un sibilo ostinato, quasi rabbioso, manifestando un attaccamento alla vita non insolito per chi era avanti con gli anni.

«Reco una lettera dall'abate di Pomposa», disse il francese, dopo avergli reso omaggio.

«Pomposa…», ripeté sua eccellenza con un sorriso malinconico. «Un luogo di quiete».

«Non più, a causa di quello che potrebbe essere un increscioso incidente».

«Di quale incidente parlate?»

«L'arresto di una donna», rispose Rocheblanche. «Una donna del volgo, forse scambiata per qualcun altro dal vostro visdomino. Insieme a lei, è stato fatto prigioniero anche il marito. Si tratta di gente inoffensiva».

Guido di Baisio fece cenno di comprendere, benché tradisse il desiderio di conoscere ben altro. «E l'abate? In quale misura risulterebbe coinvolto?»

«È mosso da pietà. Ha a cuore le sorti di quella famiglia».

«Ciò conferma la reputazione del reverendo Andrea di Pomposa», commentò l'anziano, assumendo una smorfia spiacente. «Gli arresti, tuttavia, competono alle autorità civili».

Maynard subodorò un tentativo di glissare sull'argomento. «Ho già fatto visita alla cancelleria del marchese», precisò subito, per poi aggiungere: «D'altro canto, l'ordine è provenuto dal vostro uomo di fiducia».

«Parlate sul serio?»

«Ne è testimone lo stesso abate».

Il vescovo si agitò sullo scranno in cerca di maggior conforto, riflettendo un istante. Nonostante l'ammissione di sorpresa, era una velata inquietudine a trasparire dal suo volto, quasi stesse scrutando nubi tempestose all'orizzonte. «Dovrete concedermi tempo», concluse d'un tratto, con voce arrochita. «Il fatto di risiedere a Bologna mi costringe a tralasciare aspetti... secondari, per così dire. Mi auspico che comprendiate, e sappiate spiegarlo a padre Andrea». Tese infine le mani in avanti. «Consegnatemi la missiva, farò il possibile».

E con quella promessa, lo congedò.

Rimasto solo, il vescovo lesse la lettera e meditò a lungo, sempre più turbato, decidendosi infine di far convocare Superanzio Orsini. L'attesa fu breve.

«Ordini, eccellenza?», chiese il visdomino, presentandosi al suo cospetto con un inchino servile.

Guido di Baisio si sporse sullo scranno, scrutandolo perplesso. «Mi è appena stata resa un'esposizione di fatti diversa dalla vostra».

L'uomo storse la bocca. «A quale riguardo?»

«Il vostro intervento a Pomposa».

«L'abate era inadempiente nei confronti della Camera Apostolica», si giustificò il visdomino, appellandosi alla sua versione. «In qualità di vostro rappresentante, io ho semplicemente ritenuto opportuno accompagnare...».

Il presule lo zittì con un cenno. «So bene che in mia assenza amate spadroneggiare al fianco degli Este», lo rimproverò con fare annoiato. «Alludevo all'*altra* questione».

«Ah, intendete l'arresto».

«Sì, l'arresto. Siete persuaso si tratti della donna giusta?».

Prima di rispondere, l'Orsini gettò un'occhiata indagatoria sulla lettera accartocciata che stava in grembo all'abate. «Più che persuaso, eccellenza», affermò senza esitazione. «Ha confessato lei stessa».

Le labbra del Baisio si schiusero in un sospiro sofferto, capace di esternare le preoccupazioni trattenute fino ad allora. «Un uomo è giunto da Pomposa ponendo questioni. Magari non si tratta di nulla, però mi è sorto il dubbio che l'abate possa conoscere l'identità di quella femmina».

«Lo escludo», lo tranquillizzò il visdomino. «I crimini da lei commessi sono antecedenti alla nomina del reverendo Andrea. E anche alla vostra, se ben ricordo».

Il vegliardo annuì. «All'epoca ero ancora vescovo di Rimini. Fui assegnato a Ferrara due anni dopo».

«Io invece ero già al servizio della diocesi di Ferrara», ribatté Superanzio Orsini, per dare maggior autorevolezza alle sue parole. «Ricordo bene quella vipera, così come i fatti che la coinvolsero. Fatti di cui, credetemi, è meglio restare all'oscuro».

Le mani del presule si giunsero sul ventre. «Mi state suggerendo di non farne cenno all'abate?».

In un gioco di sottintesi, il visdomino si coprì la bocca con una smorfia omertosa. «Vostra eccellenza», sussurrò, «non avete certo bisogno dei miei consigli».

60

Seduto sulla gradinata della chiesa di San Leonardo, Bastien des Baux stava intagliando un cavallino di legno con un coltello dall'impugnatura in avorio. Maynard ne notò la lama ricurva, incisa con caratteri simili a piccoli serpenti. Un ricordo di Smirne, suppose, cercando di distrarsi dallo sconforto. Aveva messo al corrente il compagno dei suoi fallimenti, più per sfogarsi che per chiedere consiglio, e ora lo scrutava in silenzio, ascoltando il rumore dei trucioli che venivano raschiati via dalla statuetta.

«Insomma, è andata come previsto», commentò des Baux, laconico.

Il cavaliere annuì con amarezza. «In vita mia sono stato disarcionato da cavalieri, ferito da arcieri… ma mai zittito da un notaio».

«Non che con il vescovo vi sia andata meglio».

«Per lo meno, sua eccellenza mi ha ricevuto di persona. Ha preteso che gli consegnassi la lettera».

«Un cortese espediente per congedarvi in fretta». Il maestro d'armi posò il coltello su un ginocchio, esaminando alla luce pomeridiana il suo operato. «Gli occhi…», mormorò.

«Cosa?», ribatté Rocheblanche.

«Devo renderli più profondi», spiegò l'uomo dai capelli argentati, mostrandogli il muso del cavallino. Poi tornò a lavorare d'intaglio, tutto assorbito e quasi dimentico della presenza del vecchio discepolo. Quando riprese a parlare, continuava a fissare i movimenti della lama. «Accetterete la mia offerta, ora?».

Il cavaliere scosse il capo. «Non ho ancora deciso».

«C'è tempo».

«A onor del vero, spero di trovare l'uomo che cerco prima dell'arrivo di Humbert de Viennois».

Il maestro d'armi sollevò lo sguardo, incuriosito dal tono risoluto con cui erano state pronunciate quelle parole. «Dunque un piano l'avete…».

«Non un piano». Maynard ripensò allo spregevole Facio di Malaspina, roso dal desiderio di acciuffarlo. Non era ancora certo che si fosse rifugiato presso il marchese d'Este, ma al momento non disponeva di ipotesi migliori. «Intendo osservare in disparte, finché non sarò sulle tracce giuste».

Bastien des Baux soffiò via gli ultimi trucioli dalla scultura di legno, e la rimirò con soddisfazione. «O finché non vi ritroverete a terra», soggiunse, «con due spanne d'acciaio conficcate nel costato».

61

Reims, convento di Sainte-Balsamie
23 aprile

«L'Arabo», disse Vermandois, lasciando intendere di avere ben poco da aggiungere. «Lo chiamano così, poiché nessuno conosce il vero nome e la provenienza».

Suor Eudeline lo fissò rapita. Dopo quasi un mese di silenzio, aveva ormai perso la speranza che Robert scovasse qualche informazione sul suo misterioso salvatore. Quel mattino, invece, dopo una notte trascorsa nei vicoli di Reims, l'aveva chiamata alla foresteria con il pretesto di una partita a scacchi. «Come siete riuscito a trovarlo?», gli chiese con tono ammirato.

«Non l'ho trovato», precisò Robert, facendo avanzare una torre, «e non sono neppure certo che si tratti del moro che cercate. Un uomo corrispondente alla vostra descrizione, tuttavia, non è passato inosservato nei dintorni».

La reverenda madre ebbe un piccolo sobbalzo. «Ciò significa che...».

«Si nasconde in questo borgo». Vermandois sollevò lo sguardo dalla scacchiera, quasi stupito dalla sua reazione. «Era ovvio fin da subito, madonna. La notte della vostra evasione, il moro vi ha riportata al convento, quindi sa dove vivete. Vi conosce, forse vi controlla da tempo. Tale consapevolezza mi ha consentito di far partire le indagini da un punto preciso della città, cioè da qui».

Eudeline si rese conto di essere stata un'ingenua. Le emozioni delle settimane precedenti l'avevano resa cieca di fronte a una simile evidenza. «Sapete altro su questo... arabo?».

Robert annuì. «È un solitario. Pare frequenti la zona del mercato, specie i banchi degli speziali. Una guardia cittadina sostiene di essersi imbattuta in lui qualche notte fa, proprio a pochi passi da questo convento, e di averlo allontanato».

Sempre più pensierosa, la badessa contrastò l'avanzata della torre con il semplice movimento di un pedone. Un guizzo negli occhi dell'avversario la indusse a dubitare di aver commesso un errore.

«Ancor più sfuggente, tuttavia, è il vostro cardinale di Avignone», continuò Robert, distraendola dal gioco. «All'abbazia di Saint-Remi, nessuno è disposto a parlarne eccetto i servi. È rimasto nascosto fra quelle mura per molti mesi, finché, di punto in bianco, ha deciso di andarsene».

«Dopo la mia fuga, suppongo».

«In tutta franchezza, scoprirlo mi ha allietato». Con una mossa del cavallo, Vermandois la persuase ad allontanare la regina, costringendola ad aprire un varco tra le difese del re. «Mi sono documentato su Bertrand du Pouget e quel che ho scoperto non mi è piaciuto per nulla. Pare sia stato alleato di Karel di Lussemburgo e del padre, molti anni fa».

Eudeline si ricordò del nebbioso resoconto di Robert sull'incontro di Maynard con il nobile Karel, dopo la sconfitta di Crécy. «Quindi il vostro ricordo...», balbettò, sforzandosi di comprendere quanto fosse esteso l'intrigo in cui si trovava coinvolta.

«Sì, c'è un legame con vostro fratello». Con un'improvvisa rasoiata d'alfiere, il piccardo le diede scacco matto per poi rivolgerle uno sguardo inquisitorio. «Un legame che mi avete tenuto nascosto, ma che ora pretendo di conoscere».

La badessa scattò in piedi. «Ho promesso di mantenere il segreto», si difese.

Prima che potesse indietreggiare, Robert le fu di fronte. «Non sono i vostri segreti a tormentarmi», e le afferrò un polso, obbligandola a fissarlo negli occhi. «È la vostra incolumità a premermi, o pensate forse che abbia scelto di espormi in questa vicenda per semplice cortesia?». La sua voce era diventata profonda, quasi sofferente. «Io l'ho fatto *per voi*, Eudeline! Per il modo in cui mi guardate, e per quell'esitare continuo con cui misurate le parole in mia presenza! Mi pensate così stolto da nascondermi anche questo?».

Lei cercò in tutti i modi di ignorare quelle iridi verdi che si facevano sempre più vicine, ma fu incapace di ribellarsi. In quel momento non era più la badessa di Sainte-Balsamie a indossare quegli abiti da monaca, tantomeno la fanciulla ossessionata dalla bestialità del padre. Era soltanto Eudeline de Rocheblanche. Una donna.

«Se l'ho fatto», continuò Vermandois, trasmettendole attraverso le mani un sottile fremito, «è stato per condividere qualcosa con voi. Anche se poco, troppo poco per sentirmene pago».

E chinandosi su di lei, la baciò.

Mai Eudeline avrebbe immaginato di poter provare simili emozioni al semplice contatto con un uomo. Fu l'abbandono, tuttavia, a coglierla impreparata. E quel tepore da cui si sentì avvolgere, certa che neppure la preghiera, dopo anni di rifugio nell'ascesi, fosse riuscita a toccarle l'anima così intimamente.

L'attimo successivo si divincolava dall'abbraccio in preda a un istintivo sussulto. Una persona era ferma sull'uscio, intenta a osservarli.

L'infirmaria.

«Reverenda madre...», disse la monaca con imbarazzo. «Notizie dalle cripte».

Paonazza in volto, la badessa si allontanò da Robert nel tentativo di darsi un contegno. «Ebbene?», chiese quasi strillando.

«La reclusa... Ho appena scoperto che ci ha tenuto nascosto una cosa importante».

62

Metz, presso la Porte des Allemands
23 aprile

«Sua eminenza, monsignor Bertrand du Pouget».

Annunciato dall'armigero appostato all'ingresso, il cardinale entrò in una stanza celata sotto le mura della città, alle radici di una torre che si affacciava sul ducato di Alta Lorena. In principio si era rifiutato di incontrarsi con Karel I di Boemia proprio a Metz, roccaforte di frontiera ostile ai francesi e ai prelati di potere. Oltre ad averlo privato del suo uomo migliore, la morte improvvisa di Marcus era stata una dura lezione sul rischio di sottovalutare i nemici e fidarsi degli alleati. Una lezione già appresa in passato, in Emilia e in Romagna, anche se dimenticata durante gli anni inoperosi trascorsi ad Avignone. Fra gli ozi e le mollezze, Bertrand aveva scordato cosa significasse sentirsi vulnerabile, angustiato com'era dal solo scorrere del tempo. Riscoprirne il pungolo l'aveva indotto ad allontanarsi in fretta da Reims, al prezzo di lasciare in sospeso i progetti su Eudeline de Rocheblanche. La possibilità che la badessa, una volta fuggita, si fosse messa sulle sue tracce era più di un semplice sospetto, e dato che per il momento lui doveva restare un giocatore occulto, aveva scelto di tentare la sorte accettando l'invito a Metz. Un incontro segreto con il nuovo re di Boemia poteva rivelarsi l'occasione giusta sia per far perdere le proprie tracce, sia per dare avvio alla seconda parte del piano.

Si fece avanti per l'ambiente spoglio, delimitato da pareti intagliate nella roccia e da un soffitto a volta eretto in blocchi di pietra. L'unico presente era Karel di Boemia, assiso in un angolo, al riparo dal fumigare delle torce.

Il cardinale gli si avvicinò con cautela, cercando di riconoscere in lui il giovane irruento incontrato quattordici anni prima davanti alle mura di Ferrara. Rimase impressionato da quanto fosse cambiato. La fronte alta e gli occhi sporgenti denotavano un temperamento dominato dalle maree delle ossessioni, in cui nulla pareva sopravvivere dell'ardore di Jang de Blannen. Bertrand era consapevole di aver fortemente contribuito a ridurlo in quello stato. Pur mantenendosi a distanza, l'aveva influenzato per anni, facendolo tenere sotto sorveglianza dalle sue spie e inducendolo, con un estremo atto manipolatorio, a tradire il padre. Era una sua creatura, quella che si apprestava a contemplare. «Seduto in quell'angolo buio», esordì con un saluto ossequioso, «stento a riconoscervi, maestà».

Gli rispose una risatina nervosa. «Come mi insegnaste, bisogna trarre vantaggio dalla cecità altrui».

Il riferimento al nobile padre era palese. Non appena saputo che Jang de Blannen intendeva distruggere il segreto del *Lapis exilii*, il cardinale aveva cospirato contro di lui, facendogli somministrare dal figlio una pozione che l'aveva reso cieco durante l'ultima carica di Crécy. Un vantaggio per l'erede succedutogli al trono, ma non certo per lui, che non era ancora riuscito a mettere le mani sulla pergamena con l'enigma. Si finse indignato. «Sembrate rivolgervi a un potenziale nemico. Dimenticate forse di essere stato voi a pretendere questo incontro?».

Karel lo scrutò con alterigia, finché l'intelligenza non prevalse sull'orgoglio. «L'ammetto», sospirò, «ho bisogno del vostro consiglio».

Senza chiedergli il permesso, Bertrand du Pouget gli si sedette di fronte. «Lo penso anch'io, maestà», disse conciliante, rammentando il contenuto delle lettere inviategli dallo stesso monarca. «Nonostante il papa abbia approvato la vostra incoronazione, le città di Aquisgrana e di Colonia insistono nel restarvi ostili, proprio come i grandi elettori di Germania».

«Preferiscono schierarsi con quell'eretico di Ludovico il Bavaro, benché il santo padre l'abbia colpito con una maledizione eterna».

«Non incolpate altri delle vostre debolezze», lo tacitò il cardinale, pur conoscendo la passione di Karel per le disquisizioni religiose. «La verità è che non potete pensare di governare affidandovi soltanto all'amicizia del duca di Sassonia e dell'arcivescovo di Magonza.

Essi sono strumenti di Avignone, insufficienti a dare sostanza alla vostra autorità».

Il sovrano lo squadrò con biasimo. «Cosa dovrei fare, se non chiedere il sostegno della Chiesa?»

«Un dilemma di facile soluzione», lo stuzzicò Bertrand. «Ma prima...», e iniziò a far scorrere lo sguardo per la stanza, manifestando impazienza. «Avete portato ciò che vi ho chiesto nelle mie lettere?»

«Sì, l'ho con me». Karel tradì per la prima volta esitazione. «Però non capisco, vostra grazia. Foste proprio voi a darmela in custodia, e se dubitate che nelle mie mani non sia al sicuro...».

Il cardinale fece cenno di comprendere. «So bene quanto siate legato a oggetti di tal genere, maestà. Conosco la vostra devozione e il vostro attaccamento a tutto ciò che è sacro. Ora però la rivoglio».

La reazione del monarca si fece attendere. Ci volle un attimo perché, con gesti cauti e meditati, si sporgesse verso un angolo in ombra del pavimento e raccogliesse una custodia rettangolare di legno intarsiato. La pose sulle ginocchia, accarezzandola con il rammarico di chi si sta separando da qualcosa di estremamente caro. «Eccola, dunque».

Di fronte a quella custodia, Bertrand du Pouget perse interesse per qualsiasi altra cosa presente nella stanza e allungò le mani per afferrarla. La riluttanza di Karel a cedergliela non fece che accrescere la sua smania, lasciandolo pago soltanto quando poté tenerla in grembo. Fece scattare il piccolo lucchetto e la aprì, per ammirare al lucore delle torce l'arcana sinuosità della punta di lancia. Anche se non l'aveva più vista da quella lontana notte, nella selva di San Giorgio, ne conservava perfetta memoria. Attraversato da riflessi metallici, quell'oggetto possedeva le stesse tonalità nere della coppa, quasi che una mistica corruzione – un'alchemica *nigredo* – avesse intaccato la natura della sua materia. E tuttavia Bertrand non nutriva dubbi. Come asseriva l'enigmatico *Codex Millenarius*, quella era l'arma che aveva trafitto il costato di Cristo, infliggendogli la morte della carne.

Riservandosi di contemplarla in seguito con maggiore attenzione, nascose l'entusiasmo dietro un sorriso impenetrabile e richiuse la custodia. «Ben fatto, maestà», disse. «Torniamo ora alle vostre priorità».

Ottenuto un cenno di consenso, il prelato continuò: «Forse non ne siete consapevole, ma esistono brecce tra le schiere dei vostri nemici. Mi è giunta voce, per esempio, di alcuni elettori della casata di Wittelsbach disposti a trattare con voi, se corteggiati in un certo qual modo…».

«Wittelsbach?», ripeté Karel disgustato. «Mi state suggerendo di allearmi con la stessa casata del Bavaro?».

Bertrand sollevò le sopracciglia con fare evasivo. «Quel che si dice, prendere il diavolo per le corna».

Il monarca non era dello spirito adatto per cogliere l'ironia dell'affermazione. «Vi compiaccio da anni», esclamò, «tollerando che i vostri sgherri mi seguano, appoggiando i vostri piani… per sentirmi dire questo?»

«Non sono giunto fin qui per assecondare i vostri capricci», rispose a tono il cardinale, «ma per offrirvi una valida soluzione. Ebbene, sire, che vi piaccia o meno questa è l'unica disponibile. A costo di dispiacere il papa, dovrete cercare un'intesa con gli scomunicati».

Messo da parte lo sdegno, Karel prese a fissarlo come un gatto selvatico. «Intravedo in voi del compiacimento», insinuò. «Non starete per caso cercando di usarmi contro il pontefice che vi condannò all'ignominia?».

Compiacendosi per l'acuta osservazione, Bertrand barricò i suoi veri sentimenti dietro una maschera di diplomazia. «Clemente VI sopravviverà all'ipotesi di uno scisma, ma non posso affermare altrettanto di voi, se vi rifiuterete di mostrarvi indipendente agli occhi della nobiltà tedesca». E caricando il tono di maggior persuasione, continuò: «Non è un porporato di Avignone a parlarvi in questo momento, ma il vostro mentore. Colui che un tempo vi prospettò l'eventualità di diventare imperatore. L'avete forse dimenticato? Io no di certo! Ebbene, se ancora bramate realizzare questo sogno, dovrete dimostrate di voler essere un sovrano *per tutti*. Anche per chi al momento vi osteggia».

Il re di Boemia meditò a lungo su quelle parole, spiando di tanto in tanto le ombre della stanza, quasi temesse il materializzarsi di segrete ossessioni. «Benché mi chiediate di vendere l'anima a Satana, c'è più senno di quanto non sembri nelle vostre parole», ammise, con voce sofferta. «Ma se operassi in tal senso, mi esporrei a dei rischi…».

«Non se vi rifugerete a Praga», lo rassicurò il cardinale. «Quando sarete là, al sicuro, sarà mia cura inviarvi una lista di nomi su cui esercitare il vostro ascendente. Invierete messaggeri, farete promesse, stringerete alleanze segrete…», e rialzandosi in piedi, accennò un inchino di congedo. «Fin quando, maestà, non giungerà il momento di imporvi».

Incamminandosi verso l'uscita, con la custodia ben stretta sotto braccio, immaginò la rete di cupi pensieri che iniziava a prendere forma nella mente del tormentato Karel. In un mondo di intrighi, pensò, a ciascuno spettava di ordire il proprio. E fu così che tornò a immergersi nei suoi progetti. Ora che aveva la coppa e la punta di lancia, doveva mettere le mani sulla terza reliquia. La più importante.

Dopodiché, nulla gli avrebbe impedito di diventare papa.

63

Abbazia di Santa Maria di Pomposa
24 aprile 1347

Sfigurato dai colpi di scalpello, il Cristo Pantocratore gli ricordava Giobbe coperto di pustole per volere di Satana. Quella di padre Andrea era una mera suggestione dottrinale, scevra di qualsiasi implicazione emotiva. Ed era proprio ciò a metterlo a disagio. Persino l'ultimo dei villani, se dotato di un briciolo di fede, non avrebbe potuto evitare dal battersi la fronte alla vista dell'abside così deturpata. Era uno scempio, quasi un insulto! Ciò nonostante l'abate percepiva soltanto un senso di incompiuto, scorgendo nient'altro che un vecchio affresco picchiettato e destinato a restare in quello stato per i secoli dei secoli. Inutile rivoltare l'anima alla ricerca del timor di Dio, nella speranza di sentirsi cogliere da uno sdegno improvviso, o soltanto da un fremito, a dimostrazione che la luce divina albergasse ancora dentro di lui. Inutile persino ricercare quell'ardore nel celebrare la Pasqua. Come per gli anni precedenti, il sangue dell'Agnello era scorso a fiotti su una terra nera e sterile, in cui non germogliava mai nulla. Restavano soltanto quei brutali segni di scalpello, come monito di quanto fosse vano cercare negli eventi un disegno superiore, ispirato dalla grazia del Padre.

Eppure Andrea non accettava l'idea di essersi sentito tanto vicino a una svolta per poi ricadere nel baratro della rassegnazione. C'era stato un momento in cui aveva davvero creduto che l'avvento di Gualtiero de' Bruni, con la sua acerba genialità, fosse un segno mandato dal Signore per mostrargli il cammino verso la riforma e la fede. E ancora ne era persuaso, in fondo al cuore, o almeno si illudeva di esserlo.

Dopo il ritorno da Ferrara, il giovane aveva accettato di accostarsi allo scriptorium di Pomposa per assumersi l'incarico di miniaturista, e da circa venti giorni lavorava indefesso sui codici manoscritti, affinando la tecnica del disegno e la padronanza del colore. I progressi erano tali da sbalordire i confratelli amanuensi, che sovente abbandonavano i loro scrittoi per contemplare le sue lettere capitali, le *illuminature*[15] a tutta pagina e i mostruosi grilli[16] a margine dei testi. Nessuno riusciva spiegare se tali forme fossero generate dall'estro o dalla pazzia, ma l'indubbio fascino che erano capaci di suscitare aveva diffuso una immediata ammirazione per il loro ideatore.

L'abate non si lasciava conquistare da facili entusiasmi. Sapeva bene che Gualtiero aveva accettato il compito solo nell'attesa di ricevere notizie sui genitori e, non appena la situazione l'avesse reso possibile, si sarebbe allontanato da Pomposa per riprendere la propria vita, là dove credeva di averla lasciata. Andrea disponeva di poco tempo per fargli cambiare idea e indirizzarlo verso un destino assai più dignitoso del diventare un semplice artigiano. Un destino che lui aveva intravisto e in cui, nonostante le recenti delusioni, riponeva parte delle proprie speranze. Ah, pensò, se il giovane de' Bruni gli avesse dato retta! Quale straordinario monaco sarebbe diventato.

Il messaggio ricevuto quella mattina, però, vanificava i suoi piani. Era stato inviato da Maynard, proprio per Gualtiero. Padre Andrea si era chiesto a lungo se fosse giusto consegnarlo al ragazzo, alterandone la quiete tanto faticosamente raggiunta dopo l'arresto dei genitori. Era ben consapevole, d'altra parte, che quella quiete fosse soltanto apparente, e che la sua esitazione nell'informarlo dei fatti nascesse soltanto dall'egoismo di volerlo tenere con sé, lontano dalle turbe del mondo.

Fu ruminando un *mea culpa* che entrò nello scriptorium, dirigendosi senza indugio verso il tavolo del ragazzo.

Chino su una copia *in folio* del *De fructibus carnis et spiritus* di Ugo di San Vittore, Gualtiero stava terminando la raffigurazione dell'albero del vecchio Adamo, simbolo dei peccati capitali scatu-

[15] "L'onor di quell'arte / ch'alluminar chiamata è in Parisi" (Dante, *Purgatorio*, XI, 80-81). In riferimento al donar luce della miniatura medievale, sia per via della brillantezza dei colori, sia per l'impiego di foglie d'oro e d'argento per *inluminare* le immagini.

[16] I "grilli" sono piccoli corpi grotteschi a più teste, bestiali-antropomorfi, presenti nella glittica greco-romana e nella pittura gotica, specie nelle miniature dei manoscritti.

riti dal capostipite del genere umano. Lavorando di fantasia, aveva modificato il tema tradizionale sostituendo i sette frutti corrotti dal peccato con altrettante teste mostruose che pendevano dai rami.

Indeciso se provare ammirazione o disgusto di fronte a quelle immagini, l'abate rivolse un saluto al ragazzo, per poi indicargli la figura di Adamo steso sulla terra, con le viscere squarciate dalle radici dell'albero. «Dite figliolo, conoscete il seme da cui nacque questa malapianta?», gli domandò con un sussurro, per non disturbare gli altri amanuensi.

Gualtiero osservò l'immagine, infine scosse il capo.

«La superbia», disse Andrea.

Il ragazzo lo scrutò dubbioso. «Credevo che Adamo si fosse macchiato della colpa di aver giaciuto con Eva».

«Come insegna sant'Ambrogio, la concupiscenza della carne fu il primo passo verso la ribellione dell'intelletto», spiegò l'abate, senza accorgersi di aver alzato il tono della voce. «Fu la mente, nel dichiararsi indipendente dalle leggi divine, a compiere l'infausto peccato che condannò noi tutti alla misera condizione mortale. Il peccato della superbia!». Ora le sue parole erano palesemente rivolte a ogni presente. Gli uscirono di bocca come un'invettiva, anche se diretta innanzitutto a sc stesso. «Stolto è colui che si crede immune al suadente richiamo della superbia, dato che non vi è lussuria o ingordigia in grado di competere con quel peccato! Per essa si è disposti a mentire, a prevaricare, ad assecondare gli istinti più bassi, pur di crogiolarsi in un effimero compiacimento... E più si progredisce nella virtù, più diventa difficile ignorarne le lusinghe».

Fu il silenzio a indurlo a tacere, instillandogli una punta di imbarazzo. Si trattava di un silenzio differente dalla laboriosa *taciturnitas* dei monaci. Era piuttosto l'attenzione di un uditorio improvvisato, catturato dal fervore del sermone.

Andrea si guardò intorno, soffermandosi sugli occhi curiosi di Gualtiero.

«Venite con me», gli disse. «Devo parlarvi di una questione assai urgente».

«Dunque è stato di parola!», esultò il giovane, esaminando speranzoso la lettera. «Messer Maynard mi ha scritto!».

«Sì», confermò l'abate, accompagnandolo per la corte davanti al monasterium. «Tuttavia è presto per rallegrarsi, figliolo. Le poche parole di Rocheblanche non lasciano trapelare nulla di preciso».

«Sostiene di volermi incontrare con urgenza, per parlarmi di mio padre e di mia madre. Evidentemente ha scoperto qualcosa».

«Così sembrerebbe. L'appuntamento è per domani, all'ora dei vespri».

Gualtiero rilesse l'ultima riga del testo. «Davanti al monastero dei Serviti...», e consultò il religioso. «Sapete per caso dove si trova?»

«Ve lo spiegherò». Andrea gli sorrise con dolcezza. Poi, colto da un improvviso turbamento, si fece riflessivo. «Siete certo di voler andare? Potrei incaricare un servo fidato di recarsi a Ferrara al vostro posto».

Il ragazzo lo fissò basito, sul punto di offendersi. «Ma reverendo padre... Sono i miei genitori!».

L'abate corse ai ripari con un frettoloso cenno di scuse. «Permettetemi di raccomandarvi attenzione, allora. Domani si festeggerà la ricorrenza di san Giorgio, il martire patrono di Ferrara. La città sarà in subbuglio».

«Non dubitate, sarò accorto».

Ma negli occhi di Gualtiero brillava l'irruenza della giovinezza.

Appollaiata sull'alto ramo di un frassino, Isabeau aveva assistito alla conversazione tra l'abate Andrea e Gualtiero. Si era arrampicata fin lassù per ammirare un nido di rondinotti, come aveva fatto mille volte per imitare le acrobazie del padre, ma vedendo quei due passare sotto l'albero aveva ben pensato di starsene zitta, e ascoltare.

Il giovane pittore le piaceva. Benché non fosse alto e possente quanto un cavaliere, aveva dei modi ingenui e gentili che l'avevano conquistata da subito. Inoltre, ora che Maynard sembrava averla abbandonata, era felice che almeno lui fosse subito tornato a Pomposa. Non che rappresentasse per lei una reale compagnia. Isabeau si limitava a spiarlo, osservando di nascosto le sue abitudini e i piccoli gesti quotidiani che, poco per volta, avevano suscitato qualcosa di più di una semplice simpatia.

Nonostante le insistenze dell'abate, Gualtiero si era rifiutato di dimorare nel dormitorium per continuare ad abitare nel carro appartenuto alla sua famiglia, dove trascorreva le notti, incapace di prendere sonno. Sgattaiolando dall'alloggio che le era stato assegnato, la ragazza vi si era avvicinata più volte, al calare delle tenebre, osservando al baluginare di una candela la sagoma in penombra del giovane che combatteva i suoi demoni, disegnando e dipingendo per ore fino a crollare esausto.

Isabeau avrebbe dato di tutto pur di penetrare in quel carro e contemplare le immagini di Gualtiero, ma non avrebbe mai osato infrangere quell'intimità venata di disperazione che tanto le era familiare.

Fu così che, all'udire dell'imminente partenza del giovane, sentì crescere dentro di sé un inspiegabile senso di smarrimento.

Come avrebbe potuto trascorrere mesi, forse anni, nell'attesa del ritorno di Maynard, senza la presenza del giovane pittore a tenerle conforto? Alla prospettiva di restare sola in quel grigio cenobio, allettata soltanto dal suono delle campane, si sentì perduta.

"No", si disse. "Non permetterò che anche lui se ne vada".

E adagiandosi come un gatto sonnolento sul suo ramo, iniziò a ordire un piano.

64

Ferrara, Borgo superiore
25 aprile

Al limitare occidentale della città, ove le mura affacciate sul Padus si aprivano in una porta protetta dall'antico Castel Tedaldo, la folla dei maggiorenti ferraresi si assiepava su un palco decorato con drappi e ghirlande, sotto la canicola del mezzogiorno. Obizzo III d'Este occupava il posto di maggior rilievo, circondato da prole, parenti e patrizi di alta schiatta provenuti dalle più fiorenti città dell'Emilia e della Romagna. Fra questi vi erano Taddeo de' Pepoli e Lodovico Gonzaga, signori di Bologna e di Mantova giunti come di consueto per assistere alle spettacolari corse del palio che si tenevano ogni anno *in festo beati Georgi*. L'ospite d'onore tuttavia era Humbert de Viennois, sbarcato due settimane prima al porto di Venezia dopo un'estenuante navigazione lungo le coste di Morea e Dalmazia. Il suo improvviso avvento aveva spinto il marchese a donare maggior sfarzo alla celebrazione del patrono, affinché il capitano della crociata, una volta tornato in patria, potesse recarne testimonianza presso la sede pontificia di Avignone.

Humbert aveva accolto l'invito senza mostrare troppo entusiasmo, provato com'era dalle fatiche del viaggio e dalla perdita della moglie. Trovava posto sul palco, con aria assente, circondato dagli uomini al suo seguito. Fra questi c'era Maynard, infiltratosi di soppiatto tra le schiere del delfino grazie alla complicità del fido Bastien des Baux.

Sempre abbigliato con la tonaca nera, alla cui cinta pendeva il pugnale, Rocheblanche poteva passare per uno dei monaci guerrieri tornati da Smirne al seguito dei milites francesi. Introdotto da due giorni a corte, aveva beneficiato di una relativa libertà di movimento, iniziando a esplorare con discrezione gli ambienti del palazzo marchionale.

Aver dovuto ricorrere all'aiuto del maestro d'armi gli pesava, ma dopo venti giorni trascorsi a curiosare nei dintorni della piazza, alla vana ricerca di Facio di Malaspina, si era visto costretto ad accettare l'offerta. Ottenendone subito dei vantaggi. Aggirandosi nei meandri del palazzo signorile, la notte precedente, aveva scorto un monaco deforme defilarsi in fretta dagli ambienti notarili. Seguirlo non era valso a nulla, dacché quella serpe si era dileguata nei piani bassi, interdetti agli ospiti. Ciò nondimeno, Maynard poteva finalmente dirsi certo di essere nel posto giusto. Era solo questione di tempo, ormai, e l'avrebbe acciuffato.

Prendere parte ai festeggiamenti di san Giorgio, significava per lui accedere a un ulteriore terreno di caccia dove poter avvistare con maggior facilità la preda. Sul palco delle personalità insigni, tra decine di persone, trovava posto infatti una quantità di uomini di chiesa, tra cui il vescovo Guido di Baisio, i canonici della cattedrale e di San Romano, gli agostiniani di Santa Maria in Vado e i religiosi del Castello dei Curtensi. Supponendo che fra quelli potesse nascondersi anche Facio, Rocheblanche teneva d'occhio la situazione sfruttando la distrazione generale. Gli occhi di tutti erano puntati verso il tratto di strada che univa il settore orientale della città alla porta del Castel Tedaldo. Da un momento all'altro si attendeva il sopraggiungere di fantini a cavallo che gareggiavano per la conquista di un panno dorato. Si trattava del momento più importante della celebrazione del santo patrono, accompagnata in diversi punti della città da *bagordi*, giostre di cavalieri, e battagliole di popolani intenti ad azzuffarsi.

Al pensiero del disordine imperante per le borgate, Maynard si augurò che il giovane Gualtiero non avesse problemi a raggiungere il luogo dell'incontro stabilito. Gli era dispiaciuto attirarlo a Ferrara proprio in quel giorno tanto caotico, ma i fatti di cui era venuto a conoscenza nell'ultima settimana erano talmente gravi da impedirgli di attendere oltre. Il ragazzo avrebbe dovuto superare una prova assai dura, destinata a cambiare per sempre la sua vita.

D'un tratto il cavaliere notò una figura ingobbita avvicinarsi al marchese d'Este e, credendo d'aver finalmente scorto colui che cercava, si voltò per studiare le persone intorno al nobile Obizzo. Aveva imparato a riconoscere i figli Aldovrandino, Niccolò e Ugo, una prole bastarda generata dalla splendida dama seduta accanto a sua signoria, Lippa Ariosti. Soffermandosi su di lei per un istante di troppo, Maynard intrecciò il suo sguardo e ne colse un sorriso di maliziosa intesa che lo indusse a guardare altrove, non senza imbarazzo, alla ricerca dell'ombra sospetta ormai svanita nel nulla.

Rocheblanche imprecò a denti stretti, certo di non essersi ingannato. Era sicuro che si trattasse di Facio! Possibile che fosse scomparso tanto in fretta? Resistette all'impulso di avvicinarsi alla famiglia marchionale, attento alle regole del contegno e al rischio di smascherare i propri intenti. Si limitò quindi a restare vigile, lanciando occhiate rapaci tra i molti uomini presenti sul palco, mentre la voce di Humbert de Viennois gli giungeva alle spalle, risvegliando d'un tratto sopite inquietudini.

«Un cavaliere sovrannaturale, comparso dal nulla come in una visione», stava raccontando il delfino, rivolto a un uomo sedutogli appresso. «Si manifestò due anni fa sul campo di battaglia tra Smirne e Altoluogo, fra duecentomila cristiani accerchiati da un numero sei volte superiore di turchi. Tutti lo videro caricare all'attacco sul suo candido destriero, all'improvviso. *Surgite*, invocava tonante, *et viriliter ad pugnam mecum venite!* E guidati i fedeli alla vittoria, quel misterioso araldo scomparve miracolosamente, come un angelo del Signore».

A tali parole, Maynard rammentò d'istinto il primo dei tre cavalieri visti in sogno. Forse era Giove, che con la sua scia luminosa tracciava un destino incerto, anticipando la venuta di Marte e Saturno... O forse il cavaliere del primo sigillo, il vendicatore apocalittico che secondo san Giovanni avrebbe affrontato il Maligno in prossimità del giudizio universale. Scosse il capo, turbato.

Un crescente trepestio di zoccoli lo indusse a osservare la via di terra battuta che fendeva il Borgo superiore. In fondo a una svolta tracciata da palazzi, una teoria di corsieri al galoppo si faceva strada in una carica furiosa, aizzata da fantini frementi in uno schioccare di redini. L'intero pubblico scattò in piedi producendosi in grida di giubilo e di incoraggiamento. Tra i più infervorati c'era il marchese Obizzo, insieme al Pepoli e al Gonzaga, che incitavano i loro rispettivi cavalli a far mangiare la polvere agli altri.

Ripreso subito il controllo, Maynard tornò a scrutare le decine di persone sul palco finché non scorse di nuovo la sagoma sospetta scivolare tra i tendaggi che coprivano l'uscita. Fugò ogni dubbio: si trattava proprio di Facio. Quella maledetta volpe, pensò, aveva atteso il momento di maggior confusione per dileguarsi senza esser visto.

Sfruttando il suo stesso vantaggio, il cavaliere si fece largo in mezzo alla calca per lanciarsi all'inseguimento.

Quella volta, si disse, nulla l'avrebbe fermato.

Attento a non farsi scoprire, seguì Facio lungo un vicolo che correva a nord del Castel Tedaldo fino alla zona presso le mura nota come Canton di San Marco. Lo vide guardarsi intorno circospetto, per poi appartarsi in un orto dietro una chiesa. Se non fosse stato curioso di scoprire dov'era diretto, il cavaliere avrebbe già provveduto ad acciuffarlo. La curiosità di sapere cosa lo avesse spinto a uscire finalmente allo scoperto lo indusse però a pazientare. Cercò dunque un nascondiglio da cui spiare la situazione.

Non passò molto che sopraggiunse un secondo individuo. Abiti sgargianti e faccia da beccaio, salutò il monaco deforme con un gesto frettoloso.

«Non potevate scegliere un momento migliore?», rimbrottò Facio, assai nervoso.

«Finché il vescovo si trova a Ferrara», si giustificò lo sconosciuto, «sono costretto a occultare ogni mio spostamento».

«Facendo esporre me, a insaputa del marchese».

L'uomo si strinse nelle spalle. «Sapete bene di essermi debitore».

«Un debito già saldato da molti anni».

«Certi debiti non si saldano mai. Se non fosse stato per me, sareste marcito nelle prigioni del precedente vescovo. Rammentate?».

Padre Facio emise una risatina sprezzante. «Mi faceste fuggire a caro prezzo, se ben ricordo. Dovetti rivelarvi il mio segreto più prezioso».

«Ebbene, sapere non mi basta più».

«Problema vostro».

«Più vostro che mio», lo contraddisse l'uomo, battendogli l'indice sul petto con fare inquisitorio. «Confessate, perché siete fuggito da Pomposa proprio ora? I vostri vecchi segreti stanno forse tornando a galla?».

Facio di Malaspina arretrò d'un passo. «Lasciatemi stare!», sibilò allarmato. «Il marchese mi protegge».

«Ah, già. Il marchese...», ghignò il figuro, facendogli cenno di calmarsi. «Si dice vi faccia risiedere nei sotterranei del palazzo, insieme ai topi. Immagino sia alquanto umiliante per colui che un tempo occupò posizioni di rilievo. Posizioni che magari, un giorno, potrebbe riconquistare...».

«Insomma... Mi avete attirato fin qui per burlarvi di me?»

«Affatto. Mi chiedevo soltanto se foste interessato a uno scambio».

Detto ciò, i due si inoltrarono nell'orto per appartarsi da un gruppo di passanti. Maynard fu costretto ad abbandonare il suo nascondiglio e avvicinarsi di soppiatto, per non perdersi il seguito della conversazione. Erano molti i punti del discorso a lui rimasti oscuri, e il fatto di ignorare l'identità dell'interlocutore di Facio non lo aiutava a comprendere. Ciò nondimeno, intuiva l'importanza di quella conversazione. Si spostò carponi lungo un recinto coperto di rampicanti, fino a nascondersi dietro la folta chioma di un salice, vicino ai due quanto bastava per consentirgli di origliare.

«Cosa intendete per l'esattezza?», si informò padre Facio.

«Che potrei restituirvi l'abbazia di Pomposa», rispose l'uomo.

«Carica attualmente ricoperta da altri».

«Il reverendo Andrea si trova in una posizione alquanto precaria, credetemi», fu l'obiezione. «È insolvente nei confronti della Camera Apostolica e forse complice di una malfattrice arrestata presso il suo cenobio. Non reggerà il bastone pastorale ancora per molto».

Benché allettato dalla prospettiva, il monaco si mostrò scettico. «Anche se fosse, voi non disponete dell'autorità necessaria a conferirmi una simile carica».

«Ed ecco perché», ribatté lo sconosciuto, «chiederei aiuto a certi alti prelati di mia conoscenza...».

Facio di Malaspina si guardò intorno, facendo temere a Maynard di essere stato scoperto. Invece ritornò subito a fissare l'interlocutore, sempre più sospettoso. «In cambio di cosa?»

«Ve l'ho già detto, il vostro tesoro. Il *Lapis exilii*, mi pare si chiamasse...».

Al sentir pronunciare quel nome, Rocheblanche si lasciò quasi sfuggire un'esclamazione di stupore. Non era dunque l'unico, a Ferrara, a conoscere i segreti di Mont-Fleur! Ripercorse mentalmente la conversazione appena udita, mettendo insieme i tasselli del mosaico.

«Il *Lapis exilii*», snocciolò il monaco, «non è in mio possesso».

«Però immagino sappiate dove si trovi», insistette lo sconosciuto.

«Datemi garanzia di quanto promettete, e forse ve lo rivelerò».

«Non in questo momento. Abbiate fede, tuttavia, che saprò accontentarvi dopo il tramonto. Se siete interessato, vi attenderò alla taverna nella contrada di Gusmaria».

E con quelle parole, i due si congedarono, allontanandosi in direzioni opposte.

Maynard fu sul punto di braccare padre Facio, ma si trattenne. Il suo obiettivo principale non era catturare quella serpe, bensì scoprire il nascondiglio delle reliquie che aveva rubato a Mont-Fleur e il suo legame con la morte di Jang de Blannen. Ebbene, sarebbe bastato trovarsi nel luogo pattuito all'ora del tramonto per venirne a conoscenza senza sforzo alcuno.

I rintocchi dell'ora nona gli rammentarono d'un tratto un altro importante impegno. Nel tardo pomeriggio avrebbe dovuto incontrare Gualtiero de' Bruni.

65

Il monastero dei Serviti, o Servi di Maria, sorgeva nel quartiere di Castel Tedaldo, vicino a una porta delle mura affacciata sul Padus. Gualtiero era riuscito a trovarlo prima delle campane del vespro e ora, al riparo dalla folla, riprendeva fiato in attesa di imbattersi in Maynard.

Aveva raggiunto Ferrara in un crescente stato di disagio, forse per aver lasciato la quiete monastica a cui si era ormai acclimatato. Il lavoro allo scriptorium l'aveva aiutato a convivere con la sofferenza del distacco e a domare l'ira per le ingiustizie subite dalla sua famiglia. L'essersi ritirato per quasi un mese dal mondo, però, gli rendeva ora difficile riabituarsi a quella folla: lo spintonare e vociare confuso gli suscitavano quasi un senso di fastidio. Se n'era accorto al *Portus Abbatis*, salendo sul naviglio diretto alle sponde della città. Al contrario della precedente traversata, era stipato di passeggeri diretti verso la sua stessa destinazione, ansiosi di prendere parte ai festeggiamenti di san Giorgio. I loro modi bruschi e invadenti l'avevano indotto ad appartarsi a poppa, presso la zona del timone.

Peggio ancora era stato mettere piede a terra. Avventurandosi per i borghi brulicanti, aveva rivissuto il panico di quando era stato schiacciato dalla folla dinanzi ai battuti bianchi. Solo l'ansia di conoscere la sorte di Sigismondo e Sapia gli aveva dato la forza di farsi largo tra i passanti.

Riconosciuto l'imponente Castel Tedaldo, si era orientato con facilità fino a individuare il monastero dei Serviti. L'inquietudine però continuava a mordergli le viscere. Non solo per via della canaglia, che con l'imbrunire sembrava crescere di numero e in aggressività. Da quando era salito sul naviglio per Ferrara, infatti, aveva avuto la sensazione di essere spiato. Gli era addirittura parso di scorgere a bordo una sagoma esile e furtiva seminascosta tra gli altri imbarcati, per poi intravederla di nuovo mentre percorreva le strade della città.

Suggestioni, si era detto, facendosi coraggio.

E ora eccolo, seduto davanti al portale dell'edificio, intento a guardarsi intorno finché i rintocchi dei vespri risuonarono metallici sopra il suo capo, facendo spiccare il volo a dei colombi appollaiati su un tetto.

Una mano gli si posò sulla spalla facendolo sobbalzare.

«Messer Maynard», esclamò Gualtiero, voltandosi di scatto verso l'uomo in nero comparso al suo fianco.

«Siete solo?», volle sincerarsi il cavaliere.

«Sì».

«Ebbene seguitemi, non c'è tempo da perdere».

Benché turbato dal suo tono, il giovane obbedì senza esitare e si allontanò con lui dalla porta del Castel Tedaldo, proseguendo per un breve tratto verso nord, in fremente attesa di ricevere notizie.

Rocheblanche sembrava di umore cupo. Avanzava a lunghi passi, evitando gli sguardi della gente. «Vostra madre», rivelò infine, «non si trova più a Ferrara».

«Cosa?», sbottò Gualtiero. «Ne siete certo?».

Maynard annuì. «In questi giorni ho avuto modo di indagare per vostro conto. Pare sia stata tenuta prigioniera al limitare del Borgo superiore, nel Castello dei Curtensi, finché…», e chinò il capo con un cenno dispiaciuto.

«Suvvia parlate!», lo spronò il giovane, in preda a un incontenibile affanno.

«L'hanno portata ad Avignone».

Dopo aver fissato il cavaliere, sbigottito, il ragazzo lo afferrò per un braccio, accertandosi di non essere al cospetto di un miraggio. «Avignone?»

«Me l'ha confidato il massaio della contrada di San Pietro. Sotto lauto compenso».

«Non capisco… È impossibile! Siete certo che si tratti proprio di lei?»

«Non ci sono dubbi, amico mio».

Gualtiero si portò una mano al petto, attraversato da una fitta di terrore. Avignone, la sede dei papi! Come avrebbe potuto raggiungerla fin là, inoltrandosi nelle terre sconosciute del vasto mondo?

Ma a dominare la sua mente, in quel momento, era un altro sconvolgente interrogativo. Perché?

Maynard si fermò senza preavviso, strappandolo al vortice dello sconvolgimento. «Penserete dopo a vostra madre», lo ammonì reciso. «C'è un'altra ragione per cui vi ho richiamato a Ferrara con tanta urgenza».

«Cosa intendete, messere?»

«Vostro padre», rivelò Rocheblanche, incapace di trattenere una smorfia di cordoglio. «Verrà impiccato oggi stesso, dopo i festeggiamenti. Al Prato delle Forche».

EPILOGO

Memento mori

66

Reims, convento di Sainte-Balsamie

Suor Eudeline si sfiorò ancora le labbra, incapace di provare rimorso. Sapeva bene che, per qualsiasi confessore, quel bacio avrebbe significato la morte del peccato. Lei tuttavia non era stata capace di resistergli e l'aveva corrisposto, rapita dal desiderio di prolungarlo il più possibile. Non per concupiscenza o perché succube della bramosia del suo spasimante, ma per partecipare di una dolcezza mai provata prima. *Il piacere che ho conosciuto è stato così forte da non poterlo odiare.* Ora riusciva a comprendere le scandalose parole rivolte da Eloisa a Abelardo, benché lei non si fosse spinta nel vortice della passione che aveva intrecciato le vite di quei due coraggiosi amanti. E riusciva anche a comprendere le parole di Maynard, scontento della sua scelta di prendere il velo. Ciò nondimeno, la badessa restava ferma nel proposito di mantenere i voti. A prescindere dai suoi sentimenti per Robert, era persuasa che il claustro rappresentasse l'unica scelta possibile. Non riusciva più a immaginarsi fuori da quelle mura, in un mondo dominato dal disordine e dallo smarrimento. Un mondo che, per lei, avrebbe rappresentato la vera perdizione.

Nel convento di Sainte-Balsamie aveva trovato il suo scopo. Proteggere se stessa e le proprie consorelle dalle minacce provenienti dall'esterno. Qualsiasi forma potessero assumere.

Mettendo da parte ogni altro pensiero, scese nelle cripte riflettendo su quanto le era stato riferito il giorno prima dall'infirmaria. Il segreto di Aleydis. Per poco non ne era rimasta sconvolta, aggravando l'onere delle emozioni provate in quei giorni turbolenti.

Raggiunse la nicchia sigillata con il lucchetto e illuminò con una candela la figura in penombra rannicchiata dietro le sbarre. «Sono stata informata sul vostro stato», disse, senza tradire alcuna emozione.

La prigioniera alzò lo sguardo, fissandola dal suo antro di afflizione. «Vi supplico di aiutarmi, allora…», singhiozzò. «Il vomito… L'indisposizione… Non mi danno requie…».

«Vi aiuterò», la stupì la badessa, facendo uscire da una tasca una piccola chiave.

Allo scattare del lucchetto, la prigioniera sobbalzò. «Sono dunque libera?»

«Non equivocate le mie intenzioni», ribatté Eudeline, aprendo l'ingresso della cella. «Provvedo semplicemente a darvi una sistemazione più confortevole, almeno finché…».

«Non sarò guarita?».

La reverenda madre la scrutò meravigliata. «L'infirmaria non vi ha riferito proprio nulla?»

«Nulla», rispose Aleydis con smarrimento. «Mi ha visitata ed è andata via, muta come una tomba… Ebbene, non lasciatemi anche voi sulle spine. È molto grave?»

«Potrebbe esserlo», rispose Eudeline, laconica. E divisa tra la pietà e il disprezzo, le fece cenno di seguirla. «Siete incinta».

67

Ferrara, Prato delle Forche
All'imbrunire

Oltre la chiesa dei Serviti, la porta delle mura protetta dal Castel Tedaldo si apriva su un ponte di barche proteso verso la riva opposta del Padus, il Borgo di San Giacomo. Le acque del fiume erano nere, così come la processione di sagome chine che avanzavano sull'assito. Quattro condannati scortati da un drappello di armigeri. I loro lamenti, accompagnati dallo sciabordio dei flutti, trovavano eco nel brusio di una piccola folla assiepata sulla sponda, al limitare di uno spiazzo occupato dal patibolo.

Facendosi largo tra i presenti, Gualtiero allungò il collo per scrutare i volti dei prigionieri, finché non gli furono abbastanza vicini da poter riconoscere quello di suo padre. Il cuore, per un attimo, cessò di battergli. Sporco e congestionato dalla paura, Sigismondo avanzava a mani legate, sotto la sferza dei soldati.

Il giovane non resistette all'impulso di corrergli incontro, ma si imbatté in una schiera di frati in nero che, come tanti corvi, attendeva l'arrivo della processione al termine del ponte. «*Congregatio mortis*», gli mormorò uno di loro, lasciandogli intendere di trovarsi lì per recare conforto ai condannati.

«Mio padre è innocente!», ribatté Gualtiero, nella speranza di muoverlo a pietà.

Il frate gli rivolse una smorfia compassionevole, capace di ferirlo ancor più di un insulto. L'indignazione del ragazzo, tuttavia, svanì all'incombere degli uomini destinati alla forca.

«Una decisione immutabile», gli aveva riferito Maynard, prima di congedarlo. «Nessun atto di clemenza».

Incapace di comprendere tanto accanimento verso i suoi genitori, il giovane assistette all'approdo della processione sulla terraferma. I frati della Congregatio si fecero subito intorno ai prigionieri, impartendo loro benedizioni e aspergendoli con l'acqua santa, dopodiché li lasciarono liberi di procedere verso il centro dello spiazzo.

Approfittando di quel momento, Gualtiero tentò di raggiungere il padre ma fu trattenuto da un armigero.

Sigismondo, però, riuscì a vederlo. «Figlio mio!», gridò a squarciagola. «Oh, sia lodato il Signore! Almeno tu... Almeno tu sei salvo!».

Impietosito da quella scena, il soldato permise al ragazzo di avvicinarsi.

«Padre...», balbettò Gualtiero una volta che gli fu di fronte. Incapace di trovare altre parole, si lasciò travolgere dall'emozione e lo abbracciò stretto, soffocando contro il suo petto un grido di disperazione.

Il mastro pittore cercò di sorridergli. La maschera di sudiciume che gli copriva la faccia era rigata di lacrime. «Sono stato ingiusto con te...», confessò, con la voce mansueta di chi ormai si sia arreso al destino.

Prima di poter aggiungere altro, l'uomo fu trascinato avanti. Il giovane dovette separarsi da lui e guardarlo salire sul patibolo, sotto una delle quattro forche che si stagliavano contro un cielo privo di stelle. Un cielo senza Dio né giustizia.

Il dolore era enorme, tanto che per un attimo credette di perdere i sensi. Ma la rabbia, avvinghiata all'angoscia come un serpente, lo costrinse a tenere gli occhi puntati sulla figura del boia, che legava il cappio al collo di Sigismondo. Lottando con uno strazio quasi fisico, Gualtiero si portò davanti al patibolo per assistere il genitore.

Fu allora che lo udì pronunciare la sua ultima frase. Una frase priva di senso.

«Io non sono tuo padre».

Poi sentì lo strattone della corda, e gli spasimi soffocati del condannato.

In un indescrivibile alternarsi di orrore e sofferenza, il giovane osservò il frenetico dimenarsi delle sue gambe, gli occhi sbarrati, fissi sul nulla, e la bocca contratta in una smorfia grottesca, inumana, finché non dovette guardare altrove, scosso più di quanto avesse mai potuto immaginare.

Non sono tuo padre.

Dolore su altro dolore. Domande su altre domande.
Privo di ogni forza, la vista si appannò e si sentì crollare sull'erba. Vinto. Sfinito. Finché due mani non si fecero strada nell'oscurità, per sorreggergli il capo.
Gualtiero riaprì gli occhi e scorse un giovane viso chino su di lui.
Il viso più bello che avesse mai visto.
Con due iridi strane intente a fissarlo.

68

Ferrara, contrada di Gusmaria. Notte

Benché a malincuore, Maynard non aveva potuto accompagnare lo sventurato Gualtiero all'esecuzione del padre. Se voleva scoprire i segreti di Facio di Malaspina, al momento dell'impiccagione doveva assolutamente trovarsi in un altro punto della città. Riprometten-dosi di raggiungere il ragazzo appena possibile, pregò il Signore di dargli la forza per affrontare una circostanza tanto tragica.

La contrada di Gusmaria si estendeva nel settore meridionale di Ferrara, dinanzi a una porta delle mura che prendeva lo stesso nome. Illuminando il cammino con una fiaccola, Rocheblanche si orientò tra quelle vie fino a imbattersi nella taverna.

Se la riconobbe, fu soltanto grazie all'antica insegna sghemba appesa sopra l'ingresso. Il tetto sfondato e le mura cadenti suggerivano che quell'edificio non accogliesse più avventori da lungo tempo. Fu sul punto di proseguire oltre, credendo di essersi ingannato. Poi pensò che un incontro tanto importante dovesse tenersi in un luogo protetto e appartato. E quel tugurio era l'ideale.

Non udendo rumori provenire all'interno, il cavaliere suppose di essere giunto in anticipo e decise di entrare per cercare un nascondiglio che gli consentisse di spiare. Aveva intenzione di ascoltare ogni singola parola tra padre Facio e il suo misterioso compare per poi uscire allo scoperto e acciuffare il monaco. Pur disponendo del solo pugnale, si sentiva fiducioso.

Accostò l'orecchio contro il battente per sincerarsi che l'interno fosse davvero deserto, e soltanto dopo aver fugato ogni dubbio entrò, lama alla mano, scrutando nell'oscurità un ambiente asfittico, chiuso tra pareti fatiscenti. Un odore ferrigno gli giunse subito alle nari, allertando i suoi sensi allenati al pericolo.

Temendo d'un tratto di essere arrivato troppo tardi, Maynard mosse la torcia intorno a sé per verificare quel presagio, finché non s'imbatté in uno spettacolo raccapricciante.

Dapprima lo scambiò per un fantoccio, poi si rese conto che era un uomo. Sedeva in un angolo della stanza, all'unico tavolo presente. Le lunghe braccia ciondoloni, la testa piegata in avanti, il mento appoggiato sul ripiano. Dalla bocca socchiusa sporgeva la lingua, ben oltre il limite consentito. Era stata tirata fuori a forza e inchiodata con un pugnale sulla superficie di legno.

Prima di morire, Facio di Malaspina doveva aver sofferto molto.

Mantenendosi all'erta, Rocheblanche si avvicinò al cadavere e lo studiò alla luce della torcia, per meglio comprendere cosa fosse avvenuto. Nel frattempo il suo pensiero andò allo sconosciuto che quel pomeriggio aveva parlato con il monaco. Non sapeva chi fosse né come rintracciarlo, e soprattutto ignorava se fosse riuscito a farsi svelare i segreti di Mont-Fleur.

"Sono stato uno stolto", si rimproverò il cavaliere. "Dovevo acciuffarlo quando ne ho avuto l'occasione". Ora doveva ricominciare tutto da capo, sperando di trovare un traccia, un indizio da cui riprendere le indagini.

Sul tavolo, in principio, scorse soltanto una chiazza di sangue fresco che colava dai bordi. A un'occhiata più attenta, però, notò delle parole graffite sul legno. Dovevano essere state incise con lo stesso pugnale usato per trafiggere la lingua bugiarda di Facio, quasi per farsi beffa di chi ormai si contorceva all'inferno. O forse, di chi in quel momento vi posasse il proprio sguardo.

MONACHVS SVPERBVS

Un improvviso rumore di passi rapì la sua attenzione verso l'ingresso, facendogli scorgere una figura seminascosta nella tenebra, intenta a spiare.

«Chi va là», chiese Maynard.

Ma anziché rispondere, l'oscuro osservatore arretrò di scatto e fuggì via.

Il cavaliere si lanciò subito al suo inseguimento, come un segugio nella notte.

Nota dell'autore
(Il mistery della storia)

Questo primo romanzo contiene alcuni riferimenti chiave che potrò spiegare soltanto alla fine della saga. Ciò premesso, la trama di *L'abbazia dei cento peccati* poggia su eventi ampiamente documentati, insieme con altri di mia invenzione. Fra questi ultimi rientrano le sorti delle famiglie di Rocheblanche e de' Bruni, insieme a quelle di Robert de Vermandois, Aleydis, Superanzio Orsini e Bastien des Baux. Ho cercato di non perdere mai di vista, tuttavia, l'attenzione per la verosimiglianza e per quella che definirei simulazione di un tipo di vita (monastica e laica) appartenuta a un'epoca passata. In ciò risiede il mio principale impegno. Ecco perché inizierò con il chiarire le indicazioni sullo scorrere del tempo che si ritrovano fra queste pagine.

Nel Medioevo, il sorgere del sole coincideva con la prima delle dodici ore diurne seguite da altrettante ore notturne. La loro durata era approssimativa, variando in base alla stagione in cui ci si trovava. Perciò, se d'inverno le dodici ore di buio risultavano più lunghe di quelle di luce, d'estate accadeva l'esatto contrario. Data l'impossibilità di regolarsi con strumenti rudimentali come meridiane e clessidre, si era dunque soliti attenersi alla liturgia delle ore che in chiese e monasteri scandiva i momenti della preghiera: il mattutino (intorno alle 3 di notte), le laudi (prima dell'alba), la prima (al sorgere del sole), la terza (verso le 10), la sesta (mezzogiorno), la nona (intorno alle 3 del pomeriggio), il vespro (al tramonto) e compieta (prima di andare a dormire).

Per quanto riguarda le *consuetudines* della vita monastica – anche quando relative all'inesistente convento di Sainte-Balsamie – mi sono sempre attenuto alle Regole di san Benedetto, pur concedendomi uno "strappo" pertinente all'epoca in merito alla giovane età della badessa Eudeline. Benché, a partire da Bonifacio VIII, l'eleggibilità al grado di superiora venne riservato soltanto alle monache professe che avessero compiuto i trent'anni, poteva accadere che il nome e la ricchezza supplissero all'età, come nel caso di una figlia del conte di Suffolk che, a detta dello storico

Gabriel Le Bras (*Institutions ecclésiastiques de la Chrétienté médiévale*, Paris 1976) fu eletta a 22 anni.

Passiamo ora ai fatti e ai personaggi storici. La battaglia di Crécy, primo grande scontro della Guerra dei cent'anni, sancì la sconfitta dell'esercito di re Filippo VI di Valois che fu costretto a lasciare sul terreno circa quattromila uomini. Fu anche la prima volta in cui la cavalleria francese si trovò in netto svantaggio contro dei semplici arcieri, segnando la fine di un'epoca ma probabilmente anche il declino dell'ideale cavalleresco. Tra i valorosi che persero la vita in quel frangente ci fu Jang de Blannen (re Giovanni I di Boemia), durante un'ultima, disperata carica. Il suo corpo fu trovato il giorno successivo, sul campo di battaglia. Secondo alcune fonti, egli non poté combattere al meglio a causa della cecità, forse dovuta all'età avanzata o forse a un qualche veleno. Il suo legame con il cardinal legato Bertrand du Pouget è un'altra verità storica. Risale al 1333, quando il prelato cercò di allearsi con il monarca boemo (sceso in Italia per difendere Brescia da Milano e Verona) al fine di piegare l'Emilia e la Romagna al dominio di Avignone. Ferrara fu cinta d'assedio e dovette respingere i soldati nemici penetrati fino alla piazza (aprile 1333). In seguito, l'insurrezione scoppiata a Bologna nel marzo 1334 indusse il legato a fuggire verso la Francia. Jang de Blannen, nel frattempo, aveva iniziato a tessere alleanze con le alte sfere ecclesiastiche per garantire la successione al trono del figlio Karel.

Per quanto riguarda Bertrand du Pouget, elevato alla porpora cardinalizia con il titolo di San Marcello il 17 dicembre 1316, molte notizie a cui faccio riferimento provengono da un libro di Francois Duchesne (*Histoire de tous les cardinaux françois de naissance*, Paris 1660, p. 419), nel quale ho reperito anche lo stemma "leonino", differente dall'attuale insegna del cardinalato di San Marcello. Le numerose voci sulla parentela di questo religioso con papa Giovanni XXII (tra cui quella di Petrarca) lo vogliono suo nipote, se non addirittura figlio. Di Bertrand preme tuttavia ricordare il "voltafaccia" attuato ai danni di Ferrara nel 1333. Prima delle imprese belliche che lo spinsero a occupare l'Emilia e la Romagna, egli era infatti intervenuto nella città padana con bolla emanata ad Avignone il 2 luglio 1329, per conferire ai marchesi d'Este (i fratelli Rinaldo II, Obizzo III e Niccolò I) il vicariato di Ferrara, al termine di un periodo di scomunica che li aveva visti perseguitati da una "crociata" bandita dal papa a causa delle loro eretiche simpatie ghibelline.

Altro personaggio vissuto realmente è il monaco Facio (per il quale mi sono concesso l'invenzione della seconda parte del nome, "di Malaspina"). Amministrò l'abbazia di Pomposa dal 1325, finché non fu accusato dal vescovo ferrarese di parteggiare per gli allora "eretici" Estensi, che già l'anno precedente, secondo una bolla papale inviata all'arcivescovo di Ravenna, avevano «occupato il monastero pomposiano, con tutte le sue ville e terre e redditi e proventi. E mentre alcuni monaci erano stati cacciati fuori, altri miserevolmente imprigionati [...], altri uomini nefandi esercitavano prede e latrocini [...] e malversavano con collette e tributi il monastero» (Archivio Segreto Vaticano, *Instrumenta miscellanea*, 878). Nel 1329, Facio rinunciò all'abbaziato dopo aver subìto la punizione del vescovo ferrarese Guido da Cappello.

Padre Andrea di Fano fu invece abate di Pomposa dal 1336 al 1361. Nella sua persona si deve riconoscere il promotore del ciclo di affreschi biblici dell'abbazia: un'opera terminata nel 1351, come testimonia un'iscrizione nell'abside sopra la quale compare lo stesso Andrea, ritratto in ginocchio vicino alla "Madonna angelicata", presso la mandorla del Cristo Pantocratore. Ma se le pitture dell'abside provengono dalle maestranze di Vitale da Bologna, si sa ben poco sul ciclo coevo dedicato al Vecchio e al Nuovo Testamento, compresa l'Apocalisse, presente sulle pareti lunghe della navata maggiore. Alcuni studiosi sono propensi ad attribuirlo ad artigiani della scuola di Vitale, altri ai pittori Andrea de' Bruni o Andrea de' Bartoli. Nessuno, tuttavia, è riuscito ancora a risolvere il dilemma. Da qui l'idea di scrivere un romanzo dedicato alle peripezie del misterioso artefice del capolavoro, di cui questo primo volume descrive soltanto l'inizio.

La fama di Pomposa come *monasterium in Italia primum*, sorto a metà strada tra i centri benedettini di Montecassino e Cluny, nasce però nell'XI secolo, intrecciandosi alle figure di Ottone III, san Pier Damiani e il grande abate Guido di Pomposa, venerato come santo. All'epoca il cenobio ospitava un centinaio di monaci che vivevano in prosperità, coltivando la cultura e il canto sacro (qui infatti si sviluppano le prime teorie sul canto e sulla notazione neumatica del musico Guido d'Arezzo). La biblioteca, tuttavia, dovette rappresentare il vero patrimonio dell'abbazia. Attualmente dispersa, ne resta traccia in un catalogo vergato dal chierico Enrico nell'XI secolo. Dopo tre secoli di splendore, Pomposa conobbe il declino. La crisi economica di cui si parla nel romanzo è storicamente attestata e documentata nelle fonti dell'epoca, diligentemente trascritte nella seconda metà del Settecento dal benedettino cassinese Placido Federici, in un'opera monumentale solo in parte stampata (*Rerum Pomposianarum historia monumentis illustrata*, tomus primus, Roma 1781), ma esistente in un codice manoscritto (ove al Federici seguono gli studi di

Sebastiano Maria Campitelli) custodito nell'Archivio di Montecassino e, in riproduzione anastatica, presso la Biblioteca Ariostea di Ferrara.

Altra ambientazione peculiare di *L'abbazia dei cento peccati* è Ferrara. Per "ricostruirla" sul piano urbanistico, oltre che alla saggistica contemporanea ho attinto alla storiografia locale di età moderna, soprattutto da Antenore Scalabrini (*Memorie istoriche delle chiese di Ferrara e de' suoi borghi*, Ferrara 1773) e Antonio Frizzi (*Memorie per la storia di Ferrara*, tomo V, Ferrara 1809), senza tralasciare la *Chronica parva ferrariensis* di Riccobaldo da Ferrara (XIV secolo) e il *Disegno in pianta della città di Ferrara*, tracciato dall'architetto Bartolino da Novara, che dal 1373 operò al servizio degli Este.

In quest'epoca, l'area urbana di Ferrara conteneva già trentasette chiese ed era cinta da mura guardate da diciotto torri con circa una decina di porte. La parte più antica dell'abitato si estendeva tra due castelli, a est il Castello dei Curtensi (*Castrum Curtisiorum* o *Castrum Curiatium*), risalente all'età bizantina, a ovest il Castel Tedaldo (attribuito dalla tradizione a Tedaldo di Canossa). Se il primo delimitava una vasta porzione urbana – tra cui le chiese di San Pietro, San Salvatore e San Gregorio – affacciandosi a mo' di ferro di cavallo sulla porta di San Pietro – del secondo non restano tracce (fu demolito nel Seicento per far posto alla fabbrica della Fortezza pontificia). La Cattedrale, che dal 1135 sostituisce il primo duomo, la pieve suburbana di San Giorgio sita nel borgo omonimo, sorge tra questi due castelli. Sul suo fianco meridionale sorgono la piazza (1273) e, di fronte alla facciata, il Palazzo della Signoria (1283) e il Palazzo della Ragione (1326). Il "Castello Estense" per cui Ferrara diverrà ben nota sorgerà successivamente, nel 1385.

In quel periodo i ponti che consentivano di oltrepassare il Po (o anticamente, *Padus*) erano due – quello di Barbacane (o di San Giorgio) e del Castel Tedaldo – disposti sul lato meridionale dell'abitato, costruiti su barche per far fronte alle continue piene del fiume.

La pianta urbanistica che ho ricavato da questi studi non ha l'ambizione di essere precisa al dettaglio, tantomeno esauriente. Serve allo scopo di orientare il lettore, evidenziando i punti principali di una città già assai complessa, divisa in quattro quartieri (di Santa Maria in Vado, di San Romano, di San Nicolò e di Castel Tedaldo) e in una miriade di borghi e contrade, solcate da un labirinto di strade e canali.

Riguardo questa città, vale la pena precisare che la processione di battuti bianchi in cui si imbatte Gualtiero proviene dall'ospitale di Santa Maria Novella, sede di una confraternita di penitenti istituita nel 1243 e usa a flagellarsi nel periodo del Venerdì Santo, in memoria della Passione di Cristo.

Concludo il discorso su Ferrara spendendo qualche parola sulle tradizionali "corse al Palio", in voga fin dai primi anni della dominazione degli Estensi. Vengono già menzionate negli statuti cittadini del 1279, con la precisazione che si dovessero tenere durante la festa patronale di san Giorgio (25 aprile) e della Madonna (a metà agosto). I cavalli gareggiavano sulla Via Grande, partendo dalla contrada della Pioppa fino al Castel Tedaldo. I premi per i vincitori consistevano in un palio (panno) ricamato d'oro, una porchetta e un gallo.

Un'ultima nota va spesa per la crociata di Smirne, egregiamente descritta nel saggio di K.M. Setton (*The Papacy and the Levant*, vol. I, Philadelphia 1976, pp. 195-218). Humbert de Viennois fu senz'altro ospite di Obizzo III d'Este durante il viaggio di andata per l'Oriente, nell'ottobre 1345, quando fu accompagnato a Ferrara dai figli di Taddeo de' Pepoli, signore di Bologna. Il marchese lo ricevette con "grandissimo onore", regalandogli addirittura tre splendidi cavalli (*Chronicon Estense*, anno 1345). Non vi è certezza invece che il delfino abbia soggiornato a Ferrara durante il ritorno dalla spedizione, benché una serie di salvacondotti vergati il 19 marzo 1347 dalla cancelleria papale avesse voluto garantirne il passaggio sicuro nei territori governati dal doge di Venezia, Obizzo d'Este (Ferrara), Taddeo de' Pepoli (Bologna), Giovanni e Lucchino Visconti (Milano), Mastino della Scala (Verona) e molti altri.

Per quanto riguarda la miracolosa apparizione del cavaliere sul bianco destriero nella battaglia avvenuta tra Smirne e Altoluogo, ne reca notizia una lettera inviata nel 1345 da re Ugo IV di Cipro a Giovanna I di Sicilia.

Resta invece aperta la questione del *Lapis exilii* e del misterioso *Codex Millenarius*. Parlandone ora, anticiperei troppo sul prosieguo della narrazione, togliendo il senso della scoperta.

E questo, nell'ambito della *fiction*, equivarrebbe a un peccato mortale.

Ringraziamenti

Grazie innanzitutto al professor Ranieri Varese, docente di Storia dell'arte e direttore del Dipartimento di Scienze Storiche dell'Università di Ferrara, che ha trovato il tempo e la pazienza di rispondere alle mie assillanti domande sulle tecniche pittoriche medievali. Se in questo romanzo permangono errori al riguardo, è soltanto colpa del sottoscritto.

Grazie a Raffaello Avanzini, il mio editore; ad Alessandra Penna, la mia editor; a Roberta Oliva e Silvia Arienti, le mie instancabili agenti. Grazie inoltre a tutto il gruppo Newton Compton per l'appoggio e la collaborazione costantemente dimostrati in questi quattro anni.

Grazie ancora alla mia famiglia. A mia madre Rosaura, soprattutto, che ha saputo insegnarmi la cura per la precisione e per i dettagli. Non posso fare a meno di ricorrere al suo consiglio ogni qualvolta l'occasione lo renda necessario.

Grazie infine a Giorgia, per esserci sempre e perché mi dà una ragione in più, ogni giorno, per stringere i denti e combattere.

Indice

Paperbacks
sezione Gli Insuperabili
Pubblicazione settimanale, 26 maggio 2016
Direttore responsabile: Raffaello Avanzini
Registrazione del Tribunale di Roma n. 16024 del 27 agosto 1975
Stampato per conto della Newton Compton editori s.r.l., Roma
presso Puntoweb s.r.l., Ariccia (Roma)

Gli Insuperabili

Ultimi volumi pubblicati

Evie Hunter, *L'iniziazione*
Andrea Frediani, *Gli invincibili. Alla conquista del potere*
G. L. Barone, *La cospirazione degli Illuminati*
Niamh Greene, *Sarà perché ti amo*
Davide Mosca, *La cripta dei libri profetici*
Karen Swan, *Shopping da Prada, appuntamento da Tiffany*
Ali McNamara, *Innamorarsi a Notting Hill*
Miranda Dickinson, *Iniziò tutto con un bacio*
Jessica Sorensen, *Non lasciarmi andare*
Diana Lama, *L'anatomista*
Daniela Farnese, *I love Chanel*
Amy Bratley, *L'amore della mia vita*
Marcello Simoni, *L'isola dei monaci senza nome*
Marc Raabe, *Il sezionatore*
Rebecca Chance, *Amori, bugie e tacchi alti*
Elisa Amoruso, *Buongiorno amore*
C. M. Palov, *La cripta occulta dei templari*
Vanessa Greene, *Biscotti, dolcetti e una tazza di tè*
Joseph Kanon, *Omicidio a Istanbul*
Tami Hoag, *La Ragazza N° 9*
Martin Rua, *Le nove chiavi dell'antiquario*
Tiffany Reisz, *Peccato originale. Il ritorno*
Anna Premoli, *Come inciampare nel principe azzurro*
Enrico Vanzina, *Il gigante sfregiato*
Simon Scarrow, *La battaglia finale*
Carmen Reid, *Shopping con le amiche*
Remo Guerrini, *L'estate nera*
C.L. Parker, *La proposta*
S. Montemurro; M. Lugli; M. Simoni; F. Bertuzzi; D. Lama; G. Leoni; P. Roversi, *Estate in giallo*
Vito Bruschini, *I segreti del club Bilderberg. Il romanzo del potere*
Nicola Doherty, *Innamorarsi a Central Park*

Lauren Myracle, *Il nostro infinito momento*
Roberta Gately, *La Pakistana*
Carole Matthews, *Un regalo inaspettato*
M. Simoni, M. Lugli, L. Ghinelli, D. Mosca, M. Pietroselli, F. Delizzos, S. Montemurro, G. Lisai, *Giallo Natale*
Milly Johnson, *Un indimenticabile Natale d'amore*
Thomas Harding, *Il comandante di Auschwitz*
Eva Schloss, *Sopravvissuta ad Auschwitz*
Sara Tessa, *L'uragano di un batter d'ali*
Chase Emma, *Non cercarmi mai più*
Cassandra Rocca, *Tutta colpa di New York*
Jessica Sorensen, *Tienimi con te*
Brian McGilloway, *Non parlare*
Rosa Ventrella, *Il giardino degli oleandri*
Daniela Sacerdoti, *Ho bisogno di te*
Franco Matteucci, *La mossa del cartomante*
Laura Schiavini, *A qualcuno piace dolce*
Paolo Cammilli, *Maledetta primavera*
Solomon Northup, *12 anni schiavo*
Marcello Simoni, *Il labirinto ai confini del mondo*
Monica Murphy, *Non dirmi un'altra bugia*
David Gibbins, *Il faraone*
Stuart MacBride, *Vicino al cadavere*
Jessica Sorensen, *Con te sarà diverso*
Anna Premoli, *Finché amore non ci separi*
Letizia Triches, *Il giallo di Ponte Vecchio*
Simon Scarrow, *La profezia dell'aquila*
Andrea Frediani, *La battaglia della vendetta. La saga degli invincibili*
Amy Harmon, *I cento colori del blu*
Jonathan Holt, *Profanato*
M. Leighton, *Solo per te*
Ali McNamara, *Da New York a Notting Hill per innamorarsi ancora*
C.L. Parker, *La trasgressione*
Marc Raabe, *Prima di uccidere*
Cassandra Rocca, *Una notte d'amore a New York*
Martin Rua, *La cattedrale dei nove specchi*
Jessica Sorensen, *Non cambiare mai*
Emma Chase, *Cercami ancora*
Catharina Ingelman-Sundberg, *La banda degli insoliti ottantenni*
M.R.C. Kasasian, *I delitti di Mangle Street*
Valeria Luzi, *Ti odio con tutto il cuore*
Mario Mazzanti, *Un giorno perfetto per uccidere*

Gail McHugh, *Stringimi più che puoi*
Monica Murphy, *Dammi un'altra possibilità*
Simon Scarrow, *L'aquila dell'impero*
Leandro Sperduti, *I 7 arcani del Vaticano*
Sara Tessa, *Il silenzio di un batter d'ali*
John Searles, *Non rispondere*
Felix Weinberg, *Bambino n. 30529*
M. Lugli; F. Bertuzzi; D. Lama, P. Roversi; G. Morozzi; P. Di Cara; D. Nelli, *Delitti di Ferragosto*
Cassandra Rocca, *Mi sposo a New York*
Andrea Frediani, *300 La saga*
Miranda Dickinson, *Favola d'amore a New York*
Jessica Sorensen, *Per sempre insieme*
Andrea Frediani, *I 300 di Roma*
Emma Chase, *Io ti cercherò*
Karen Swan, *Quell'estate senza te*
Massimo Lugli, *La strada dei delitti*
Michelle Gable, *Un favoloso appartamento a Parigi*
Penelope Douglas, *Mai per amore*
Jen McLaughlin, *Fuori controllo*
Joel C. Rosenberg, *Fuga da Auschwitz*
Antonia Hodgson, *Il misterioso caso di Samuel Fleet*
Giulio Castelli, *L'imperatore guerriero*
G.L. Barone, *Il sigillo dei tredici massoni*
Andrea H. Japp, *I delitti della cattedrale*
Andrea Frediani, *Guerra sui mari*
Foster Melissa, *Un bacio sotto la neve*
Swan Karen, *Natale a Londra con amore*
M. Lugli, F. Delizzos, L. Ghinelli, F. Bertuzzi, M. Simoni, D. Lama, E. Carta, L. Triches, F. Caringella, *Delitti di Capodanno*
Carole Matthews, *Appuntamento sotto l'albero*
G.L. Barone, *La chiave di Dante*
Roberto Fabbri, *Il generale di Roma*
Amy Harmon, *Sei il mio sole anche di notte*
Letizia Triches, *Quel brutto delitto di Campo de' Fiori*
Emma Chase, *Tu mi cercherai*
A.G. Howard, *Il mio splendido migliore amico*
Stuart MacBride, *Omicidi quasi perfetti*
Brian McGilloway, *Urlare non basterà*
Ellen Maplas, *Per una sola volta. One night trilogy*
Franco Matteucci, *Tre cadaveri sotto la neve*
Morgan Matson, *Noi due ai confini del mondo*

Simon Scarrow, *Il sangue dell'impero*
Iwaski Mineko, Brown Rande, *Storia proibita di una geisha*
Sarah Dessen, *Ascolta il tuo cuore*
Aurora Belle, *I suoi occhi su di me*
Jessica Sorensen, *Con te sarà per sempre*
Fariba Nawa, *La moglie afghana*
Emma Chase, *Amore illegale*
Rebecca Donovan, *Mai senza te*
Roberto Fabbri, *Il re della guerra*
Diana Lama, *27 ossa*
Irène Némirovsky, *Suite francese*
Andy Weir, *Sopravvisuto. The Martian*
Marcello Simoni, *L'abbazia dei cento peccati*
Penelope Douglas, *Da quando ci sei tu*
Lauren Layne, *L'unico sbaglio che rifarei mille volte*
AA.VV., *Delitti in vacanza*
Gail McHugh, *Perché ci sei tu*
Kristen Proby, *Ti porto via con me*
Simon Scarrow, *Roma, sangue e arena*
Kylie Scott, *Tutto in una sola notte*
Dinah Jefferies, *La separazione*

Gli Insuperabili Gold

Ultimi volumi pubblicati

Anna Premoli, *Tutti i difetti che amo di te*
Marcello Simoni, *L'abbazia dei cento peccati*
Mary Kubica, *Una brava ragazza*
Daniela Volonté, *Buonanotte amore mio*
Andy Weir, *L'uomo di Marte*
Francesco Caringella, *Non sono un assassino*
Kirsty Moseley, *Il ragazzo che entrò dalla finestra e si infilò nel mio letto*
David Gibbins, *Codice Pyramid*
Karen Swan, *Un diamante da Tiffany*
Sylvia Kant, *Prova ad amarmi*
Argeta Brozi, *Tentazioni*
Salvo Toscano, *Insoliti sospetti*
Cecile Bertod, *Non mi piaci ma ti amo*
Jay Crownover, *Oltre le regole*
Fabiola D'Amico, *Un giorno da favola*
Viviana Leo, *Sei solo mio*
Molly McAdams, *Ti lascio ma restiamo amici*
Anna Premoli, *Un giorno perfetto per innamorarsi*
A.G. Riddle, *Atlantis Genesi*
Fabrizio Santi, *Il quadro maledetto*
Jane Shemilt, *Una famiglia quasi perfetta*
Harry Sidebottom, *Il trono di Cesare*
Sara Tessa, *Se fossi qui con me questa sera*
Lucie Whitehouse, *Dimmi il tuo segreto*

Nuova Narrativa Newton

Ultimi volumi pubblicati

Bjorn Jacobsson, *Alla fine della strada*
Matt Rees, *La profezia segreta di Mozart*
Simon Scarrow, *Il pretoriano*
Agustín Bernaldo Palatchi, *Il patto dei penitenti grigi*
Massimo Pietroselli, *Alphabetum*
Lisa Jane Smith, *Il diario del vampiro. Fantasmi*
Juliet Grey, *Maria Antonietta. I segreti di una regina*
Paul Pen, *Il presagio*
Paul Christopher, *La spada dei Templari*
Douglas Jackson, *L'eroe di Roma*
Heike Koschyk, *La pergamena maledetta*
I mille volti del giallo, a cura di G. Pelecanos e O. Penzler
John Underwood, *Il libro segreto di Sherlock Holmes*
Valter Binaghi, *Melissa, la donna che cambiò la storia*
Jack Hight, *Il signore delle crociate. È nato un guerriero*
Alex Churton, *La mappa segreta della Massoneria*
C.J. Lyons, *L'esecuzione*
Gabrielle Kimm, *L'ultima duchessa*
Mark Sullivan, *L'undicesimo comandamento*
David Kirk, *L'onore del samurai*
Lisa Jane Smith, *Il diario del vampiro. Luna piena*
Bruce MacBain, *I pilastri di Roma*
Flavia Ermetes – Paolo Di Reda, *La formula scomparsa delle ss*
C.M. Palov, *La cripta occulta dei Templari*
Michael Ennis, *La congiura Machiavelli*
Franco Matteucci, *Il suicidio perfetto*
Víctor Amat, *Il monastero perduto del Santo Graal*
Anton Gill, *Codex templare*
Roberto Fabbri, *Il giustiziere di Roma*
Sara Poole, *Il veleno dei Borgia*
Silvia Montemurro, *L'inferno avrà i tuoi occhi*
Ilaria Beltramme, *La società segreta degli eretici*

Ted Dekker, *Il segreto del santuario*
Paul Doherty, *Il mago dei templari*
Kate Quinn, *L'amante di Roma*
Vito Bruschini, *Educazione criminale*
Fabio Delizzos, *La loggia nera dei veggenti*
Stuart MacBride, *Cartoline dall'inferno*
José Luis Corral, *Il vangelo esoterico*
T.S. Learner, *La mappa dei tre labirinti*
Christopher Brookmyre, *Dove sono sepolti i cadaveri*
Marek Halter, *Protocollo Cremlino*
Anthony Riches, *L'impero. La battaglia dell'aquila perduta*
Marko Hautala, *Allucinazioni*
Massimo Lugli, *Gioco perverso*
Giulio Castelli, *Il diario segreto di Marco Aurelio*
Roberto Genovesi, *Il templare nero*
Roberto Masello, *La croce esoterica dei Romanov*
Juan Carlos Martínez Barrio, *Il custode del libro dei sogni*
Davide Mosca, *La cripta dei libri profetici*
Alec Nevala-Lee, *Il ladro di reliquie*
Jonathan Holt, *Sconsacrato*
Andrea Frediani, *Gli invincibili. Alla conquista del potere*
Stefano Lanciotti, *Israel. Operazione Tel Aviv*
Lorenzo de' Medici, *La lettera rubata*
Glenn Meade, *Il secondo Messia*
Sherry Jones, *Quattro sorelle tutte regine*
Gerard O'Donovan, *Morte a Dublino*
Torsten Pettersson, *I sabotatori*
Simon Scarrow, *La battaglia finale*
Francesco Fioretti, *La profezia perduta di Dante*
Corrado Spelli, *La stanza del dipinto maledetto*
David Zurdo – Ángel Gutiérrez, *La torre proibita*
Enrico Vanzina, *Il gigante sfregiato*
Francesca Bertuzzi, *La belva*
Tom Harper, *Mappa per l'inferno*
Eric Giacometti – Jacques Ravenne, *Il settimo templare*
Lars Rambe, *Le donne del lago*
Matt Rees, *La profezia di Caravaggio*
Chris Roberson, *Il libro dei segreti*
Lisa Jane Smith, *Il diario del vampiro. Destino*
Scott Thorson, *Dietro i candelabri*
Diana Lama, *L'anatomista*
Massimo Lugli, *Ossessione proibita*

Mary Novik, *L'amante del papa*
AA.VV., *Giallo Natale*
P. Johansson, *La tempesta*
Varg Gyllander, *Di ghiaccio e di sangue*
Marek Halter, *Maria, la madre di Gesù*
Marcello Simoni, *L'isola dei monaci senza nome*
Unni Lindell, *Dolce come la morte*
Mark Oldfield, *Quindici cadaveri*
Margarita Torres, *Il cardinale nero*
Peter Prange, *Il papa bambino*
AA.VV., *Estate in giallo*
Vito Bruschini, *I segreti del club Bilderberg. Il romanzo del potere*
G. L. Barone, *La cospirazione degli Illuminati*
Gina Buonaguro – Janice Kirk, *I lupi del Vaticano*
Remo Guerrini, *L'estate nera*
Marc Raabe, *Il sezionatore*
Javier Negrete, *La regina del Nilo. Il trono d'Egitto*
Javier Negrete, *La regina del Nilo. L'amante dell'imperatore*
Javier Negrete, *La regina del Nilo. Il rogo delle piramidi*
Nacho Ares, *La piramide perduta*
Didier Convard, *La cattedrale del peccato*
Joseph Kanon, *Omicidio a Istanbul*
Martin Rua, *Le nove chiavi dell'antiquario*
Marcello Simoni, *Il labirinto ai confini del mondo*
Andrea Frediani, *La battaglia della vendetta. La saga degli invincibili*
Tiffany Reisz, *Peccato originale. L'innocenza*
Tiffany Reisz, *Peccato originale. Il gioco*
Tiffany Reisz, *Peccato originale. Il padrone*
Simon Scarrow, *La profezia dell'aquila*
Heike Koschyk, *La loggia massonica delle tenebre*
Massimo Pietroselli, *La congiura di Praga*
Eleonora Carta, *La consistenza dell'acqua*
Brian McGilloway, *Non parlare*
Lisa Jane Smith, *I diari delle streghe. La maledizione*
Harry Sidebottom, *Il guerriero di Roma. La battaglia dei lupi*
Francisco J. De Lys, *La biblioteca fuori dal tempo*
Gordon Doherty, *Il legionario*
Luís Miguel Rocha, *La figlia del papa*
Álex Rovira – Francesc Miralles, *L'enigma dei sette maestri*
David Gibbins, *Il faraone*
Roberto Fabbri, *Il generale di Roma*
G. L. Barone, *Il sigillo dei tredici massoni*

Seth Patrick, *Reviver. Il sussurro della morte*
Lisa Jane Smith, *I diari delle streghe. La caccia*
Lisa Jane Smith, *Il diario del vampiro. La salvezza*
Andrew Jacobson – Adam Jay Epstein, *The familiars. Il cerchio degli eroi*
Andrea Frediani, *300. Nascita di un impero*
Tiffany Reisz, *Peccato orginale. Il ritorno*
Letizia Triches, *Il giallo di Ponte Vecchio*
Franco Matteucci, *La mossa del cartomante*
Stuart MacBride, *Vicino al cadavere*
Anthony Riches, *L'impero. Lunga vita all'imperatore*
Jeri Westerson, *La misteriosa morte del ladro di pergamene*
Stefano Bonazzi, *A bocca chiusa*
Peter Harris, *Il segreto dello scrivano*
Ilaria Beltramme, *Il papa guerriero*
C.M. Palov, *Il codice nascosto dei templari*
M.R.C. Kasasian, *I delitti di Mangle Street*
Simon Scarrow, *L'aquila dell'impero*
Fabio Delizzos, *I peccati del papa. La saga*
Lisa Jane Smith, *I diari delle streghe. La tentazione*
Lisa Jane Smith, *Il diario del vampiro. La vendetta*
Marc Raabe, *Prima di uccidere*
Giulio Castelli, *L'imperatore guerriero*
Marcello Simoni, *L'abbazia dei cento peccati*
Joseph Finder, *Il sospettato*
Karo Hämäläinen, *I crudeli omicidi di una notte d'estate*
Rupert Thomson, *Il segreto della statua di cera*
M. Lugli, F. Bertuzzi, P. Roversi, D. Lama, G. Morozzi, P. Di Cara, D. Nelli, *Delitti di ferragosto*
Francesco Caringella, *Non sono un assassino*
John Searles, *Non rispondere*
Andrea H. Japp, *I delitti della cattedrale*
Andrea Frediani, *Guerra sui mari. Il dominio su Roma*
Harry Sidebottom, *Il trono di Cesare. Combatti per il potere*
Antonia Hodgson, *Il misterioso caso di Samuel Fleet*
Mario Mazzanti, *Un giorno perfetto per uccidere*
Joel C. Rosenberg, *Fuga da Auschwitz*
Andy Weir, *L'uomo di Marte*
Massimo Lugli, *La strada dei delitti*
Enrico Vanzina, *Il mistero del rubino birmano*
Jeanne Kalogridis, *I diari della famiglia Dracula. La storia mai raccontata*

Adam Jay Epstein - Andrew Jacobson, *The Familiars. Il palazzo dei sogni*
Simon Scarrow, *Il sangue dell'Impero*
Lisa Jane Smith, *Il diario del vampiro. La rivelazione*
Jonathan Stone, *Non puoi dimenticare*
Colin Falconer, *Il conquistatore*
Gwen Edelman, *Un treno per Varsavia*
Adam Brookes, *Il codice segreto di Pechino*
Freda Wolff, *Lo strano caso della bambina in fondo al mare*
Brian McGilloway, *Urlare non basterà*
Lucie Whitehouse, *Dimmi il tuo segreto*
G. L. Barone, *La chiave di Dante*
Eric Giacometti - Jacques Ravenne, *L'ultimo segreto dei templari*
Diana Lama, *27 ossa*
Roberto Wirth (con Corrado Ruggeri), *Il silenzio è stato il mio primo compagno di giochi*
VeloNero, *Un lungo fatale ultimo addio*
Diana Bretherick, *L'enigmatico caso di Cesare Lombroso*
C.M. Palov, *I sotterranei segreti dei templari*
A.G. Riddle, *Atlantis Genesi*
David Gibbins, *Codice Pyramid*
Franco Matteucci, *Tre cadaveri sotto la neve*
Simon Scarrow, *Roma sangue arena*
Roberto Genovesi, *Il ritorno della Legione occulta. Il re dei Giudei*
Antony Riches, *L'impero. Sotto un'unica spada*
Stuart McBride, *Omicidi quasi perfetti*
Bethany Neal, *Il mio ultimo bacio*
Vito Bruschini, *I cospiratori del priorato*
Letizia Triches, *Quel brutto delitto di Campo de' Fiori*
Mary Kubica, *Una brava ragazza*
Juliet Grey, *Le confessioni segrete di Maria Antonietta*
M.R, Carey, *La ragazza che sapeva troppo*
Fabio Delizzos, *Il libro segreto del Graal*
Andrea Frediani, *Sfida per l'impero*
Jane Shemilt, *Una famiglia quasi perfetta*
M.R.C. Kasasian, *La maledizione di casa Foskett*
Leandro Sperduti, *Il mistero dell'anello del papa*
Irène Némirovsky, *Suite francese*
Ali Eteraz, *Il bambino che leggeva il Corano*
Toni Marchitelli, *Il piccolo eroe della Grande Guerra*
Emily Bleeker, *L'isola dei silenzi*
Massimo Lugli, *Nelmondodimezzo. Il romanzo di Mafia capitale*

Tracy Ryan, *Una vita tranquilla*
Manuela Dicati, *L'assassino della porta accanto*
Saskia Sarginson, *Eva 17*
Simon Scarrow, *Sotto un unico impero*
Stuart MacBride, *Apparenti suicidi*
Harry Sidebottom, *Il trono di Cesare. Il prezzo del potere*
Andy Weir, *Sopravvissuto - The Martian*
Sibel Hodge, *Guarda dietro di te*
Ben Kane, *Le aquile della guerra*
Angela Marsons, *Urla nel silenzio*
Freda Wolff, *Uccidilo e lei vivrà*
Suzy Zail, *La pianista di Auschwitz*
Alex Connor, *Cospirazione Caravaggio*
Cecilia Ekbäck, *Un inverno da lupi*
Roberto Fabbri, *L'onore di Roma*
Antonio Invernici, *La valle dei cadaveri*
Jonathan Moore, *L'artista dei veleni*
Eric Rickstad, *Le ragazze silenziose*
Stefano Santarsiere, *La mappa della città morta*
G. L. Barone, *I manoscritti perduti degli Illuminati*
Renée Ahdieh, *La moglie del califfo*
Mikaela Bley, *Segreto di famiglia*
David Kirk, *La spada del samurai*
Mel Sherratt, *La verità sul caso Ryder*
Andrea Frediani, *Roma Caput Mundi. L'ultimo pretoriano*
Franco Matteucci, *Lo strano caso dell'orso ucciso nel bosco*
Simon Scarrow, T. J. Andrews, *I conquistatori*
Guido Dieckmann, *I sette templari*
Emily Holleman, *Il segreto di Cleopatra*
Paul Pilkington, *Un caso complicato per Emma Holden*
Simon Wood, *La ragazza senza passato*
Fabio Sorrentino, *Il tempio maledetto*
Julia Heaberlin, *Gli occhi neri di Susan*
Roberto Genovesi, *Il generale dei dannati. La legione maledetta 1*
A. J. Banner, *Un vicino di casa quasi perfetto*
Vito Bruschini, *Il monastero del Vangelo proibito*
Alessandra Carnevali, *Uno strano caso per il commissario Calligaris*
Jane Lythell, *Dimmi la verità, tutta la verità*
Anthony Riches, *Un eroe per Roma*
Jane Shemilt, *Un delitto quasi perfetto*